Nicholas Shakespeare

DER OBRIST UND DIE TÄNZERIN

Roman

Deutsch von
Werner Richter

Rowohlt

Die Originalausgabe erschien 1995 unter dem Titel
«The Dancer Upstairs» bei The Harvill Press, London
Redaktion Nikolaus Stingl

1. Auflage Januar 1998

Umschlaggestaltung Britta Lembke
Foto: Hermann Sülberg
Satz aus der Caslon
Druck und Bindung Clausen & Bosse, Leck
ISBN 3 498 06321 9

Für Ruth Shakespeare
und Donna Tartt

Dieser Roman läßt sich als eigenständiges Buch oder als Fortsetzung von *Die Vison der Elena Silves* lesen. Es handelt sich auch hier um ein fiktives Werk. Zwar ist es von der Gefangennahme Abimael Guzmáns im September 1992 inspiriert, doch ist keine der Figuren einem der daran Beteiligten nachempfunden oder dem wirklichen Leben entnommen.

Ich schulde vielen Menschen Dank für ihre Hilfe und Großzügigkeit, darunter Patricia Awapara, Toby Buchan, Frederick Cooper, Richard Clutterbuck, David und Jane Cornwell, Iva Fereira, Nigel Horne, Celso Garrido-Lecca, Adam Low, Christopher Maclehose, Juan Ossio, Christina Parker, Roger Scruton, Angela Serota, Mary Siepmann, Vera Stastny, Ben Turner, Cecilia Valenzuela, Antonio Ketín Vidal und Alice Welsh.

Ich war stets der Meinung, daß die Gesellschaft zusammenbräche, wenn wir auch nur eine Minute lang sagten, was wir wirklich denken.

ALBERT CAMUS, Sainte-Beuve zitierend

1

DIE NACHT VERSCHLUCKTE den Platz. Im Dunst des Flusses glitzerten die Pflastersteine, und man konnte unmöglich mehr als ein paar Schritte weit sehen. Seltsame Schreie – er wußte nicht einmal, ob es menschliche Laute waren – drangen durch den Nebel, und von der alten Festung am Ende des Piers stampfte eine rhythmische Sambamelodie herüber.

Dyer erinnerte sich, daß das Restaurant direkt am Wasser lag, am Ende des Platzes. Er wußte, es war ganz in der Nähe, denn er hörte den Fluß gegen die Treppenstufen klatschen. Dann kam Wind auf, und durch die verwehenden Dunstschleier erkannte er das Schild, das vom schmiedeeisernen Geländer des Balkons direkt über ihm herabbaumelte: «Cantina da Lua». Aus dem Speisesaal im ersten Stock strömte Licht, und einer der Fensterläden knallte gegen die gekachelte Mauer.

Später, als er an diese Abende und seine Spaziergänge über den Platz zurückdachte, fiel ihm immer der Geruch nach Mangos, Holzrauch und Räucherfisch ein. Am besten aber erinnerte er sich an diesen Wind, der in warmen Böen am Ufer entlangstrich, die Äste gegen die Dächer scheuern ließ und an den Läden rüttelte.

Ein Kellner zwängte sich auf den Balkon hinaus, befestigte den Fensterladen mit einem Stück Draht und trat wieder ins Innere. In diesem Augenblick sah Dyer den Mann zum erstenmal: eine Kontur, die sich im Schein der Glühbirne abzeichnete. Dyer beeindruckte die Reglosigkeit des Mannes. Wie konnte er sich von dem klappernden Fensterladen nicht ablenken lassen? Doch er starrte auf den Fluß hinaus, der in die Nacht entströmte, als gäbe es nichts anderes auf der Welt.

Dyer ging unter dem Balkon hindurch und stieg eine Treppe hinauf. An ihrem oberen Ende barg ein Perlenschnurvorhang den Eingang zu einem weißgetünchten Raum: burgunderrote Tischdecken, Bugholzstühle und eine altmodische Registrierkasse auf der Theke. Auf jedem Tisch stand eine kleine Vase mit einer Blume darin. Das Restaurant war leer, bis auf den Kellner und den Mann am Fenster.

Er saß aufrecht und konzentriert am Tisch, trug ein marineblaues Polohemd und unterhielt sich auf spanisch mit dem Kellner. Vor ihm lag ein aufgeschlagenes Buch.

Dyer hörte den Kellner fragen: «Und wie geht es der Señora heute?»

«Etwas besser, danke sehr.» In diesem Moment sah er auf, musterte Dyer kurz und senkte dann den Blick wieder auf sein Buch.

Dyer sah einen Mann, der ein oder zwei Jahre älter war als er selbst: Anfang Vierzig, mittelgroß, kurzes schwarzes Haar, glattrasiert. Und schon bei diesem kurzen Blick fielen ihm die Augen auf, deren Intelligenz von extremem Leid, gesehenem wie selbsterlebtem, gehärtet worden war.

Dyer hätte nicht sagen können, woher – aber er kannte den Mann.

Als das Ultimatum eintraf, war Dyer kurz vor der Abreise nach Ecuador, um von dort aus über den frisch aufgeflammten Grenzkonflikt zu berichten.

Es wäre mir wirklich lieber, wenn wir die Sache persönlich besprechen könnten. So etwas sagt sich viel leichter über einen Schreibtisch als über den Atlantik. Aber der langen Rede kurzer Sinn: wir müssen derart drakonische Einsparungen vornehmen, daß wir das Büro in Rio wohl kaum weiter aufrechterhalten können. Ich habe beim Eigentümer mein bestes Wort eingelegt. Er fragte mich, was mir an Rio überhaupt liegt. Die Buchhalter wollen ihn gleich drei Büros schließen lassen – und Deins steht ganz oben auf der Liste, John. Wenn's wieder mal einen Falkland-Krieg gibt, können wir Dich ja schnell rüberfliegen.

Alle seien sich darüber einig, daß Dyer der Doyen aller Lateinamerikakorrespondenten war. Niemand verdiene eine neue Herausforderung mehr als er usw. – und deshalb schlug ihm der Chefredakteur folgende Wahl vor:

Du kannst entweder Moskau oder den Nahen Osten kriegen.

Die einzige Frage, die es noch zu klären gebe, sei das Datum seiner Rückkehr.

Diese kurze handschriftliche Notiz von seinem Chefredakteur hielt Dyer nicht davon ab, nach Norden in die Konfliktzone zu fliegen, aber im Dschungel mußte er ständig daran denken. Er verbrachte vier Tage und Nächte zusammen mit ecuadorianischen Truppeneinheiten. Einmal, als er gerade durch einen Bach watete, wurde er aus einem Hubschrauber beschossen. Während der ganzen Zeit spürte er einen Druck auf dem Herzen und in der Stirnhöhle, so als hätte er die Höhenkrankheit. Er konnte nicht den geringsten Funken Enthusiasmus für Moskau oder den Nahen Osten aufbringen. Diese Gegend hier hatte ihn geformt und gezeichnet. Überall sonst wäre er auf unsicherem Boden.

Er kehrte zurück nach Rio in sein Büro auf der Joaquim Nabuco und schickte eine neunhundert Worte lange Schilderung des Konflikts ab. Zwanzig Minuten später klingelte das

Telefon. Bestimmt die Auslandsredaktion mit Vorschlägen für Kürzungen. Weil ihm seine Zukunft durch den Kopf gegangen war – die bevorstehende Trennung von guten Freunden, von der Familie seiner Frau, von seiner ganzen vertrauten Umgebung –, hatte er Überlänge produziert.

Aber es war die Stimme seines Chefredakteurs, der in ein Autotelefon brüllte: «Wenn du mir nicht antwortest, John, dann muß ich eben Klartext reden. Die Buchhalter haben beschlossen: Lateinamerika wird dichtgemacht. Punktum. Also, was willst du haben: Moskau oder Jerusalem?»

Dyer trat ans Fenster. Er hielt den Hörer ein Stück vom Ohr ab, um die Stimme und das katarrhalische Gekrache in der Leitung auseinanderzuhalten. «Das ist die Alternative?»

Er starrte die Straße hinunter auf den Strand von Ipanema. Ein Papierdrachen hatte sich in den Telefondrähten verfangen, und ein hellhäutiger kleiner Junge sah zu ihm hinauf.

«Glaub mir, ich wollte das als allerletzter», sagte der Redakteur, der jetzt überaus mitfühlend klang. «Aber ich hatte vorhin wieder mal ein schmerzhaftes Zusammentreffen mit unserem Eigentümer. Das liegt alles an diesem Preiskrieg. Wir haben einfach kein Geld mehr. Wenn du auf meinem Stuhl säßest, was würdest du tun?»

Dyer verfolgte weiter den Papierdrachen. «Wir sprechen hier über fünfzehn Jahre.»

«Hör mal, ich weiß, daß du gut bist», sagte die Stimme aus Übersee, die vermutlich auf dem Weg in den Club war. «Aber die Leser unserer Auslandsbeilage haben keine rechte Beziehung zu deinem Ende der Welt.»

«Zu einundzwanzig Ländern?»

«Ich hör dich nicht mehr. Hallo, bist du noch da, John? John?»

Dyer hörte noch einen letzten, saftigen Fluch, dann war die Leitung tot.

Er legte auf, lehnte sich an den Schreibtisch und wartete. An der Wand hing ein Aquarell, das er von Astrud gemalt hatte. Sein Blick ruhte auf ihrem Gesicht, während er im Geiste seine Optionen durchging. Die BBC hatte erst letzten Monat ihren Büroleiter in Buenos Aires ausgewechselt. Bei *Le Monde* brauchten sie jemanden, das wußte jeder, aber die würden wohl keinen Engländer nehmen. Die *New York Times*? Eine vage Sache, außerdem war der derzeitige Korrespondent sein Freund.

Das Telefon klingelte.

Astrud lächelte ihn unter einem grünen Strandsonnenschirm an.

«Da bin ich wieder. Für Auslandsgespräche sind diese Dinger einfach unmöglich. Ich wollte gerade fragen, ob wir dich dann für Ende April erwarten können.»

«Ausgeschlossen. Ich hab noch ein Buch zu schreiben. Das muß ich unbedingt fertig machen, bevor ich hier wegfahre.»

«Wie lange brauchst du dafür?»

«Um alles in eine Form zu bringen – vier, fünf Wochen.»

«Gut. Dann nimm dir den Monat Urlaub. Im Juni will ich dich hier haben.»

«In Ordnung», sagte Dyer emotionslos.

«Ich gebe dir diese Auszeit unter einer Bedingung: du schreibst mir ein richtig langes Stück. Wir würden das in der Wochenendausgabe laufen lassen. Geh ruhig bis zwölftausend Wörter, aber sag Nigel im voraus genau Bescheid wegen der Illus. Den Hintergrund hast du ja im Griff. Und es gibt doch bestimmt eine Story, die du schon immer machen wolltest. Vielleicht irgendwas, das wir dann weitervermarkten können?»

Dyer hatte schon immer mit dem Gedanken gespielt, daß er sich, wenn jemals die Zeit für ihn käme, Südamerika zu verlassen, mit einem wahren Meisterwerk verabschieden würde. Das Buch, an dem er gerade schrieb, war eine Einführung in die Kultur- und Sozialgeschichte des Amazonasbeckens. Aber das stellte für ihn nur eine Pflichtübung dar – es war nicht der Tusch, der am Ende seiner Karriere auf diesem Kontinent erklingen sollte.

Außerdem bekam er mit diesem Abschiedsauftrag die Gelegenheit für ein Interview, um dessen Abdruck ihn jeder Journalist hier unten beneiden würde und das den logischen Gipfelpunkt jener Story darstellte, der er seit einem Jahrzehnt nachjagte.

«Über eines würde ich schon gern noch schreiben», sagte er. «Erinnerst du dich an den Terroristen Ezequiel?»

«Dieser Typ im Käfig?»

Ezequiel war ein Revolutionsführer, der nach zwölfjähriger Verfolgung festgenommen worden war. Sein Guerillakrieg gegen die Institutionen seines Landes in den Anden hatte dreißigtausend Tote und unzählige Opfer von Folter und Verstümmelung gekostet. Ezequiels öffentliche Demütigung – er war der internationalen Presse tatsächlich in einem Gitterkäfig vorgeführt worden – hatte vor einem Jahr weltweit Schlagzeilen gemacht.

«Den willst du interviewen?» Schon daß er eine solche Frage stellte, zeigte das mangelnde Verständnis des Chefredakteurs.

«Nicht Ezequiel. An den darf überhaupt niemand heran.» Seit man ihn damals mit Militäreskorte durch die Straßen kutschiert hatte, saß Ezequiel eingesperrt in einer lichtlosen Kellerzelle. Zur Presse hatte er kein einziges Wort gesagt. «Sondern den Mann, der Ezequiel in den Käfig gebracht hatte.»

«Wie heißt der?»

«Tristán Calderón.»

«Und wer ist das?»

«Auf den ersten Blick ein einfacher Hauptmann im Geheimdienst. In Wirklichkeit die rechte Hand des Präsidenten. Er führt das Land.»

«Ist er überhaupt schon mal interviewt worden?»

«Nein, noch nie.»

«Und du bist dir so sicher, daß du an ihn rankommst?»

«Ich habe einen guten Kontakt.»

Es war tatsächlich ein guter Kontakt. Calderón verehrte Vivien Vallejo, eine Engländerin, die seinerzeit ihre Londoner Karriere als Primaballerina beim Royal Ballet aufgegeben hatte, um einen südamerikanischen Diplomaten zu heiraten. Calderón rief sie fortwährend an und ließ ihr Geschenke schicken, sehr zum Unmut ihres Ehegatten. Vivien war Dyers Tante.

«Warum hast du die Story nicht schon früher angeregt?»

«Hab ich doch. Zweimal.» Unter dem Zwang, sparen zu müssen, hatte die Auslandsredaktion sie jedesmal als zu abseitig eingestuft.

Nun entsprach es zwar keineswegs seinem Wesen, eine Geschichte, die ihn reizte, einfach zu vergessen, allerdings war ihm auch der Groll seiner Tante gegen die Presse bewußt: Klatschkolumnen mit Fotos von Vivien am Arm eines Mannes, der nicht Hugo war, hatten mehr als einmal ihren Ehefrieden aufs Spiel gesetzt. Deshalb hatte Dyer ihre Mithilfe nicht verlangen wollen, ehe er hundertprozentig sicher sein konnte, seinen Artikel in der Zeitung auch angemessen zu plazieren.

«Gut, dann geht das klar», sagte der Chefredakteur und klang erfreut. «Du besorgst mir also das Interview mit diesem Calzerdon und nimmst dir einen Monat frei. Nichts würde mich glücklicher machen, als dich hier mit rauchenden Colts auftauchen zu sehen.»

Dyer sah auf den Strand hinunter, auf die Stelle, wo er

Astrud gemalt hatte. Der Drachen hing noch in den Drähten, aber der kleine Junge war weg.

Als er zwei Tage später den grauen Turm hinter den Jacarandablüten erblickte, hatte er das Gefühl, nach Hause zu kommen.

Die Umfriedung von Viviens Haus am Strand war ziemlich überwuchert seit den Sommern, die er hier als Kind verbracht hatte. Die mit braunen Glasscherben und Elektrodraht bestückte Mauer umschloß ein Gebäude, das ein Landhaus in der Gascogne zum Modell hatte. Der angestrebte Effekt allerdings wurde völlig verfehlt: das Haus ließ in erster Linie an einen subtropischen Prunkbau denken, angefüllt – das brachte Hugos Beruf so mit sich – mit Objekten von geringer Schönheit, aber voller Erinnerungen.

An diese Adresse am Malecón hatte Dyer sein Fax geschickt. Er komme auf Besuch, so hatte er Vivien vorgewarnt. Er hoffe, ihr damit keine Ungelegenheiten zu bereiten, aber er sei in einer ziemlich verzweifelten Lage. Er hatte sie gebeten, ihm dabei zu helfen, ein Interview mit Calderón zu arrangieren – zitierfähig oder nicht. Er hatte den Faxbrief, vollkommen aufrichtig, «in Liebe» unterzeichnet. Vivien, sein größter Trumpf, war zugleich auch der Mensch, von dem er sich in erster Linie verabschieden wollte, ehe er Südamerika verließ.

Bis ganz zum Schluß, bis das Taxi in die Straße einbog, hatte er verdrängt, wie sehr ihm seine Tante gefehlt hatte. Zum erstenmal war er diese Straße mit sechs Jahren gefahren, nach dem Tod seiner Mutter. In der Eingangstür hatte eine kleine, lebenslustige Frau gestanden. Ihrer Körperhaltung hatte er entnommen, daß sie ihn erwartete und begrüßen wollte, aber sie verabschiedete gerade einen adretten, kahlköpfigen Mann, der sich auf den Weg machte. Als sie ihn, den kleinen Jungen, sah, lief sie aus dem Haus, um die Wagentür aufzureißen und ihn ins helle Sonnenlicht hinauszuheben. Ihre Hände strichen ihm mitfühlend über das Gesicht, suchten darin nach den Zügen der Schwester. Dann drückte sie ihn an die Brust und lachte.

Das Geräusch von Viviens kehligem Gelächter gehörte zu seinen frühesten Erinnerungen. Ihre beherzten blauen Augen verhexten jeden, den sie anblickten. Im Gegensatz zu den meisten Menschen mit Charme hatte sie selbst auch so manches Leid erlebt, so daß in diesen Augen zugleich der bleiche Schimmer einer Frau lag, die auch die dunklen Seiten des Lebens kannte. Als junges Mädchen war sie von einem rheumatischen Fieber so ausgezehrt worden, daß keiner der Ärzte – und schon gar nicht irgendein Familienangehöriger – noch mit ihrem Überleben gerechnet hatte. Während ihrer Genesung hatte sie mit Ballettstunden begonnen, um die geschwächte Muskulatur zu stärken. «Mit Wundern hat das nichts zu tun, mein Bester, ich habe nur eines Tages beschlossen, daß jede Stunde ein Geschenk ist und daß ich froh sein durfte weiterzuleben.» Es dauerte nicht lange, da war sie berühmt als klassische Tänzerin – und auch dafür, daß sie jede Chance ausschlug, die sich ihr auch nur ansatzweise bot.

Es war in ihrer zehnten Saison beim Londoner Royal Ballet, als sie nach einer Aufführung von «Giselle» in Lissabon Hugo Vallejo kennenlernte. Hugo, der damals Attaché an der Botschaft seines Landes war, fragte sie, ob sie es nicht auch unglaublich fände, aber das Muttermal auf ihrer rechten Wange erinnere ihn in Farbe und Form haargenau an den Tropfen Tee, den er am Nachmittag auf der Tischdecke in der Residenz seines Botschafters verschüttet habe.

«Wirklich der hanebüchenste Quatsch, und das hab ich ihm auch gesagt.» An jenem Abend hatten sie miteinander im «Tavares» gegessen. Einen Monat danach hatte sie Covent Garden gegen Südamerika eingetauscht.

Sie war kräftiger geworden seit der Zeit, als Dyer bei ihnen gelebt hatte. Damals hatte sie ein ganzes Corps von ergebenen Bewunderern angezogen. Böse Zungen behaupteten, ihre gekonntesten Schritte reserviere sie für den Tanz, bei dem sie ihren Ehemann führte. «Hugo habe ich geheiratet», erklärte sie Dyer mit einem ihrer Aussprüche, die er nie vergessen würde, «weil er mir nach dem Abendessen nicht die Hand aufs Knie gelegt und dann gesagt hat: ‹Und was unternehmen wir jetzt noch?› Nein, er hat sie hierhin gelegt, auf meine Hüfte, wo sie hingehört.» Und wenn sie diese Hand auch hie und da abgestreift hatte, um hinter Hugos Rücken ihren Leidenschaften zu frönen, war ihre Ehe doch nie in Gefahr gewesen. Inzwischen war sie knapp siebzig und weiterhin loyal, ausgeglichen und weltgewandt – und trotz ihres Akzents, der an eine BBC-Radiosprecherin der fünfziger Jahre erinnerte, höchst unenglisch.

Weder die Aufregung, die Dyer in Viviens Gegenwart verspürte, noch die Tatsache, daß sie seine Tante war, ließen ihn ihre angeborene Zähigkeit vergessen. In ihrer Wahlheimat war sie eine sehr fähige Person, die Übung darin hatte, Dinge durchzusetzen, was sie ihrer Lehrzeit in Covent Garden zuschrieb. «Wir Ballettleute sind alle aus Stahl, mein Bester. Wenn man neun Stunden am Tag arbeitet, dann ist das Leben total eingeteilt, geordnet und extrem streng. Da darf nicht die kleinste Unsicherheit aufkommen.» Und es stimmte. Sobald Vivien – in all ihrer vollendeten Anmut – einmal sagte: «Das und das will ich», setzte sich alles in Bewegung, und wie!

Bei all ihrer Beliebtheit war sie sich – nicht zuletzt durch Bekannte wie Calderón – sehr wohl der politischen Vorgänge im Lande bewußt. Da sie zu klug war, um Partei zu ergreifen, obwohl ihre Gesellschaft und ihre Meinung oft ausdrücklich gesucht wurden, agierte sie als eine Art «Botschafterin ohne Portefeuille» – einmal sollte sie sogar als Sondergesandte vor der UNESCO auftreten. Diesen Wunsch lehnte sie ab, wobei sie zur Entschuldigung anführte, damit könne sie ihre britische Staatsbürgerschaft verlieren. Im übrigen sei die Diplomatie Hugos Geschäft.

Für Hugo hatte sie zwar das Tanzen, aber nicht jede Verbindung zur Welt des Balletts aufgegeben. Als Prinzipalin des Metropolitan-Balletts blieb ihr Name in diesen Kreisen prominent – wenn nicht gar geheiligt. In jüngster Zeit allerdings brachte die Öffentlichkeit sie eher mit dem Vallejo-Waisenheim in Verbindung.

Es war eine mittlerweile berühmte Story, wie Vivien auf einer Fahrt durch die Randbezirke der Hauptstadt unter einem Wasserturm eine Gruppe spielender Kinder beobachtet hatte. Zunächst hatte sie angenommen, das auf der Erde zappelnde Wesen, mit dem sie da spielten, sei irgendein Tier. Dann, durch den Kreis ihrer Beine, sah sie, daß es ein kleiner Junge war. Sie bat Hugo, den Wagen anzuhalten, und scheuchte die Kinder auseinander. Das Opfer war nicht älter als fünf oder sechs. Sein Mund stand krampfhaft offen, und sein Stöhnen blubberte durch Speichelbahnen voller Sandkörnchen. Einer der Folterknechte des Jungen hob den Fuß und stieß seine Zehen zwischen die verklebten Lippen.

Vivien hatte ihn zur Seite gerempelt, den Jungen in die Arme genommen und Hugo dann dazu gebracht, zum Krankenhaus von Miraflores zu fahren, wo sie eingewilligt hatte, die Behandlungskosten zu übernehmen.

Der Kleine sprach praktisch kein Spanisch, aber in unvollständigen Sätzen gelang es ihr nach und nach, seine Geschichte zusammenzufügen. Er stammte aus der Nähe von Sierra de Pruna. Sein Vater war von Ezequiel hingerichtet worden. Die Mutter war geflüchtet. Er hatte sich mit Meningitis angesteckt. Derartige Krankheiten sind im Hochland ein Stigma. Die Mutter war zur Hauptstadt aufgebrochen, und dort hatte sie ihren Sohn am Straßenrand ausgesetzt.

«Es hat mein Leben verändert. Es hätte jedermanns Leben verändert. Was hätte ich denn sonst tun sollen? Ihn dort liegenlassen? Sei dankbar, daß nicht du ihn gefunden hast, mein Bester.»

In den folgenden Wochen erfuhr Vivien von anderen Fällen. Zwei Schwestern aus Lepe, allein in der Stadt, die Eltern Opfer des Militärs. Ein Mädchen, dessen Familie von einer Autobombe ausgelöscht worden war. Ein Zweijähriger, dessen Mutter drei als Polizisten verkleidete Männer verschleppt hatten.

«Für jedes Waisenkind kamen gleich noch zwei weitere dazu – verwirrt, ausgehungert, krank. Es hat mir in der Seele weh getan, aber wir hatten einfach keinen Platz.»

Sie begann damit, andere um einen Gefallen zu bitten.

Viviens internationaler Status als Tänzerin hatte ihr schon immer einen etwas snobistischen Reiz für gewisse Menschen mit Macht verliehen. Und deren Rückendeckung suchte sie nun. Mit Überredungskunst und sanftem Druck holte sie von guten Bekannten Spenden ein, um ein Haus in San Isidro zu mieten, und ehe sie sich's versah, hatte sie eine Einrichtung für die Waisen der Gewalt ins Leben gerufen. Innerhalb von acht Wochen war sie auf einmal für sechzig Kinder verantwortlich. Dyer hörte sie oft während der Proben des Metropolitan-Balletts, wenn sie unter den Sitzen herumkrochen, einander verprügelten und greinten. Sobald die Musik anfing, verstummten sie jedoch.

Zu den einflußreichen Leuten, die Vivien eingewickelt hatte, gehörte auch der frühere Rechtsanwalt Tristán Calderón. Inzwischen war er Direktor des Waisenhauses.

Auf einem Silbertablett im Korridor, beschwert mit einem moosgrünen Ballettschuh, erwartete Dyer ein Umschlag, der Brief darin auf festem cremefarbenem Papier geschrieben. Vivien war nicht zu Hause:

J – unsere Wege kreuzen sich offenbar/ Muß nach Brasilien fliegen, eine Wohltätigkeitsgala im Opernhaus von Pará organisieren/ Kann mich da unmöglich wieder rausmogeln, weil das Ganze *meine* Idee war/ Und nun kommst *Du* her/ *Wirklich* ärgerlich.

Hab Deine Nachricht bekommen/ Aber mein Bester, das geht einfach nicht/ Einerseits gibt T. überhaupt *nie* Interviews/ Was Du im übrigen *ganz* genau weißt/ Und andererseits: Wie kommst Du eigentlich dazu, mich um Hilfe zu bitten, nach Deinem letzten Interview mit dem Präsidenten/ Was Du da geschrieben hast, war äußerst unhöflich/ Das war Deiner einfach nicht würdig.

Tut mir leid wegen Deines Artikels/ Aber ich bin jetzt eine alte Dame, und da mag ich nicht mehr ständig von meinen Freunden angesprochen werden:/ «Dein verdammter Neffe: Ich war damals nur *deinetwegen* bereit, mit ihm zu reden – und jetzt hat er dieses gräßliche Geheimnis enthüllt/ Denkt er vielleicht, wir leben derart hinterm Mond, daß wir das nicht herausfinden?/ Usw. usw.»

Du weißt, daß ich Dich sehr gern hab, Johnny/ Nur Deinen Beruf mag ich nicht recht/ Bitte denk dran: Hugo und ich müssen hier *leben*/ Und obwohl ich zum Teil ja auf Deiner Seite bin und hoffe, daß Du Deine Story kriegst, mußt Du das diesmal ganz für Dich alleine regeln/ Tut mir leid.

Deine Geburtstagskarte war nett/ Sag Deinem Vater danke schön für den hübschen Schirm/ Übrigens, könntest Du mir bitte diesen Ballettschuh mitnehmen, wenn Du wieder abreist?/ Da gibt's einen Laden bei der Copacabana/ Ich hab die Adresse innen aufgeklebt/ Frag Hugo – er weiß Bescheid/ Es ist so schrecklich frustrierend/ Ich schreibe ihnen dauernd, daß ich genau *dieses* Leder haben will, und dann schicken sie mir ein ganz anderes/ Deshalb sollten sie sich lieber gleich den Schuh selbst ansehen/ Und mein Bester: bitte achte darauf, daß es smaragd- und nicht waldgrün ist.

Fühl Dich ganz wie zu Hause/ Hugo freut sich schon auf Deinen Besuch/ Du wirst sehen, es geht ihm viel besser.

Alles Liebe – V.

P. S.: Das hier ist Dein Zuhause, wann immer Du eines brauchst/ Komm bald wieder/ Warte nicht bis zum nächsten Krieg.

P. P. S.: So etwas wie «inoffizielle Interviews» gibt es nicht/ Wie Du ganz genau weißt.

Dyer reagierte mit Panik. In einem Büro viele tausend Kilometer entfernt ist es immer leicht, vorschnelle Versprechungen zu machen. Für dieses Interview war Viviens Hilfestellung absolut erforderlich. Ohne sie hatte er keinerlei Hoffnung, an Calderón heranzukommen.

Er versuchte es bei seinen üblichen Informanten. Da gab es einen Abgeordneten, den ihm Vivien vor zwei Jahren einmal vorgestellt hatte. Er hinterließ drei Nachrichten auf dessen Anrufbeantworter. Der Mann war entweder verreist ... oder er hatte keine Lust, die Bekanntschaft aufzufrischen.

Auch die Lokalpresse, für gewöhnlich eine sprudelnde Quelle brandheißer Tips, half ihm kein bißchen. Seine alten Freunde bei *Caretas* und *La República* freuten sich zwar sehr, ihn zu sehen, aber sobald er Calderóns Namen erwähnte, zeigten sie sich so zurückhaltend, wie sie es nicht einmal zu Ezequiels Zeiten gewesen waren, als dessen Organisation regelmäßig Journalisten umbrachte.

Dann verlegte sich Dyer auf seine offiziellen Kontakte, aber die Leute im Palast, die er gekannt hatte, waren inzwischen versetzt worden. Hauptmann Calderón war ein Staatsbediensteter von mittlerem Rang, sonst nichts; außerdem gehörte es nicht zur Politik der Regierung, den Medien Interviews zu gewähren.

Am zweiten Tag führte er Hugo zum Abendessen ins Costa Verde aus.

«Wie geht es denn deiner reizenden Freundin?» Es war das erste Mal, daß Hugo mit seinem Neffen allein zusammen war.

«Die gibt es schon seit Ewigkeiten nicht mehr», sagte Dyer.

Kleinlaut schüttelte Hugo den Kopf. «Ich sollte besser nicht so viele Fragen stellen.»

Sein Onkel war mit ihm in der Klinik in Rio gewesen, als Astrud im Sterben lag. Vivien befand sich mit ihrer Balletttruppe gerade auf einer Argentinien-Tournee. Hugo aber nahm den nächsten Flug, als sich die Lage verschlechterte. Astrud war vorzeitig in die Wehen gekommen. Dyer und Hugo warteten gemeinsam vor dem OP. Die Wintersonne warf rautenförmige Muster auf das Linoleum, weiter hinten im Korridor verkaufte ein Mann Zeitschriften; der Arzt nahm die Brille ab, um sich den Nasenrücken abzuwischen.

Das Fruchtwasser war in ihren Blutkreislauf eingedrungen. Sie starb, während sie ein bereits totes Mädchen gebar.

Hugo nahm damals alles in die Hand. Er kümmerte sich um das Krankenhaus, das Begräbnis und die Auslandsredaktion in London. Er sprach mit Astruds Eltern in São Paulo und ihrer Großmutter in Petropolis. Dann nahm er Dyer mit heim, nach Miraflores.

Das war vor elf Jahren. Seit damals hießen Hugo und Vivien ihn jedesmal mit beständiger Herzlichkeit bei sich willkommen. «Es ist dein Zuhause, Johnny.» Er durfte einladen, wen er wollte. Und so kam es, daß Dyer seine Freundinnen in das Haus am Malecón mitbrachte.

«Für morgen abend lade ich Mona ein.» Hugo sprach von einer langweiligen Cousine, die frisch geschieden war.

«Ich bin hier, um zu arbeiten», sagte Dyer.

Hugo nickte. Weder erkundigte er sich nach der Art dieser Arbeit noch erzählte ihm Dyer davon. Er hatte nicht vor, den Onkel in seine Suche nach Calderón hineinzuziehen. Hugo ging es seit einiger Zeit gesundheitlich nicht gut, außerdem hatte er es schon immer vorgezogen, Viviens Eskapaden geflissentlich zu übersehen.

Während des Essens plauderte Hugo über Viviens Waisenhaus, für das sie, wie Dyer vermutete, auch den Erlös ihrer Gala in Pará spenden würde. Er berichtete über die Vorgänge im Jockey-Club, dessen Sekretär er inzwischen war, und als die Unterhaltung beim Kaffee langsam an Schwung verlor, wandte er sich dem Thema von genmanipuliertem Gemüse zu, für das er seit seinem Schlaganfall ein gewisses Interesse zeigte. Über den Bürgerkrieg, der seine Heimat zerfleischt hatte, verlor er kein Wort.

«Wie stehen denn momentan die Dinge im Land?» erkundigte sich Dyer schließlich.

«Wir haben einen unsicheren Frieden», sagte Hugo vorsichtig. «Er ist real, weil es ihn wirklich gibt, aber vielleicht passiert doch wieder einmal etwas.»

«Es war wirklich mutig, daß ihr hiergeblieben seid. Wieso um Himmels willen seid ihr nicht ins Ausland gegangen?»

«Das lag nicht an mir. Das war Vivien», sagte Hugo, und nicht zum erstenmal wurde sich Dyer bewußt, daß nur wenige Gespräche mit Viviens Mann jemals den springenden Punkt berührten.

«Wann kommt sie denn wieder?»

Hugo hatte dieses Thema bis dahin recht geschickt vermieden und hielt sich auch weiterhin bedeckt. «Ich hatte sie eigentlich zum Wochenende zurückerwartet. Aber vielleicht bleibt sie auch noch länger in Pará.»

«Ich wußte gar nicht, daß Pará ein Opernhaus hat.»

Hugo hob das, was von seiner Augenbraue übriggeblieben war. Der Schlaganfall hatte beide Brauen verwischt, was seinem ohnehin kahlen Kopf ein sehr schutzloses Aussehen verlieh. «Die Pavlova ist dort aufgetreten.»

Am Sonntag war Vivien immer noch nicht da. «Sie kommt bestimmt heute abend», sagte Hugo, der den ganzen Tag auf der Rennbahn verbracht hatte. Aber sie kam nicht.

Ebensowenig tauchte sie am Montag auf.

Am Mittwoch kam Dyer zum Frühstück mit Hugo in den Wintergarten. Vor dem Zubettgehen hatte er noch einmal Viviens Nachricht gelesen.

«Hugo, was soll das mit diesem Ballettschuh?»

«Wegen dieses Schusters in Rio? Na, sie schwört auf seine Schuhe. Ich hab ihn irgendwann zufällig aufgetrieben, als ich damals deinetwegen in der Stadt war.»

Hugo ließ sich von Dyer den Brief geben und las ihn aufmerksam. Normalerweise war seine Miene eher schwer zu entschlüsseln, doch diesmal nicht. «Wenn du mich fragst – aber es ist nur eine Vermutung –, dann ist das Viviens Art, dir zu sagen, daß sie nicht zurückkehren wird, bis sie sicher sein kann, daß du wieder weg bist.»

«Warum würde sie so etwas tun?»

Dyer spürte, wie ungern sein Onkel ihm weh tun wollte. «Ich hätte dir das lieber nicht gesagt», erwiderte Hugo, «aber vielleicht ist es sogar gut, wenn du es weißt.» Offenbar hatte Dyers letzter Artikel ihn in etlichen Kreisen zur Persona non grata gemacht. «Vivien hat einen ziemlichen Schreck bekommen. Und auch ich habe im Club genügend spitze Bemerkungen deswegen gehört.»

«Weswegen?»

«Irgendeine deiner Formulierungen hat Calderón verärgert. Soweit ich es verstehe, hat er Vivien gegenüber angedeutet, daß der Tag kommen kann, an dem sie nicht mehr mit dir reden darf. Er findet es ganz einfach beunruhigend, daß es Menschen gibt, die so gut informiert sind wie du.»

«Ich wollte ihn eigentlich gerne interviewen.»

«Tja, nur das kannst du dir aus dem Kopf schlagen. Du bist ein guter Journalist, Johnny, aber gerade das macht dich so gefährlich. Einige Leute in unserer Gesellschaft fühlen sich allein durch die Existenz von Journalisten in ihrem Seelenfrieden bedroht. Bei der Hälfte der Dinnerpartys, zu denen Vivien geht, ist sie schrecklich stolz darauf, deine Tante zu sein. Aber bei der anderen Hälfte hält sie damit sehr hinter dem Berg.»

Es folgten zwei schwierige Tage. Dyer, dem langsam die Ideen ausgingen, verbrachte seine Zeit in der Bibliothek der Katholischen Universität und nutzte die Gelegenheit, in den Berichten der ersten Erforscher des Amazonasbeckens zu stöbern. Am Donnerstag war ihm klar, daß Vivien in Brasilien bleiben würde. Hugo verbrachte deutlich mehr Zeit in seinem Jockey-Club, blieb aber bei ihren seltenen Zusammentreffen weiterhin so gastfreundlich wie immer.

Da Dyer keine Lust hatte, seinem Onkel noch länger Kopfweh zu bereiten, verkündete er seine Absicht, den Amazonas hinaufzufahren. Er habe für sein Buch noch einiges über den Stamm der Ashaninka nachzuforschen. Um Vivien nicht zu alarmieren, erzählte er Hugo, er wollte eine Weile bei den Indianern in der Nähe von Satipo zubringen. Aber er hatte sich vorgenommen, seiner Tante in Pará auf den Pelz zu rücken.

Das Opernhaus von Pará ist ein korallenrosa Gebäude auf der Praça da Republica, gegenüber dem Hotel Madrid. Als Dyer in Pará angekommen war, ging er noch am gleichen Vormittag eine mit Mangobäumen gesäumte Straße entlang und kam zu dem von Baugerüsten verhüllten Eingang.

Die junge Frau im Verwaltungsbüro zeigte sich perplex. Von Senhora Vallejo hatte sie natürlich gehört, doch sie zweifelte stark daran, daß das Metropolitan-Ballett so bald in Pará auftreten werde. Derzeit jedenfalls sei in der Oper gar keine Vorstellung möglich, bis die Stadt die Restaurationsarbeiten abgeschlossen habe. Vielleicht verwechsle Dyer es ja mit dem Teatro Amazonas in Manaus.

Er rief in Manaus an und hatte ebenfalls Pech. Auch tausend Kilometer stromaufwärts: keine Vivien und keine Balletttruppe. Er erkundigte sich bei den Bühnen von Santarém und Macapá. Gegen Nachmittag wurde ihm klar, daß er nur seine Zeit vertat. Die Ballettgeschichte war eine Finte. Seine Tante hatte sich aus dem Staub gemacht, weil sie wußte, daß er kam.

Er ging zum Fluß hinunter und dann über den Vogelmarkt zurück zu seinem Hotel. Die Luft war schwül und mit der überreifen Süße von Mangos gesättigt; Schweißperlen kitzelten ihn am Hals, und es drängte ihn nach einer Dusche. Danach legte er sich auf das harte Bett vor dem Fenster, konnte aber nicht einschlafen. Er preßte eine Hand vor die Augen, doch mit jedem nach Mango duftenden Atemzug verstärkte sich das Gefühl: Es war vier Uhr nachmittags an einem Ort, wo er gar nicht sein wollte, und er war wütend.

Er saß fest. Das wurde ihm jetzt klar. Er hatte ein fix datiertes Ticket gekauft, und bis zum Rückflug blieb noch eine ganze Woche Zeit. Nur sehr ungern gab er die Jagd nach Calderón auf. Er glaubte immer noch an die Möglichkeit, seine Tante mit einem verzweifelten Appell zu erweichen. Aber was konnte er in der Zwischenzeit tun? Nach Hause zu fliegen, nur um Hugo Gesellschaft zu leisten, hatte wenig Sinn. Das vernünftigste war es wohl, sich von Vivien eine Scheibe abzuschneiden: sich ein paar Tage lang versteckt zu halten und sie dann zu überraschen.

Am nächsten Morgen wechselte er in ein Hotel nahe dem von den Engländern gebauten Hafen; ein stuckverziertes Gebäude mit weißen Fensterläden und einer Veranda, die auf den gewaltigen Fluß ging. Dies war das alte Viertel, erbaut während des Kautschukbooms. Einstmals wohlhabend, war es inzwischen stark heruntergekommen. Viele der Häuser hatte man mit Latten vernagelt, und aus den Dächern sprossen ganze Bäume. Von anderen, wie dem Gebäude gegenüber, war nur die Fassade geblieben. Auf Dyer wirkte die Leere hinter der erhaltenen Vorderfront wie eine von Viviens Bühnenkulissen. Von der Veranda aus sah er durch die Fenster des Hauses den wolkenlosen Himmel, hinter den Querbalken den steilen Sturzflug der Geier und dann und wann auch einen hektisch flatternden schwarz-gelben Vogel, den Bem-te-vi.

Bem-te-vi, bem-te-vi. Hab dich gesehen, hab dich gesehen.

Frustriert und lethargisch, deprimiert von der Hitze, mußte Dyer beim Ruf dieses Vogels unwillkürlich an die Sklavenhalter denken, die ihn darauf trainiert hatten, nach entkommenen Schwarzen zu jagen. Als er die gelben Flügel durch die süßlich-schwere Luft schwirren sah, hätte er am liebsten laut aufgeschrien: «Dann finde sie mir doch, du blödes Vieh!»

Bem-te-vi, bem-te-vi.

Er versuchte, sein Los gelassen zu überdenken. Man hatte ihm in der Welt, die ihm wichtig war, freien Lauf gelassen, eine packende Story zu recherchieren, und er brachte nichts zustande. Wenn er Hugo jetzt anrief, würde er damit Vivien alarmieren. Rief er seinen Chefredakteur an, bestand das Risiko, daß der ihn sofort nach London zurückbeorderte. Womit konnte er sich also in Pará beschäftigen – abgesehen von dem, was er eigentlich vorgehabt hatte?

Der Vorschlag, ein Buch über den Amazonas herauszugeben, hatte ihn sehr interessiert, als ein Londoner Verlag ihn darauf angesprochen hatte. Die Gegend faszinierte ihn schon seit langem, und er bezweifelte nicht, daß er genug darüber wußte, um eine gute Einführung zu verfassen – obwohl ihm, wegen des Ausbleibens weiterer Nachfragen, auch schon der Gedanke gekommen war, der Verlag könnte es ähnlich halten wie seine Zeitung. Aber daß Vivien sich so in Luft aufgelöst hatte, verschaffte ihm eine Ausrede. Er hatte seine Notizen aus der Bibliothek der Katholischen Universität, und er war vorausschauend genug gewesen, mehrere Monographien mitzunehmen. Und hatte ihn diese vergebliche Jagd nicht durch puren Zufall in einer Hafenstadt landen lassen, über die er schreiben wollte? Statt eine Woche lang herumzulungern, würde er also die Zeit nutzen, um sich die Bildlegenden für bislang noch imaginäre Fotos auszudenken, Bücher zu studieren und Informationen zusammenzutragen.

Nachdem er das Hotel gewechselt hatte, gefiel ihm Pará auch gleich viel besser. Durch seine Lage am Äquator verweilte diese Stadt beharrlich in einer ganz eigenen Zeit. In Pará änderte sich nie etwas. Ganz anders als die Zeit, nach der die übrige Welt lebte.

Es gefiel ihm sehr, daß die Sonne jeden Tag zu denselben Stunden auf- und unterging. Er mochte die unnachahmlichen Gerüche des Hafens und die Trägheit des Flusses, die in ihm ein sehr gleich geartetes Gefühl ansprachen. Etwas in der Bindung an seine Londoner Redaktion hatte sich gelöst, und nun genoß er plötzlich diese Zeit, die er für sich hatte: Zeit zum Nachdenken über seine Zukunft, Zeit, um ein oder zwei

Leichen im Schrank zur Ruhe zu legen, Zeit zur Planung seines Buches. Nichts und niemand hier konnte ihn stören, dachte er – wie er sich später erinnerte – auf dem Weg zu dem Restaurant, das er sich während eines früheren Spaziergangs ausgesucht hatte.

Nur Euclides da Cunha, dessen *Krieg im Sertão* er zum Glück mitgenommen hatte.

2

DYER SETZTE SICH an einen Tisch und begann sofort zu lesen. Er hatte ein ganzes Kapitel verschlungen, als der Mann am Fenster um die Rechnung bat. Dyer lächelte kurz und versuchte sich zu erinnern, wo er ihm begegnet sein könnte. Der Mann reagierte mit jenem gleichgültigen, vage freundlichen Gesichtsausdruck, wie er normalerweise hilfreichen Ladenangestellten reserviert bleibt. Dyer sah weg.

Dieses Muster wiederholte sich auch am nächsten Abend. Die beiden Gäste saßen insgesamt etwa zwanzig Minuten lang zusammen im Raum, ehe der Mann, pünktlich wie die letzte Fähre, um die Rechnung bat. Sie lasen und aßen schweigend. Für den Kellner mußte es seltsam sein, seine einzigen beiden Gäste so dasitzen zu sehen, ohne daß sie ein Wort miteinander wechselten.

Dyer hätte angenommen, daß der Mann ebenfalls fremd in Pará war, wenn ihn der Kellner nicht mit so großem Respekt behandelt hätte. Emilio beeilte sich für niemanden, doch wenn ihm der Mann an Tisch siebzehn winkte, ließ er jedesmal alles stehen und liegen und schlängelte sich durch die Stühle mit geflochtenem Sitz hindurch, die schwarze Mappe in den Händen tragend, als enthielte sie nicht eine Rechnung für gegrillten Fisch, sondern das Freiheitspatent für die Stadt. Kurz danach erhob sich sein anderer Gast und schob sich – mit einem Gang wie jemand, der normalerweise Uniform trägt – an Dyers Tisch vorbei.

Doch auch Emilio stillte Dyers Neugier nicht. Die Höflichkeit, mit der er die Teller servierte und wieder abräumte, verbarg einen kapitalen Hochmut. Emilio scheute sich nicht, direkt vor dem lesenden Dyer sowohl Buch als auch Teller hochzuheben, um ein paar Krümel wegzuwischen, wobei er beständig entschuldigend lächelte, als wäre er irgendwie verantwortlich dafür, daß sie auf dem Tisch lagen. Sein Benehmen schien von der Annahme bestimmt, daß Dyer ohnehin kein Trinkgeld geben würde. Beim Hinausgehen rief ihm Emilio hinterher: «Guten Abend, Senhor», als meinte er es nicht ganz ernst. Diese Worte, gesprochen in korrektem Portugiesisch, aber mit einem leisen spanischen Akzent, waren die einzigen, die er je an Dyer richtete. Über den Gast an dem Tisch beim Fenster befragt, zuckte er nur die Achseln.

Am dritten Abend aber blieb der Mann bei Dyers Tisch stehen.

Dyer war derart versunken in *Krieg im Sertão*, daß es mehrere Sekunden dauerte, ehe er sich des anderen bewußt wurde, der ihm da über die Schulter sah.

Der Mann streckte ihm seine eigene, in Leinen gebundene Ausgabe entgegen. Sie lasen beide das gleiche Buch.

«Nicht zu glauben. Außergewöhnlich!» Dyer kam auf die Beine. So außergewöhnlich war der Zufall gar nicht, wenigstens nicht in Brasilien. Doch in diesem kaum besuchten Restaurant schien es in der Tat erstaunlich.

Dyer deutete auf den Stuhl gegenüber. Der Mann sah auf die Armbanduhr.

«Lange kann ich nicht bleiben», sagte er, auf spanisch. Er zog den Stuhl heran und setzte sich auf dessen äußersten Rand, den Blick abgewandt. «Ich werde zu Hause erwartet.»

Dyer sah nach Emilio, der aber, aufmerksam wie immer, bereits herantrat.

«Bier?»

«Eigentlich lieber einen Kaffee.»

Der Mann legte sein Buch, die spanische Ausgabe, auf den Tisch. «Wenn das der Autor sehen könnte!»

Dyer sagte: «Sie wissen ja, manchmal schwärmen alle von einem Buch, und man selbst ist dann eher enttäuscht. Aber dieses hier ist genau so gut, wie ich gehofft habe.»

«Ich bin erst spät zum Lesen gekommen.» Seine Miene wirkte sorgenvoll. «Mein Vater hatte eine schöne Bibliothek, aber ich habe nie viel Gebrauch davon gemacht. Jetzt bleibt mir endlich die Zeit dafür.»

«Dann sitzen wir im selben Boot.»

Die Augen, die Dyer betrachteten, waren braun und unbewegt. Er sah weder besonders gut noch häßlich aus; junge Mädchen hätten sich zwar nicht nach ihm umgedreht, aber einer älteren Frau wäre sein Ausdruck aufgefallen, und die Spuren einer Leidenschaft darin.

«Finden Sie auch, daß es jedesmal ein Triumph für die Menschheit ist, wenn ein gutes Buch geschrieben wird?» fragte der Mann. «So wie wenn jemand von einer Krankheit geheilt – oder ein Verbrecher gefaßt wird. Es ist immer wieder ein kleiner Sieg gegen die Finsternis.» Rührend, dieses Vertrauen in die Bücher. Erst vor kurzem hatte er sie entdeckt, und jetzt entdecke er sie mit aller Macht.

«Aber praktizieren da Cunha und seine Kollegen nicht eine aussterbende Kunst?» bemerkte Dyer. «Die Menschen wollen sich doch lieber Videos ansehen. Die wollen gar nicht *Krieg im Sertão* lesen.»

Er antwortete nicht darauf. «Sie sind kein Brasilianer?»

«Ich bin Engländer.»

«Haben Sie hier geschäftlich zu tun?»

Dyer fand es in ganz Südamerika ratsam, den Menschen zu verschweigen, daß er Journalist war. «Ich beende gerade ein Buch.»

«Über Pará?» Er musterte Dyer unverwandt.

«Nein, es geht mir eigentlich mehr um die Indios.»

Der Mann seufzte. «Wenn wir nach Europa reisen, suchen wir nach Zivilisation. Aber wenn die Europäer hierherkommen, dann suchen sie nach dem Primitiven.»

Etwas plump gab Dyer zurück: «Und Sie, was sind Sie von Beruf?»

Nichts im Ausdruck des Mannes deutete an, was er dachte. Sein Blick ruhte auf den beiden Büchern, die sie zusammengebracht hatten.

«Ich war früher einmal Polizist.»

«Früher einmal? In Ihrem Alter? Sie meinen, Sie sind schon pensioniert?»

«Nicht direkt. Aber ich brauche immer weniger zu arbeiten.»

Nach Pará sei er wegen familiärer Probleme gekommen. Er wolle eine Zeitlang bei seiner erkrankten Schwester bleiben, um abwechselnd mit deren brasilianischem Mann an ihrem Bett zu wachen.

«Sie sind also auch nicht aus Brasilien?»

«Nein.» Dabei nahm er Dyers Buch und markierte die aufgeschlagene Seite mit dem Finger. «Lassen Sie mal sehen, wo sind Sie denn gerade?»

Dyer hatte gerade eine feierliche Ode über den Tod eines Soldaten gelesen, der neben dem Leichnam seines gefallenen Kommandanten weiterkämpfte, bis ihm die Munition ausging. Am Tag nach der Schlacht hatte die führende Tageszeitung von Rio seinerzeit den Löwenanteil ihrer Titelseite diesem Gedicht gewidmet. Dyer hatte schon mehrmals darüber nachgesonnen, wie wahrscheinlich es wohl wäre, daß die Auslandsredaktion einer Londoner Zeitung sich mit dem Lektorat von jambischen Pentametern plagen würde.

«Ich bin schon ein bißchen weiter als Sie.» Er sah Dyer über das Buch hinweg an. «Darf ich? – um mal wieder mein Englisch zu prüfen ...»

«Aber gern.»

Er starrte die bedruckte Seite an. «Sie machen sich Randnotizen.» Dann, indem er das Buch leicht drehte: «Aber ich kann Ihre Schrift nicht lesen.»

«Das ist so eine Angewohnheit», sagte Dyer.

«Verstehe ich gut. Vor kurzem habe ich meine alten Bücher vom Jurastudium in der Hand gehabt. All dieses unleserliche Gekritzel. Wie von einem anderen Menschen.»

In diesem Moment entspannte sich das Gesicht des Mannes, und Dyer fiel plötzlich ein, wer er war.

Er war sich des Pochens in seiner Brust wohl bewußt. Sein Atem ging rascher. Er betrachtete die in seinem Bier aufsteigenden Perlen und plante seinen nächsten Schachzug.

«Der meistgesuchte Verbrecher der Welt.» Die Phrase war schon durch zu viele Schlagzeilen entwertet, aber zwölf Jahre lang hätte sie auf den Philosophieprofessor Edgardo Vilas – oder, wie er später meist genannt wurde, Presidente Ezequiel – zutreffen können. Nur einen Meter vor ihm, so nahe, daß Dyer ihn, wenn er wollte, am Ärmel berühren konnte, saß der Mann, der den Anführer der Weltrevolution verhaftet hatte.

Die genaue Story kannte niemand. Dem Polizisten war der Mund verboten worden. Er hatte seine Befehle mißachtet und Ezequiel nicht sofort an Calderón übergeben, der ihn bestimmt hätte hinrichten lassen. Jeder hatte erwartet, der Revolutionär würde entweder erschossen oder sich freikämpfen und dann eventuell selbst umbringen. Allein dieser Mann hier konnte erzählen, wie man Ezequiel ohne Gegenwehr hatte verhaften können.

Sein Name war Agustín Rejas. Jahrelang hatte er als Undercoveragent daran gearbeitet, den Staatsfeind Nummer eins zu ergreifen. Jahrelang war er ein unbekannter Polizeioberst gewesen, und dann kannte plötzlich ein ganzes Volk seinen Namen. Innerhalb weniger Tage wurde er als Präsidentschaftskandidat gehandelt. Und in der nächsten Woche war er dann auf einmal verschwunden. So liefen die Dinge in seinem Land.

Von Oberst Rejas wußte Dyer nicht viel mehr, als daß er vierundvierzig war und aus einem Dorf nördlich von Cajamarca stammte. Er arbeitete seit zwanzig Jahren bei der Polizei, zwölf davon an einem einzigen Fall. Und wegen dieses Falls hatte Dyer vor einer Woche versucht, ihn zu interviewen, wenn auch ohne viel Hoffnung auf Erfolg. Sein Vorwand war gewesen, daß er Hintergrundmaterial für das Calderón-Porträt sammeln wollte. Hätte er wirklich das spektakuläre Glück gehabt, Rejas zu treffen, dann hätte er gern noch eine ganze Menge andere Dinge mit ihm besprochen. Aber diesen Mann traf man nicht so einfach. Es wurde gemunkelt, er sei außer Landes. Er war schlichtweg nirgends zu finden.

«Wie es scheint, ist er in so einer Art Zeugenschutzprogramm», hatte Dyer von der BBC-Korrespondentin erfahren. Sie war von allen Auslandsjournalisten im Lande die zuverlässigste. «Obwohl ich andererseits auch gehört habe, daß er mit den Amerikanern redet.»

Sie tranken heiße Schokolade im Café Haiti. Dyer erzählte ihr vom Anruf seines Redakteurs.

«Vielleicht will dir der Gute damit etwas zu verstehen geben.» Sie putzte sich die Nase. «Vielleicht wird's Zeit zum Aussteigen.»

Einsam und nach Gesellschaft lechzend, wollte er sie zum Abendessen einladen, aber sie ging mit ihrem jüngeren Geliebten in ein Brahms-Konzert im Teatro Americano. Ein Jahr zuvor, als Ezequiel noch frei herumlief, wäre eine solche Veranstaltung undenkbar gewesen.

«Hat sich Calderón denn mit Rejas ausgesöhnt?» fragte Dyer.

«Das bezweifle ich. Ich bin mir sicher, daß Calderón Ezequiel auf der Stelle umlegen wollte. Mein Kontakt im Präsidentenpalast hat mir erzählt, als Calderón damals im Fernsehen zusah, wie Rejas den Reportern Ezequiel präsentierte, da war er so zornig, daß er eine Whiskykaraffe in den Bildschirm schleuderte.»

Ein Jahr davor hatte sich Dyer von einer Kollegin bei Canal 7 die Videoaufzeichnung ausgeliehen, auf der Rejas nach der Verhaftung ein vorbereitetes Statement verlas. Der Polizist stand dabei vor dem Antiterrorismus-Hauptquartier auf der Via Expresa. Er hielt sich stramm aufrecht, fast reglos. Seine Ansprache beeindruckte durch ihre Bescheidenheit. Dank der harten Arbeit, Geduld und Disziplin seiner Leute während der vergangenen zwölf Jahre habe man am vorigen Abend um acht Uhr vierzig den Mann, der sich als Presidente Ezequiel bezeichnete, in Haft nehmen können. Rejas sagte, die Verhöre seien noch nicht abgeschlossen. Zum Abschluß sprach er von seiner Hoffnung für das Land, seinem Vertrauen in die Institutionen von Recht und Demokratie. Eine etwaige Belohnung wolle er an wohltätige Organisationen für Kinder spenden, die durch die Gewalt zu Waisen geworden waren.

Die Einstellung hatte häufig gewechselt. Einen Moment lang lag sie auf Rejas, dessen Kinnhaltung beim Ablesen Dyer später im Restaurant wiedererkennen sollte. Und das Erstaunlichste war, daß er keine Spur von Triumph an den Tag legte.

Zwei Tage danach verkündete ein knappes Bulletin aus dem Palast, man habe Oberst Rejas der Zuständigkeit für Ezequiel enthoben.

«Man ist allgemein der Ansicht, daß Rejas extrem schäbig behandelt wurde», sagte Dyers BBC-Kontakt.

«Also hat er seine Version der Geschichte noch gar nicht erzählt?»

«Anscheinend nicht. Nachdem man ihm scine Beute entrissen hatte, gab es eine stille Beförderung. Er dient jetzt als Quartiermeister der Staatspolizei – ein Posten, der keinerlei tatsächliche Befugnis mit sich bringt. Dafür kann Calderón Rejas jederzeit kontrollieren. Es ist kaum zu glauben, wie sehr diese plötzliche Popularität den Palast verstört hat.» Sie ergriff Dyers *Spectator* und schob die Zeitschrift in ihren Korb. «Aber Calderón muß ihn irgendwie in der Hand haben – oder warum hat Rejas sonst nichts gesagt? Es hätten ihm doch alle zugehört. Die Menschen hier verehren ihn.»

«Stimmen denn die Gerüchte?»

«Daß er als Präsident kandidieren will? Ich weiß nur, daß mehrere Abgeordnete dafür sind, ziemlich einflußreiche Leute. Sie haben mit ihm gesprochen.»

Sie nannte die Namen. Eine beeindruckende Liste.

«Und die Chancen, daß er die Nominierung annimmt?»

«Die Menschen wünschen sich dringend jemanden von seinem Kaliber, einen wahren Helden, der zugleich auch echt bescheiden ist. Aber wer weiß? Seit dieser Publicityorgie ist er völlig von der Bildfläche verschwunden.»

Seit durch Viviens Verschwinden sein Plan eines Interviews mit Calderón zunichte war, hatte Dyer eigentlich über all das gar nicht mehr weiter nachdenken wollen. Und nun, in dieser kleinen Hafenstadt am Amazonas, warf ihm das Schicksal einen viel größeren Schatz in den Schoß: einen Mann, der ihm zwar auch über Calderón einiges erzählen konnte, der vor allem aber weit mehr über Ezequiels Organisation wußte als sonst irgend jemand auf dieser Welt.

Dyer wußte, daß er seine Erregung unterdrücken mußte. Er hatte diesen erstaunlichen, wunderbaren Fang gemacht. Auf keinen Fall durfte er ihn verschrecken. Wenn er zuviel auf einmal verlangte, konnte er alles verspielen – andererseits blieb keine Zeit für indirekte, elegante Vorstöße.

Rejas las immer noch, als Dyer begann: «Aha, also Polizist. Haben Sie irgend etwas mit diesem Terroristen zu tun gehabt, der damals gefangengenommen wurde?»

Rejas hob den Blick von dem Buch. «Was für ein Terrorist?»

«Presidente Ezequiel.»

Rejas warf den Kopf zurück und lachte. Sein Lachen klang weder unangenehm noch gefühllos. Ein Unbeteiligter hätte Belustigung darin gehört, die ausdrücken mochte: Wie kommen Sie bloß auf so etwas? Für Dyer aber schwang in diesem Lachen auch etwas von sich schließenden Schotten mit, von niederrasselnden Jalousien: ein Mann, der sich wappnete. Es drückte aus, daß Rejas dazu kein Sterbenswörtchen sagen würde, und wenn Dyer zu bohren versuchte, dann würde der Polizist vom Thema ablenken und das Restaurant sehr rasch verlassen, und sobald der Perlenschnurvorhang hinter ihm zur Ruhe gekommen war, würde er nicht mehr an jenen Tisch am Fenster zurückkommen, und Dyer würde ihn nie wiedersehen.

«Es gibt noch einen weiteren interessanten Zufall», sagte Dyer. «Ich glaube, meine Tante ist mit einem Ihrer Kollegen gut befreundet.»

Rejas ließ das Buch sinken. «Aha, und mit wem?»

«Tristán Calderón.»

Zu spät wurde ihm klar, daß er Rejas damit eher verunsicherte, denn er zeigte ihm damit ja klar, daß er ihn erkannt hatte.

Rejas legte das Buch zurück neben die Papierserviette.

«Wie heißt Ihre Tante?»

«In Ihrem Land ist sie ziemlich bekannt, denke ich. Vivien Vallejo.»

«Die Tänzerin?»

«Ja, genau.»

«Die Ballerina?» – als wollte er ganz sichergehen. «Die das Metropolitan-Ballett leitet?»

«Ja.»

Dyer konnte sehen, wie er sich den Gedanken durch den Kopf gehen ließ, durchaus anerkennend. «Interessieren Sie sich für Tanz?»

«Meine Tochter hat ein Bild Ihrer Tante an der Wand hängen. Sie ist eine große Bewunderin von ihr. Und ich kenne auch noch andere ...»

Als er weitersprach, sah er nicht zu Dyer, sondern auf den Fluß hinaus. «Ihre Menschenfreundlichkeit wird allseits geschätzt.»

«Es wäre mir eine Ehre, ihr Ihre Tochter einmal vorzustellen.»

«Das ist sehr nett von Ihnen, aber ...» Rejas beendete den Satz nicht. Ein Licht bewegte sich über den dunklen Hintergrund draußen vor dem Fenster, eines der palmgedeckten Boote tuckerte flußaufwärts vorbei.

«Natürlich, wenn sie wüßte, daß es Ihre Tochter ist ...», sagte Dyer, der damit die allerfadenscheinigste Begründung aufgriff, um Rejas an seinem Tisch zu halten. Andererseits, weshalb sollte ein so rigoros verschwiegener Mann gerade mit ihm reden? Schließlich war er nicht der alte Seefahrer aus Coleridges Ballade. Er war hier, um von seinem Land fortzukommen, nicht um darüber zu sprechen.

Rejas antwortete nicht. Und Dyer fiel einfach nichts mehr zu sagen ein. Da saß er also, hilflos, müde, ein bißchen betrunken, und sah zu, wie seine Gedanken gemeinsam mit

Rejas' starrem Blick zum Fenster hinausströmten, unaufhaltsam.

Plötzlich sagte Rejas, indem er sich wieder dem Raum zuwandte: «Wußten Sie eigentlich, daß wir Ezequiel über einer Ballettschule festgenommen haben?»

3

WUSSTEN SIE EIGENTLICH, daß wir Ezequiel über einer Ballettschule festgenommen haben?»

«Nein.»

Rejas bedachte diese Lüge.

«Haben Sie schon mal einen Mann gesehen, dem der Kopf abgeschlagen wurde?»

«Nein.»

«Ich habe einmal einen Mann gesehen, dem der Kopf abgeschlagen wurde», sagte Rejas. «Der Körper erinnert sich noch daran, was er gerade getan hat, was ihm vor wenigen Sekunden aufgetragen worden ist, und geht einfach weiter. Blut verspritzend, schlurft er vorwärts. Es dauert eine Weile, ehe die Nachricht ankommt, daß der Chef oben gar nicht mehr da ist.»

«Wo war das?»

«In Jací. Einem kleinen Dorf hoch oben in den – Bergen. Sie werden noch nie davon gehört haben. Ich saß dort in der Falle, als Ezequiels Leute eines Vormittags plötzlich einfielen. Die Hinrichtung habe ich durch eine Erdmauer beobachtet, hinter der ich auf dem Bauch lag. Der Mann mußte sich hinknien und auf den Knien vorwärts rutschen. Nach dem Schlag mit der Machete schob er sich noch ein Stück weiter vor, wie am Ende einer langen Wallfahrt nach Fatima. In meinen Nächten sehe ich diesen kopflosen Körper immer noch vor mir. Er zuckte auf dem Boden herum, wirbelte Sand auf, pulsierend und zitternd, alles andere als tot. Dann hob seine Mörderin, ein etwa siebzehnjähriges Mädchen, den abgeschlagenen Kopf auf und schwang ihn wie eine Laterne vor seiner Brust, dabei brüllte sie: ‹Sieh her, du Schwein! Sieh her!›

Das war das Verblüffendste: die Reaktion des Gesichts. Versuchen Sie sich den Ausdruck eines Mannes vorzustellen, der den eigenen Körper anstarrt. Der Kopf lebt nämlich auch noch weiter. Ein paar Sekunden lang ist er in der Lage zu sehen, zu hören und zu denken. Die Augen gehen auf, die Lippen bewegen sich. Er kann sogar ein, zwei Sätze hervorbringen. Jedenfalls beinahe. Der Mund formt die Worte, aber man hört nichts, weil die Stimmbänder ja durchtrennt sind. Unser Pathologe, dem ich das erzählte, hat es als Unsinn abgetan. Sind nur Muskelkontraktionen, sagte er. Aber ich habe etwas anderes gesehen.

Der Mann, den sie da hinrichteten, war der Mesner des Dorfs; sie hatten herausgefunden, daß er mein Gewährsmann war. Wenn ich an die Situation in meinem Land nach dem Mai 1980 zurückdenke, fällt mir immer das Gesicht dieses Mesners ein. Als Ezequiel seine Revolution verkündete, hatte er vor, dem Staat den Kopf abzuschlagen. Er hatte vor, uns an den Haaren hin- und herbaumeln zu lassen, unseren Blick zu Boden zu zwingen, uns in die Ohren zu brüllen. Er wollte, daß wir die Sünden unserer Vergangenheit erkannten.

Aber vielleicht wissen Sie gar nicht, wovon ich spreche.»

Rejas lehnte sich zurück, fuhr mit der Hand in die Tasche seiner Jeans und zog eine Brieftasche hervor, der er ein kleines, zerknittertes Foto entnahm.

«Warum ich das aufhebe, weiß ich gar nicht.» Sein Blick fiel kurz auf das Bild, sein Ausdruck war neutral. Mit dem Zeigefinger schob er es über den Tisch.

Dyer nahm das Foto, eine Nahaufnahme in Schwarzweiß, und hielt es ins Licht der Glühbirne über ihnen. Es war von Fingerabdrücken befleckt und zeigte einen gutaussehenden, glattrasierten Mann von Anfang Dreißig mit leicht indianischen Gesichtszügen, ähnlich denen von Rejas selbst, dunklen Augenbrauen, einer Nase, die an der Basis recht breit war, und schmal stehenden Augen. Die Augen starrten den Fotografen an, gaben aber nichts preis. Aus diesem Gesicht waren alle Gefühle gelöscht worden.

«Wissen Sie, wer das ist?»

Dyer nickte. Auf wie vielen Plakaten hatte er es nicht schon gesehen, mit Einzelheiten über die eine Million Dollar Belohnung obendrüber? Zehn Jahre lang war es das einzige bekannte Foto von Ezequiel gewesen.

«Es wurde um zwölf Uhr mittags gemacht, am 17. Mai 1980», sagte Rejas. «Das war der Tag, an dem er verschwand.»

Dyer betrachtete die vertrauten Gesichtszüge. Das trotzig vorgereckte Kinn. Das dicke schwarze Haar, in stählernen Wellen aus der hohen Stirn gestrichen. Augen, die nichts zurückgaben. Ein dunkles Halstuch. Niemand, der im Laufe des vergangenen Jahrzehnts in Rejas' Land gewesen war, hätte dieses Gesicht übersehen können.

«Er sitzt auf einem leeren Kasten Bier.»

Dyer sah genauer hin. «Wirklich? Wie können Sie da so sicher sein?»

«Ich hab das Foto gemacht.»

4

ICH HABE EZEQUIEL nur zweimal getroffen. Beim erstenmal war ich einunddreißig. Es war kurz vor dem Ende meiner Zeit in Sierra de Pruna, einer kleinen Stadt nördlich von Villaria. Sylvina haßte es dort, sie nannte es den Styx. «Dafür hab ich dich nicht geheiratet», sagte sie. Aber gleich nach der Wahl sollten wir in die Hauptstadt umziehen. Ich war zu einer Einheit befördert worden, die für den Schutz ausländischer Diplomaten zuständig war. Bald würde Sylvina bei ihren Freundinnen sein. Und Laura konnte dann mit deren Töchtern spielen.

Es war die erste demokratische Wahl seit dem Putsch. Der damals zwölf Jahre her war. Wir hatten vergessen, was zu tun war, obwohl wir mit Schwierigkeiten rechneten. Meine Aufgabe war es, Straßensperren vor den Dörfern zu errichten und Papiere zu überprüfen. Ein ziemlich reizloser Job, etwa so wie Wachestehen am Grab des Unbekannten Soldaten: sechs Monate lang aufpassen, daß ja niemand die ewige Flamme auspustet! Einmal ging die übrigens wirklich aus, bei einem Streik der Gaswerker; da mußte ich den Spiritusbrenner anwerfen. Der Straßensperrendienst war so ähnlich. Nach drei Jahren in Sierra de Pruna hatte ich einen Punkt erreicht, an dem ich meine Arbeit nicht mehr gut erledigte. Die Routine brannte mich allmählich aus. Genau wie Sylvina freute ich mich darauf, einen neuen Anfang zu machen, unter einer Regierung, die vom Volk gewählt sein würde.

An jenem Vormittag kamen bei unserem Polizeiposten kaum Fahrzeuge vorbei. Dann, um halb zwölf, hielt ich einen roten Ford-Pritschenwagen an, der in den Ort wollte. Rechts vorn saß der Mann auf dem Foto da und starrte konzentriert die Motorhaube an, auf der meine Hand ruhte; neben ihm, kerzengerade und mit beiden Händen das Lenkrad umklammernd, war eine langnasige Mestiza um die zwanzig. Drei Indios standen auf der Ladefläche, die Haare mit Baumrinde und Gras verfilzt. Vermutlich hatten sie im Freien geschlafen.

«Papiere», sage ich.

Sie zogen ihre Ausweiskarten hervor, alle, bis auf den Mann auf dem Beifahrersitz, der seine Taschen abklopfte, als müßte sein Ausweis irgendwo dort sein.

Ich wollte gerade die Schranke heben, als mein Blick über die Ladefläche schweifte und auf einen großen Jutesack fiel, der einen auffälligen Haufen bildete. Aus der Öffnung ragte der Schweif eines Tiers, mit verkrustetem Blut in dem schwarzweißen Fell.

Die junge Frau, schlank und in einem weiten Rock, steigt aus dem Wagen. «Den haben wir überfahren.»

Sie beugte sich über die Ladebordwand. «Er kam ganz plötzlich, aus dem Nichts.»

Ich schlug den Sack ein Stück zurück und legte den rosafarbenen, schrumpligen Ansatz des Schwanzes frei.

«Sieht aus wie ein Dalmatiner», sagte sie.

Wem gehört der Hund? Warum haben Sie ihn mitgenommen? Was wollen Sie überhaupt mit einem toten Hund? Aber ich stellte diese Fragen nicht. Ich machte mir nicht einmal die Mühe, die Stoßstange auf Beulen zu überprüfen.

«Wir fahren zu einem Begräbnis.» Sie schob sich das Haar aus dem Gesicht, und die Sonne erhellte ihre pulsierende Schläfe. «Mein Onkel – er wird heute nachmittag beerdigt.»

«Wo?»

«In Pelas.» Dreißig Kilometer östlich. «Er hat eine Maschine bedient. Sein ganzes Leben lang saß er auf demselben Stuhl, und dann ist er plötzlich tot.» Sie ließ ihre langen Finger knacken, das Geräusch hallte durch die trockene Luft.

Ich ging zum Beifahrerfenster hinüber. «Schon gefunden?»

Der Mann schüttelte den Kopf. Es ist ein heißer Tag, aber er schützt seinen Hals mit einem braunen Alpakaschal. Er trägt ein rotes Hemd, der Kragen ist hochgeschlagen.

«Irgendwo muß er ja sein.» Die Frau war mir nachgegangen. Ihr Gesicht im Seitenspiegel wirkte nervös. «Komm schon, du mußt ihn doch haben.»

«Ich glaube, ich hab ihn zu Hause vergessen», murmelte der Mann. Er griff nach der Zigarettenpackung auf dem Armaturenbrett, klopfte sich eine heraus und zündete sie an. Im Nacken, hinter den Ohren, hatte er einen Hautausschlag.

«Wie gehören Sie denn dazu?» fragte ich.

«Er ist ein Verwandter», sagte die Frau.

Ich bedeutete Sergeant Pisac, mich zu decken, und machte die Tür auf. «Ich bräuchte dann bitte Ihre Personalien.»

In dem kleinen Büroraum tippte ich meinen Bericht, während der Mann mir gegenübersaß; eine Kurzbeschreibung, die einem Foto zugeordnet werden würde.

Name: Melquíades Artemio Durán
Geschlecht: männlich
Alter: 34
Rasse: Mestize
Beruf: Arbeiter
Größe: 170 cm
Körperbau: schmal
Augen: braun
Zahnstatus: 5 Füllungen im Unterkiefer
Besondere Kennzeichen: Hautausschlag – evtl. Ekzem

«Wo sind Sie geboren?»

«In Galiteo.»

«Am Marañon?»

«Ja.»

«Dann kennen Sie ja La Posta?»

Er nickte.

«Da bin ich geboren», sagte ich.

«Wirklich?» Er zündete sich wieder eine Zigarette an, eine Winston, und stieß zwei sanfte Rauchfahnen aus.

Das war's. Das war alles. Sie können sich kaum vorstellen, wie oft ich mir diese Szene wieder vor Augen geführt habe. Nach meinen Aufzeichnungen dauerte die ganze Unterhaltung siebzehn Minuten. Nach dem, was er dabei sagte, hätte man unmöglich glauben können, daß dieser Mann ein Philosoph war, der zwölfeinhalb Stunden später eine Weltrevolution auslösen wollte.

Im nachhinein sieht man wie mit einem starken Feldstecher in die Vergangenheit. Ich hätte ihn verhaften sollen. Ich hätte warten sollen, die Frau seine Papiere holen lassen. Ich hätte ihm eine Menge weiterer Fragen stellen sollen. Aber es war mein letzter Tag in Sierra de Pruna. Ich hatte wenig Lust, mich wegen eines vergessenen Ausweises allzusehr zu sorgen. Und ich war sentimental: Wir stammten aus benachbarten Tälern, der Mann mit dem Alpakaschal und ich, und außerdem ging er zu einem Begräbnis.

Um fünf Minuten vor zwölf führte ich Melquíades Durán auf den Hof, ließ ihn auf einem Bierkasten Platz nehmen und machte ein Foto von ihm, mit der polizeieigenen Nikon und einem Stativ.

Wahrscheinlich hat er sich bewegt, weil die Konturen seines Kinns verwackelt sind. Sehen Sie? Auch das Licht ist nicht besonders. Im Labor meinten sie, der Kameraverschluß sei möglicherweise defekt. Aber dieser Lichtstrahl dort stammt von der Sonne, die genau über dem Dach steht. Ich habe wenig Erfahrung mit dem Fotografieren. Er sieht aus wie eine Figur auf einem mittelalterlichen Gemälde, finden Sie nicht auch?

Um zwölf Uhr vier gingen wir zurück in das Postengebäude, wo die Fahrerin und die drei Indios unter Bewachung warteten. Ich gab ihr die Autoschlüssel.

«Fahrt los, zu eurem Begräbnis.»

Sie gingen hinaus. Der Wagen sprang nicht sofort an. Die drei Indios musterten mich vorwurfsvoll. Der Starter ließ den Pritschenwagen unter ihnen erzittern.

«Warten Sie. Lassen Sie ihn sich kurz erholen», rief ich. Sie hatte den Vergaser absaufen lassen.

Sie wartete, dann schob sie sich eine Strähne aus dem Gesicht und drehte den Schlüssel erneut, sichtlich in Eile, wegzukommen. Diesmal zündete der Motor.

Ich lehnte mich gegen die Schranke und sah dem Wagen nach. Ich erwartete, daß die Frau mir winkte, aber das tat sie nicht. Der Mann, den ich fotografiert hatte, starrte mich im Seitenspiegel an. Der Pritschenwagen bog um eine Ecke, die Sonne blitzte auf dem Dach, und sie verschwanden in einer Staubfahne.

Als ich Ezequiel das nächste Mal traf, war er lebendig und saß auf einem Sofa in einem Zimmer im ersten Stock mitten in der Hauptstadt. Er hatte sich so stark verändert, daß ich ihn kaum erkannte, nur der Schal war noch derselbe. Aber das war dreißigtausend Tote, zweitausend Autobomben und zwölf Jahre später.

Ich weiß heute, daß Ezequiel, als ich ihn damals an der Sperre aufhielt, mit seiner Frau und drei Leibwächtern zu einem geheimen Unterschlupf in Sierra de Pruna fuhr. Hätte ich den Wagen auseinandernehmen lassen, wäre ich unter den Sitzen auf versteckten Sprengstoff gestoßen, gestohlen aus einem Wolframbergwerk. Mir hätte auffallen müssen, daß irgend etwas an dem toten Hund in dem Sack merkwürdig war, oder daran, daß der Hund überhaupt im Wagen lag.

Am Abend jenes Tages sollte Ezequiel zu einer Gruppe von Genossen sprechen, die sich in einem Lagerraum hinter der Calle Junín drängten. Die Stimmung der Versammlung war gespannt. Um ihren Mut zu stärken, las er laut Textstellen von Mao, Kant, Marx und aus Shakespeares *Sturm* vor, darunter die Zeile: «Kein Mund! Ganz Auge! Schweigt!» Eine Minute nach Mitternacht beendete er seine mit leiser, klarer Stimme gehalte Rede, bei der er hie und da von einem Glas Mineralwasser getrunken hatte, und erklärte den bewaffneten Kampf für eröffnet. Einen nach dem anderen umarmte er seine Zuhörer und küßte jeden einzelnen auf beide Wangen. Er werde sie nicht mehr wiedersehen, bis die Revolution gesiegt habe. Wenn er zu jener Tür hinausgegangen sei, gehe er in den Untergrund und nehme eine neue Identität an.

Zwanzig Minuten nach Mitternacht, nachdem man überprüft hatte, ob die Straße diesmal sicher war, verschwand er.

Für mich beginnt Ezequiels Geschichte in Wirklichkeit erst sieben Monate später, auch wieder mit einem toten Hund.

Ich stehe auf einer Brücke in der Hauptstadt und sehe an einem Laternenmast hoch. Es ist zwei Uhr früh am Morgen des 27. Dezember. Aus dem Dunkel hängt die orangefarbene Kapsel der Lampe herab, von gelblichem Dunst umgeben. Aber etwas stimmt da nicht. Etwas Schwarzes baumelt in dem grellen Kunstlicht. Die Ohren sind abgerissen, und quer über den Hals verläuft eine gräßliche, keilförmige Wunde.

Nie wird mir eine bessere Allegorie für den Schrecken einfallen, der uns bevorstand.

«Warum haben sie ihm die Kehle durchgeschnitten?» flüstert Sucre.

«Damit die Seele nicht durch den Mund entweichen kann.»

Wenn bei uns im Dorf jemand starb, hängte man seinen Hund an einem Baum auf. Hunde, so belehrte mich meine Mutter, konnten einem gut beim Überqueren der Flüsse in der Unterwelt helfen. Aber wir schlitzten ihnen nicht die Kehle auf.

«Du meine Güte!» sagt Sucre, der nur so lange Polizist bleiben will, bis er die Obstplantage seines Vaters erbt.

Über mir dreht sich der Leichnam im Wind. Das Tier ist am Schwanz aufgehängt worden. Seine Vorderpfoten sind mit feinem Draht zusammengebunden und pendeln hinter dem Kopf herab. Während es langsam kreist, erinnert es mich an eines der Messing-Rentiere, die ich über unseren Weihnachtskerzen zusammengebaut habe, nur daß es keine Glöckchen hat. Etwas tropft mir ins Gesicht.

«Der hat irgendwas im Maul», sagt Sucre.

Ich trete ein Stück zurück. Die Kiefer sind mit Gewalt auseinandergezwängt worden und stehen nun in einem erstarrten Hecheln offen. Von den Beinen hängt ein Plakat.

Zweimal springe ich, aber der Hund ist zu hoch. Meine Versuche, ihn herunterzuziehen, stören die Fliegen an seinen Augen auf. Ich fahre den Wagen auf den Gehsteig und klettere aufs Dach, um den Draht zu lösen. Der Leichnam fällt zu Boden, wobei ein letzter Luftzug entweicht. Im orangefarbenen Licht lese ich die Worte «Deng Xiaoping».

Ich binde das Plakat los und reiche es an Sucre weiter. Verwirrt liest er laut die geschriebene Botschaft: «Eure faschistische Führung hat unsere Weltrevolution verraten!»

Bei der Unterschrift runzelt Sucre die Stirn. «Wer ist denn Präsident Ezequiel?»

Aber ich habe nur Augen für den Hund. Aus dem Maul ragt ein schmaler Stab Dynamit. Mein erster Gedanke gilt dem Verkehr unter der Brücke.

Als die Sonne aufging, hingen auch in Belgrano, Las Flores und Lurichango Hunde von den Laternen. Vier weitere verstümmelte Tiere wurden entlang der Schnellstraße zum Flughafen gefunden, dazu einer vor der Katholischen Universität. Die Menschen, die sich um die Leichen scharten, verspürten alle die gleiche Verblüffung. Niemand wußte, wer oder was dieser Ezequiel überhaupt war. Oder seine Weltrevolution.

Am Morgen rief ich bei der chinesischen Botschaft an. Trotz der Erwähnung von Deng Xiaoping waren dort keine Drohungen eingegangen. Nachdem zwei Wochen ohne weitere Zwischenfälle verstrichen, vergaß ich das Geschehen jenes Abends langsam.

Sylvina war erleichtert, wieder in der Hauptstadt zu sein. Seit den ersten Monaten unserer Ehe hatte ich sie nicht so glücklich erlebt.

Etwa ein Jahr lang mieteten wir die Wohnung ihres Cousins Marco, der mit seiner Frau nach Miami gezogen war. Irgendwann fanden wir dann ein bescheidenes Souterrainapartment in Miraflores, drei Straßen nördlich von Parque Colón. Es war nicht so nett wie Marcos Wohnung oder wie die, in der wir sechs Jahre davor gewohnt hatten, als ich noch Rechtsanwalt gewesen war; außerdem konnte ich mir die Miete kaum leisten. Aber Sylvina hatte beim Tod ihrer Mutter eine kleine Erbschaft gemacht. Darüber nachzudenken, wie wir auskommen sollten, wenn diese Geldquelle aufgebraucht war, fand keiner von uns beiden den Mut. Einstweilen aber reichte die Erbschaft für eine Putzfrau und den Beitrag bei dem Tennisclub, wo Sylvina vier Nachmittage die Woche spielte.

Unsere Tochter Laura sah meiner Schwester immer ähnlicher, je größer sie wurde: große braune Augen, kräftiger Körper und dichtes schwarzes Haar, das Sylvina unbedingt zu einem Zopf flechten mußte. Schon sprach Sylvina über Ballettstunden.

Wir hatten die neue Wohnung seit einem Jahr, als ich zum stellvertretenden Leiter der Einheit für den Diplomatenschutz befördert wurde. Dennoch war Sylvina weiterhin überzeugt, es sei verrückt von mir, bei der Polizei zu bleiben. Wer wurde denn schon Polizist? Die waren doch alle entweder psychisch gestört, oder sie hatten selbst Probleme mit dem Gesetz gehabt. «Und sie sind alle arm.» Aber ich hatte regelmäßige Dienstzeiten, und es war eine ruhige Zeit für unsere Ehe und für die Hauptstadt.

Eines Vormittags im November werde ich in ein Büro im dritten Stock eines Gebäudes auf der Via Expresa zitiert.

Ich hatte mich dort bei meiner Rückkehr in die Hauptstadt zurückgemeldet, aber seit damals bestand für mich wenig Grund, wieder hinzugehen. Es ist ein freudloser Ort, und wenn der Wind vom Meer her bläst, wie an diesem Morgen, riechen die Korridore nach Autoabgasen, Maiskolben und Urin. Da das Gebäude schon lange als eines der häßlichsten Bürotürme der ganzen Stadt bekannt ist, hat man viel Geld dafür ausgegeben, die Außenfassade mit einem besonders unglücklich gewählten grünen Putz zu versehen, der keinerlei Beziehung zu irgendeinem natürlichen Farbton aufweist. Der Anstrich paßt nicht recht zu den mit Stacheldraht geschützten Schießscharten am Eingang oder den Betonpollern, die die Leute vom Parken abhalten sollen.

General Merino ist ein breitschultriger Mann mit einem schmalen Schnurrbart und kleinen, glitzernden Augen, die wie Grübchen in seinem grauen Gesicht sitzen. Er trägt ein schwarzes Rollkragenhemd, eine Jacke mit Schaflederbesatz und Gürtellaschen, und er mustert mich erst aus dem einen Auge, dann aus dem anderen, wie ein Huhn. Noch hat er nicht den Tic in den Augenwinkeln, den er später bekommen wird. Es ist ein wohlmeinender Blick.

Merino ist unser höchstdekorierter Polizist. In den Sechzigern half er als Kadett dabei, Fuentes Putsch niederzuschlagen, und mit ganz ähnlicher Entschlossenheit beschützt er seine Einheit. Er ist dafür bekannt, daß er die Militärs nicht mag, und gilt als ehrlich, tapfer und überarbeitet. Seine Freude im Leben ist das Angeln. Vor der Landkarte an der Wand hinter seinem Schreibtisch lehnt eine Rute.

«Sie sprechen doch Quechua, stimmt's?»

«Jawohl.»

«Kennen Sie den Norden gut?»

«Ja, schon.»

Auf dem Schreibtisch steht eine Glasschale mit Orangen.

«Wollen Sie eine?»

«Nein, vielen Dank.»

Er nimmt sich eine Orange und schält sie. «Wenn man einen Kater einfangen will, Oberst Rejas – ich sage Oberst zu Ihnen, weil ich Sie befördern werde, verstehen Sie –, wie geht man da am besten vor? Jedenfalls schickt man nicht zwei Schäferhunde in die kleine Gasse hinein. Die würden nur sämtliche Mülltonnen umwerfen, und das schlaue Vieh saust einfach einen Baum hinauf. Nein. Man schickt jemanden hin, der die Gegend kennt und genau weiß, wie der andere riecht und wie er denkt. Man schickt einen zweiten Kater.»

Der General, so merke ich bald, ist ein Mann, der Entscheidungen rasch und einigermaßen intelligent trifft, aber sobald er ein Problem delegiert hat, will er auf keinen Fall je wieder damit behelligt werden. Er deutet auf einen dicken blauen Aktenordner auf dem Schreibtisch. «Sie werden unser Kater sein, Rejas.»

Ich soll den Ordner über Nacht mitnehmen und mich mit dem Inhalt vertraut machen.

Zu Hause öffne ich die Metallspange. Die Akten verzeichnen Vorkommnisse in der Provinz seit dem 17. Mai 1980, dem Wahltag. In jener Nacht waren in vier Dörfern der Provinz Nerpio – sieben Monate vor ihrem Auftauchen in der Hauptstadt – tote Hunde an Laternenmasten aufgehängt worden. Das Symbol stammte offenbar aus dem Maoismus. «In China steht ein toter Hund für einen vom Volk zum Tode verdammten Tyrannen.» Es war auch keineswegs auf das Hochland beschränkt. In den Wochen danach sollten Hundeleichen von Lampen in Cajamarca, Villaria und Lepe baumeln, und der Gipfelpunkt des Ganzen war der bereits beschriebene Vorfall auf der Brücke über den Rimac. Seit der Serie in jener Nacht war in der Hauptstadt nichts mehr dergleichen passiert.

Die Tiere, die als nächstes kamen, waren lebendig.

Im Februar rannte in Cabezas Rubias ein schwarzer Hund über den Markt, der Schaum vor dem Maul hatte. Ein Obstverkäufer wollte ihn gerade mit einem Besen verscheuchen, als der Hund explodierte. Drei Menschen erlitten gräßliche Verletzungen, und ein Fleischstand wurde über den ganzen Marktplatz verstreut.

In Judío kam ein wild dahergeloppierender Esel an einem Polizeiposten vorbei und explodierte dort in tausend blutige Stücke. Niemand wurde verletzt, aber das Blut war in den Putz des Gebäudes geradezu eingeätzt.

In Salobral wurde während einer Ratsversammlung ein Huhn ins Büro des Bürgermeisters eingeschmuggelt, wo es die Wände mit Federn und Blut befleckte.

Bei keinem dieser Vorfälle gab es irgendwelche Bekennerschreiben, aber der Hund und der Esel trugen anscheinend Plakate am Hals, die den Namen «Ezequiel» verkündeten.

«Ein Krimineller!!!!» erklärte der Bürgermeister von Salobral. «Ein Argentinier», deutete der dort residierende Bischof in seiner Predigt an, die im Radio gesendet worden war. «Ein Amerikaner», verkündete ein Wartender in einer Schlange am Busbahnhof, was der Korrespondent von *El Comercio* aufschnappte und zitierte.

Selbst aus der entlegensten Provinz kamen Nachrichten.

Vom Polizeiposten in Tonda: Augenzeugenberichte über eine öffentliche Hinrichtung, wobei dem Opfer der Diebstahl mehrerer Stiere vorgeworfen worden war.

Aus Anghay: zwei Prostituierte auf der Straße ermordet.

Aus Tieno: die Ermordung des Bürgermeisters in einem Friseurladen.

Wiederum mit diesen Scheußlichkeiten verknüpft der Name Ezequiel: mal mit dem Blut der Opfer auf eine Mauer geschrieben, mal mit Felsblöcken auf einem Hügel ausbuchstabiert: *«Viva el Presidente Ezequiel. Viva la Revolución.»*

Der Name wiederholte sich in einem Tal nach dem anderen. Wer dieser Ezequiel auch sein mochte, er war überall. Und zugleich war er nirgendwo. Er hatte keinerlei Manifest veröffentlicht. Er versuchte nie, die in seinem Namen verübten Aktionen zu rechtfertigen. Er verschmähte die Presse. Offenbar sprach er einzig und allein zu den Armen.

Deshalb hatte die Regierung ihn ignoriert.

Sie haben in meinem Land gelebt. Dann werden Sie verstehen, warum Ezequiel die Hauptstadt als den «Kopf des Ungeheuers» bezeichnen konnte. Seine «Revolution» wurde dort nicht einmal zur Kenntnis genommen. Wenn seine Aktionen überhaupt je in den Zeitungen auftauchten, wurden sie als das Werk von Geistesgestörten abgetan, als Taten von «Kriminellen» und «Dieben».

Sie wissen ja, wie die Hauptstadt ist. Sie hält sich für das ganze Land. Alles außerhalb der Stadtgrenze ist für sie ein weißer Fleck auf der Landkarte. Sie macht sich erst Gedanken, wenn die Klimaanlage ausfällt oder wenn es keinen Strom mehr für den Gefrierschrank gibt. Solange Ezequiel im Hochland operierte, stellte er für die Metropole keine Bedrohung dar. Doch die ganze Zeit hindurch breitete sich seine Bewegung klammheimlich im Untergrund aus. Ein riesiger Skarabäus, dem Scheren und Klauen wuchsen. Unerkannt. Bis zu dem Zeitpunkt – das war eine Woche bevor General Merino mich zu sich rief –, als ein Junge, der etwa in Lauras Alter war, die Empfangshalle eines Hotels in Coripe betrat und dort explodierte.

Das schreckte die Menschen auf.

Das Foto aus dem *Diario de Coripe* ist vom 10. Juni datiert. Es dürfte in einer Fotokabine aufgenommen sein, denn über die gutaussehenden Züge wandert ein Zweifel. Der Junge hält sein Lächeln unsicher aufrecht, er wartet auf den Blitz.

In dem Artikel findet sich sein Profil neben einem Bild der ausgebrannten Hotelhalle. Sechs Leichen liegen auf Bahren ausgestreckt. Nach Aussagen des Hotelmanagers, der den Anschlag überlebte, trug Paco einen feinen Sonntagsanzug und hatte eine braune Ledertasche am Schulterriemen. Der Manager erinnerte sich, wie sein Gesicht, vom Arm gegen das Licht abgeschirmt, an der Glastür aufgetaucht war. In der Empfangshalle versammelte sich gerade ein Ausschuß von Stadtpolitikern, um den Bau einer Milchpulverfabrik zu besprechen. Als er den durch das Glas spähenden Paco sah, öffnete der Manager die Tür. Der Junge sagte, er habe eine dringende Nachricht für seinen Vater, den Ausschußvorsitzenden. Die müsse er persönlich überbringen. «Dort drüben», sagte der Manager und zeigte auf den Vorsitzenden, der sich bereits erhob, etwas verwirrt von dem Jungen, der da, eine Ledertasche schwenkend, auf ihn zurannte und rief: «Papa, Papa!» In Wirklichkeit hatte der Mann gar keinen Sohn.

«Viva el Presidente Ezequiel!»

«Dieser Ezequiel, Herr General, wissen wir irgend etwas über den?» fragte ich General Merino am nächsten Tag.

«Einen feuchten Scheiß wissen wir. Nur das, was Sie in dem Ordner gelesen haben.» Der General hatte nicht viel Beziehung zu abstrakten Konzepten.

«Wir waren eine kleine Einheit, in den Anfängen nie mehr als sechs Leute. Unser Auftrag lautete, ‹die im Namen des Kriminellen Ezequiel verübten Verbrechen aufzuklären und zu bekämpfen›. Aber es ist schwer, aus dem Nichts ein wirksames Ermittlungssystem aufzubauen. Für so etwas braucht man Geld – und davon hatten wir wenig. In einem Jahr konnten wir uns nicht einmal neue Stiefel leisten. Außerdem braucht man Zeit.»

«Sie hatten doch zwölf Jahre», wandte Dyer ein.

«Jetzt klingen Sie schon wie der General. Und ich sage Ihnen, was ich ihm gesagt habe. Mit der Geheimermittlung ist es genau wie mit jeder anderen Kunst. Es geht darum, die Dinge möglichst nicht übers Knie zu brechen. Es geht ums Warten. Wissen Sie, wie lange ein Mammutbaumsamen braucht, bis er keimt? Ein ganzes Jahrzehnt. Natürlich gibt es auch eine Zeit für die Ungeduld, in der man auf einmal rascher handeln muß als je zuvor. Bis dahin aber geht es um das Sammeln und Analysieren von Informationen. Denken Sie daran, daß Ezequiel sein Untertauchen schon seit 1968 geplant hatte. Als er dann verschwand, brauchten wir weitere zwölf Jahre, bis wir ihn aufgespürt hatten. Aber der Ausnahmezustand in Malaya hat auch nicht weniger lange gedauert.

Der Erfolg wäre vielleicht rascher eingetreten, wenn wir

früher reagiert hätten, mit einer klareren Strategie und einem Bild des Staates als gerechtes, freizügiges und gefestigtes System. Leider war unser Staat nicht so beschaffen. Er war völlig orientierungslos, und durch seine chaotischen Maßnahmen fand Ezequiel nur noch mehr Anklang bei der Landbevölkerung und irgendwann natürlich auch bei den Bewohnern der Städte. Als wir uns endlich entschlossen, Notiz von ihm zu nehmen, war es zu spät. Er war bereits derartig in Fahrt gekommen, daß er nicht mehr zu bremsen war.

Ich war sehr froh, mit diesem Fall betraut zu werden. Mein Beruf, dem ich eine finanziell interessante Stellung geopfert hatte, konnte meine ursprünglichen Erwartungen nicht recht erfüllen. Deshalb widmete ich mich nun ganz der Jagd auf Ezequiel.

Von Anfang an erstaunte mich der Fanatismus seiner Gefolgsleute, das Ausmaß ihrer Unterwerfung unter seine Disziplin. Es erwies sich, daß seine Zellen unmöglich zu unterwandern waren. Sie stützten sich auf keinerlei Kontakte nach außen. Ihr Dynamit stahlen sie aus Bergwerken, ihre Waffen von der Polizei. Wir konnten kaum je einen verhaften, weil ihr Nachrichtendienst besser war als unserer. Die wenigen, die wir einfingen, weigerten sich zu reden. Wenn jemand redet, dann immer nur, um sich aus einer Klemme zu retten, aber bei Ezequiels Leuten war das anders. Sie waren ganz offensichtlich alle schon seit ihrer Kindheit ausgebildet worden. Nicht wenige von ihnen waren ja auch noch Kinder. Und wenn Ezequiel so einem Kind auf die Schulter tippte, wurde es zum Mörder. Für die zehnjährigen Jungen und Mädchen war das ein Spiel. Sie wetteiferten miteinander. Man gebe einem Zehnjährigen eine Tasche voll Dynamit oder eine Kalaschnikow in die Hand und reize ihn noch ein bißchen – wer klug ist, macht sich da schnell aus dem Staub.

Mein Ziel war es, Ezequiel und seinen Führungsstab aufzuspüren. Die Befehle an meine Leute blieben die gleichen. Um unseren Feind zu besiegen, müssen wir wissen, worin sein Reiz liegt. Wenn wir Ezequiel verhaften wollten, wer immer er auch war, mußten wir dieselben Menschen überzeugen, die auch er überzeugt hatte. Auf keinen Fall durften wir Verdächtige umbringen oder foltern. Wir standen doch für die Macht des Gesetzes, so hinderlich das oft auch war. Die Repression mußte immer von der anderen Seite kommen. Leute einzuschüchtern würde keine Ergebnisse bringen. Denn damit mochten wir zwar etwas über die Vergangenheit erfahren, über Dinge, die schon geschehen waren. Aber wir vergaben die Chance auf jede zukünftige Zusammenarbeit.

Am ehesten würde uns ein Erfolg gelingen, indem wir einen Verdächtigen ‹umdrehten›. Wir mußten uns darauf konzentrieren, in den Dörfern jene zu identifizieren, die gewisse Sympathien für Ezequiel zeigten. Nur mit Kleinarbeit, an Hand von winzigen Einzelheiten, würden wir Erfolg haben. Da zählte auch die Farbe einer Tapete, das Muster eines Kleides, der Inhalt einer Mülltonne.

Also sammelten wir Beweismaterial.

Wir durchwühlten Mülltonnen. Überwachten Häuser. Notierten die Kleidung von Verdächtigen. Langsam und geduldig setzten wir ein Bild zusammen, bis wir unsere Zielperson vor eine krasse Alternative stellen konnten: Strafverfolgung oder Belohnung. Jeder Mensch, den man mit zwei Türen konfrontiert, wo auf der einen ‹Leben› und auf der anderen ‹Tod› steht ... tja, man kann sich ausmalen, für welche Tür er sich entscheiden wird.

Und genau das ist passiert, als ich mir den Mesner von Jací vornahm.»

Er war unbeholfen und dürr, die schrumplige Haut hing an seinem Gesicht wie etwas Ausgeliehenes. Ich traf ihn in der

Kirche an, wo er die Kerzenstümpfe von den Opferlichtern abzog. Es war wichtig, daß er in mir nicht nur einen beliebigen Beamten von der Küste sah, der ihn in einer Sprache befragte, die er nicht verstand. Deshalb hatte der General gefragt, ob ich Quechua konnte.

Wir saßen auf der vordersten Kirchenbank.

«Das da bist du?»

«Ja.»

Auf dem Foto, das vom Dach der Dorfschule aus aufgenommen worden war, nahm er gerade Geld von einer maskierten Gestalt entgegen. Mit der anderen Hand hielt sein Wohltäter ein gestohlenes Polizeigewehr gepackt.

«Und das hier?»

Der Mesner saß in einem Boot, am Bug sah man zwei Bewaffnete.

«Das kann ich erklären.» Er hatte das Geld genommen, um sieh eine Operation für seine Mutter leisten zu können. Das Krankenhaus tat nichts ohne Bezahlung. Sie war todkrank. Lymphknotenkrebs.

«Vor Gericht würdest du dafür zwanzig Jahre kriegen. Vielleicht noch mehr.»

«Du verstehst das nicht.»

«Ich verstehe sehr wohl.»

Es gab noch vier weitere Fotos, aber er hatte schon von Anfang an begriffen, daß ich genug Beweise gegen ihn hatte. Sein Gesicht verfiel.

Sobald er eingewilligt hatte, uns zu helfen, begegnete ich ihm mit Mitgefühl. Ich versprach, mit dem Krankenhaus zu sprechen. Ich wollte ihn auf unsere Seite bringen. Ob mir das wirklich gelang, weiß ich nicht. Aber er sagte, er würde die gewünschten Informationen – Namen, Übergabetreffpunkte, Zeit und Ort von geplanten Aktionen – für mich bereit haben, wenn ich wiederkäme.

Diesmal kam ich in Zivil. Das Dorf lag in einer Senke zwischen steilen, baumlosen Bergen, an einem Fluß, der wenig Wasser führte. Ich brauchte drei Tage im Bus und dann noch einen Vormittag auf der Ladefläche eines Lasters. Der Fahrer wollte billig Kartoffeln kaufen. Um als sein Gehilfe durchzugehen, half ich beim Aufladen der Säcke.

Ich hatte mit dem Mesner ein Treffen zu Mittag verabredet. Als ich gerade auf die Kirche zuging, hörte ich Hufgetrappel auf losen Holzbohlen. Auf der Straße entstand Unruhe. Die Menschen sprachen rasch und mit gedämpfter Stimme und rafften ihre Lebensmittel zusammen. Türen wurden zugeknallt. Die Pferde hatten wohl die Brücke überquert, da das Trappeln wieder verklang. Dann bogen sie um die hohe Mauer des Schulhauses.

Ich sah sofort, wer da geritten kam. Sie trugen Masken, alle zehn. Lauter Teenager, angeführt von einer jungen Frau, die ihr Haar unter eine Baseballmütze geschoben hatte. Ihre kurzen Beine, die in den ausgebleichten Jeans etwas stämmig wirkten, lenkten das Pferd in Richtung der Kirche, auf die ich zuging. Die Erde zitterte, als sie vorbeigaloppierte. Sie ritt bis an das Kirchentor heran, trieb das widerstrebende Pferd die Steinstufen hinauf, bis es mit Kopf und Schultern den Eingang ausfüllte. Dann stieg sie ab. Einer der maskierten Reiter hielt ihr den Zügel. Sie rückte sich den Gürtel zurecht, an dem in einem ledernen Halfter eine Machete hing, und ging in die Sakristei hinein, wo der Mesner mit seinen Informationen auf mich wartete.

Ich floh bergaufwärts, eine schmale, gewundene Straße entlang, um mir irgendwo ein Versteck zu suchen. Die Dörfler waren hinter ihren Fensterläden verschwunden, aber ich spürte ihre Blicke. Schließlich fand ich Zuflucht hinter einer Erdmauer – hinter mir lagen nur ein paar leere Felder –, von wo ich auf die Kirche hinuntersehen konnte. Nach wenigen

Minuten läuteten die Glocken, und fünf Männer wurden in die Mitte des Dorfplatzes gestoßen. Die Reiter hatten genau gewußt, wen sie suchten, wo die Opfer zu finden waren. Der Bürgermeister, zwei Ehebrecher, der Fahrer des Lastwagens, mit dem ich gekommen war. Und der Mesner. Sie wurden gezwungen, sich hinzuknien, während die Dorfbewohner zusahen. Die Glocken verstummten, und die Stimme der jungen Frau dröhnte aus dem Lautsprecher, der am Fuß einer Steinfigur über der Kirchentür befestigt worden war. In fließendem Quechua erklärte sie, im Namen Ezequiels zu sprechen. Dieser sei gekommen, um die Menschen von ihrer Vergangenheit zu befreien. Für Ezequiel sei die Vergangenheit tot, so tot, wie es diese Verbrecher – in Kürze – sein würden. Jene fünf Männer symbolisierten eine völlig aus den Fugen geratene Welt. Die einzige Chance, sie von Grund auf zu verändern, liege nicht im Vertrauen auf bekannte politische Mittel, sondern im Eingreifen einer göttlichen Macht. Diese Gottheit sei Ezequiel. Er sei das Ewige Feuer; die Rote Sonne, der *Puka Inti*, außerhalb jeder menschlichen Macht. In seiner Gegenwart könne kein Mensch neutral bleiben. Er sei nicht nur ein Naturgesetz, sondern die Erfüllung der ältesten Prophezeiungen unseres Volkes.

«Hat man euch nicht Kliniken versprochen?»

Mehrere Köpfe nickten.

«Hat man euch nicht Straßen versprochen?»

«Ja.»

«Hat man euch nicht Telefone versprochen?»

«Das stimmt!»

«Ezequiel wird euch Telefone, Kliniken und Straßen bringen. Er wird den Reaktionären, die eure Bräuche mißachten, das Fleisch abziehen und ihre zerfetzten Eingeweide ins Feuer werfen.» Sie reckte eine Faust in die Luft und rief mit gellender Stimme: «Unter seinem Banner wird die unbestechliche Seele des Volkes über die völkermordende Gewalt des Gesetzes triumphieren!»

Vor der Mauer erhob sich eine alte Frau, rückte ihr Umhängetuch zurecht und schleuderte einen Stein auf die im Staub knienden Männer. Eben noch hatte ich an ihrem Stand Rast gemacht, um dort Kokatee zu trinken.

«Dieser Ezequiel, bist du für den?» hatte ich gefragt.

«Ja.»

«Warum?»

«Weil ich gescheit geworden bin», hatte sie geantwortet, ohne mich dabei anzusehen.

«Hast du ihn je gesehen?»

«Ja.»

«Wie sieht er denn aus?»

Sie hatte auf einen Steinkreis auf dem Berghang gezeigt.

Die Campesinos in diesem Dorf waren so leicht herumzukriegen wie Kinder, denen man Süßigkeiten gibt. Erschrekkend. Er mißbrauchte unsere Mythen für seine Zwecke. Aber selbst wenn die Bauern das begriffen hätten, es wäre ihnen egal gewesen. Auf diesem Dorfplatz versprach er den Menschen, was die Regierung ihnen seit fünfhundert Jahren vorenthielt.

Ein Raunen ging durch die Menge. In der Sonne blitzte etwas Metallenes auf. Man hörte einen Ruf, und einer der maskierten Reiter stieß dem Mesner das Gewehr in den Rücken.

«Vorwärts!»

Der Kopf des Mannes ruhte, gesenkt und zitternd, auf seinen gefalteten Händen. Die Wucht des Kolbenstoßes hatte seine Kappe zu Boden geschleudert.

«Los, vorwärts!»

Noch ein Schlag zwischen die Schultern. Ich hörte ihn wimmern. Er brabbelte von seiner kranken Mutter, von der

Medizin, die sie dringend brauchte. Ich krallte die Finger in die Erde. Meinetwegen würde er bestraft werden. Wenn ich bei ihm gewesen wäre, hätten sie mich auch erwischt. Wer hatte ihn verraten? Und wo waren die Informationen, die er mir hatte geben wollen?

Er warf den Kopf in den Nacken. Mit einem heiseren Laut rief er in das Tal hinaus: «Rejas!»

Mein Name hallte von einem Berg zum anderen wider.

«Vorwärts, Verräter!»

Ein Knie erprobte zentimeterweise den Boden vor sich. Dann das andere. In winzigen Rutschbewegungen schob er sich auf die maskierte Gestalt mit der Machete zu.

Die Frau prüfte die Klinge mit dem Daumen.

«Rejas!» Und wie wahnsinnig folgte sein Blick den Echos, als könnten sie mein Versteck aufspüren.

«Viva el Presidente Ezequiel!»

Ich kann Ihnen sagen, ich wache heute noch manchmal auf und höre seinen Schrei. Rejas, Rejas, REJAS.

Auf diese Weise überzeugte Ezequiel die Menschen davon, ihn für göttlich zu halten. Als Wesen aus Fleisch und Blut hatte er zu existieren aufgehört. Er hatte seinen Körper zerteilt und über das Land verstreut, und jetzt gedieh er wie eine monströse Hostie im Herzen eines jeden, der seinen Namen beschwor. An einem Tag war er in Jací, wo sein Name in triefenden Lettern auf die Kirchenmauer geschmiert stand. Am selben Tag tauchte er tausend Kilometer weiter östlich auf und raubte eine Filiale der Banco Wiese aus. Wenn wir uns ihm näherten, so hatte das alte Kokaweib gesagt, würde er sich in einen Federbaldachin verwandeln und in den Himmel entschwinden. «Er wird sich niemals fangen lassen.»

Aber Ezequiel war kein Kondor und kein Steinkreis. Er existierte sehr wohl. Nur wer er war und wie er aussah – klein, groß, einbeinig, schieläugig –, davon hatten wir nicht die leiseste Vorstellung. Aber jemand, der öffentliche Enthauptungen guthieß ... tja, nach einem Mann von Kultur suchten wir da eher nicht. Wir rechneten mit einer dschungelerprobten Führernatur nach Art von Guevara oder Castro oder von der Sorte jener Revolutionäre, die General Merino in den Sechzigern bekämpft hatte. Deshalb war es auch ein so gewaltiger Schock, als wir Ezequiels wahren Hintergrund herausfanden.

Sechs Monate nach der Hinrichtung in Jací führte Sucre einen Dozenten der Philosophie von der Katholischen Universität in mein Büro.

«Er sagt, er weiß, wer Ezequiel ist.»

Der Philosoph – schlechte Haltung, blutunterlaufene Augen, weißer Schnurrbart – war eingeschüchtert. Ein Kollege hatte eine prahlerische Bemerkung von ihm aufgeschnappt und einem anderen Kollegen davon erzählt, der wiederum irgendwann mit Sucres Cousin, einem Studenten an der Fakultät, darüber sprach.

Verächtlich dirigierte ihn Sucre zu einem Stuhl. «Jetzt streitet er es ab.»

«Also, über wen haben Sie damals gesprochen?»

«Das ist doch egal. Es war ein Streit, vor vielen Jahren.»

Er trug eine zugeknöpfte dunkelbraune Kordjacke, die er ablegte, die braune Strickweste darunter knöpfte er ebenfalls auf; sie war mit Kekskrümeln übersät. Seine Haut war vom Alkohol ruiniert, und er hatte die eingefallenen Wangen eines Aufschneiders.

«Erzählen Sie mir von diesem Streit.»

Es sei nichts Ernstes gewesen. Nur ein akademischer Disput.

«Über Ezequiel?»

«Nein, mit Ezequiel.»

«Sie meinen, Ezequiel war Akademiker? An Ihrer Universität?»

In der Ecke schnappte Sucre nach Luft.

«Er war ein Philosoph, und zwar kein schlechter.» Gereizt schlug er die Weste von seinem Hemd zurück. «Allerdings hörte er nicht auf den Namen Ezequiel. Er hieß Edgardo Rodríguez Vilas.»

Und langsam kam die Geschichte heraus.

Es war in Villaria passiert, Mitte der sechziger Jahre. Unser Informant – nennen wir ihn Pascual – war an die neueröffnete Universität von Santa Eufemia berufen worden. Er war mit seiner Stellung sehr zufrieden gewesen, bis dieser Vilas an dieselbe Fakultät gekommen war.

Vilas war Maoist, Pascual Marxist. Es war die Zeit der chinesisch-sowjetischen Trennung. Ihr Streit war nur logisch.

«Ich war für Castro. Vilas nannte Castro eine Marionette.»

Eines Tages beschwerte sich Pascual beim Dekan. Sagte, daß er nicht billigen könne, wie sich Vilas aufführte. Der Kollege übe einen unguten, antihumanistischen Einfluß aus. Sei so festgelegt auf sein politisches Ideal, daß er alles und jedes dafür instrumentalisiere.

Irgendwie kam seine Beschwerde Vilas zu Ohren. Da dieser für Personalfragen zuständig war, entfernte er Pascual aus dem Fakultätsvorstand.

Es gab noch eine zusätzliche Komplikation: eine der Studentinnen, auf die Vilas seinen Einfluß ausübte, war Pascuals Freundin gewesen. Vilas hatte sie ihm abspenstig gemacht.

«Sie meinen, eine Affäre?»

«Meines Wissens hat er keine körperliche Beziehung zu ihr unterhalten», sagte er kühl.

«Wieso hat sie Sie dann verlassen?»

«Wahrscheinlich fand sie seinen Absolutheitsanspruch anziehend. Solche Menschen hungern immer nach Imperativen, sofern diese Imperative mit ihren eigenen übereinstimmen.»

«Und welche wären das?»

«Nun, eine Menge Leute sind unfähig, mit anderen in Beziehung zu treten, und in denen konnte er die romantische Idee vom Gelingen einer gewaltsamen Revolution entfachen.»

«Was Ihnen nicht gelang?»

Er knöpfte seine Strickweste wieder zu. «Ich neige dazu, auch die Kehrseite der Medaille zu sehen.»

«Und Ihr Kollege Vilas, war er selbst zu Gewalt fähig?»

«Möglich. Er redete ständig von der Weltrevolution. Aber das war in den Sechzigern. Haben Sie das damals nicht auch getan?»

«Und wo ist er jetzt?»

«Ach, wahrscheinlich ist er immer noch in Villaria.»

«Beschreiben Sie ihn mal.»

«Das ist jetzt zwanzig Jahre her.»

«Konzentrieren Sie sich.»

«Durchschnittlich groß, Brille, schwarzes Haar, dünn.»

«Haben Sie noch Fotos?» Meine Aufmerksamkeit ließ nach. Wegen des Neubaus von Universitäten waren zu jener Zeit eine Menge radikaler Professoren auf einmal in Stellungen aufgestiegen, die zu bekleiden ihnen einfach die Intelligenz fehlte. Plötzlich hatten sie Macht. Waren im Besitz der Wahrheit. Und sie setzten revolutionäre Ideologie ein, um das System zu zerschmettern. Bis ihr Pensionsanspruch davon bedroht war.

«Er ließ sich nie fotografieren», sagte Pascual dazu.

«Wirklich? Warum nicht?»

«Er wollte eben nicht. Was wir alle komisch fanden, weil er keineswegs schüchtern war. Wenn Sie mich fragen, war es Eitelkeit. Er hatte irgendein Hautleiden.»

Mein Interesse flammte auf. «Hol die Alben, Sucre!»

Insgesamt hatten wir sechs. «Sehen Sie mal rein.»

Der Philosoph durchblätterte die mit Folie überzogenen Bögen. Auf der einen Seite hatten wir Bilder von Ezequiels Opfern eingeklebt, gegenüber die Gesichter der bisher befragten Verdächtigen.

«Ich wußte ja nicht ...»

«Niemand hier in der Hauptstadt weiß das.»

Er sah das Album durch. Seite für Seite voller Verstümmelungen.

«Dafür ist er verantwortlich?» Er starrte den Leichnam des Mesners an. Er hatte Angst. Erinnerte sich an etwas. Irgend etwas fiel ihm wieder ein.

Er kam ans Ende. «Nein, nicht drin.»

«Versuchen Sie ein früheres.»

Erleichtert schloß er auch das zweite Album. «Nichts.»

«Das nächste.»

Wir waren schon fast durch. Seine Weste war zugeknöpft, er wollte gehen.

«Sagen Sie mal, Sie verstehen doch etwas von der Geschichte», sagte ich. «Wenn einer eine Revolution auslösen will, wieso publiziert er dann kein Manifest? Warum zeigt er dem Volk nicht, wer er ist und was er tut?»

Er lehnte sich zurück, diese Erläuterung gab er gerne. «Das ist durchaus verständlich. Sokrates hat nie ein Wort niedergeschrieben. Jesus auch nicht. Das Problem mit Texten ist ja, daß sie ihre eigene Realität annehmen. Sie können nicht antworten, sie können nichts erklären.»

«Das heißt: wer effizient sein will, der hinterläßt keine Spur?»

«Genau.»

Ich schlug das letzte Album auf, das älteste. «Eins noch.»

Ungeduldig schlug er die Seiten um. Als er das Album zur

Hälfte durchblättert hatte, fiel ihm ein Foto heraus. Ich hob den Abzug vom Fußboden auf und schob ihn zurück unter die Plastikfolie. Pascual blätterte die nächste Seite um, und obwohl er nicht sehr aufmerksam war, nahm ich sein haarfeines Zögern wahr. Seine Hand fuhr nach oben, er kratzte sich am Nasenflügel. Etwas zwang ihn, rasch weiterzublättern und das Bild zu vergessen, bei dem sich seine Augen zusammengezogen hatten.

«Halt!» Ich fuhr mit der Hand in das Album und blätterte die Seite zurück.

«Ist er das?»

Die Wangen des Philosophiedozenten fielen ein. Seine Blicke huschten wild über die Aufnahme. Ich sah sie nur verkehrt herum. Ich entwand ihm das Fotoalbum. Irritiert hatte ihn das Bild eines Mannes mit einem braunen Alpakaschal, aufgenommen an einem heißen Mittag bei Sierra de Pruna. Aufgenommen von mir.

Wenn ich mir Fotos von meiner Hochzeit oder von Lauras Taufe ansehe, überkommt mich jedesmal ein eigenartiges, nicht sehr angenehmes Gefühl; sobald ich sie betrachte, wird meine Erinnerung an diesen Tag unterminiert. Die Feier, die sie abbilden, hört dann für mich auf sehr vitale Weise zu existieren auf.

So war es auch mit diesem Foto von Ezequiel. Mit jedem Mal, das ich es ansah, erinnerte ich mich weniger daran. Das schon ferne Bild wurde mit einer weiteren Erinnerung überzogen: an meine Unfähigkeit, mich an mehr zu erinnern. Das lebendige Gesicht ging, wenn man so will, verloren, wurde von den späteren Ereignissen beiseite gedrängt.

Im Büro herrschte Jubelstimmung. Wenigstens wußten wir nun, wer er war und wie er aussah. Professor Edgardo Vilas war der Landarbeiter Melquíades Artemio Durán, der der maoistische Revolutionsführer Ezequiel war. Der General hoffte darauf, daß sein Bild in mir weitere Erinnerungen auslösen könnte, als ließe sich alles klären, wenn mir nur ein einziges zusätzliches Detail einfiele.

«Denken Sie nach, Oberst Kater. Denken Sie scharf nach. Da muß noch etwas gewesen sein, außer seinen Ami-Zigaretten und dem Ausschlag am Hals.»

Aber da war nichts. Leblos, unwirklich, von der Zeit gleichsam verkocht, war er für mich zum Nicht-Gesicht geworden. Er war kein Mensch mehr. Nicht jemand, der in einem Café sitzen, Tee trinken und «Ah, ja!» sagen würde. Er war eine Ikone geworden. Als ich in diese schmalen schwarzen Augen blickte, sah ich nichts weiter als einen Hundeschwanz, der aus einem Sack herausragte.

Pascual half uns auch nicht weiter. Zwei Tage später, als er noch einmal ins Büro kommen und das Foto in Anwesenheit von General Merino identifizieren sollte, erfuhr ich von der Fakultät, daß er sich unerwartet Urlaub genommen hatte. Er kehrte nie wieder zurück.

Im Zeitalter der Fotografie erscheint es ja eigentlich unvorstellbar, daß jemand vierunddreißig Jahre lang jeder Kamera ausweichen kann. Es ist zwar möglich, vom Weltraum aus das Stirnrunzeln eines Mannes festzuhalten, der irgendwo in seinem Hof auf einer Kiste sitzt, aber was für Bilder hatten wir von Ezequiel aus all dieser Zeit? Abgesehen von diesem einen Schwarzweißabzug, kein einziges. Man stelle sich vor: kein Klassenfoto, kein Familienpicknick, kein Gesicht, das inmitten einer Gruppe von Freunden lächelt. Daß dies gerade dem Inhaber eines bedeutenden Lehrstuhls der Universität von Santa Eufemia gelungen sein sollte, war bemerkenswert.

Mit derselben Ehrfurcht fürs Detail, von der auch seine

Doktorarbeit über Kants Theorie des Raumes gekennzeichnet war, hatte er jede Spur seiner physischen Präsenz aus den Akten getilgt. Als ich mir diese Dissertation näher ansah, seine Ernennungsurkunde zum Professor, seinen Bibliotheksausweis, da fand ich jedesmal dieselbe rauhe, fast durchscheinende Stelle, heller als der Rest des Kartons ringsherum, wo ein Foto abgerissen oder mit einem Messer herausgetrennt worden war.

Es war nicht das erste Mal, daß intensives Suchen keinerlei Ergebnis brachte. Auf der Polizeiakademie hörten wir einmal von dem Amerikaner D. B. Cooper, dem ersten Flugzeugentführer der Geschichte. Unser Dozent betrachtete diesen Cooper als Vorläufer der modernen Terroristen. Noch heute, Jahrzehnte später, lief er wahrscheinlich frei herum, wanderte vergnügt irgendeine Mainstreet in Mississippi entlang, ließ einen rosa Kaugummi platzen. Drei Stunden lang, während des Fluges, hatte er als D. B. Cooper existiert, und danach sah ihn niemand jemals wieder. Er katapultierte sich aus der Geschichte, und das letzte Bild, das von ihm blieb, war der Lichtreflex auf seinem Seidenfallschirm, der langsam zwischen den Kiefern verschwand.

Dasselbe war mit Ezequiel geschehen, sobald er in seinen Pritschenwagen eingestiegen war.

Ich werde die Monate und Jahre, die nun folgten, nicht in allen Einzelheiten schildern. Die Menschen, die ihm begegnet waren, die Zimmer, in denen er gewohnt, der Laden, wo er sein Mineralwasser gekauft hatte – das alles erforschte ich bis zum Augenblick seines Verschwindens. Aber ich versuchte, aus Schatten eine Statue zu formen. Ebensogut hätte ich einen dieser Grabhügel auf der Halbinsel Paracas ausgraben können. Für General Merino waren meine Beweisstücke nicht vom Sand zu unterscheiden.

Aus diesen Spuren ließ sich Ezequiel unmöglich heraufbeschwören. Er war kein Mann, dem Geschichten anhafteten. Sein Charakter, zusammengestellt aus Hunderten von Gesprächen, erwies sich als hohle Konstruktion aus Papiermaché. Die Sätze hoben einander auf. Man hörte nur ihre Echos.

«Er könnte keiner Fliege was zuleide tun.» Schulkamerad, San-Agustín-Oberschule in Galiteo.

«Er sagte, die gewaltsame Revolution ist die einzige Methode, um die Macht zu ergreifen und die Welt zu verändern.» Schulkamerad.

«Freundinnen hatte er keine.» Schulkamerad.

«Die Frauen drängten sich nur so um ihn.» Student, Universität von Santa Eufemia.

«Seine Vorlesungen waren eintönig. Er war kein sonderlich interessanter Typus.» Fakultätskollege.

«Er verkündete uns die Zehn Gebote.» Student.

«Er kaufte immer nur Mineralwasser.» Ladenbesitzer, Lepe.

«Einmal hab ich ihn lächeln sehen. Es war auf der Straße, und er war betrunken.» Kommilitone, Lepe.

«Er sagte, von Blumen muß er immer niesen.» Sekretärin der philosophischen Fakultät, Santa Eufemia.

«Jeden Tag nahm er dasselbe zum Mittagessen: einen Obstjoghurt.» Kassierer in der Universitätsmensa, Lepe.

«Ich sollte dauernd meine Musik leiser drehen.» Zimmernachbar, Santa Eufemia.

«Mitten im Gespräch fing er zum Beispiel plötzlich davon an, albanisches Olivenöl sei das beste der Welt.» Vortragsreisender des US-amerikanischen Peace Corps.

«Er hat nie das Jackett ausgezogen. Und immer einen Schal getragen.» Mehrere Schüler.

Als nüchterne Aussagen auf einem Blatt Papier gelesen,

hörten sich diese Sätze leblos oder komisch an. Ein Element aber vereinte sie. Bei jedem hörte ich ein Zögern, jenes Leiserwerden der Stimme heraus, das Menschen immer dann einsetzen, wenn sie eigentlich gar nicht reden sollten.

Wo war er?

Möglicherweise gar nicht mehr im Lande. Seine Operationen konnte er ohne weiteres völlig risikolos von irgendeinem Hotel in, sagen wir, Paris aus leiten. Aber das glaubte ich nicht. Mein Instinkt sagte mir, daß er in diesem Land geblieben, in seine Erde hineingetrieben war mit der Wucht einer Axt, sosehr eins mit seiner Revolution, daß er nicht von ihr zu trennen war.

Er war ein wirklich charismatischer Führer, wissen Sie. Ein Befehlshaber, der sich nichts befehlen ließ. In seinem Inneren schien ein unbeugsamer Geist zu ruhen, nur gebändigt von einem schrecklichen Ehrgeiz. Er mußte nicht selbst an irgend etwas teilnehmen. Ich bezweifle, daß er je eine Waffe abgefeuert hat. Allein indem er anwesend war, sein Gesicht zeigte, konnte er seinen Gefolgsleuten eine erschreckende Energie einflößen.

Und all das Halsabschneiden und Morden und Bombenwerfen, die Überfälle und Femegerichte und die an Laternenmasten aufgehängten Hunde – all das hörte auf, sobald er ein Gebiet wieder verließ. Er glich, wenn man so will, einer dieser Wäscherinnen in den Zeiten der Pest, die alles infizieren, das sie beim Waschen berühren. Eine ganz spezielle Typhus-Marie – nur daß er glaubte, unser Volk zu reinigen. Er scheuere den Schmutz und die Verderbtheit und die Schande weg, die uns seit der spanischen Eroberung unterdrückten. Und führe uns geradewegs seiner neuen Morgenröte entgegen.

So bekam er an der Universität seinen Spitznamen. Hinter

seinem Rücken nannten sie ihn dort «Shampoo». Weil er an den Menschen eine Gehirnwäsche vornahm.

Er war nicht im Ausland, aber wo war er? Glauben Sie mir, das Verschwinden ist gar nicht so leicht. Die Fähigkeit, sich zu verstecken, wird um so kleiner, je mehr man sich vom Durchschnitt unterscheidet. Wenn man größer ist oder klüger, oder von woanders herkommt. Und Ezequiel war gewiß nicht Durchschnitt.

Wenn man verfolgt wird, dann gibt es drei Möglichkeiten:

Man geht irgendwohin, wo niemand sonst ist.

Man verläßt sein Zimmer nicht mehr. Aber einen zusätzlichen Bewohner zu verstecken ist nicht so einfach; wenn er irgendwann einmal einen Stuhl umwirft, ist garantiert gerade jemand in der Wohnung darunter, der bis dahin ganz sicher war, über ihm sei niemand zu Hause.

Man bleibt weiterhin sichtbar, aber man verwandelt sich auf jede erdenkliche Weise. War man vorher eingefleischter Kaffeetrinker, trinkt man von nun an Tee. War man Brillenträger, wechselt man zu Kontaktlinsen über. Trug man das Haar in einer bestimmten Länge, schneidet man es auf eine andere. Man steckt sich Steinchen in die Schuhe, so daß die eigene Mutter einen nicht mehr am Gang erkennen würde. Man ändert seine Instinkte. Im Krieg wurde eine britische Agentin von der Gestapo erwischt, weil sie in Paris zuerst nach rechts blickte, als sie eine Straße überquerte. Und wenn man doch einmal ins Freie gehen muß, sollte man darauf achten, daß einen niemand von der Seite sieht. Im Profil ist ein Mensch nämlich selbst in einer Regennacht gut wiederzuerkennen. Selbst wenn man ihn seit zwanzig Jahren nicht mehr gesehen hat, wird kein Wolkenbruch die Konturen einer vertrauten Wangenpartie verwischen, die man aus einem Autofenster kurz erspäht.

Kurz gesagt, man verändert seine Gewohnheiten, seine Instinkte, sogar das Aussehen.

Aber eines kann man nicht verändern: die Krankheiten, an denen man leidet.

Erinnern Sie sich, wie ich «Ekzem» in die Kurzbeschreibung von Melquíades Artemio Durán schrieb? Nun, Ezequiel litt an Psoriasis.

Das ist keine schöne Krankheit. Neue Hautzellen schieben sich vor, ehe die alten zum Abfallen bereit sind, und so bekommt man am ganzen Körper eine häßlich ausufernde gelbliche Krätze. Das Eigenartige an der Psoriasis im Zusammenhang mit Ezequiel ist allerdings, daß man sie nie bei Indios findet. Es ist eine Krankheit des weißen Mannes.

Außerdem ist sie unheilbar. Mal verschlimmert, mal bessert sie sich, und es mag Zeiten geben, wo sie nicht sichtbar ist, aber sie tritt immer wieder auf. Wirklich gefährlich ist das Stadium, wenn sie akut wird, denn dann infizieren sich die abgeschilferten Stellen, und die geringste Bewegung wird zur Qual.

Lange Zeit war Ezequiels Hautkrankheit meine konkreteste Spur. Nach jedem Angriff seiner Leute auf ein fernes Dorf verhörte ich den Drogisten dort. Manchmal logen sie, manchmal gab es keine Aufzeichnungen, aber wenn es welche gab, dann fand sich dort oft eine verkaufte Packung «Kenacort E».

Das legte den Schluß nahe, daß Ezequiels Leiden sich verschlimmerte. Falls das stimmte, würde er sich bald gezwungen sehen, das Hochland zu verlassen. Wissen Sie, ab einer gewissen Höhe bekäme er vom Cortison sehr schlechte Blutwerte. Er hätte dann Atembeschwerden, und deshalb mußte er irgendwann zur Küste hinunterkommen.

Ich habe keinen Beweis dafür, aber ich vermute, Ezequiels Entschluß, in den Untergrund zu gehen, hatte auch mit seinem Leiden zu tun. Sein Verhalten ließ auf eine gewisse Eitelkeit schließen. Überall Schorf – wer würde sich schon gerne so sehen lassen? Wie sonst könnte man den Quantensprung von Professor Edgardo Vilas, dem friedfertigen Philosophen, zu Presidente Ezequiel, dem Revolutionär, erklären?

Ich bin kein Kantianer. Ich finde Kants Stil praktisch unverständlich. Aber ich begreife genug davon, um zu durchschauen, wie Ezequiel sich Kants Werk sozusagen à la carte angeeignet hat und aus dessen Philosophie eine derartige Mixtur schuf, daß ihr ursprünglicher Schöpfer sie wohl selbst nicht wiedererkannt hätte.

Kant gebraucht ein Bild, das mir einiges sagt: der Vogel, der glaubt, im Vakuum könne er schneller fliegen, weil dort kein Luftwiderstand herrscht. Für mich zeigt das genau, wohin seine Vorgeschichte, seine Texte und seine Philosophie Ezequiel geführt hatten: zu luftlosen Höhen, in denen alle Winde des Lebens verhaucht sind. Angefangen hatte er mit seiner Ideologie, aber er hatte es mit Menschen zu tun, für die Ideologie nichts bedeutete. Für die Leute in meinem Tal besaßen nur Blut, Knochen und der Tod eine Bedeutung. Idiotisch, zu denken, daß sie sich um Kant oder Mao oder Marx scheren würden, also unterwies er sie in Blut, Knochen und Tod – und er hatte sich daran berauscht.

Meine Jagd ging weiter.

Ich gewöhnte mich an die zu fette Suppe in der Kantine, das wachsame Kopfnicken im Korridor, die unergiebigen Regale mit Dokumenten und Fotografien, die Verzweiflung eines nicht abgeschlossenen Falls.

Ich fuhr nach Hause.

Ich hockte mich zu Laura, die in ihrem Laufstall saß, und ich schützte meine Liebe zu Sylvina mit beiden Händen vor dem Sturm. bei ihr aber rief mein Beruf wachsende Aggressionen hervor. Die spontane Berührung bei unserer ersten Begegnung, jener Blick über den Tisch in der Fakultätsbibliothek, all diese intimen Gesten waren in eine Finsternis entwichen, aus der ich sie nicht zurückbeschwören konnte.

Tag für Tag verging so. Jahr für Jahr. Zwölf insgesamt.

Deshalb kam es als Schock für mich, als plötzlich Ezequiels Tod gemeldet wurde. Am 3. März 1992 gab der Innenminister Alberto Quesada im Fernsehen ein Interview, in dem er auf Fragen nach dem Krieg im Hochland folgenden Standpunkt vertrat: Der Verbrecher Ezequiel, der Einzeltäter, sei zweifellos tot. Denn wenn er nicht tot war, warum zeigte er dann nicht sein Gesicht? Er war doch das Ewige Feuer. Wie konnte sich seine helle Flamme so verbergen?

Weil Ezequiel umgekommen sei, höhnte Quesada. Nur wolle man seinen Tod – wie bei einem dieser orientalischen Tyrannen – nicht eingestehen, deshalb schlage man jeden Abend das Zelt für ihn auf. Wie bei El Cid, dessen Leichnam man auf sein Pferd geschnallt hatte. Kurz und gut, er sei erledigt worden.

Es war verlockend, Quesada zu glauben. Aber seine aggressive Botschaft war ebenso primitiv wie die Plakate, die das Ministerium aus meinem Foto gemacht hatte und die Ezequiel auf Pferdefüßen und mit einem Satansschweif zeigten. Wenn eine so zentrale Figur wirklich tot wäre, gäbe es irgendein Zeichen dafür, daß sie nicht mehr im Spiel war. Hätte die Armee Ezequiel bei einer Schießerei getötet, wäre seine Leiche garantiert zur Schau gestellt worden. Sie hätten ihn vorgeführt wie Che Guevara.

Meine eigene Vermutung, die ich auch in meinem letzten Bericht für General Merino festgehalten hatte, war vielmehr, daß Ezequiel noch nie gefährlicher gewesen war.

Ich wartete eigentlich auf Antwort vom General, aber drei

Wochen nach Quesadas TV-Auftritt trat die Polizei in den Streik. Seit zwei Monaten hatte keiner von uns sein Gehalt bekommen. Vor dem Innenministerium schwenkten tausend Polizisten unser Symbol, einen abgetretenen Stiefel. Der Streik endete, als sich Quesada persönlich dafür verbürgte, daß alle Gehälter bis zum Ende der Woche ausgezahlt würden. Zwei Tage danach ließ mich Merino rufen. Es sei, so hieß es, wichtig.

Ich konnte nie vorhersagen, was der General für wichtig hielt. Ich hoffte, es ging um meinen Bericht. Aber vielleicht wollte er auch über Quesadas Zahlungsversprechen plaudern, oder er brauchte Einzelheiten über Hilda Cortado, eine Frau, die wir am Nachmittag zuvor heim Verteilen von subversiven Flugblättern verhaftet hatten. Selten erwischten wir jemanden auf frischer Tat.

In Wahrheit ging es um keines dieser Themen.

Der General ordnete sein Angelgerät, er hantierte mit einem Fliegenköder, an dem mehrere Haken baumelten. «Aus ist es, Oberst Kater, aus und vorbei.» Er klappte seinen Rollkragen um und fuhr mit dem scharfen Angelhaken knapp vor dem Hals durch die Luft. «Ihr Freund Ezequiel, der ist tot.»

Er skizzierte mir kurz die Einzelheiten. Zwischenfall auf einer staubigen Straße oberhalb von Sierra de Pruna. Ein Lkw hält nicht an. Soldaten eröffnen das Feuer. Der mit Dynamit aus einer Kupfermine beladene Lastwagen explodiert. Eine Leiche gefunden. Ezequiel.

Merino war wütend: «Da arbeiten wir zwölf Jahre an dieser Sache, und dann walzen diese Militärs alles platt. General Lache hat das Kommando – fürchterlich.»

«Wann genau ist das passiert?»

«Vor einem Monat.»

«Schon vor einem Monat! Warum erfahren wir das erst jetzt?»

«Lache wollte ganz sicher sein. Angeblich ist Quesada überglücklich.»

Es stimmte, mir war aufgefallen, daß Ezequiels Aktivitäten nachgelassen hatten. Normalerweise hätten wir während eines solchen Zeitraums vierzig, fünfzig Anschläge in der Provinz verzeichnet. Doch seit Quesadas Interview hatte meine Einheit erst sieben gezählt.

Konnte Ezequiel wirklich tot sein?

Ich erwartete die Story als Spitzenmeldung in den Nachrichten von Canal 7, aber sie kam erst gegen Ende, nach einem Bericht über das Damenvolleyball-Nationalteam. In der Hauptstadt blieb Ezequiel weiterhin praktisch unbekannt. Die Nachricht vom Ende eines Banditen auf irgendeiner Schotterstraße tausend Kilometer weit weg bekam gerade zwanzig Sekunden. Man sah einen kurzen Film mit einem umgestürzten Lastwagen und einem formlosen Leichnam, über dem eine Armeedecke lag. Eine anonyme Hand hob die Decke an, die Kamera richtete sich auf den Kopf eines Mannes, zeigte ein verkohltes Gesicht und den Körper, der an ein verbranntes Sofa erinnerte.

Sucre sah mich fragend an. «Das ist er. Oder?»

«Könnte sein.»

Wissen Sie, wie es ist, wenn man etwas ersehnt, von dem man glaubt, daß es nie eintreten wird, und wenn es dann doch kommt, verspürt man plötzlich Erschöpfung? So fühlte ich mich, als ich dieses geschwärzte Etwas sah, das Ezequiels Gesicht darstellen sollte. Da meine Aufgabe damit erfüllt war, verflog alle Lust. Nichts von der erwarteten Hochstimmung. Es kam mir vor, als hätte man mir meinen Schatten amputiert.

Quesada, ein kleiner, eleganter Bursche im weißen Anzug, trat im Fernsehen auf, wo er General Lache auf die Schultern klopfte, der höchst selbstzufrieden wirkte. Vergnügt tippte der Minister gegen das Kameraobjektiv. «Von diesem Moment an existiert Ezequiel nicht mehr.»

General Merino hätte es wohl beruflicher Mißgunst zugeschrieben, aber ich verspürte keine Lust, mir die Leiche anzusehen.

5

WANN HABEN SIE EZEQUIEL das nächste Mal gesehen?»

Es war der zweite Abend, und Emilio hatte bereits abgedeckt. Dyer, der früh gekommen war, hatte Rejas schon am Tisch in der Ecke sitzend angetroffen.

«Wann? Fünf Tage nachdem man ihn für tot erklärt hatte. Aber ich wußte nicht, daß es Ezequiel war.»

«Für wen haben Sie ihn denn gehalten?»

«Wie gut kennen Sie die Hauptstadt?»

«Einigermaßen gut.»

«Dann kennen Sie Surcos?»

Dyer kannte es. Ein wohlhabender neuer Vorort am Nordrand der Stadt.

Rejas beugte sich vor und hob das Kinn.

Stellen Sie sich die Szene vor. Etwa halb neun am Abend. Ich habe den Wagen geparkt und blicke zu einem Fenster im ersten Stock des Gebäudes gegenüber empor. Der gelbe Vorhang – offensichtlich ein Kinderzimmer – ist zugezogen. Der Stoff ist mit Zeichentrickfiguren bedruckt, aber da der Raum dunkel ist, kann ich sie nicht genau sehen. Das Schiebefenster ist leicht geöffnet, und der Wind bewegt den Vorhang, was die Figuren verzerrt. Ich versuche gerade, sie doch zu erkennen – Mickymaus oder vielleicht Dumbo der Elefant? –, als ein Licht angeht und ein seltsames bläuliches Leuchten wie ein Unterwassergewaber über die Decke flimmert. Eine Gestalt bewegt sich vor dem Licht. Ich sehe, wie sie am Vorhang stehenbleibt und ihn ein kleines Stück zur Seite schiebt.

Obwohl ich mich gerade auf ein heikles Gespräch vorbereite, erinnere ich mich gut, daß ich mich damals fragte, wer wohl dieses Zimmer im ersten Stock bewohnte und ob dieser Jemand, der da von unheimlich fluoreszierenden Schatten eingerahmt stand, wohl Lauras Lehrerin war – und ob die Wohnung überhaupt zum Tanzstudio gehörte.

Auf Lauras Lehrerin warte ich nämlich. Es ist etwas Unangenehmes passiert. Weil Quesada uns das Gehalt so lange nicht gezahlt hat, war der Scheck nicht gedeckt, den ich ihr für Lauras Ballettstunden gegeben hatte. Ich hoffe, daß die Peinlichkeit nur von kurzer Dauer ist. Da Ezequiels Terror nun aufgehört hat, bin ich über Nacht meines Berufs überdrüssig geworden. Es ist, als hätte mich Ezequiels Tod von einer Fessel befreit.

Aber Ezequiel ist gar nicht tot.

Surcos ist, wenn man schon in der Hauptstadt wohnen muß, ein ganz netter Vorort. Nach Miraflores ist es ungefähr eine halbe Stunde im Auto, und zu Lauras Schule in Belgrano sind es zwanzig Minuten. Es riecht nach gutem Speiseöl, nach Geranien und, bevor es regnet, nach Fisch.

Die Calle Diderot ist eine breite, gepflegte Straße, und man kann sich vorstellen, wie Kinder über den Asphalt rennen oder auf den sauberen Rasenflächen zwischen den Häusern spielen. Rechtsanwälte, Ärzte und Lehrer, die von der Küste weggezogen sind, bewohnen die Straße, die ein Café und ihren eigenen Videoverleih hat, dazu einen Immobilienmakler, der in einer Garage residiert.

Die Jacarandabäume auf beiden Straßenseiten werfen flirrende Schatten auf die achtzig Häuser, die alle in bunten Farben gestrichen sind, um die Besitzer an Fischerdörfer zu erinnern. Es sind moderne, zweistöckige Gebäude mit Stacheldraht an den Dachterrassen. Die kleinen Vorgärten sind von Mauern oder Stahlzäunen umschlossen, durch die sich manchmal eine Hundeschnauze schiebt.

So ist es heute noch, und so war es damals, an dem Abend, von dem ich spreche.

Die Ballettschule sah unscheinbar aus. Die Mauer, durch die man sie betrat, war in demselben Pfefferminzgrün verputzt wie das Haus, das sie verbarg. Nacheinander fuhren die Mütter draußen vor, um ihre Töchter abzuholen. Sie parkten Stoßstange an Stoßstange, blieben aber in den Autos sitzen und feilten sich die Nägel. Dann und wann drehte sich eine um und rief einem aufmüpfigen Pudel ein «Platz!» zu.

Viele dieser Frauen waren seit ihrer Kindheit mit Sylvina befreundet, aber sie hatten keinen Polizisten geheiratet. Sie fuhren neue Autos, lebten in Luxusvillen mit Blick aufs Meer und konnten sich einen Koch leisten. Sylvina traf sich oft mit ihnen. Eiskaffee im Café Haiti, Tennis im Country Club von San Isidro, Aerobic im Hotel María Angola und – die neuste Attraktion – ein literarisches Diner, bei dem diejenige Hausfrau, die damit dran war, die Runde zu sich einzuladen, einen kurzen Vortrag über einen modernen Roman hielt und den anderen erklärte, warum er sie interessierte.

«Agustín!» Marina, die in ihrem kirschroten BMW saß und den Kopf zum Seitenspiegel neigte, hatte gerade frischen Lippenstift aufgetragen. Sie war aus Miami mit einem leicht veränderten Profil zurückgekommen: etwas weniger Nase, etwas mehr Kinn. Sie stieg aus und kam über die Straße zu mir.

«Ich hab dich ja noch kaum gesehen!» Nach ihrer Scheidung von Marco war sie erst seit zwei Monaten wieder in der Stadt.

Wir gaben uns Küßchen. Aus Miami hatte sie ein Faible für enge Hosen, lange Fingernägel und helle Strähnchen im Haar mitgebracht.

«Ich hatte viel zu tun.»

«Wie froh du jetzt sein mußt! Ich hab die Nachrichten gesehen. Zuerst war es mir gar nicht klar, bis Sylvina mir gesagt hat, daß das der war.» Sie berührte mich am Arm, eine Geste, die etwas Komplizenhaftes hatte. Wir hatten Marina gebeten, meinen Beruf zu verschweigen. Als die Mädchen in Lauras früherer Tanzschule herausfanden, daß ich Polizist war, hatten sie sie gehänselt. Sogar die Ballettlehrerin hatte mitgemacht.

Marina drückte meinen Arm und fragte: «Was wirst du jetzt tun?»

«Ich weiß nicht. Vielleicht ist es Zeit, wieder in die Juristerei zurückzugehen.»

«Sylvina wird begeistert sein!»

«Ja, das glaube ich.» Das hatte ich meiner Frau nämlich versprochen: Sobald Ezequiel gefaßt war, würde ich mir einen besser bezahlten Job suchen.

«Geht es Sylvina gut?»

«Sie muß heute zum Tierarzt fahren.»

«Wir sind schon gespannt auf ihren Vortrag am Mittwoch. Du weißt doch, daß wir uns bei euch zu Hause treffen?»

«Ja, sie ist schon ganz aufgeregt deswegen.»

«Marco ist wirklich ein Schatz. Es war sehr großzügig von ihm, jeder von uns ein Exemplar des Romans zu schicken. Den ich noch lesen muß.» Die Scheidung, so gab uns Marina damit zu verstehen, war ohne Bitterkeit abgelaufen.

«Und Laura?» fragte sie. «Ist sie mit der neuen Lehrerin zufrieden?»

«Und wie. Die ist ein voller Erfolg.»

«Als ich gehört habe, wie unglücklich sie bei Madame Offenbach war ...»

Hinter Marina wurde es lebhaft. Die Ballettklasse defilierte aus der Tür in der grünen Mauer. Hervorragende Haltung, aufrecht, leicht spreizfüßig, so verteilten sie sich auf die Autos.

Marina, die ein verwöhntes Mädchen in einem rosa Bodystocking und einem schicken blauen Trikot darüber erkannte, sagte: «Da ist Samantha! Also bis bald dann.»

Meine Tochter war leicht zu erkennen. Die anderen Mädchen standen zusammen und redeten. Sie stand allein. Etwas schwerer als die übrigen, und auch kleiner, wirkte sie dennoch größer durch ihren mächtigen Haarschopf, den sie so straff nach hinten kämmte, daß ihre Züge beinahe gequetscht wirkten. Auf diesem Haar konnte sie sitzen, es war lang und dick, von der Farbe frisch gemahlenen Kaffees. Die anderen Mädchen in der Tanzstunde hatten die blonderen Haare ihrer Mütter – und die hellere Haut.

Laura sah den grauen Peugeot und kam auf mich zu, leicht vorgeneigt. Da sie sich ihres kurzen Halses bewußt war, hielt sie die Schultern gesenkt. Obwohl der Abend warm war, verhüllte sie ihren Körper mit Leggings über dem Bodystocking. Sylvina piesackte sie ständig, sie solle abnehmen. «Wenn du beim Essen nicht aufpaßt, kriegst du einen breiten Hintern», und dann briet sie ihr ein besonders mageres Kotelett, das Laura in Sekundenschnelle verdrückte.

Weil ich immer fasziniert davon war, wie sehr die Kleine meiner Schwester ähnelte, fragte ich Sylvina einmal: «Was hast du denn eigentlich? Ich finde, sie sieht gut aus.»

Sylvina vollführte mit ihren weißen Händen, die mich einst bezaubert hatten, eine heftige Geste. «Sicher sieht sie gut aus. Jetzt.»

Meine Frau war die treibende Kraft bei der Entscheidung, Laura mit Ballettstunden anfangen zu lassen. Ihre Freundinnen schickten ihre Töchter ebenfalls dorthin. In Laura konnte Sylvina die Träume ausleben, die sie für ihr jüngeres Ich gehegt hatte. Sie wollte, daß Laura hübsch war, mit

Schleifchen im Haar herumspazierte, als kleine Märchenfee auf eine Bühne stieg. Mit anderen Worten: Laura sollte ein hübsches Röckchen anziehen und vergessen, woher sie kam.

Diese Frage wurde nie offen besprochen; sie lag zwischen uns wie eine Bombe, die nicht detoniert war. Ich hatte einmal belauscht, wie Sylvina mit Marina telefonierte; normalerweise hätte ich gar nicht hingehört, wenn sie nicht so gequält geklungen hätte: «Samantha hat wirklich Glück mit ihrem Aussehen. Laura ist so dunkel, weißt du.»

Weshalb das Thema zwischen ihnen aufgekommen war, weiß ich nicht. Davor hatten wir nie darüber gesprochen. Als ich meine Frau kennenlernte – an der Uni, Ende der sechziger Jahre –, herrschte gerade eine Zeit des «Indigenismus», in der das Land eine seiner krampfartig wiederkehrenden Verherrlichungen der Selbstentdeckung durchlief. Sylvina bekräftigte ihre Identität, indem sie sich in schicker Gesellschaft sehen ließ, die weiße Hand in eine braune gelegt, und auch ich war gegen so etwas keineswegs immun. Jetzt, zwölf Jahre danach, glaubte sie, das Studium des klassischen Balletts könnte dabei helfen, den Dschungel aus Lauras Gesicht zu tilgen.

Aber man brauchte Laura nur kurz zu mustern, um zu erkennen, daß sie nicht fürs klassische Ballett gebaut war. Es tat mir weh, ihr zuzusehen, wie sie sich vor dem Spiegel plagte, den wir im Flur montiert hatten. Ich konnte spüren, welche Schmerzen sie sich zufügte, während sie versuchte, ihre Gelenke in Richtungen zu biegen, in die sie nicht wollten, und mit ihrem Körper Dinge anzustellen, die für ihn unnatürlich waren.

Als ich dies Sylvina gegenüber einmal erwähnte, meinte sie nur: «Eine gute Ballerina muß sich eben viel dehnen.»

Ich sagte nichts dazu, aber es machte mich wütend. Laura

hatte ihre eigene Haltung, ihre eigene Schönheit. Sie brauchte nichts weiter als das.

Im Moment wollte ich mit ihrer Lehrerin allerdings über etwas anderes sprechen.

Ich bat Laura, einen Moment im Auto zu warten.

Mein Klopfen hallte durch die Straße. Hinter der Mauer hörte ich eine Schiebetür aufgehen, dann Schritte und das Öffnen eines Riegels.

Sie war in Schwarz gekleidet: ein schwarzes Trikot mit rundem Ausschnitt und langen Ärmeln, darüber einen knöchellangen, dünnen Gazerock, schwarze Ballettschuhe.

«Yolanda? Ich bin Lauras Vater.»

Sie deutete auf ihren grinsenden Mund, der offensichtlich voll war. Sie legte die Hand an die Kehle, als könnte sie so rascher schlucken.

«So. Entschuldigung.» Sie hielt mir ein Stück Bananenkuchen auf einem Pappteller hin. «Frisch gebacken. Wollen Sie was?»

«Nein, danke.»

«Aber Laura ist schon weg. Haben Sie sie nicht gesehen?»

«Sie sitzt draußen im Wagen.»

«Und wollen Sie sie nicht hereinholen?»

«Lieber nicht. Ich komme wegen Ihres Briefs.»

«Ah, ja», sagte sie, als hätte sie ihn schon vergessen. Es ist immer etwas peinlich, jemandem zu sagen, daß sein Scheck geplatzt ist.

Sie löste die Türkette. Im Licht der Straßenlaterne schimmerte ihr Gesicht fahl, noch feucht vom Abschminken. Große braune Augen über hohen Wangenknochen, reine Haut, dünnes dunkles Haar. Sie wirkte aufrichtig, ehrlich, gewissenhaft – die Sorte Mensch, der man gleich bei der ersten Begegnung alles von sich erzählt.

«Bitte, kommen Sie doch weiter.»

Ich folgte ihr in den Innenhof. Durch eine Glastür betraten wir das Tanzstudio, sie schob sie hinter mir wieder zu.

Der Raum roch nach Zigaretten, Schweiß und dem schweren Duft von Kolophonium. Eine hölzerne Stange, behängt mit rosa Trikots und Gymnastikhemden, zog sich entlang der zwei Spiegelwände. Auf dem blitzenden Parkettboden lagen graue Isomatten für Atemübungen, an der Wand standen ein Kassettenrecorder, eine mit weißem Puder verschmierte Blechdose und eine lederbezogene Truhe. Eine halbgeöffnete Tür, die mit Fotos von Tänzerinnen beklebt war, führte zur Küche. Eine andere, ebenfalls angelehnt, ging in die Dusche. Die Spiegel waren angelaufen.

Sie legte eine Kassette ein – Tschaikowsky, ziemlich laut, als würde ich genau das erwarten – und warf in einer entschuldigenden Geste angesichts des Chaos in ihrem Studio die Arme in die Luft. «Tja. So sieht's aus.»

Im Licht der Neonröhren war etwas Ursprüngliches und Ungekünsteltes an ihr. Und auch eine gewisse Gedrücktheit, als wäre sie von einer unseligen Liebesaffäre gezeichnet.

«Laura hat sie gewarnt? Sobald Sie hier drin sind, müssen Sie alles tun, was ich sage.»

Ehe ich antworten konnte, reckte sie eine Hand nach oben und legte sich mit den Fingern eine unsichtbare Schlinge um den Hals. Mit hartem deutschem Akzent sprechend, sagte sie: «Die beste Position für eine Tänzerin ist doch die beim Erhängen, denn da ist alles wunderbar ausbalanciert. Die Hüften stehen genau über den Füßen. Die Schultern über den Hüften. Der Kopf ist in der Mitte. Jawohl, eine wunderbare Position.» Die Imitation war gelungen. Am liebsten hätte ich laut losgelacht.

«Madame Offenbach?»

«Kein voller Erfolg, oder?»

«Nein.»

Ich spürte, daß Yolanda sagen wollte: «Ich hoffe, Laura fühlt sich hier glücklicher», aber sie hielt die Worte zurück, verzog nur den Mund ein wenig, so daß ihre Zähne kurz aufblitzten.

Sie hob etwas vom Boden auf. «Nie können sie ihre Pflaster aufsammeln.»

Sie warf es in die Kolophoniumdose. «Kaffee? Oder hätten Sie lieber Limonade – falls noch welche übrig ist?» Sie betrachtete mich und kaute dabei an einem Fingernagel.

«Nein, Laura wartet auf mich – lieber nicht.»

Laura, nicht Sylvina, hatte sie ihren knappen Brief anvertraut:

> Sehr geehrter Señor Rejas, leider muß ich Ihnen mitteilen, daß meine Bank sich geweigert hat, mir Ihren Scheck über Lauras Ballettstunden im Dezember und Januar gutzuschreiben.
>
> Yolanda Celandín

Ich war nervös, was sie ebenfalls nervös machte. «Hier ist das Geld, das ich Ihnen schulde. Tut mir leid wegen des Schecks.»

Mit einem perfekten, verbindlichen Lächeln sagte sie: «Wir kannten uns zwar noch gar nicht, aber ich dachte, ich sollte es lieber Ihnen als Señora Rejas sagen.»

«Leider ist meine Behörde beim Zahlen der Gehälter zwei Monate im Rückstand.»

Sie nahm das Geld entgegen, ohne es zu zählen, und legte die gefalteten Scheine auf den Teller mit den Kuchenresten. «Das ist furchtbar. Ich habe einmal drei Mädchen gehen lassen müssen, weil sie es sich nicht leisten konnten. Das bereue ich heute noch. Sie sind jeden Tag von Las Flores gekommen. Und ihre Eltern waren immer so aufgeregt. Sie haben ihre Töchter in den hübschen Kleidern angesehen, und sie hatten Träume. Ich hätte sie niemals gehen lassen dürfen. Sie waren alle drei wunderbare Tänzerinnen, das habe ich gleich beim erstenmal gesehen.»

«Können Sie das so schnell erkennen?»

Sie nickte. «Manche Mädchen braucht man nur dastehen zu sehen, und man weiß sofort, daß sie zum Tanzen geboren sind. Andere sind vielleicht ganz gut beim Üben an der Stange, aber sobald sie auf der Bühne stehen, ist es eine Katastrophe.»

«Und Laura?» riskierte ich.

«Ihre Tochter, die ist ein echter Sonnenstrahl. Sie ist ein richtiges Kind – nicht so eine kleine Erwachsene mit Lippenstift.» Dabei imitierte sie mit übertriebenem Augenaufschlag jemanden, den ich sofort als Marina erkannte.

Auf mein Lachen hob sie die Hand. «Nein, ich sollte das nicht so abschätzig sagen. Wahrscheinlich sind Sie ja mit den Eltern befreundet. Aber es kommt mir vor, als hätte ich in den letzten sechs Monaten die schlimmste Sorte von Ballettmüttern angezogen.»

Ich grinste immer noch. Ihre Parodie von Marinas Allüren sprach mich an. Offensichtlich ließ sie sich nicht von irgend jemandes Wohlstand beeindrucken. Aber sie hatte mir im Grunde nicht geantwortet.

«Eltern fällt diese Frage wohl immer schwer – aber sollten wir Laura unterstützen?»

Ihre Miene blieb ernsthaft. «Wieviel wissen Sie über das Ballett?»

«Nicht allzuviel.» Über Sylvina hatte ich etliche Tänzerinnen kennengelernt. Auf mich wirkten sie immer dämlich, ungebildet und nur auf sich selbst bezogen.

«Laura hat ganz gute Ansätze», sagte sie, «aber sie sollte sich mehr trauen. Ich freue mich immer, wenn jemand sich was traut. Oft funktioniert das nämlich.»

«Sie möchte gerne zum Metropolitan-Ballett.»

«Sie haben sie für eine klassische Ausbildung angemeldet, und das ist auch gut so», sagte sie vorsichtig. «Ohne ein Mathematikstudium wird niemand Ingenieur. Wenn man eine klassische Ausbildung hat, kann man im Modern Dance Sachen tun, die kein anderer kann. Dennoch ist es möglich, daß ihr natürliches Talent eher bei der Art von zeitgenössischem Ausdruckstanz liegt, mit dem ich mich beschäftige. Ausprobieren schadet jedenfalls nichts.»

Höflich und durchaus im Bewußtsein, wie spät es war und daß Laura im Auto wartete, fragte ich: «Tanzen Sie selbst noch?» Ich wußte nichts von ihr. Wir waren über Marina auf das Studio gekommen. Erpicht darauf, ihrer Samantha den Standard von Miami zu erhalten, hatte sie die Lehrerin in der Calle Diderot als erstklassige Kommunikatorin empfohlen. Aber ich hatte keine Ahnung, ob diese Lehrerin selbst auftrat.

«Ich habe es früher getan, dann nicht mehr, und jetzt tu ich's wieder. Im Moment soll ich gerade ein Ballett mit einer kleinen Truppe im Teatro Americano einstudieren, aber es wird langsam problematisch. Mir fehlt ein Thema.» Sie verschränkte die Hände hinter dem Rücken. «Aber wir sprechen ja hier nicht über meine Sorgen. Gibt es noch etwas wegen Laura?»

Es gab tatsächlich noch etwas. Ich hätte gern gewußt, ob meine Tochter die einzige war, die von den hübschen Mädchen ausgelacht wurde. Ich hatte gehört, daß sie sie «die Gurke» nannten, nach einem giftgrünen Bodystocking, den ihr Sylvina im Ausverkauf besorgt hatte. Durch die Küchentür hatte ich einmal mitangehört, wie Laura, in Tränen aufgelöst, Sylvina erzählt hatte: «Samantha sagt, meine Füße erinnern sie an Vogelkrallen, und ich sehe aus wie ein Papagei im Sturm.»

Aber falls Laura verspottet wurde, wollte sie mir davon jedenfalls nichts erzählen. Und Eltern liegt nichts daran, sich allzu genau über die Einzelheiten des Leids ihrer Kinder zu informieren. Also sagte ich: «Ich mache mir Sorgen um ihre Füße.»

«Ihre Füße?»

«Ist es richtig, daß Lauras Füße bluten?»

«Darf ich Sie etwas fragen? Laura möchte doch ans Metropolitan – aber wie ernst ist es ihr damit? Ich meine mit ihrem Wunsch, Tänzerin zu werden?»

Ich sah meine Tochter vor mir, wie sie Abend für Abend vor dem Spiegel im Flur stand, mit Sylvinas Küchenhammer auf ihre neuen Schuhe einschlug, um sie weicher zu machen, ihre Füße in Salzwasser badete, die Blasen darauf mit Senf bestrich, sich Schaumstoff zwischen die Zehen steckte und erst ein Bein und dann das andere hochstreckte, die Muskeln straff gespannt wie Seilzüge, mit bebenden Brüsten, als müßte sie sich gleich übergeben, der ganze Körper wie vor Erschöpfung schreiend.

«Es ist ihr ernst.»

«Dann muß sie durch diese Hölle gehen. Wenn man Tänzerin werden will, dann kann man kein normales Leben führen. In den Augen der meisten Menschen ist man gar keine richtige Frau. In gewisser Weise muß man sich zu Tode tanzen. Man strebt eine Perfektion an, die einem der eigene Körper eigentlich nicht geben kann. Die Schmerzen sind unbeschreiblich. Unbeschreiblich. Man tanzt mit dem Schmerz. Aber um die Füße brauchen Sie sich keine Sorgen zu machen.»

Sie raffte ihren Rock und streifte die Ballettschuhe ab. In

einer graziösen Bewegung streckte sie das Bein, bis ihr nackter Fuß waagrecht in der Luft ruhte, völlig reglos und nicht weit von meinem Gesicht.

«Sehen Sie die verhornten Stellen da? Wenn die richtig hart sind, dann kann sie darauf tanzen. Es sind Deformationen, aber bluten werden ihre Füße bald nicht mehr.»

Yolandas Fuß erinnerte mich eher an die Flosse eines Meerestiers. Häßlich, verfärbt, voller roter Schwielen, die Nägel wie eingewachsene formlose Schnipsel, die Haut an den Zehenspitzen zu einem bleibenden Grat verhärtet. Ich mußte an eine Schildkröte mit verletztem Panzer denken, die ich einmal am Strand von Paracas gesehen hatte.

Ich wandte den Blick ab. «Aber muß sie denn auch hungern?»

«Ich verstehe nicht.» Sie senkte den Fuß wieder.

Ich erzählte ihr von der Diät, auf der Sylvina bestand.

«Laura ist auf Diät? Damit muß sie aufhören. Eine klassische Figur bekommt man niemals mit einer Diät. Sie wächst doch jetzt. Sie braucht Energie. Ach, diese westlichen Schönheitsideale widern mich an. Junge Mädchen sehen eben einfach anders aus. Sie ist doch schön, so, wie sie ist.»

Das fand ich auch.

«Natürlich ist sie das! Sie sollte das wertschätzen, was sie hat, und das Beste daraus machen. So wird eine Tänzerin aus ihr. Ihre Tochter ist viel reicher, viel hübscher als all diese Miami-Girls mit ihren Schokoladenkeksnasen und dem gesträhnten Haar. Sehen Sie sie doch an. Sie trägt unser ganzes Land im Gesicht.»

Noch nie hatte ich jemanden so reden hören. Die Merkmale, die Sylvina an unserer Tochter so unschön fand, trug auch ich an mir. Indem die Ballettlehrerin Laura in ihrer Eigenart bestärkte, verlieh sie zugleich mir und meinen Wurzeln größeren Wert.

«Am Metropolitan habe ich immer schrecklichen Streit mit den Lehrern bekommen. Seid doch ehrlich, sagte ich, seht uns an. Die meisten von uns haben braune Haut und sind klein und kurzgewachsen. Das klassische Ballett wurde von Europäern erfunden, es ist für andere Körper, andere Sensibilitäten entworfen. Wir aber haben die Körper der Anden, unser Denken ist das der Anden. Wie sollen wir auf unsere Umwelt reagieren, wenn wir so seltsam verkleidet sind und alle Schritte auf französisch angesagt werden? Das geht doch nicht!»

«Und was hat man Ihnen darauf geantwortet?»

«Sie haben gelacht, bis auf die Prinzipalin, die Engländerin. Señora Vallejo verstand mich, aber sie konnte niemanden hinauswerfen. Für die übrigen Lehrer existierte gar keine Welt außerhalb dieses europäischen Repertoires.» Amüsiert sah sie mich an. «In meinem letzten Semester führte ich einen Tanz auf. Bei den Eltern löste er einen richtigen Skandal aus. Viel zu düster, fanden sie. Wir verstehen Ihre Arbeit nicht – diesen Tanz mit den Spinnen, den Sie da dargestellt haben. Spinnen, fragte ich. Oder waren es Homosexuelle? Wissen Sie, was es in Wahrheit war? Das Kondorfest, eine unserer ältesten Zeremonien. Und die dachten, es ginge um Unzucht!»

Bis zu diesem Augenblick hatte ich Yolanda als eine etwas nervöse Frau eingeschätzt, die zuviel redete. Ich hatte mir gesagt: Natürlich ist sie angespannt, es war ein langer Arbeitstag, vielleicht hat sie Angst, eine Schülerin zu verlieren. Ich hatte eigentlich nur meine Schulden bezahlen und nach einer Anstandspause wieder gehen wollen. Jetzt aber wäre ich am liebsten noch geblieben.

«Haben Sie denn Laura ganz vergessen?» fragte sie.

Laura saß im Wagen, einen Fuß auf das Knie gelegt, und zupfte an ihrer Hornhaut. Als sie mich kommen sah, beugte sie sich über den Sitz und machte die Tür auf.

«Ist sie nicht nett! Ich wußte, daß du sie mögen wirst. Ging es um diesen Brief?»

«Ja, irgendwie schon.»

«War es ein Liebesbrief?»

«Wir haben über dich gesprochen.»

«Was denn?»

«Du solltest Modern Dance probieren, findet sie.»

«Das würde mir Spaß machen.» Sie setzte das Bein auf den Boden. «Heute habe ich ein Bild getanzt.»

«Wie geht denn das?»

«Ganz einfach. Sie sagte: ‹Seht euch das Gemälde hier an. Das sind die dunklen Farben. Und das die hellen. Jetzt sollt ihr diese Farben für mich ausdrücken.› Ich war das Helle. Dann teilte sie uns in zwei Gruppen auf. ‹Ihr hier seid wütend. Und ihr dort drüben seid gelangweilt. Und nun tanzt es!›»

«Bei welcher Gruppe warst du?»

«Bei den Wütenden, das hat Spaß gemacht.»

Es war Welten entfernt von Madame Offenbach mit ihrem Kapotthut.

«Von meinem Beruf hast du ihr nichts erzählt?»

«Nein, Papa.»

«Wenn sie dich mal fragt, sag ihr, ich bin Anwalt.»

«Ich brauche neue Schuhe.»

«Mama wird dir welche kaufen.»

Sie zog ihre Ballettschuhe über. Die Farbe wurde von einem Wasserfleck verunstaltet, und an den Zehen sah man rostrote Spuren von getrocknetem Blut.

«Und im Gegensatz zu Madame Offenbach kann sie tanzen», fuhr Laura fort.

«Ist sie eine gute Tänzerin?»

«Als sie vom Metropolitan weg ist, da war sie die beste Ballerina im ganzen Land. Das hat mir Samantha erzählt. Sie hat heute eine wunderschöne Geschichte für uns getanzt, die sie in den Bergen gelernt hat. Sie nannte es den Tanz der Terrasse der Tränen, nach einem Felsvorsprung, zu dem die Menschen gehen, wenn sie sich verabschieden. Sie umarmen sich und weinen, weil sie ihr Ziel nicht kennen. Deshalb nennt man den Ort die Terrasse der Tränen.»

«Liebes, ich hab dir doch mal erzählt, daß es genau so eine Felsterrasse in unserem Tal gab.»

«Wirklich? Nein, hast du nicht. Hättest du bloß mal.»

Ihre Lehrerin hatte es offenbar anschaulicher erzählt.

«Du hast versprochen, mich nach La Posta mitzunehmen», sagte sie listig. Bisher war Ezequiel der Grund gewesen, weshalb wir diese Reise noch nicht unternommen hatten. Unseren Informationen zufolge waren seine Leute im unteren Tal gesehen worden.

«Jetzt gibt's keine Ausrede mehr für dich.»

«Ich werd mit deiner Mutter drüber reden.»

«Meinst du das ernst?»

«Aber sicher doch.»

«Und können wir dann die Kaffeesträucher sehen, und die Papageien von deiner Oma, und Großpapas Bibliothek?» Sie hatte meine Eltern niemals kennengelernt. Sicher hätte sie sie um den kleinen Finger gewickelt, genau wie meine Schwester.

«Natürlich.»

«Du kommst doch heute nach Hause, oder, Papa?»

Oft kam ich abends nicht mehr heim. Manchmal war ich im Hochland und jagte irgendeinem Schatten nach, der mit Ezequiel zu tun hatte, und wenn ich in der Stadt war, mußte ich immer wieder verdächtige Häuser beobachten. Die Überstundengelder, die ich für diese Überwachungen bekam, hatten – bis jetzt – Lauras Ballettstunden bezahlt.

«Ja.»

Neben mir löste Laura ihr feuchtes Haar. Dann raffte sie es wieder zusammen und legte eine Spange aus Achat darum, die ich ihr geschenkt hatte. Still und zufrieden fuhren wir zum Supermarkt von Miraflores.

«Wir dürfen das Katzenfutter nicht vergessen», sagte ich.

Es war ein schwüler Abend; an der Ampel beim Parque Colón zog ich mein Jackett aus und legte es auf den Rücksitz.

«Ist dir nicht heiß in diesen Leggings?» fragte ich Laura.

«Papa, hast du eine Freundin?»

Ein paar Sekunden lang konnte ich darauf gar nicht antworten. «Liebes! Wieso fragst du mich so etwas bloß?»

«Weil du nie nach Hause kommst.»

«Ich arbeite sehr viel, Laura.»

«Samantha sagt, ihre Mutter mag dich sehr.»

Gereizt wollte ich gerade sagen: «Aber ich mag Samanthas Mutter überhaupt nicht», als plötzlich, ohne jede Vorwarnung, alle Straßenlampen ausgingen.

Laura sah aus dem Fenster. «Was ist passiert?»

«Nur ein Stromausfall.»

Der Supermarkt war eine Straße entfernt. Ein Verkäufer leuchtete für uns mit der Taschenlampe über die Regale mit Tierfutter. Er hoffte, es werde nicht lange dauern. Um neun sei nämlich ein Volleyballspiel im Fernsehen.

Seit dem Militärputsch hatte es keinen Stromausfall mehr gegeben, aber ich machte mir keine Sorgen. Im Kraftwerk von Las Flores gab es seit Monaten Ärger wegen der niedrigen Löhne. Viel ernster nahm ich Lauras Frage.

Wir waren etwa zehn Straßen von zu Hause entfernt, als es in meinem Jackett zu piepen anfing. Sucre. Ich parkte vor dem Café Haiti. Auf den Tischen flackerten Laternen. Im matten Licht sah ich Männer, die in ihre Handys sprachen und sicherstellten, daß zu Hause und im Büro alles in Ordnung war.

Ich lauschte den verwirrenden Details. Mit Streiks hatte die Dunkelheit, in die die ganze Stadt getaucht war, nicht das geringste zu tun.

«Hast du es dem General gemeldet?»

«Der ist auf seiner Yacht.»

«Dann treffe ich dich beim Theater.»

Ich gab Laura das Gerät zum Halten.

«Was ist denn los? Stimmt was nicht?»

Ihr wurde klar, daß etwas Schreckliches geschehen war. Freudlos spielte sie an dem tragbaren Telefon herum. Sie versuchte, sich dieses Schreckliche vorzustellen.

«Das war Ezequiel.» Ich sprach die Worte rasch aus, hörte ihnen selbst gar nicht zu.

«Aber Papa, er ist doch tot.»

Ich beschleunigte auf der Via Angola. Gleich kam unsere Straße. Ich bremste geräuschvoll vor unserem Haus, so daß eine Gummispur auf dem Asphalt zurückblieb.

«Hör zu, Liebes, es tut mir leid. Es ist alles schwer zu begreifen. Bitte sag Mama, daß ich gleich wieder weg mußte.»

Ich zog die Autotür wieder zu und bog in die Calle Junín ein. Sucres Nachricht hatte die Befürchtung wiederaufleben lassen, die Innenminister Quesada erst vor fünf Tagen beschwichtigt hatte. Vor allem aber bedeutete sie eins: Es war nicht Ezequiel gewesen, der da verkohlt und unkenntlich unter einer groben Armeedecke gelegen hatte; statt dessen lag unser Schicksal auf einmal noch fester in

Ezequiels Hand. Sucres Nachricht bedeutete, daß Ezequiel doch noch lebte, daß er beschlossen hatte, sich aus dem Grab zu erheben. Sie bedeutete, daß er schließlich doch über die Hauptstadt gekommen war. Und hier, «im Kopf des Ungeheuers», war auch das perfekte Versteck für ihn.

6

ALS ICH BEIM Theater ankam, war das Publikum schon hinausgeströmt und drängte sich sichtlich entsetzt auf dem Gehsteig. Meine Männer waren eingetroffen und versuchten die Leute zusammenzuhalten, aber viele waren ihnen bereits entwischt. Sie verteilten sich unter den Platanen und winkten dort nach Taxis. Einige stolperten wie nervöse Stelzvögel zwischen den Straßenbahngleisen umher. Sie folgten den Schienen zum Meer, offenbar war es ihnen egal, wo es hinging.

Auf Grund der Aussage eines französischen Bühnenautors, der in der fünften Reihe gesessen hatte, konnte ich mir die Ereignisse zusammenreimen.

Lionel Grimaud, der von dem Stromausfall in der ganzen Stadt nichts wußte, hatte die plötzliche Dunkelheit als Teil des experimentellen Stücks hingenommen, das auf der Bühne gezeigt wurde, denn es paßte genau zu dem Plakat, das ihn ins Theater gelockt hatte.

Das Plakat zeigte eine junge Frau mit kreideweißen Wangen und katzenhaft geschminkten Augen. Sie sah auf ihre rechte Hand, in der sie eine Miniaturversion von sich selbst in Form einer Handpuppe hielt. Dem schmalen Porzellanmündchen entströmte eine Sprechblase:

> Literatur! Tanz! Theater! Film! All das in einem höchst aktuellen Drama! Haben Sie genug von der Ungerechtigkeit? Haben Sie genug vom Gefühl der Hilflosigkeit? Haben Sie genug davon, nichts tun zu können? Unsere Schau-

spieler werden Sie aus Ihrer Gleichgültigkeit herausreißen. In *Blackout* bekommen Sie die Extreme der menschlichen Existenz zu sehen. Sie werden Fanatismus sehen. Sie werden Finsternis sehen. Sie werden Intoleranz sehen. Sie werden Hoffnung sehen. UND SIE WERDEN HEUTE ABEND *BLACKOUT* SEHEN!

Zwanzig Minuten nach Beginn der Vorstellung gingen auf der Bühne die Lichter aus. Davor hatte man zuerst auf einer großen Leinwand ein negroides Gesicht gesehen, das hinter einem leeren Schreibtisch gefilmt worden war und über Almosen redete. Dann war ein Engel auf die Bühne gehüpft, bekleidet mit roten Gummihandschuhen, einem grauen Straßenanzug und Flügeln aus Pappe, und hatte einen Eimer Wasser über die erste Reihe gekippt.

Während ein Teil der Zuschauer sich verärgert trockenrieb, erklang Frank Sinatra: «This lovely day will lengthen into evening. We'll say goodbye to all we ever knew ...» Der Engel entschwebte wieder, mit den roten Fingern durch die Luft fuchtelnd, und statt seiner stellten sich vier Tänzer mit dem Rücken zum Publikum auf der Bühne auf.

Grimaud – dem dieses Detail sehr wichtig war – sagte, es seien Frauen gewesen. Jede der Tänzerinnen hatte einen schwarzen Strumpf über den Kopf gezogen und trug ein dünnes schwarzes Strapsband vor dem Gesicht. Sie bückten sich und nahmen eine aufreizende Haltung ein, wackelten mit dem Hintern und drehten sich langsam herum, bis sie vor den Zuschauern kauerten, auf allen vieren, die Zungen herausgestreckt. Das einzige Geräusch war ihr keuchender Atem – «Es klang wie das Hecheln von Hunden» –, und zusammen mit Sinatras Stimme und der Silhouette des am Bühnenrand stehenden Engels, der die Worte mit den Lippen nachformte, erzeugte das eine schaurige Atmosphäre.

Sinatra sang gerade «I loved you once, in April ...», als das Jaulen einer Sirene vom Tonband ihn unterbrach, gefolgt von stakkatoartigen Schüssen.

In diesem Moment kam der Stromausfall.

«Wir begriffen nicht recht, was überhaupt vor sich ging», gestand Grimaud ein. Auf der Bühne schwang ein körperloses Licht auf und ab. Alle Augen hefteten sich auf dieses erratische Irrlicht, das plötzlich in den Zuschauerraum hinabstürzte. Man hörte ein Handgemenge, als mehrere Menschen offenbar gegen ihren Willen auf die Bühne gezerrt wurden.

Dem Publikum wurde es ungemütlich. Hinter Grimaud zischte eine ältere Frau: «Claudio, du hast mir aber nicht gesagt, daß es eines von diesen Actiontheaterstücken ist. Dann hätten wir uns lieber weiter nach hinten setzen sollen.»

Dann erklangen drei Schüsse, rasch nacheinander.

So laut, daß es alle hörten, sagte dieselbe Frau: «Du hast mir versprochen, daß es ein Musical ist.»

Inzwischen war alles so verwirrend, daß die Leute nicht wußten, ob dieser Wortwechsel vielleicht sogar zum Stück gehörte. Der Gestank nach Schießpulver war nicht sehr angenehm, auch nicht die warme, klebrige Masse, die in mehreren Schößen gelandet war und sich wie Rührei anfühlte. Nach fünf weiteren Minuten des Wartens im Dunkeln fingen einige in der ersten Reihe, die zuvor naßgespritzt worden waren, mit erbosten Zischeleien an.

Aber sogar sie blieben sitzen. Und das war das Merkwürdigste: es vergingen mindestens zehn Minuten, ehe irgendwer den Mut zum Aufstehen aufbrachte, und auch dann nur, weil nun eine weitere Taschenlampe aufgetaucht war, die im Saal hin und her huschte.

Der Strahl glitt über die Sitzreihen und verlieh einzelnen

Besuchern Substanz. Bald erreichte er die Bühne, zuckte nach oben, um den hochgezogenen Vorhang zu erfassen – und drei Gestalten, die auf Campingstühlen etwa zwei Meter vor der Rückwand saßen.

Wissen Sie, wie verzerrt alles aussieht, wenn man es von unten anstrahlt? Stellen Sie sich den Anblick dieser Leichen vor. Der Lichtkegel zuckte über ihre Beine und Oberkörper, warf riesige Schatten auf die Wand hinter ihnen.

Sie saßen schief auf den Stühlen. Etwas war mit ihren Gesichtern passiert.

Quesada, dessen Körper nach hinten gebogen war, trug ein rotes Kastenmal auf der Stirn. Sein Hinterkopf war nicht mehr da, aber Augen, Nase und Wangen waren noch zu sehen. Man hatte ihn mit Theaterprogrammen geknebelt, die zu kleinen Kugeln zusammengeknüllt waren.

Neben dem Innenminister saß seine Gattin. Daß es eine Frau war, sah man an dem Schatten, den ihre kurzen Locken an die Decke warfen. Ihr Hals war seltsam verdreht, eine Schulter ragte nach hinten und ließ ihre Lapislazulikette sehen. Sie hatten ihr in die rechte Augenhöhle geschossen, durch die Brille hindurch, und in ihrem Haar glitzerten Glassplitter und etwas, das aussah wie Schleim – nur daß es ihr Auge war.

Der Leibwächter saß neben ihr, vornübergebeugt. Das Hohlmantelgeschoß war in den Hinterkopf eingedrungen, und sein Gesicht war irgendwo im Publikum.

Die Silhouetten glitten zurück ins Dunkel, als der Intendant seine Taschenlampe auf der Bühne ablegte und hinaufkletterte. Der Lichtstrahl erfaßte die Füße der Frau, wo schrecklich viel Blut zu sehen war. Der Intendant hob die Lampe wieder auf und stolperte durch die Pfütze auf die Stühle zu, wobei er den Strahl direkt auf ihre Gesichter richtete, so daß jetzt jedermann den grausigen Anblick sehen konnte, die Blutspritzer auf den Kulissen, wie Tintenkleckse von einem zu heftig geschüttelten Federhalter, und jeder Spritzer war größer als ein Kopf und stand für sich, bis auf eine breite senkrechte Spur hinter Quesadas Stuhl, wo ein Stück seines Schädels an der Wand hinabgeronnen war.

Das Licht glitt über das glitzernde Haar der Frau, erfaßte die breiige rote Maske des Leibwächters und dann Quesada, der auf seinem Stuhl lehnte, ein Pappschild auf dem Bauch, dessen in Blut gekrakelte Aufschrift lautete: Tod allen Verrätern. Viva el Presidente Ezequiel!

Der Intendant gab ein würgendes Geräusch von sich. Die Zuschauer schnappten nach Luft.

«Glaub mir», hörte man eine Männerstimme. «Das gehört alles zum Stück.»

Sobald ich das Schild um Quesadas Hals gelesen hatte, wußte ich, daß Ezequiel aus dem Hochland heruntergekommen war. Er war unter uns, in der Stadt. Irgendwo in der Stadt.

Doch er war nicht einfach «irgendwo».

Heute ist mir klar, daß er davor, am frühen Abend, seinen Fernseher eingeschaltet hatte. Zur Vorsicht ohne Ton, denn er wollte sicher nicht die Aufmerksamkeit der Ballettmädchen erregen. Lauras Stunde war zu Ende. Die Tänzerinnen hatten schon geduscht, und er ging ans Fenster, um ihnen nachzusehen. Er schob den Vorhang mit dem Handrücken zurück – und da, durch den hauchdünnen Spalt, erblickte er mich.

Zugegeben, in der Dunkelheit konnte keiner von uns mehr als die Umrisse des anderen erkennen. Aber ein oder zwei Sekunden lang sahen wir einander an. Alles, was zwischen uns stand, war ein gelber Kinderzimmervorhang.

Dieser Vorhang war immer zugezogen. Ezequiel stand oft lange dahinter und nahm die Straße in sich auf. Er stand gerne in derselben Haltung dort, das Gesicht gegen das Fenster gepreßt, das er manchmal einen Spaltweit öffnete. Zum Schluß, als ich ihn durch meinen Feldstecher beobachtete, sah ich sogar, wie er die Luft einsog, wie er sie auf seinem erhobenen Gesicht spürte, ähnlich einem Hund, der die Schnauze an ein Autofenster preßt. So dürfte er auch seinen Husten bekommen haben, denn ein paar Tage nach Quesadas Tod brachte Laura ein Fieber mit nach Hause, und bis zum Wochenende hatte es Sylvina auch erwischt.

Ich kann genau schildern, was er durch diesen Spalt alles gesehen hat. Bis ich meine Leute endlich zuschlagen ließ, kannte ich jeden Bewohner der Straße – ich wußte, wo sie arbeiteten, wann sie gingen und wann sie kamen, ich kannte ihre Liebesaffären und ihre läßlichen Sünden. Hinterher ging ich lange Zeit in diesem Raum umher, trat an Ezequiels Lieblingsplatz und stellte ihn mir vor. Einmal fiel mein Blick auf eine Bewegung im Haus gegenüber. Dort stieß eine junge Frau gerade lachend einen Mann auf ein Bett. Wo sie eben gestanden hatte, ragte ein Bein senkrecht in die Luft, dann verschwand es. Als die Frau das nächste Mal am Fenster vorbeiging, war sie nackt. Sekunden später hörte ich das Geräusch einer Wasserspülung.

Die Wasserspülung speiste sich aus einem Wassertank auf dem Dach. Es klingt witzig, aber sechs Monate lang hatte Ezequiel außerhalb seines Zimmers kein anderes Wort zu lesen als den Namen des Herstellers: «ETERNITY».

Wenn ich die Augen schließe, kann ich die Straße bis zu der Hügelkuppe am Ende verfolgen. Manchmal sind die Konturen des Hangs deutlich zu sehen, und ich erkenne einzelne Pfade und die Farben des Müllbergs dahinter. An anderen Tagen bleibt der Hügel verschwommen, von derselben Farbe wie der grauverhangene Himmel, den unsere Dichter gerne mit einem Eselsbauch vergleichen.

Ich höre die Geräusche einer Mittelstandssiedlung. Ein zufallendes Gartentor, eine aufgehende Autotür, einen singenden Vogel. Der Baum, in dem der Vogel sitzt, ist eine Jacaranda. Sie blüht mit jedem Tag violetter, als hätte jemand die Äste in den Abendhimmel eingetaucht. Ich weiß nicht, wie es Ihnen damit geht, aber ich hasse Vogelgesang am Abend.

Gegenüber, unterhalb des Liebesnests, klopft Milagra, das Dienstmädchen, einen imitierten Perserteppich am Zaun aus. Der Lärm scheucht eine Schäferhündin auf, die die Pfoten gegen das Geländer stemmt und losbellt. Vor einer Weile hat Milagras Hausherr einen ihrer Welpen beim Zurücksetzen aus seiner Einfahrt überfahren. Und seitdem läuft der Hund ständig auf und ab, stößt die Schnauze durch die Gitterstäbe und mustert jeden Passanten aus seinen schwarzen Augen.

Milagra ruft dem Schäferhund zu, er solle still sein, wird aber ignoriert. Sie wird immerzu ignoriert. Jeden Tag hastet sie dem Jungen hinterher, der die leeren Flaschen abholt. Sie hört seinen Ruf jedesmal zu spät. Dann rennt sie seinem Fahrradkarren hinterher, kann ihn aber nie einholen.

«Flaschen!» brüllt der Junge. Lässig hebt er beide Arme über den Kopf, so daß sein Rad einige gefährliche Meter weit steuerlos ist. Dann packt er den Lenker, legt sich in die Kurve und verschwindet.

Milagra stolpert ihm noch ein, zwei Schritte nach und bleibt dann in der Mitte der Straße stehen, hilflos keuchend, eine Tüte an die Brust gepreßt, in der leere Cristal-Bierflaschen klirren. «Señor ... Señor ...»

Das Hundegebell schreckt ein Gesicht an einem Fenster des Eckhauses auf. Wußte Ezequiel, was in diesem Zimmer jeden Nachmittag vorging? Das Gesicht am Fenster gehört Señora Zampini. Um drei Uhr, wenn Doktor Zampini an der Katholischen Universität seine Vorlesung über geriatrische Onkologie hält, fährt immer ein orangefarbener VW-Käfer vor, dem ein großgewachsener Mann in einem braunen Anzug mit glänzenden schwarzen Lederflecken an den Ellenbogen entsteigt. Etwas steif richtet er sich auf und zupft die Manschetten seines Hemds zurecht. Er ist nicht mehr so aufgeregt wie früher einmal. Er kommt ohne den Elan und ohne die Blumen, die seine ersten Besuche begleiteten. Hat Señora Zampini seine Lustlosigkeit schon bemerkt? Wenn die Tür aufgeht, ist ihr vor Unruhe angespanntes Gesicht im Schatten. Er tritt ein, küßt ihr die Hand. Die Tür wird hinter ihm verriegelt.

Was gibt es sonst noch zu hören? Die Unterhaltungen vom Café an der Ecke, über Tassen von kochendheißem, nach Pappe schmeckendem Kaffee. Leute, die mit dem Auto zum Strand aufbrechen und beim Passieren des Videoladens auf die Hupe drücken. In der Luft liegt der süße Duft der Sonnenmilch, mit der sie sich Arme und Gesicht eingerieben haben. Das Keuchen von zwei Joggern, nicht mehr ganz jungen Frauen in türkisfarbenen Trainingsanzügen, deren Frisuren vom Schweiß verklebt sind.

Es fällt mir leicht, mir mich als Ezequiel vorzustellen. Wie ich hungrig die Straße beobachte. Ich sehne mich danach, dort draußen zu sein, umherzugehen. Es gibt Augenblicke, da will ich der Gewalt nachgeben, die ich entfesselt habe, sie selbst einmal schmecken, jene Angst verspüren, gegen die ich schon immun geworden bin. Ich berühre das Fenster und huste. Ich spüre einen Luftzug an der Hand. Trotz meines Hustens drücke ich die Wange an den Spalt. Nach unten gehöre ich, nicht in diesen versperrten Raum. Ich greife nach der Türklinke und träume von der Welt dort unten. Immanuel Kant ist jeden Nachmittag um halb vier unter seinen Linden spazierengegangen. Ich aber habe mein Zimmer seit sechs Monaten nicht verlassen.

So steht Ezequiel am Fenster und wartet darauf, daß Lauras Klasse geht – er wird die Mädchen abzählen, um danach fernzusehen oder seine Musik zu hören.

Er hat eine Schachtel voll durcheinandergeworfener Kassetten – Beethoven, Schumann, Wagner und eine Oper von Donizetti: *Lucia di Lammermoor.* Auch ein paar Frank-Sinatra-Aufnahmen sind dabei, aber die hat er schon länger nicht gespielt. Ezequiels Musikgeschmack hat sich verändert, seitdem er aus dem Hochland gekommen ist. Und während die Schuppenflechte an ihm nagt, sich zwischen seine Hinterbacken frißt, hat er keine Lust mehr auf menschliche Stimmen.

Nicht, daß er all das beim Verhör klar gesagt hätte. Ich mußte diese Informationen stückchenweise aus einem Schwall von aggressivem Unsinn über die «Kontinuität des Faschismus» und die «vor der Tür stehende Neue Welt» herauslösen. Der utopistische Quatsch, den er deklamierte, enthielt eher wenig Hinweise auf das, was in diesem Zimmer vorgegangen war. Nur das Zimmer selbst sagte mir etwas.

Es war nicht größer als mein Büro. Es hatte ein Doppelbett, und in der Mitte fand sich, mit dem Rücken zum Fenster, ein hoher, mit rotem Samt bezogener Lehnstuhl, in dem er meistens saß und las.

Seine Bücher standen alphabetisch geordnet auf einem Regalbrett über dem Kassettenrecorder. Es war Ezequiels drittes Versteck in achtzehn Monaten, und er hatte nur die allerwesentlichsten Texte bei sich, jeder davon voller Anmerkungen in seiner gedrängten, nach links kippenden Handschrift. Hätte man mich darin lesen lassen, wäre ich besser in der Lage, Ihnen zu sagen, was in seinem Kopf vorging. Aber man ließ mich nicht.

Auf der Armlehne des Sessels stand ein Cinzano-Aschenbecher aus Blech, der von Winston-Kippen überquoll. Er liebte amerikanische Zigaretten. Das und seine Psoriasis und seine Leidenschaft für Kant und die Tatsache, daß er gerne Mineralwasser trank – das war praktisch das gesamte Bild, das ich von dem Mann hatte, bis ich ihm von Angesicht zu Angesicht in jenem Zimmer begegnete. Diesmal war kein gelber Vorhang mehr zwischen uns, keine lustigen Cartoon-Elefanten, die an gestreiften Fallschirmen was weiß ich wohin schwebten.

Was gab es noch dort oben? An einem solchen Platz wird alles zur Ikone. Zwei Paar Schuhe, mitten im Schritt verharrend. An der weißen Wand ein kleines Bild von Mao und ein gerahmtes Foto des Triumphbogens bei Nacht. In Paris war er nie gewesen, aber er bewunderte Napoleon. So sind diese Typen. Ein Hotelservierwagen, den er als Schreib- und Eßtisch benutzte. Das Essen wurde in der Küche zubereitet und ihm dann von Genossin Edith gebracht. Sie war der einzige Mensch, der seine stets verschlossene Zuflucht betreten durfte. Edith war der Grund – da bin ich mir sicher –, weshalb er die Berge verlassen hatte. Seine Frau Augusta, die, die damals den roten Pritschenwagen gelenkt hatte (und vorher Pascuals Freundin gewesen war), wäre es lieber gewesen, daß er auf dem Land blieb. So wie er hatte sie sich vorgestellt, die Revolution würde erst nach seinem Tod triumphieren, so wie auch die Baumeister der mittelalterlichen Kathedralen es zufrieden waren, ihr Werk nicht zu ihren Lebzeiten vollendet zu sehen.

Aber das war ein Kindertraum, die Phantasie eines provinziellen Idealisten. Augustas Tod und seine Krankheit hatten ihn auf dieses beengte Leben zurückgeworfen. Er hatte nicht mehr die Geduld einer Schlange. Er war rastlos geworden, und Edith fiel es leicht, diese Ungeduld auszunutzen. Sie drängte ihn, die Früchte seiner Revolution schon jetzt, zu Lebzeiten, zu kosten. Es bedurfte ja nur noch einer einzigen, endgültigen Aktion. Doch dafür mußte er in die Hauptstadt herunterkommen. Zur Planung der Operation war seine physische Anwesenheit nötig. Um sie zu überwachen und zu inspirieren. Um dazusein, wenn seine Leute das verrottete, zerfallende Zentrum des Staates ein für allemal ausschalteten.

Ich weiß nicht, ob er und Edith in diesem ungemachten Bett miteinander geschlafen haben. Gerüchten zufolge hat er mit all seinen weiblichen Anhängern geschlafen, weil sie ihn als heilig ansahen. Aber daran glaube ich nicht.

Vom Schlafzimmer ging ein kleines Bad ab. Hier schluckte er seine Kapseln und trug seine Cremes auf. Wissen Sie, wie Paraffin riecht? So jedenfalls roch es in dem Badezimmer. Überall Medikamente, auf dem Boden neben der verschlissenen Gummimatte, auf der Ablage unter der Dusche, in dem Schränkchen über dem Waschbecken.

Was mir auffiel, war das Fehlen eines Spiegels. Ich kann nur annehmen, daß Ezequiel den eigenen Anblick widerlich fand und an seine fettleibige, kranke, praktisch tatenlose Existenz nicht mehr erinnert werden wollte.

So stand er da, in seinem leidenden Körper, ruhelos, voller Schmerzen – die Schuppenflechte verschlimmerte sich täglich –, und natürlich wußte er von den hübschen Mädchen im Untergeschoß. Da er sie nicht sehen konnte, mußten sie in seiner Phantasie noch hübscher sein. Wissen Sie, das Badezimmer der Tänzerinnen lag direkt unter ihm. Er konnte wohl Fetzen ihrer Unterhaltung aufschnappen, während sie ihre erschöpften Körper unter der Dusche einseiften. Stellen Sie sich das vor. Da saß der Mann, der die Freiheit predigte, in seinem Zimmer eingesperrt, während die da unten, nur wenige Meter entfernt, wirklich frei waren.

Ihnen wurde das Fliegen beigebracht, und er hockte im Käfig. Finden Sie das nicht zum Lachen?

Er hatte sicher gesehen, wie ich aus dem Wagen stieg. Ich

bin nicht sicher, was ihm durch den Kopf ging, als er mich über die Straße gehen sah. Während ich unten mit Yolanda sprach, hat er wahrscheinlich in seinem Lehnstuhl gesessen und auf den stummen Fernseher geglotzt. Und dann, als der Stromausfall kam, wartete er auf Nachrichten aus dem Theater.

Um drei Uhr morgens war ich beim Teatro de Paz fertig und fuhr vorsichtig heim. Das einzige Licht kam von den Autos und einigen wenigen Kerzen, die hinter den Fenstern flakkerten. Es war auch ganz still in der Stadt. Ich hörte nichts als die Wellen, die gegen den schmutziggrauen Strand anbrandeten. Erst als ich die Via Barranco erreichte, wurde mir klar, was an dieser Stille so bedrohlich war.

Meine Scheinwerfer erfaßten eine Bande von Kindern, die den Gehsteig entlangrannten. Sie klebten Plakate an die Türen und Fenster. Als ich auf sie zuhielt, flitzten sie davon. Ich stieg aus und ging auf das Gesicht zu, das mich von dieser und der nächsten Tür anstarrte, ja von jeder Haustür der Via Barranco.

Mein Foto von Ezequiel, das Quesadas Ministerium vergrößert und in der Provinz plakatiert hatte, war nun zu Tausenden von etwa kopfgroßen Zetteln geworden. Sie waren mit «Presidente Ezequiel» unterzeichnet, und obendrüber standen, in derselben Handschrift, die Worte: BLUT ERTRÄNKT DIE REVOLUTION NICHT, SONDERN BEFRUCHTET SIE! EZEQUIELS TAUSEND AUGEN UND TAUSEND OHREN SIND ÜBERALL!

Ich hatte das Gefühl, daß die Augen auf diesem Plakat mich persönlich verhöhnten. Rejas, sagten sie zu mir, als Hinweis darauf, wie ich heute aussehe, ist das Gesicht hier wertlos.

Im Morgengrauen zeigte sich, wo er überall war. In San Isidro erwachte die Witwe eines Generals und glaubte, sie sei tot, weil Ezequiels Gesicht, das sie für das ihres Gatten hielt, der sie willkommen hieß, auf beiden Schlafzimmerfenstern klebte. Seine leeren Augen starrten einem von den Mülltonnen entgegen, sie waren auf Kinoplakaten und unter den Glasplatten der Tische, die über Nacht vor dem Café Haiti gestanden hatten. Er schwamm im Springbrunnen auf der Plaza San Martín. Er hing in den Baumwipfeln der Jardines Botánicos, als wäre er vom Himmel gefallen. Er blickte von Fußmatten in Belgrano auf, weil man ihn, so wie die Reklame eines Schlossers oder die Speisekarte eines Chinarestaurants, unter der Tür durchgeschoben hatte.

Wie der Todesengel hatte er seine Schwingen über der Stadt ausgebreitet.

Solange sie nur den Staub von namenlosen Terrassenfeldern fern der Hauptstadt aufgewirbelt hatte, glaubte kaum irgend jemand an Ezequiels Revolution. Jetzt aber interessierte sich jeder dafür. Wenn ein Opfer sowohl bekannt als auch mächtig ist, läßt sich eine Nation sehr leicht in Unruhe versetzen. Der ermordete Minister unterstrich auf das stärkste unsere krasse Inkompetenz. Dieser grotesk mit Programmzetteln geknebelte Mann auf der Theaterbühne war unter anderem der oberste Leiter aller Polizeikräfte unseres Landes gewesen. Politisch gesehen also unser Chef.

Am Tag nach dem Massaker im Teatro de Paz rief mich um acht Uhr fünfzehn General Merino in sein Büro. Bei der Nachricht von Ezequiels Tod war er in Urlaub gegangen. Eigentlich hätte er auf seinem Boot sein sollen. Statt dessen stand er am Schreibtisch und sah mich bedrückt an, die Unterlippe ein wenig vorgeschoben. Er war leicht angesäuselt und roch nach der Zigarette, die er von seiner Sekretärin geschnorrt hatte. Wegen des Stromausfalls war die Klimaanlage ausgefallen, und er hatte sein Jackett abgelegt.

«Mir wurde befohlen, mich bereitzuhalten. Calderón will mich sprechen.»

«Scheiße», sagte ich.

«Scheiße stimmt genau.»

Er nahm eine Orange aus der gläsernen Obstschale und fing an, sie auseinanderzunehmen. Mit der klebrigen Hand wedelte er in Richtung eines Plakats auf dem Schreibtisch, dessen schwarze Lettern brüllten: Haben Sie genug von der Ungerechtigkeit? Vom Gefühl der Hilflosigkeit? Davon, nichts tun zu können?

«Einmal», sagte er mit dem Mund voller Fasern und Saft, «da hab ich den Fehler gemacht, eine Karte für eines dieser sogenannten Theaterstücke zu kaufen. Glauben Sie mir, nichts hätte ich lieber getan, als auf die Bühne raufzuklettern, den Schauspieler an der Kehle zu packen und ihm zu sagen: ‹Das hier ist furchtbar schlecht.›»

Er schüttelte den Kopf und saugte an einem Orangenstück.

«Sie wissen, was Calderón sagen wird, Oberst Kater: Wie konnten wir Ezequiel so entsetzlich unterschätzen?»

«Aber das haben wir doch gar nicht.»

«Wie bitte? Drücken Sie sich mal genauer aus, ja!»

«Eine Kopie meines Berichts ist auch ans Büro des Präsidenten gegangen.»

Die Warnung hatte gleich auf Seite eins gestanden. Im dritten Absatz bezog ich mich auf ein hektographiertes Flugblatt, das wir bei der in Las Flores verhafteten Frau gefunden hatten. Dieses Pamphlet mit dem Titel «Die Seelenwäsche» stellte bis dato Ezequiels einzige schriftliche Erklärung dar. «Unser Krieg des Volkes hat seinen Gipfelpunkt erreicht; nun müssen wir uns auf die Massenerhebung vorbereiten, die als Synthese in der Eroberung der Städte endet.»

Meine Botschaft, die ich mit gelbem Markierstift hervorgehoben hatte, war klar: Trotz des willkommenen Rückgangs

von Ezequiels Aktivitäten müßten wir uns – vorausg
das Flugblatt war keine Fälschung – auf eine Eskalati
Gewalt gefaßt machen. «Wir können nicht ausschließe
er es mit Attentaten versuchen wird.»

Ich bezweifle, daß General Merino diesen Bericht je gelesen hatte. Er war nicht imstande, Ezequiel ernst zu nehmen, sah er doch in ihm – mit manierierter Verachtung – nichts als einen Uniprofessor, der zum Aussteiger geworden war. Revolutionäre, die ihr Gesicht zeigten – daran war er gewöhnt. Ezequiel aber war hinterlistig. Er war kein mannhafter Castroist wie Fuente, der kühn und ganz offen in eine Kneipe kam, seine Opfer kurz ansah und fünfzig von ihnen erschoß. Wenn ich mich bemühte, dem General Ezequiels Revolutionsphilosophie zu erläutern, tat er das immer mit einer Miene ab, die besagte, er habe das alles schon gesehen, und zwar in viel schlimmerer Form.

«Sie glauben, Ezequiels Leute verstehen irgendwas von Mao und Kant und Marx? Aber die nehmen doch nur die alten Schlagwörter auf. Sie sitzen ums Feuer und tun so, als würden sie sich die Hände mit Europanostalgie wärmen. In Wahrheit sind sie ganz gierig drauf, die Messer zu zücken. Vor allem die Frauen. Die lieben das Töten. Das ist ein Erlebnis für sie. Und dann vögeln sie drei Tage durch. Nein, mein Kater. Das ist keine Weltrevolution. Es ist ein Bumsmarathon.»

Seine Haltung ärgerte mich, aber er hatte mit anderem alle Hände voll zu tun, mußte sich um die Moral seiner Leute, um die Gehälter und um die epidemische Korruption des Apparats kümmern. Er bekam Druck von der Regierung, vom Militär, von den Behörden für Drogenfahndung. Die Weltrevolution stand ziemlich weit unten auf seiner Liste. Die Priorität des Generals war die Hauptstadt, und bis dahin hatte Ezequiel seine Aktionen hier auf ein oder zwei Bomben an der Schnellstraße, ein paar brennende Gummireifen und eine Demonstration am Tag der Arbeit beschränkt. Dazu die an den Laternen aufgehängten Hunde natürlich. Es war irritierend, so wie eine Zigarettenkippe im Klosett irritiert, die bei jedem Spülen wieder hochkommt. Also überließ es der General mir, mit ihm fertig zu werden. Ich nahm von niemandem Geld, mir konnte er trauen. Wegen meines Indiobluts konnte ich dem Phänomen vielleicht auf die Spur kommen. Besser als einige seiner übrigen Offiziere jedenfalls. Und – aus seiner Sicht das Wichtigste – ich hatte Ezequiel immerhin schon selbst gesehen.

Und jetzt war, um im Bild zu bleiben, bei dem Klosett das Rohr geplatzt.

Er hatte eine Vorahnung gehabt. Das gestand er mir jedenfalls in einer der durchwachten Nächte, die vor uns lagen. Und dann hatte er eines Abends nach der Arbeit in seiner Lieblingsbar am Hafen gesessen und vom Angeln geträumt, da gingen auf einmal – zack! – alle Lichter aus. Er bestellte sich noch einen Drink, während man nach Kerzen suchte, aber eine halbe Sunde später störte ihn von seinem Brandy mit Zimtaroma ein Klopfen am Fenster auf, und Sucre machte Goldfischlippen gegen das Glas.

«Was soll das, Leutnant? Hören Sie doch mit dem Quatsch auf. Kommen Sie rein.»

«Quesada.»

«Was ist mit ihm?»

«Erschossen.»

Und da spürte er diesen Schmerz – echten Schmerz – in seinem benebelten Kopf, und all die gleißend hellen Tage, an denen er lieber nicht mit dem Boot hätte hinausfahren sollen, zwinkerten ihm höhnisch aus dem Brandyglas entgegen.

Die Aussicht auf das Treffen mit Calderón bereitete ihm Sorgen. Er schob sein Mobiltelefon auf dem Tisch herum.

«Es steht in Ihrem Bericht, ich weiß. Gute Arbeit, Oberst Kater. Aber bringen Sie's mir in Erinnerung: Wie fing das alles an?»

«In Villaria. An der Universität.»

«Villaria, ja?» Er sah auf die Wandkarte hinter seinem Schreibtisch. Eine Orangenscheibe fuhr unsicher über die Anden. «Also Villaria», sagte er, als dächte er zum erstenmal darüber nach. «Ist das nicht ein seltsamer Ort, um eine Weltrevolution anzuzetteln?»

Er drehte sich zu mir um. Und dann sprudelten die Fragen aus ihm heraus, bis sie als kläglicher Haufen zwischen uns lagen. Warum erwischten wir ihn nicht? Woher bekam er seine finanziellen Mittel? Was hatte China mit unserem Land zu tun? Wie viele Leute hatte er? Warum Kommunismus? War der Kommunismus nicht tot? Und so weiter, wobei ich mein Bestes tat, ihm zu antworten, bis er schließlich sagte:

«Aber was will er, um Himmels willen?»

«Die absolute Macht.»

«Wieso?»

«Er sagt, der Staat kümmert sich nicht um das Volk.»

«Amen», sagte der General.

Er lutschte ein Orangenviertel aus und blickte mich über die Schale hinweg an. «Wissen Sie, was mich beunruhigt ...»

Das Handy auf seinem Schreibtisch klingelte, mit langen Pausen zwischen den Tönen. Er rollte verzweifelt mit den Augen und warf die Schalen in die Obstschale. «Zeit für den Schierlingsbecher», sagte er.

Er zog die Antenne des Telefons heraus, kam unbeholfen auf die Beine und trat ans Fenster. «Ja, Hauptmann Calderón», sagte der General. «Am Apparat.» Vielleicht hatte er beschlossen, besonders indiskret zu sein, vielleicht wollte er aber auch, daß ich seine Last mit ihm trug, jedenfalls kam er zu meinem Sessel herüber, setzte sich auf einen Stuhl neben mich, gegenüber seinem eigenen leeren Sessel hinter dem Schreibtisch, und hielt den Apparat so, daß ich mithören konnte.

Die Stimme klang knapp und schroff, zu leise für mich, um etwas zu verstehen.

«Das ist mir klar», sagte der General einsichtig. Seine Wange berührte beinahe die meine. Ich roch den Brandy.

«Meinen Sie etwa, wir haben das nicht ...»

Die andere Stimme unterbrach ihn lautstark. Der General hörte schwer atmend zu, bis sie wieder verstummte.

«Ja, es ist traurig. Zwölf Jahre lang ...» Er wiederholte, was er gerade gehört hatte. «Schwer zu sagen, Hauptmann Calderón. Sie haben vermutlich keine Ahnung, wie schwer ...»

Wieder ein Wutausbruch. Wieder lauschte er, nickte dazu. Er griff nach der Obstschale, setzte sich wieder gerade. «Glauben Sie, daß das nötig ist? Ich meine ...» Er sah auf den Platz hinter seinem Schreibtisch, wo er gesessen hatte.

«Natürlich. Ich verstehe, Herr Hauptmann. Ich werde tun, was ich kann.»

Er knallte das Telefon hin und wiegte den Kopf hin und her – er prüfte die Zügel von Calderóns Befehl.

«Ich sag Ihnen, Kater, ich fühle mich wie ... wie ...» Ein passender Vergleich fiel ihm nicht ein.

Er umrundete seinen Schreibtisch und sank in den Sessel. «Er hat uns allen den Urlaub gestrichen.»

«Ich werd's meinen Männern sagen.»

«Wenn wir die Mörder nicht finden, wird er das Militär einschalten.»

«Ich habe leider keine Namen für Sie», sagte ich.

«Was sollen wir ihm dann sagen, wer verantwortlich dafür war, daß unser Vorgesetzter eine Kugel in den Kopf gekriegt hat?»

«Es waren Tänzer. Ein Mann und vier Frauen.»

«Und warum haben wir sie nicht erwischt?»

«Das sind sogenannte Vernichtungskommandos. Zwanzig Jahre alt, oft auch jünger. Wahrscheinlich aus der Provinz und nach der Tat wieder dorthin verschwunden.»

«Und wer unterstützt die hier?» Keine Atempause.

«Keiner, der sie unterstützt hat, würde ihre Namen kennen.»

«Vier Frauen, sagen Sie? Mein Gott, was ist nur mit den Frauen in unserem Land los? Sind die alle verrückt geworden oder was?»

«Ich weiß es nicht, General.»

«Wahrscheinlich haben Tausende von armen Schweinen keinen Schimmer, was in ihren Frauen vorgeht. Deshalb sind das nicht gleich alles Terroristinnen, aber auf jeden Fall gibt es einen Haufen blöder Ehemänner, die keine Ahnung haben, was los ist.»

Dazu sagte ich nichts.

«Haben wir je eine dieser Frauen überführen können?»

«Die Beweise reichen nie aus.»

«Wir haben sie laufenlassen?»

«Ja.» All das wußte er schon.

«Haben wir denn im Moment keine Verdächtigen?»

«Nur die eine, die wir mit den Flugblättern verhaftet haben.»

Er beugte sich vor, hellwach: «Und die ist wo?»

«Hier unten im Haus. Wir halten sie fest.»

«Dann haben wir doch kein Problem», sagte der General und stand behende auf.

Der Fahrstuhl funktionierte nicht. Wir nahmen die Treppe, der General stolperte im Dunkeln hinter mir her. Als wir den Keller erreicht hatten, gingen die Lampen wieder an.

Hilda Cortado saß auf der Bettkante und rieb sich die Augen. Wir musterten ihr trauriges Gesicht durch das Sichtgittter. Vor sich hin murmelnd, gewöhnte sie sich wieder an das grelle Licht. Nach meinen Unterlagen war sie neunzehn.

«Ziemlich sexy, die Kleine», sagte der General und rieb die nächste Orange an seinem Hemd blank. «Wo kommt sie her?»

«Aus Lepe.»

«Indio, was?»

«Jawohl.»

«In der Polizeischule haben wir die Indios immer Hundescheiße fressen lassen», sagte er versonnen.

Sie hatte die Stimme gehört und drehte sich jetzt zur Tür um.

Die Verhaftung von Hilda Cortado vor einer Woche hatte, für mich jedenfalls, erstmals die Möglichkeit angedeutet, daß Ezequiel nun das fünfte und vorletzte Stadium seiner «Neuen Demokratie» einleiten könnte: den Angriff auf die Hauptstadt. Getäuscht durch Quesadas Fernsehinterview, durch einen verkohlten Leichnam unter einer Decke, hatten wir über Nacht jedes Interesse an der Frau verloren. Jetzt verkörperte sie die gesamte Unfähigkeit des Generals, Ezequiel richtig einzuschätzen.

«Also dann, Kater, ich spiel den netten Bullen», sagte der General jovial und schloß die Tür auf.

In der Zelle stellte er sich grinsend in der Ecke auf, die am weitesten vom Bett entfernt war.

Ich trat zu Hilda Cortado. «Ich hätte ein paar Fragen.»

Die Spucke landete auf meiner Stirn. Ich reagierte nicht darauf, sondern machte einen weiteren Schritt auf sie zu. Ihre Augen blitzten, und sie zog in Erwartung eines Schlages den Kopf ein. Ich hielt ihrem Blick stand, wischte mir den Speichel von der Stirn und berührte mit den feuchten Fingern ihre Lippen. Sie fuhr zurück und kniff die Lippen zusammen.

Ich kauerte mich vor das Bett und starrte auf den Fußboden. Er war seit langem nicht gefegt worden, und sie hatte etwas in den Dreck gekratzt: Viva el Presidente Ezequiel.

Ich atmete tief ein und wurde der harte Bulle.

«Hilda Cortado», begann ich. Dann, lauter: «Hör mir gut zu, du Schlampe!»

«Hey, ganz ruhig, Kollege, ganz ruhig.» In seiner Ecke schüttelte der General melancholisch den Kopf. «Sie ist noch so jung. Und sie hat das Recht zu schweigen.»

Ich wandte mich von ihm ab und funkelte sie an. «Du hast doch mit dieser Schweinerei gestern abend etwas zu tun gehabt, oder? Los, sag schon!»

Sie saß ganz still, ruhig und ohne eine Miene zu verziehen. Wenn ich ihr zuviel unterstellte, dann gestand sie eventuell etwas. In der Theorie jedenfalls. Insgeheim wußte ich, daß sie überhaupt nichts gestehen würde, selbst wenn wir sie mit bluttriefenden Messern in beiden Händen erwischt hätten. Aber ich wollte, daß der General es einmal mit eigenen Augen sah. Er sollte begreifen, daß Ezequiel keine Erfindung, kein Gerücht, keine Abstraktion war. Er sollte selbst erfahren, wie frustrierend es war, Leute zu verhören, die kein Wort redeten.

«Drei Morde», sagte ich. «Das heißt lebenslänglich. Und zwar dreimal. Ein ganzes Leben in einer Zelle wie der hier. Denn weißt du, wem wir diese Morde anhängen werden, Cortado? Dir.» Ich hielt ein Flugblatt hoch, eines von den zweihundert, die wir in ihrem Einkaufskorb gefunden hatten. Ich schlug es auf. «Anstiftung zum Aufstand. Zehn Jahre gibt's dafür. Nach gestern abend allerdings werden dich die meisten Richter wohl mit dem Tod von Minister Quesada in Verbindung bringen. Was meinst du?»

Ihr Ausdruck änderte sich kein bißchen. Selbst wenn sie von der Quesada-Aktion überhaupt nichts wußte, würde sie das nicht sagen. Darauf war sie trainiert worden.

«Aber das steht ja gar nicht zur Debatte, nicht wahr?» fuhr ich fort. «O nein, Cortado. Denn du weißt ja, was wir mit Mördern wie dir machen, oder?»

Sie wußte bestimmt von den Elektroschocks, den Eimern mit Eiswasser, den Stromstößen in die Genitalien. Fuente hatte man auf eine Kiste mit Dynamit gesetzt und in die Luft gejagt.

Ich strich ihr mit dem Flugblatt vor der Nase hin und her.

«Wo hast du das her, Hilda? Wer hat es dir gegeben?»

«Der Wind hat's mir in die Hand geblasen.» Sie zischte es heraus. Kaum hatte sie den Mund geöffnet, klappte er schon wieder fest zu.

Ich verwischte die Buchstaben am Boden. Meine Finger waren von Hildas Spucke noch feucht, und der Schmutz blieb an ihnen haften. Ich begann von neuem, jetzt ruhiger. Sucre und ich waren gerade auf dem Weg zu diesem Verhör gewesen, als General Laches Leute «Ezequiel» in die Luft gesprengt hatten.

«Aus Lepe bist du? Bin früher selber um den Dorfplatz gerannt, als ich so alt war wie du. Erinnerst du dich an Jorge, den Ladenbesitzer? Ich war schneller als er.»

Sie sah mich nicht an, aber sie hörte mir zu. Keiner war schneller als Jorge, der Ladenbesitzer.

Ich wischte mir die Hand an der Hose ab und blickte auf, sah ihr in die Augen. Sie wandte das Gesicht ab.

«Und Benavides? Weißt du noch, wie der immer allen Fahrrädern die Luft rausgelassen hat?»

Sie schloß die Augen. Ihre großen Pupillen waren nicht mehr zu sehen. Ich wußte zuviel. Der Gedanke an diese Möglichkeit nagte an ihrer Abwehr.

Gutmütig sagte ich: «Und Domingo? Kennst du mein Patenkind?»

Ihr Körper auf dem Bett spannte sich. Wieder zischte sie.

«Er hat dich nie erwähnt.» Diesmal blieben die Lippen geöffnet, der Speichel glänzte darauf.

«Erinnerst du dich an sein Schiff in der Bierflasche? Auf dem Regal, wo er seine Noten hatte? Erinnerst du dich an seinen Blick beim Gitarrespielen, Hilda? Und daran, wie er von Mao und Marx erzählt hat, wie er laut aus seinen Büchern vorgelesen hat? Diese Bücher hab ich ihm gegeben.» Ich richtete mich auf. «Wir bekämpfen denselben Feind, Hilda.»

Sie starrte mich an, ihr Körper zusammengesunken und kläglich, mit hängenden Schultern, wie Sylvina nach einem Streit.

Aus der Ecke hörte ich den General mit der Zunge schnalzen. Ich war zu nett. Diese Rolle hatte er schließlich sich selbst zugedacht.

Ich schlug ihr mit dem Flugblatt sachte erst auf die eine Wange, dann auf die andere. «Ezequiel. Wo finde ich ihn?»

Aber der General hatte schon genug. Er trat aus dem Dunkel hervor. «Raus, Kater!» befahl er. «Lassen Sie mich ein paar Minuten mit ihr allein.» Er sah zum Bett hinüber, musterte sie mit nachsichtigem Blick. «Hilda, ich will dir mal was sagen.» Sogar wer den Trick schon kennt, erzählt dem netten Bullen zum Schluß meist doch etwas. Aber der General hatte noch nie mit Leuten wie Hilda Cortado zu tun gehabt.

Voller Milde lächelte er sie an. «Entschuldige meinen Kollegen hier, der ist eben ein Hitzkopf.» Dabei zeigte er kurz mit dem Daumen auf mich. «Manchmal fährt er aus der Haut.» Er legte ihr die Hand an die Wange und legte ihren Kopf schief, als studierte er das Etikett einer ihm unbekannten Cognacflasche. «Willst du ein Stück Orange, Kleine?»

Die Spucke flog ihm in das linke Auge.

Falls sie überrascht war, wie heftig der General sie attakkierte, zeigte sie es jedenfalls nicht. Ohne mit der Wimper zu zucken, ließ sie sich gegen die Mauer werfen.

«Sag mir, wo Ezequiel ist, du Schlampe!»

Zum erstenmal lächelte sie.

7

DER STROMAUSFALL HATTE die Uhren durcheinandergebracht. Als ich heimkam, stapelte Sylvina Tüten mit auftauender Tiefkühlkost auf dem Küchentisch. Der Gefrierschrank stand offen, und das schmelzende Eis tropfte in einen Eimer.

«Gott sei Dank bist du da. Ich habe keine Ahnung, wie man überall die Zeit neu einstellt.»

Ich nahm die Wanduhr herunter und stellte die Zeit auf 19.20 Uhr zurück. Dann ließ ich das Datum vom 24. auf den 25. Februar vorlaufen. Ich spürte, wie sie mich von der Seite her musterte.

Niemand hatte ihr von Quesadas Tod erzählt. Sie hatte noch geschlafen, als ich am frühen Morgen nach Hause gekommen war, und ich war wieder weggefahren, bevor sie aufwachte. Aber sie hatte sich einiges zusammengereimt. Wir hatten unseren Hoffnungsschimmer genossen, doch der war trügerisch gewesen.

Um mit mir zu feiern, hatte Sylvina am Wochenende davor von einer ihrer Tennispartnerinnen ein Haus am Strand von Paracas geliehen. Auf einem Mietboot waren wir zu der Insel getuckert, wo Laura den Seelöwen Kartoffelchips zugeworfen hatte. Auf dem schimmernden braunen Sand war sie zwischen den Quallen umhergetanzt. Nach dem Abendessen hatten Sylvina und ich miteinander geschlafen.

«Was wirst du jetzt tun?» hatte sie mich gefragt.

«Ich weiß noch nicht.» Aus dem Dunkel war das kehlige Bellen der Seelöwen gekommen. Solange ich mich erinnern konnte, waren meine Gedanken von der quälenden Gestalt Ezequiels gefangen gewesen.

«Es gab Zeiten, da dachte ich, daß er vielleicht gar kein ‹er› ist.»

Sie hatte mehr Glück im Leben verdient, als meine finanziellen Umstände uns erlaubten. Ich nahm mir damals vor, es wiedergutzumachen.

«Vielleicht ist es der rechte Augenblick zum Weggehen», hatte sie mir ins Ohr geflüstert.

Wir hatten uns kennengelernt, als ich im zweiten Semester an der Katholischen Universität war. Ich stand nach einer Vorlesung in der Mensa, und sie war vor mir in der Schlange. Eine runde, elegante Brille, eine Brosche am Hals und weiße Hände, die zart von bläulichen Venen durchzogen waren. Ich konnte die Augen nicht von diesen Händen nehmen, die so andersfarbig waren als die meinen. Sie fuchtelte ungeduldig damit herum, dann bemerkte sie, daß ich sie ansah. «Hilf mir mal. Was soll ich zu essen nehmen?»

Sylvina nahm eine weitere Tüte aus dem Gefrierschrank und legte sie auf den Tisch. «Hoffentlich fällt bei meiner Party nicht auch wieder der Strom aus. Was war denn letzte Nacht eigentlich los?»

«Sie haben den Innenminister umgebracht.»

«Quesada?» Sie hielt inne, die Plastiktüte in der Hand, deren Inhalt wegen des Kondenswassers nicht zu erkennen war.

«Ja.»

«Dann ist dieser Kerl also gar nicht tot? Trotz allem?»

Ich hängte die Wanduhr zurück. «Sitzt die gerade so?»

«Meine Güte, mit Quesadas Frau bin ich zur Schule gegangen.»

«Die ist auch tot.»

«Was ist passiert, Agustín? Erzähl es mir. Jetzt ist es schon egal, erzähl's mir.»

Ich schilderte ihr die Vorfälle im Teatro de Paz. So eine Aufführung hätte Sylvina sicher auch gefallen. Patricia, von der wir das Haus am Strand geliehen hatten, war im Vorstand des Theaters und schenkte Sylvina manchmal Karten.

«Zum Glück nicht für dieses Stück.» In ihren Augen standen Tränen, aber sie zwang sich, tapfer zu sein.

Wir sprachen über ihren literarischen Abend. Sie hatte Angst, der Stromausfall könnte ihren Auflauf ruiniert haben. «Wie lange, glaubst du, hält der sich?»

«Hast du ihn mit Milch gemacht?»

«Es ist das Rezept mit Räucherforelle.»

«Wenn Milch drin ist, darf man es dann überhaupt einfrieren?»

«Ich glaube, man darf es dann nicht *wieder* einfrieren.»

«Ach, der Auflauf ist bestimmt nicht schlecht geworden.»

«Findest du es nicht zu riskant?»

«An deiner Stelle würde ich einfach alles zurück in den Gefrierschrank tun.»

«Aber ich dachte, man darf nichts wieder einfrieren?»

«Vielleicht stimmt das gar nicht.»

«Außerdem ist mir die Pfeffermühle kaputtgegangen. Ich finde nirgends eine neue ...» Sie fuhr herum, weil die Katze an den Behälter gegangen war, wurde aber sofort ganz sanftmütig.

«Sieh mal einer an!»

Sie packte einen Löffel und tat noch etwas mehr von dem halb gefrorenen Auflauf auf eine Untertasse.

«Schau doch, Agustín. Sie frißt!»

Sie drehte sich wieder um und sah mich an. In ihren Augen blitzte helle Freude, und ich fragte mich, ob sie wohl aufs neue an mir sah, was sie damals gesehen hatte, als ich ein Fremder in der Mensa war.

Ich streichelte die Katze, als hätte ich so an ihrer Zuneigung teil. Dann griff ich nach Sylvinas Hand, aber sie zog sie zurück. Sie zeigte auf das Telefon auf dem Rolltisch. «Du mußt noch den Anrufbeantworter neu einstellen.»

Ich spulte das Band zurück und hörte mir selbst zu, wie ich mich dafür entschuldigte, daß ich nicht nach Hause kam. «Es tut mir leid. Ich erklär es dir später. Du wirst alles verstehen, wenn du ...» Diese hohe, entrückte Stimme, die da versöhnliche Phrasen drosch, entsprach überhaupt nicht meiner Vorstellung von mir. Obwohl ich keinen halben Meter von Sylvina entfernt war, kam es mir vor, als belauschte ich eine private Tragödie.

Sie ließ den Rest des Auflaufs in einen blauen Behälter gleiten. «Laura hat gesagt, du wolltest mit uns nach La Posta fahren.»

«Ja, sie hat sich riesig darauf gefreut.»

«Es geht aber nicht. Nicht jetzt.»

«Was soll ich machen? Ich hab's ihr versprochen.»

«Du mußt ihr sagen, daß es nicht in Frage kommt.»

«Wo ist Laura eigentlich?»

Sie sah auf die Uhr. «Ich hole sie in einer halben Stunde ab.»

«Ihre neue Ballettlehrerin scheint nett zu sein.»

«Ich bin mir nicht so sicher, ob Lauras plötzliches Interesse für Ausdruckstanz wirklich gut ist.»

«Kann es denn schaden?»

«Ich weiß noch nicht. Ich will nicht, daß sie sich ihre Chancen beim Metropolitan verdirbt.»

«Hat sie nicht bald Geburtstag?» Das war mir eingefallen, als ich das Datum eingestellt hatte.

«Ja, nächsten Donnerstag.»

«Wie alt wird sie gleich noch mal?»

«Zwölf, Agustín.»

«Und was schenken wir ihr?»

«Neue Ballettschuhe, dachte ich. Übrigens brauche ich auch noch Geld von dir, um es Marco zurückzuzahlen.»

«Wieso, Sylvina, schulden wir denn Marco irgendwas?»

«Er hat mir das Buch besorgt, über das ich morgen reden will.»

Marco war ein entfernter Cousin von ihr, ein Anwalt, der mir noch unsympathischer war als Marina, seine frühere Frau. Ich beschwerte mich nur ungern bei Sylvina über sie, aber die beiden sprachen ihre schlimmsten Instinkte an. Bald nach unserer Hochzeit waren sie nach Miami gezogen, und auf ihrer Abschiedsparty hatte Marco bei mir einen regelrechten Wutanfall ausgelöst. In seinem cremeweißen Nehru-Anzug am Kamin stehend, hatte er mir geraten, auch ich solle mein Geld ins Ausland schaffen – ein Staat, der zur Hälfte von Indianern bevölkert sei, die nicht einmal Spanisch konnten, habe doch keine Zukunft. Mir wurde klar, daß er dachte, ich sei so wie er, und das machte mich zornig. Ich hatte schon einiges getrunken und bekam noch dazu das Gefühl, auch Sylvina betrachte mich herablassend. Und so verlor ich die Beherrschung. Wir seien es doch, die ein Beispiel setzen müßten, sagte ich. Statt dessen fliehe er nach Florida. Ich weiß gar nicht mehr, was ich noch alles sagte. Zuviel wahrscheinlich. Der Gedanke, wie selbstgerecht ich damals geklungen haben muß, macht mich geradezu verlegen. Ich erinnere mich noch an seine verächtliche Miene. «Aha, und was willst du also tun?» fragte er mich. «Ein beschissener Polizist werden oder was?»

Bis dahin hatte ich daran noch nie gedacht, aber genau das tat ich. Laura kam im Juli zur Welt. Im August wurde ich an der Polizeiakademie von San Luis aufgenommen, und von da an sollte alles anders werden.

Daß wir Marco Geld schuldeten, löste in mir den Wunsch

aus, mit Sylvina endlich unsere finanzielle Lage zu besprechen. Ich wollte gerade etwas sagen, aber sie war in Gedanken bei ihrem literarischen Abend, der nur noch vierundzwanzig Stunden vor ihr lag.

«Du wirst doch dasein, um mir zu helfen, Agustín? Und dich nicht drücken?»

Ich zählte die Geldscheine für Marco ab. «Nein, Liebes.»

Die Aussicht, eine Viertelstunde lang über den Roman sprechen zu müssen, den Marco ihr geschickt hatte, machte Sylvina schon seit Tagen zu schaffen. Am Strand von Paracas hatte sie mir die Handlung erläutert, um ihre Gedanken zu ordnen. «Es geht um einen Cowboy, der zugleich Fotograf ist und der Sonnenschein in das Leben von mehreren Frauen bringt. Marco hat den Autor in einer Talkshow gesehen. Anscheinend ist das ein wirklich interessanter Mann, und singen kann er auch. Marco war sicher, daß ihn die Frauen bei uns hier lieben werden. Hoffentlich findet Marina nicht heraus, woher ich die Idee habe.»

Während unseres Wochenendes hatte sie mir öfter Stellen aus dem Buch vorgelesen. Mich überzeugten sie nicht.

«Ich finde, das ist Schrott.»

«Marco findet das gar nicht. Er hält es für sehr gut.»

Sie schob den blauen Behälter in den Kühlschrank. «Mir ist herzlich egal, was dieser Ezequiel anstellt, aber morgen mußt du dasein.»

Arme Sylvina. Nichts lief gut für sie, egal, wie sehr sie sich abmühte. Als Ezequiel sein nächstes Opfer auswählte, konnte er nicht wissen, daß das literarische Abendessen meiner Frau zu den Leidtragenden gehören würde.

An diesem Tag schloß ich meine Untersuchungen im Teatro de Paz ab.

Niemand von den Angestellten des Theaters hatte die Aufführung gesehen. *Blackout* war eine Low-Budget-Produktion gewesen, und die Schauspieler – die man für Studenten hielt – hatten darauf bestanden, Kulisse und Beleuchtung selbst zu übernehmen. Sie hatten keinerlei Spuren zurückgelassen, bis auf eine unter den Stühlen gefundene Kassette mit Frank Sinatras Album «Point of No Return».

«Ich ... ich war froh über die Einnahmen.» Der Intendant war Mitte Sechzig, schnurrbärtig, höflich, der Typus, der sein Publikum beim Ausgang persönlich verabschiedet. Er trug ein sehr förmliches Satinjackett, das er nicht ablegen wollte, und hatte nervös die Hände unter die Oberschenkel geschoben – er war über seine Zukunft besorgt. Niemand ging gern in ein Theater, wo man riskierte, auf die Bühne gezerrt zu werden und eine Kugel in den Kopf zu bekommen.

Von der Truppe kannte er niemanden. Erinnern konnte er sich nur an den Prinzipal. Der war Ende Dreißig gewesen, von durchschnittlicher Größe und Statur, das Haar unter einer weichen schwarzen Kappe verborgen, die einer Baskenmütze ähnelte – «es war aber keine Baskenmütze». Er hatte höflich und im Dialekt der Hauptstadt gesprochen, mit einem hörbaren Zischeln beim Artikulieren bestimmter Wörter – welche Wörter dies allerdings waren, daran erinnerte sich unser Zeuge nicht. Zuerst beschrieb er ihn als glattrasiert, später war er sich sogar dessen nicht mehr sicher. Der Mann hatte das Theater für zwei Wochen gemietet und bar dafür bezahlt – mit der Option, das Stück zu verlängern, wenn es den Erfolg hätte, von dem er aufrichtig überzeugt war. Madame Offenbachs Produktion des *Nußknackers* stand erst in zwei Monaten an. Statt seine Bühne ungenutzt zu lassen, hatte der Intendant das Geld entgegengenommen, vorgeblich von einer Studententheatergruppe der Katholischen Universität.

Ich brauche wohl nicht zu erwähnen, daß es keine solche Gruppe gab.

Ich habe auch nie herausgefunden, wieso sich Quesada an diesem Abend ins Teatro de Paz hatte locken lassen. Gewiß, er hatte eine Schwäche fürs Theater, aber trotzdem ... *Blackout*? Wissen Sie, Ezequiel konnte Quesadas Tod schlecht inszenieren, ohne halbwegs sicher zu sein, daß er auch im Publikum sitzen würde. An fünf weitere Minister und acht Botschafter waren Freikarten verschickt worden; später wurde sogar ein weiteres Kuvert ungeöffnet in einem Poststapel für den Präsidenten gefunden. Die ganze Werbung reizte aber offenbar nur den Innenminister. Man stelle sich die Katastrophe vor, wenn Ezequiel auf die Idee gekommen wäre, etwas in der Art von *My Fair Lady* aufzuführen.

Ich ließ die Briefumschläge auf Fingerabdrücke untersuchen, aber unser Labor fand nichts heraus. Ich legte die Handschrift auf dem Ezequiel-Plakat einer Graphologin vor. Ihr Befund sagte mir nichts, was ich nicht schon wußte. Die schwache Neigung der Buchstaben zusammen mit der keulenartigen Verstärkung der Endungen weise auf eine eiskalte Persönlichkeit hin, die vom Kopf gesteuert sei. Es sei die Hand eines Mannes, der seiner Gruppe verbunden, methodisch, autoritär und allem Widerstand zum Trotz zum Erfolg entschlossen war. Die Lassoschlingen ließen auf einen Musikfreund schließen. Aus den kurzen Abstrichen schloß sie, daß der Schreiber an einer Krankheit oder körperlichen Behinderung litt.

Die Analyse schloß mit den Worten: «Die betreffende Person ist erfolgreich bei dem, was sie tut, aber sie hat wenig Freude am Leben.»

Der Tag von Sylvinas Abendessen war gräßlich schwül. Um halb sechs rief ich an, um ihr zu sagen, daß ich unterwegs war.

«Und wenn nun der Strom ausfällt?» fragte sie.

«Wird schon nicht passieren.»

«Es ist so heiß.»

«Dann besorg dir einen Ventilator.»

«Von wem denn?»

«Na, von den Mietern über uns, die können dir einen leihen.»

«Das geht nicht. Ich hab mich heute früh beschwert, weil sie ihren Wagen vor unserer Garage geparkt hatten.»

«Und wie geht's deinem Auflauf?»

Beim Frühstück hatte sie zweimal den Kühlschrank geöffnet und an dem Behälter geschnuppert.

«Ach, es müßte gehen. Obwohl ich zur Vorsicht Marina angerufen habe. Sie meinte, solange etwas nicht mit Milch gekocht ist, hält es sich viel länger. Ich hab ihr nicht gesagt, daß ich Milch drin habe.»

«Und hast du deinen Vortrag schon ausgearbeitet?»

«Zwei Seiten hab ich geschrieben. Das müßte doch reichen, oder?»

Ich hatte ihr geraten, den Vortrag vor dem Spiegel zu üben, ohne auf das Geschriebene zu sehen.

«Wirst du dasein, Agustín?»

«Ich fahre gerade los.»

Da ich wußte, daß die Innenstadt verstopft sein würde, nahm ich den Weg über Rímac. Dort war mehr Verkehr, als ich gedacht hatte, aber ich lag gut in der Zeit. Sie erwartete ihre Gäste erst um sieben. Ich würde früh genug dasein, um die Zwischenbretter in den Eßtisch einzulegen, die beiden Sessel ins Schlafzimmer hinüberzutragen und Sylvina seelisch zu unterstützen. Ich würde mich anstrengen, um sie glücklich zu machen, und danach ...

Das Handy in meiner Jackentasche piepste. Ich lenkte den Wagen auf die Standspur. Bei dem statischen Rauschen war der Anrufer kaum zu verstehen.

«Was gibt's?»

«Hallo, kannst du mich hören?» Sucre.

«Ich bin dran. Schieß los.»

«Prado.»

«O Gott.» Admiral Prado, der Verteidigungsminister, gehörte auch zu denen, die Freikarten für *Blackout* bekommen hatten.

«Erschossen. Von zwei Mädchen.»

Ich hielt den Wagen ganz an. «Wo?»

«In La Molina, vor seinem Haus.»

Noch am Vormittag hatte ich in Prados Büro angerufen. «Keine Restaurants. Keine Strände. Nicht mal in die Kirche sollte er gehen.»

«Ich bezweifle, daß Almirante Prado Kirchgänger ist», hatte seine Sekretärin gesagt.

Aber obwohl der Verteidigungsminister gewarnt worden war, hatte Ezequiel ihn erwischt.

Ein Mädchen, das nicht älter als Laura war, hatte den Admiral an diesem heißen Nachmittag ermordet. Sie dürfte sich kaum von den Tausenden von Schülerinnen unterschieden haben, die nach Schulschluß durch die Stadt strömten. Der Admiral und sein Fahrer, die gerade zum Kongreßgebäude aufbrechen wollten, saßen wahrscheinlich im Auto und sahen zu, wie das kugelsichere Stahltor sich langsam hob und die Mädchenbeine darunter zum Vorschein kamen. Wahrscheinlich hatten beide Männer wie gebannt auf die blauen Segeltuchschuhe mit den weißen Söckchen gestarrt, auf die braungebrannten Fesseln, die nackten Knie und die Schenkel, die in den braven Falten eines braun-gelben Sommerkleidchens verschwanden, von denen auch meine Tochter eines trug. Vielleicht behielt der Fahrer seinen Pfiff für sich. Vielleicht hatte der Admiral gepfiffen. Seine Leiche hatte bestimmt den leicht gestreßten Ausdruck des Frauenhelden.

Sie stand direkt vor dem Fahrzeug. Ihr weißes Stirnband

mußte ihnen in die Augen gesprungen sein. Zwei andere Mädchen traten zu ihr auf die Einfahrt, versperrten dem Auto den Weg.

Der Fahrer hupte. Achtlos gingen sie ein Stück beiseite. Das Mädchen mit dem Stirnband wühlte in ihrer Schultasche, als suchte es nach einem Stift, hielt die Tasche dabei in Richtung der Heckscheibe.

Der Fahrer bemerkte, daß diese Schultaschen plötzlich auf ihn zielten, und fuhr mit der Hand in sein Jackett.

Der Admiral, das grinsende Gesicht gegen das Glas gepreßt, bekam zwei Schüsse in den Hals. Nach der Aussage seines Dienstmädchens, das nach den ersten beiden Schüssen ans Fenster gerannt war, hatte es danach einen einzelnen lauten Knall gegeben. Tatsächlich waren drei weitere Schüsse abgefeuert worden.

Zwei Kugeln trafen den Fahrer. Der Wagen ruckte vorwärts und blieb mitten auf der Straße stehen. Der dritte Schuß traf die Mörderin des Admirals, die mit weggeschossenem Kiefer auf dem Gehsteig zusammenbrach.

Irgendwie gelang es den beiden unverletzten Schülerinnen, Prado und seinen Fahrer aus dem Auto zu zerren und ihre verletzte Gefährtin hineinzuhieven. Das Dienstmädchen sah den dunkelblauen Mercedes nach Süden davonfahren.

Ich wendete und machte mich nach La Molina auf den Weg. Fünf Minuten später rief Sucre nochmals an. Eine Lehrerin hatte sich in der Polizeizentrale gemeldet.

«Gleich bei ihrer Schule in Lurichango steht eine verlassene Limousine. Könnte der Mercedes sein.»

So war es. Er war an der Straße zum Flughafen in einen Graben gefahren worden, zwei Räder ragten in die Luft. Blut verschmierte die Windschutzscheibe, noch mehr davon tränkte die Vorder- und Rücksitze. Zwischen den klebrigen

Pfützen surrten die Fliegen herum. In der Hitze begann das Blut zu stinken.

Hundert Meter hinter dem Auto pritschten Kinder einen orangefarbenen Ball über eine zwischen zwei Laternenmasten aufgespannte Schnur. Es wurde schon dunkel, aber der Ball leuchtete grell, als zöge er das schwindende Licht auf sich. Ich ließ meinen Wagen neben dem Mercedes stehen und ging zu ihnen hinüber.

Die Kinder – fünf Mädchen, fünf Jungen – droschen weiter auf ihren Ball ein, ohne mich zu beachten. Ich wartete, bis der Ball in meine Richtung sprang, und fing ihn dann auf.

«Dieses Auto da», sagte ich zu dem Mädchen, das herangelaufen kam, «wer hat es gefahren?»

Sie blickte kurz auf den Mercedes.

«Das haben wir hier noch nie gesehen, Chef.» Ein Junge mit Coca-Cola-Schirmmütze schlenderte mit seinen Kameraden herüber. Sie sahen erst den Wagen, dann mich an, die Hände in die Hüften gestützt, schwer atmend.

Ich ignorierte sie und fragte das Mädchen: «Wie lange spielt ihr schon hier?» Sie wischte sich mit dem Arm die Nase.

Dann ging ich zwischen den Jungen hindurch zu einem kleineren Mädchen ganz hinten.

«Du da? Wie lange bist du schon hier?»

Ihr schwarzes Haar war voller Sand, weil sie beim Spielen hingefallen war.

«Zehn Minuten», flüsterte sie. Sie hatten spät angefangen. Vorher war es zum Spielen noch zu heiß gewesen.

«Und du hast nichts gesehen?»

Sie schüttelte den Kopf, konzentrierte sich auf ihren großen Zeh, der ein sinnloses Muster in den Sand kratzte.

Während ich vor ihr knie, denke ich daran, daß ich eigentlich nicht hier sein dürfte. Sylvina erwartet mich zu Hause. Halb sieben. Bald werden ihre Freunde eintreffen.

«Wie steht denn euer Spiel?»

Jetzt grinste das Mädchen. «Drei zu eins. Für uns.»

«Sie müßten doch hier vorbeigekommen sein – die aus dem Auto da.» Ich ließ den Ball aufspringen. Der Junge mit der Schirmmütze versuchte ihn zu fangen, aber ich war zu schnell.

In den Häusern ringsherum gingen die Lichter an. Eine Bewegung im Schatten machte mich auf ein Mädchen aufmerksam, das ich vorher nicht gesehen hatte. Sie bückte sich wie gebannt über eine Stelle am Boden. Ich ging durch den Schatten auf sie zu.

«Was hast du denn da, Kleine?» Ich kauerte mich neben ihr nieder, aber sie antwortete nicht. Das war auch nicht nötig, denn sobald ich den dunklen Fleck im Sand mit dem Finger berührte, war mir klar, daß es Blut war.

Ich rannte zum Wagen zurück, um über Funk Sucre herzubeordern.

«Hier ist noch einer!»

Ich steckte das Mikro in die Halterung zurück und sah weiter hinten die Jungen, die sich zusammenscharten. Dann kamen sie als Gruppe über das Spielfeld auf mich zu, angeführt von der Coca-Cola-Mütze.

«Chef, was zahlen Sie uns für jeden Blutstropfen, den wir finden?»

«Wenn wir das finden, wonach wir suchen, dann kriegt ihr auch was von mir, in Ordnung.»

«Nein.»

Meine Leute würden frühestens in zehn Minuten eintreffen. Es blieb wenig Zeit zum Feilschen. «Einen Peso.»

Zwei Jungen stupsten einander an.

«Fünf», beharrrte Coca-Cola.

«Zwei.» Als Spesen würde ich das sicher nicht absetzen können.

Er sah mich an, überdachte mein Angebot, alte Augen in einem jungen Gesicht.

«Drei.»

«Na gut, drei.»

Seine Lippen zogen sich zu einem schaurigen Grinsen zusammen. Er drehte sich halb um, dann steckte er einen schmutzigen Zeigefinger und den Daumen in dieses Grinsen und stieß einen Pfiff aus.

Ich sah, wie seine Gefolgsleute die Spur aufnahmen. Die Mädchen folgten ihnen nicht. Sie blieben auf dem Spielfeld, griffen nach ihren Jacken, wollten nicht mitmachen.

Ich hörte einen Ruf. «Hier ist einer!» Wie zuvor versammelten sich die Jungen um die Stelle. Der Blutstropfen hielt sie fest, dann gab er sie frei.

«Da! Noch einer!»

«Und hier noch einer!»

Sie verschwanden in der Dämmerung, scharten sich zusammen und trennten sich dann wieder, wie eine monströse Seeanemone, die im Dunkeln größer und kleiner wurde.

Ich warf dem Mädchen mit dem Sand im Haar den Ball zu und ging ihnen nach, wobei ich mein Pistolenhalfter öffnete.

Die Blutstropfen führten in ein Labyrinth aus fahlen Ziegelbauten. Verrostete Eisenskelette ragten aus halbfertigen Dächern, ganze Stapel von Wellblechplatten lehnten an ungestrichenen Wänden. Ich stellte mir das verlorene Grüppchen vor, das sich diesen Weg entlanggequält hatte. War ihnen klar, wohin sie gingen? Gab es hier einen sicheren Unterschlupf für den Notfall? Wurden sie erwartet?

Die Jungen hatten sich vor einem einstöckigen Haus versammelt, das von einem niedrigen Zaun eingefaßt wurde. Sie zeigten auf die Stufen, auf den blutbefleckten Beton. Ich zog meine Pistole. Die Jungen traten alle einen Schritt zurück, bis auf Coca-Cola, der mit den Händen in den Taschen stehenblieb, den Kopf schiefgelegt. Seinen Augen entging nichts. Ich versuchte es noch einmal mit dem Handy. Der nächste Wagen war sechs Kilometer weit weg. Ich mußte sofort handeln, noch in dieser Minute.

Ich stieß das Tor auf und ging zu dem Haus. Angst verspürte ich nicht. Die würde später kommen, im Auto auf dem Heimweg, im Bett bei Sylvina.

Die Tür ließ sich aufdrücken. Ich trat in einen schmalen Korridor. Vor mir lag eine Küche, zur Rechten eine Glastür. Etwas bewegte sich hinter der Scheibe. Ich drückte die Klinke, stieß die Tür auf und ging sofort in Deckung.

Ein menschlicher Körper lag direkt vor mir auf dem Boden, halb gegen ein schwarzes Kunstledersofa gelehnt und bis zum Hals in eine Decke gehüllt. Der Kopf war ungeschickt in ein rosa Badetuch gewickelt. Alles, was man vom Gesicht sehen konnte, war ein schief geöffneter Mund, so als ob der Schädel darunter irgendwie verrutscht war und nicht mehr ganz in die Haut paßte. Aus dem Mund drang Stöhnen.

Ich hörte ein Fenster klappen. Ich stürzte ins Zimmer und sah gerade noch ein Stück gelben Stoff über das Fensterbrett verschwinden. Es knallte laut, und der Körper zu meinen Füßen zuckte heftig. Ich warf mich zu Boden und schoß gleichzeitig zweimal auf das Fenster. Ich zählte bis fünf. Als ich dann hinrannte, war niemand mehr da, kein Mensch auf der Straße und auch kein Geräusch mehr.

Ich hastete zurück zum Sofa. Durch die Wucht der Kugel war der Kopf zu Boden gesunken, und die Decke war verrutscht, so daß ich die braun-gelbe Schuluniform darunter sah. Ich schob das nasse Handtuch beiseite. Oberhalb des zerschmetterten Kiefers sah ich Nase, Augen und Haar des jungen Mädchens. Sie war tot.

Mein Handy piepste. Sucre war jetzt bei dem Mercedes und brauchte eine Wegbeschreibung.

Draußen erwartete mich das Volleyballteam. Als sie die Tür aufgehen hörten, sprangen sie vom Zaun. Ihr Anführer kam auf mich zu. Er streckte den Arm aus, öffnete die Faust. Er war noch jünger als das tote Mädchen in dem Haus, jünger als meine Laura.

«Macht zweihundertneunundvierzig Pesos.»

Nachdem der Krankenwagen die Tote ins Leichenschauhaus abtransportiert hatte, durchsuchten wir das Haus noch am selben Abend gründlich. Sucre und ich nahmen uns das Wohnzimmer vor, während die von der Spurensicherung sich über das Sofa hermachten. Sie hatten das Badetuch und die Decke beschriftet und mit Anhängern versehen und schoben jetzt die letzten Stoffproben mit der Pinzette in eine Plastiktüte mit Knipsverschluß.

Ringsherum das Tohuwabohu eines zerlegten Zimmers.

«Aha.» Sucre hatte die Rückwand eines Stereolautsprechers abgeschraubt. Eingeklemmt im Inneren fand sich ein Terminkalender mit schwarzem Ledereinband.

Ich blätterte ihn rasch durch. Nur einige Wörter, mit blauem Kugelschreiber geschrieben, die keinen Sinn ergaben.

«Ich werde mir das morgen früh ansehen.»

Dann fuhr ich nach Hause.

Die Küchenuhr zeigte zehn nach zwölf. Sylvina war beim Abwaschen. Ihre Gäste hatten sich vor einer halben Stunde verabschiedet.

«Sie haben Prado umgelegt», sagte ich.

Sie sah gar nicht von der Spüle auf. «Ich weiß.» Ihre Freundin Consuelo, die als letzte gekommen war, hatte die Meldung im Radio gehört.

«Und wie ist dein Abend gelaufen?»

«Ganz gut, danke.»

Ihre Schultern verrieten sie. Gestern abend, beim Anprobieren ihres Kleids, hatte sie wunderschön ausgesehen.

«Sucre hat dich doch angerufen?»

«Ja, natürlich.» Sie war wütend, wollte aber so tun, als wäre sie es nicht.

«Tut mir wirklich leid, daß ich nicht da war.»

«Ich weiß, ich versteh schon.» Am liebsten hätte sie die Beherrschung verloren, aber sie verstand mich.

Sie stapelte Salatschüsselchen ineinander.

«Ich hab dir was zu essen aufgehoben.» Sie holte den Teller aus dem Ofen. Als sie aufblickte und weitersprechen wollte, sah sie mein Hemd. «Agustín! Du bist ja voller Blut!»

Vierzehn Jahre zuvor war sie einmal ebenso besorgt auf mich zugegangen, während meiner dritten Woche auf der Polizeischule. Aber damals war es nicht Blut, sondern Hundescheiße gewesen.

Sie ließ mich das Hemd ausziehen, leerte den Ausguß, füllte ihn mit heißem Wasser und weichte das Hemd darin ein.

Ich setzte mich und begann zu essen.

«Wahrscheinlich ist es eine widerliche Geschichte», sagte sie.

«Sie war erst elf oder zwölf.»

«Wer?»

«Das Mädchen aus dem Mordkommando, das Prado umgelegt hat.»

«Ein Straßenkind?» Sie sagte es ungewollt bitter.

«Nein.»

Eine Leiche kann einem noch viel erzählen. Sie war aus einer Familie wie unserer gekommen. Gemischtrassig, gut gepflegte Zähne (die paar, die die Kugel nicht zerschmettert hatte), ordentlich gekleidet (das Stirnband konnten wir später zu einem Sportgeschäft zurückverfolgen, in dem auch Sylvina einkaufte), kleine Opalohrringe, verdeckt vom Haar, das sie erst am Vortag gewaschen haben mußte. Das war kein sozial benachteiligtes Kind, keine Waise oder irgendein Bastard, den die Mutter auf der Straße ausgesetzt hatte. Es war eine wohlbehütete Schülerin aus gutem Hause gewesen, deren Eltern sie geliebt hatten.

«So weit geht die Indoktrination, zu der Ezequiel fähig ist.»

Ich sah auf. Aus der Art, wie Sylvina mein Hemd im Spülbecken bearbeitete, wurde mir klar, daß ich recht wenig Feingefühl für das aufbrachte, was meine Frau durchgemacht hatte. Wenn man Sorgen hat, dann hat man eben Sorgen. Sie hörte mir zu, aber auch sie hatte ihren ganz persönlichen schlimmen Tag hinter sich.

«Erzähl mir von deinem Abendessen. Warst du gut?»

«Nicht hier, Agustín. Ich bin müde.»

Im Bett, als wir nackt nebeneinander lagen, sagte sie: «Bitte nicht. Ich kann nicht. Ich will nicht.»

Ich drehte mich weg und lag im Dunkeln neben ihr.

«Willst du es hören oder nicht?»

«Du weißt genau, daß ich es hören will.»

Sie sprach eine halbe Stunde lang, analysierte ihre Leistung. Ihre Schilderung war etwas chaotisch: Sie erinnerte sich an das, was irgendwer gesagt hatte, und gab dazu die Reaktion von jemand anderem. Bis sie dann langsam einschlief, einen Arm über die Stirn geworfen, konnte ich mich im Elend eines anderen Menschen verlieren.

Vor einem Jahr hatte ich einmal an einem dieser Abendessen meiner Frau teilgenommen. Damals waren gerade Spendenprojekte schick, nicht Romane. Nach sechs Monaten kam aber kein Geld mehr herein.

Ich rief mir ihre Freundinnen ins Gedächtnis: kreischende Frauen mit Zahnspangen, die ihre Hunde in den Korridor zerrten und an den Schulterpassen ihrer Blusen zupften, weil es so heiß war. Diese Erinnerungen sausten in meinem Kopf hin und her, und manchmal waren es auch meine eigenen Bilder.

«Hach, Sylvina, was für eine wundervolle süße Stadtwohnung!»

Sie schämte sich so sehr, diese Frauen zu uns nach Hause einzuladen. Ich stellte sie mir vor, wie sie sich im warmen Licht der geriffelten portugiesischen Lampen um sie scharten, wie sie mit verächtlichen Seitenblicken das kleine Wohnzimmer verschlangen, die Sessel, in denen sie vor und nach dem Essen sitzen würden, die lackierte Kommode, auf der Sylvina ein unvollständiges Service von grünen Kaffeetäßchen aus Frankreich liebevoll aufgestellt hatte. Aus solchen Erbstücken wob sie die Aura ihrer Sehnsucht.

Ich sah vor mir, wie Sylvina, sehr elegant in dem Kleid und mit den Armreifen ihrer Mutter, hastig die Küchentür schloß und dabei über die Schulter rief: «Nur eine Anti-Katzen-Maßnahme», bevor sie Patricia und Leonora ersucht, ihre Hunde in Lauras Zimmer einzusperren, wo ich Patricia flüstern höre: «Sie sieht ja aus, als hätte sie den Grabhügel von Ur geplündert!», und ich sehe Leonora nicken und mit einem grausamen Heben der Augenbraue auf das Ballettröckchen deuten, das Sylvina im Secondhandladen für Laura besorgt hat, und nachdem ihre Tiere, ein rotbrauner Setter und ein Dackel, ins Kinderzimmer gescheucht worden sind, folge ich ihnen in den beengten Raum, wo sie beide unisono ausrufen: «Was für eine wundervolle kleine Wohnung ihr habt», und Sylvina will ihnen, leicht errötend, gerade danken, als Marina sie unterbricht: «Wo ist denn Agustín?», und Sylvina antwortet: «Es tut ihm leid, er muß länger arbeiten», und Marina wirft ein: «Ja, Consuelo hat es uns eben erzählt, ist das nicht schrecklich? Ich meine, heute abend Prado, am Montag Quesada – sagt mal, sind wir nicht mit seiner Frau zur Schule gegangen?», was Leonora veranlaßt, durch ihre Zahnspange zu bemerken: «Ja, grauenhaft – aber ich fand sie immer so schwierig», worauf Patricia meint: «Angeblich soll es eine Frau gewesen sein, die da im Theater geschossen hat», und Sylvina fällt dazu ein: «Also, das ist mir irgendwie verständlich. Wir alle haben doch unterschwellige Aggressionen in uns. Findet ihr nicht?», was Marina doch etwas schockiert: «Aber könntest du töten, Sylvina?», und Sylvina, die dabei wohl an mich, an ihren Auflauf mit Räucherforelle und an die sinnlichen Abenteuer eines Fotografen/Cowboys denkt, erwidert darauf: «Töten könnte ich. Das glaube ich schon, aber ich weiß nicht, warum», bevor sie aufspringt, weil sie einen pelzigen Schweif unter einem Stuhl entdeckt hat: «Pussy! Ich dachte, du wärst eingesperrt!», und das bringt Bettina dazu, sich zu entschuldigen, weil vermutlich sie daran schuld ist, da sie die Küchentür mit der Toilette verwechselt hat, aber sieht das nicht prächtig aus, was da aufgetischt wird, was ist das eigentlich?, und dabei fällt Marina etwas ein, sie raunt Bettina leise zu: «Die Toilette, hab ich da etwa vergessen zu . . .?», dann geht sie rasch hinaus und hinterläßt eine Stille, in der nur das Surren von Consuelos Elektroventilator zu hören ist – sie hat ihn mitgebracht –, bis Patricia die Frage stellt: «Wie war das noch, hat jetzt Marina Marco verlassen oder er sie?», wozu Sylvina im Aufstehen die diplomatische Antwort «Ach, das war wohl eher gegenseitig» gibt und damit anfängt, jedem ihrer Gäste eine Serviette mit eingesticktem Monogramm und einen Teller mit geschickt arrangierten Scheiben Kalbsleberpastete und dicken Käsestücken zu überreichen, die sie auf die quadratischen Brotschnitten verteilen sollen – «Tut mir leid, daß der Käse so weich ist, aber ich mag es einfach nicht, wenn er im Kühlschrank das Aroma verliert» –, und so weiter, bis jede im Zimmer ihre Vorspeise hat, außer Amalia, die mit den Worten ablehnt: «Dieser Mann, über den alle Welt spricht, dieser Ezequiel, klingt der nicht faszinierend?», worauf Sylvina erwidert: «Amalia, wie schaffst du es nur, daß deine Haut so frisch wirkt?», was alle übrigen Frauen im Zimmer den Blick heben läßt, zuerst auf das gemalte Porträt, das über dem elektrischen Kaminfeuer hängt und Sylvinas Großonkel zeigt (während der Bermudez-Diktatur sechs Monate lang Vizepräsident des Landes), und dann, etwas respektvoller, auf ihre eigenen Gesichter in dem großen Spiegel im Korridor, zu dem Sylvina, als sie die Richtung ihrer Blicke registriert, kurz bemerkt, sie habe ihn für Laura angeschafft, die jetzt übrigens bei einer wundervollen Lehrerin sei, «und alles nur dank Marina», was wiederum alle gleichzeitig losreden läßt, sogar die schweigsame Consuelo, die beim vorigen literarischen Abend, einer feudalen Party auf einer großen Rasenfläche, die Gastgeberin war, und sie quietscht los: «Was du nicht sagst! Das ist ja herrlich», wovon sich Sylvina, die gerade den Auflauf aus dem Ofen holen will, mit lauter Stimme hinzuzufügen genötigt sieht: «Vielleicht bekommt sie ein Stipendium am Metropolitan», ehe sie ihre Gäste allein läßt, die einander zunicken, wie um zu sagen: «Dieses ungelenke Mädchen», während sie darauf warten, daß Sylvina mit dem Servierwagen zurückkommt – «Nein, das geht schon, ich schaffe es auch so» –, und aus Höflichkeit alle eine kleine Portion annehmen – «Nein, das ist viel zuviel, obwohl es wirklich gut aussieht. Wirklich, ich weiß gar nicht, wie du so etwas allein zustande bringst», während Sylvina weitererzählt: «Dann wird sie in New York, in London und Paris tanzen können», was Leonora mit «Wo unsere Hunde herkommen» kommentiert, und Amalia witzelt: «Und so mancher unserer Zweitgatten auch!», worauf alle loslachen, bevor sie den Abend auf seinen Höhepunkt hinstupsen, jenen unvermeidlichen Moment, da acht Gesichter von ihren geleerten Tellern aufblicken, den Auflauf und die Hitze und das Fehlen von Sylvinas ungeselligem Ehemann ganz vergessend, um sie mit einem in Vorfreude bebenden Chor aus «Haben wir es nicht wunderschön! Wieviel Spaß wir doch haben!» einzulullen und sich dann zu einem einzigen Wesen zu vereinen, zu einer orientalischen Göttin mit sechzehn Armen, die ihre Katze, ihre Stuhllehne, ihren Arm streicheln, und zu sagen: «Also, Sylvina, dieses Buch, das du uns da zum Lesen gegeben hast . . .»

In nicht einmal einer Woche war Ezequiel aus dem namenlosen Grab herausgeklettert, das Quesada ihm geschaufelt hatte. Von nun an sollte er versuchen, seinen Namen so groß auf die Berghänge zu schreiben, daß man sie bis nach China sehen konnte. Jeder einzelne Minister rechnete täglich mit dem Tod.

Zu den Mördern von Quesada hatten wir keinerlei Spur gehabt. Das Attentat auf den Verteidigungsminister hatte uns immerhin zwei handfeste Anhaltspunkte geliefert, die die Nacht überdauerten und immer noch da waren, als ich aufwachte. Da war einmal das tote Mädchen im Leichenschauhaus, zu dem sich vielleicht Eltern finden ließen. Und dann gab es den Terminkalender, den Sucre in dem Lautsprecher gefunden hatte.

Die Seiten des Kalenders waren leer, bis auf zwei Eintragungen, die sich wie Aufträge lasen: «C. C. 9.30» (am 23. April) und «C. D. 6.00» (am 15. Juli). Vorne drin steckten Stadtpläne unserer Hauptstadt und von Miami, dazu ein englischer Sprachführer: Bitte bringen Sie mir den Salat mit Senfsauce – diese Art von Dialog.

Das Wichtigste an Sucres Fund aber waren zwei unlinierte

Seiten, die direkt nach dem Kalenderteil in das Notizbuch geheftet waren. Diese Zettel waren eher willkürlich beschrieben, mit der Zufälligkeit von rasch und zu verschiedenen Zeiten hingeworfenen Aufzeichnungen. Auf einer Seite fand sich ein grobes Diagramm in der Form eines Kirchenportals, vier mathematische Berechnungen und ein Verweis auf die Seiten 27 bis 31 der Medizinerzeitschrift *The Lancet*. Letzten Endes sollte uns diese Notiz zu einem zwei Jahre alten Artikel über einen Durchbruch in der Erythrämietherapie führen. Die Rechnungen mochten irgendwelche Additionen und Subtraktionen sein: da hatte jemand vielleicht seine Ausgaben zusammengestellt oder einen Warenbon überprüft. Oder es ging um etwas völlig anderes.

Auf der ersten Seite fanden sich zehn kurze Texte. Einige davon waren klar als Buchtitel erkennbar, aber es war nicht sicher, ob jemand diese Werke gelesen hatte oder ob es sich um die Einkaufsliste für eine Buchhandlung handelte.

Das Leben Mohammeds, W. I.
Rhetorik und Dialektik in den Reden des Pausanias
Die Revolution unter den Kindern
Revolution No. 9
Nichts von sich selbst zu wissen bedeutet leben
Es gibt immer eine Philosophie für fehlenden Mut
Arkebuse
Situationistisches Manifest
Mit der Zeit ähnelt man unweigerlich seinen Feinden
Kant und der Samba

Die meisten der Titel sagten mir gar nichts. «Arkebuse» zum Beispiel klang mir wie ein Rennpferd – oder war es irgendein ominöses Codewort? «Revolution No. 9» ist ein Beatles-

Song. «Pausanias» war ein griechischer Reisender, der in Platons *Symposion* eher schlecht wegkommt. Bei «W. I.» tippte ich auf Washington Irving – und tatsächlich konnte ich das später verifizieren, als Ezequiel während meines Verhörs eine Passage zitierte, nach der gewisse Wüstenstämme, wenn sie nur entschlossen genug sind, aus dem Nichts heraus losgaloppieren und ganze Weltreiche erobern können.

Was die übrigen Schnipsel angeht ... tja, erst letzte Woche habe ich ein Buch von Pessoa gelesen, da fiel mir auf einmal diese Zeile mit «nichts von sich selbst zu wissen» ins Auge. Dabei dachte ich: Wenn ich nur lange genug lebe, verstehe ich vielleicht irgendwann einmal auch den Rest.

Aber nichts auf dieser Liste war so bedeutsam wie die drei flüchtig notierten Adressen auf der Rückseite. Alle waren in der Hauptstadt. Eine davon konnte das Zuhause des Mädchens mit dem weißen Stirnband sein.

Im Leichenschauhaus galt Rauchverbot. Der Pathologe beendete seine Zigarette im Korridor, dann stieß er die Tür auf. Er ließ die Attentäterin aus dem Kühlfach gleiten und zog ihr mit beiden Händen das Laken vom Gesicht. Dasselbe tat er mit dem Admiral und dessen Chauffeur, bis die drei Leichen nebeneinander vor uns lagen, wie Mitglieder derselben Familie. Der Ammoniakgeruch erinnerte mich an Sylvinas Ausguß.

Zwei Moskitostiche bildeten rote Tupfen auf dem Kinn des Admirals. Ansonsten hatte sein in einem müden Ausdruck erstarrtes Gesicht die bläulichweiße Tönung von Eis. Seine Hautfalten waren steif geworden, und rund um die Nase glänzten Schleimtröpfchen. Erschreckender als die tödliche Zerstörung im Halsbereich war der gedunsene, leicht erigierte Penis. Er ruhte auf seinem Bauch und schien in jenem Ansatz von Erregung halb aufgerichtet, die einem – nach den Worten von Pathologen – der plötzliche Tod verschaffen kann.

Die Augenlider waren aufgegangen. Der Mediziner drückte sie zu.

Wenn man es recht bedenkt, dann ertragen es die meisten von uns gar nicht, über Leichen zu sprechen. Wir begreifen den Tod nur in festen Konventionen. So werden Menschen sauber beseitigt, von einer einzigen Kugel. Sie fallen im Gehen plötzlich um. Und sterben auf der Stelle.

Nur daß sie eben keineswegs auf der Stelle sterben. Sie bewegen sich noch weiter. Atmen und denken. Der Admiral starb so rasch, wie ein Fünfundsechzigjähriger eben sterben kann. Mit zwei Schüssen im Hals war er erstickt. Er brauchte Blut, und er brauchte Sauerstoff, und von beidem hatten ihn die beiden Kugeln abgeschnitten. Er war drei Minuten vom Tod entfernt, als die erste ihn traf, aber drei Minuten sind drei Minuten. Die Schüsse hatten ihn in einen Schockzustand versetzt, aber sein Gehirn arbeitete weiter. Drei Minuten lang muß er noch Gedanken gehabt haben, konfuse Phantasien vielleicht, aber doch Gedanken. Sicher verspürte er auch Schmerz, wenn auch nicht in dem Maße, wie man sich das vielleicht vorstellt, da der Teil seines Gehirns, der ihn zur Schmerzempfindung befähigte, bereits abstarb.

Auf keinen Fall aber erlebte er Qualen von der Art, wie sie seine Mörderin während der folgenden zwei Stunden durchlitt. Ihr war es weitaus schlimmer ergangen. Bis zu dem Moment, als sie der Schuß vom Fenster her traf, hatte sie noch geatmet.

Selbst als Polizist sieht man tote Kinder nicht allzuoft. Ich zwang mich, den Blick von der unversehrten Stirn auf das verwüstete Gesicht zu senken. Der Unterkiefer war ein zerfetztes Gewirr aus schwärzlichem Fleisch. Ihre Zunge hing lose herunter, ragte dort in die Luft, wo ihr Kinn hätte sein müssen. Ihr Gesicht war von derselben Farbe wie meines, außer im Nacken, wo das Blut violett durch die Haut schimmerte. Die oberen Zähne, die intakt und von einem gesunden Weiß waren, formten die eine Hälfte eines Gesichtsausdrucks. Ob es Schmerz war oder etwas anderes, vermochte ich nicht zu sagen.

Was hatte sie zu tun versucht, diese Kleine? War das Ganze ein Spiel gewesen? Als die Kugel ihr den Kiefer wegriß, hatte sie da plötzlich alles in einem anderen Licht gesehen? Oder war es, selbst dann noch, den Einsatz wert gewesen?

Ein paar Sekunden lang hatte sie neben mir gelebt, in jenem Zimmer in Lurichango. Einen Meter, so weit war sie von mir entfernt gewesen, der gleiche Abstand trennte sie jetzt vom Admiral – und ich hatte sie atmen gehört. Als ich die Tür eingetreten hatte, sah sie mich aus weiten Augen an, aber wegen des Handtuchs um ihr Gesicht konnte ich ihre Miene nicht deuten. Wußte sie, was ihr widerfahren war? Was hatte dieser Blick bedeutet? Er mußte etwas bedeuten, von einem so jungen Menschen in so großer Not. Denn das Gräßliche am Schmerz ist ja, daß man allein damit ist. Niemand kann einem helfen. Ich hätte ihr vielleicht helfen können, ein bißchen wenigstens. Doch dann hatten die, die sie für ihre Freunde gehalten hatte, ihr eine Kugel ins Herz gejagt.

Der Pathologe sagte etwas. «Vorher hat sie ordentlich zu Mittag gegessen. Salat, Reis, Fleischklößchen, eine Inca-Kola zum Runterspülen und zum Nachtisch einen Marsriegel.» Er griff wieder nach dem Laken und etwas Watte. «So, Kleine, bevor ich dich wieder verschwinden lasse, werd ich dir noch das hier in die Nase stecken.» Er sprach mit ihr, als lebte sie noch; um damit fertig zu werden, vermutlich. Bevor ich kam, hatte er ihr gerade die Brust aufgesägt.

Es klingt vielleicht albern, aber in den Tagen danach hoffte ich eigentlich, daß jemand sie identifizieren würde. Um ihre Eltern aufzuspüren, ihre Großeltern oder irgendwen, der sie gekannt hatte, verteilten wir eine Phantomzeichnung an den Schulen. Für jeden Menschen auf der Welt gibt es bestimmt Hunderte, die sein Gesicht erkennen. Und man konnte sich vorstellen, wer diesem Mädchen alles begegnet war. Sie mußte in ihrer braun-gelben Schuluniform mit dem Bus gefahren sein. Von irgend jemandem mußte sie ihr Mars und ihre Inca-Kola gekauft haben. Irgendwem hatte sie bestimmt stolz ihre kleinen Opalohrringe gezeigt.

Wir erfuhren nichts. Niemand meldete sich. Das war für mich das schrecklichste Vermächtnis Ezequiels. Der Gedanke, daß jemand dazu fähig war, nicht nur sein Kind in den Tod zu schicken, sondern danach nicht einmal seine Leiche einzufordern.

Später an diesem Vormittag kam General Merino aus dem Präsidentenpalast zurück.

Er war um neun Uhr früh losgefahren, flankiert von zwei Motorradfahrern. Er saß aufrecht in der Mitte der Rückbank und hielt meinen Bericht krampfhaft gepackt; er probte seinen Text, sah nicht die Häuser, die ihm sonst so gefielen, fürchtete sich vor dem bevorstehenden Gespräch.

Der Raum war fast stockdunkel gewesen, erzählte er mir dann, nur eine kleine Lampe in der Ecke bei einem Ledersessel. Calderón, im schwarzen Anzug, machte sich gerade Notizen auf einem Block. Einen Sitzplatz bot er dem General nicht an. Er erhob sich, setzte sich auf den Schreibtischrand und ließ ein Bein baumeln. Er trug schwarze Schnürschuhe, eine rot-weiß quergestreifte Krawatte und eine runde Schildpattbrille. Der hohe Haaransatz war sauber nach hinten gekämmt, was seine kantige M-Form noch unterstrich.

«So wie eines dieser Gesichter, die man auf den Wirtschaftsseiten immer sieht, Oberst Kater – Typen, deren Lächeln dünner ist als ihre Schnürsenkel.»

Calderón hatte die Arme verschränkt. «Nehmen wir einmal an, ich bin Ihr Vorgesetzter.»

«Ja, Hauptmann Calderón.»

«Ich hätte gerne erfahren, warum dieser Mann, dieser Verbrecher ... Nein. Lassen Sie es mich anders formulieren. Ich will Ihr gesamtes Material über ihn. Alles. Sämtliche Akten. Ist das klar? Halten Sie nichts davon zurück.»

«Nein, Hauptmann Calderón.»

Merino meinte, er habe schon einmal einen weißen Hai gesehen, und der sei netter gewesen.

Kraftlos schlurfte der General ans Fenster und sah aufs Meer hinaus. Er sprach sehr schnell, die Hände hinter dem Rücken gefaltet, wollte die Worte so rasch wie möglich loswerden. «Calderón hat ein Ausgangsverbot angeordnet. Ab heute abend, zehn Uhr. Er holt seine Soldaten aus den Kasernen. Von jetzt an ist es eine gemeinsame Operation. Wir sollen dem Militär Kopien unserer Akten übergeben und es in jeder Weise unterstützen. Er hat keine Wahl. Prado war ihr Mann. Und Lache fühlt sich durch den Kakao gezogen, vor allem, weil ihm Quesada noch im Fernsehen gratuliert hat. Er hat eine Stinkwut. Es steht schlecht, Kater, ganz, ganz schlecht.»

General Lache hatte ihn schon vorher angerufen. «Als einen Haufen inkompetenter Schlappschwänze hat er uns bezeichnet.»

Hinter seinem Rücken krallte sich die eine Hand in die andere.

«Stellen wir uns mal Calderóns Befehl an Lache vor: ‹Wenn ihr irgendwen erwischt, der gefährlich aussieht oder den Eindruck vermittelt, als hätte er je auch nur einen negativen Gedanken über die Zustände bei uns hier gehegt, dann buchtet ihn ein. Verwendet jedes Mittel. Vergeßt die regulären Verfahren. Schiebt ihnen Drogen unter, foltert sie, haltet sie widerrechtlich fest. Wenn nötig, erschießt ihr sie einfach. Solche Leute kann man nicht mit Samthandschuhen anfassen.›»

Er wandte sich um und sah mich an. «Man kann sie ja sogar verstehen, Kater. Seit zwölf Jahren sind wir für diese Sache zuständig, und womit können wir aufwarten? Mit einer Halbwüchsigen aus Lepe, die wir noch nicht einmal angeklagt haben, weil sie nicht redet.» Er zog eine Hand hinter dem Rücken hervor, sah verkniffen auf die Uhr und rechnete kurz. «Vor etwa fünfundvierzig Minuten sind vier von General Laches Leuten in wilder Hast in den Keller runtergepoltert, um zunächst mal dieses Problem zu lösen. Gott im Himmel weiß, wo die sie hingebracht haben und was sie mit ihr machen werden.» Er drehte den Kopf von einer Epaulette zur anderen. «Tut mir leid, Oberst Kater.»

Ich wollte gerade gehen, als er mich zurückrief. Etwas hatte er noch vergessen. Um den Einsatz der Armee in dieser gemeinsamen Operation zu finanzieren, hatte Calderón unser Budget zusammengestutzt.

«Also werden ab jetzt keine Überstunden mehr bezahlt.»

Die Streichung meiner Überstundenzulage war ein Schlag, das muß ich sagen. Die Bank war bereit, mir eine kurzfristige Kontoüberziehung zu gestatten. Den Kreditrahmen konnten sie leider nicht erhöhen. Zu viele Kunden waren in demselben Dilemma wie ich – all jene, die nicht so klug gewesen waren, ihr Geld ins Ausland zu schaffen.

Es wurde immer dringender für mich, mit Sylvina unsere Geldprobleme zu besprechen. Aber ich fürchtete mich vor dem Gedanken an ihre Proteste. Ich wußte, was ich ihr sagen mußte, und traute mich nicht. Im Recht war sie, nicht ich. Sie hatte sich, was das Geld anging, tadellos verhalten. Sie hatte die Erbschaft ihrer Mutter für uns ausgegeben. Sie achtete darauf, immer so preiswert wie möglich einzukaufen. Seit zwanzig Jahren erduldete sie gezwungenermaßen die Tortur des Mitleids ihrer Freundinnen.

Ich schäme mich, es zuzugeben, aber für mich war Sylvinas Demoralisierung nur eine weitere Ausrede, die Debatte hinauszuzögern. Ihre Nerven hatten in der Zeit nach Ezequiels phönixhafter Wiederauferstehung ziemlich gelitten. Zwei Tage nach ihrem literarischen Abend hatte sie eine lautstarke Auseinandersetzung mit dem Ehepaar aus der Wohnung über uns, das vor kurzem von der Küste hergezogen war und dessen Auto morgens vor unserer Garage parkte. Ich wollte gerade zur Arbeit und bat den Mann wegzufahren. Er war meinem Wunsch nachgekommen, aber dann hatte seine Frau oben am Fenster zu krakeelen begonnen. Die Straße gehöre allen Bürgern, und nur weil wir schon länger hier seien, hieße das noch lange nicht, daß ich anderen Leuten vorschreiben könne, wo sie parken sollten. «Wir aus Judío haben auch unseren Stolz!» Sie zog sich zurück, aber dann, wie als Nachsatz, rief sie noch: «Schwuchtel!» Ich fuhr davon, aber Sylvina, die herausgekommen war, um nach dem Rechten zu sehen, hörte die Beleidigung leider. Sie stellte sich mitten auf die Straße und hob die Faust. «Mein Mann ist keine Schwuchtel! Parken Sie Ihr beschissenes Auto gefälligst woanders!»

Darauf steckte die Frau erneut den Kopf heraus. «Schwuchtel!»

Das war zuviel für Sylvina. Sie marschierte zurück ins Haus und kam mit einem langen Schraubenzieher in der Hand zurück. Vor den Augen der ganzen Straße und ohne die spitzen Entsetzensschreie der Frau zu beachten, ritzte und schabte sie auf der Motorhaube herum, die den Stein des Anstoßes bildete. Dann trat sie zurück, und man las die Worte LEUTE WIE WIR DÜRFTEN IN DIESER STRASSE GAR NICHT WOHNEN.

Ich übernahm natürlich die Reparaturkosten, aber nach dem Blutgeld, das ich an Coca-Cola-Mütze bezahlt hatte, war damit mein Überziehungskredit fast wieder ausgeschöpft.

Die Ausgangssperre dauerte von zehn Uhr abends bis sechs Uhr früh. Wer sich in dieser Zeit ohne Erlaubnis auf der Straße erwischen ließ, riskierte die Verhaftung.

Die plötzlich informationshungrig gewordenen Menschen begannen sich nun auch für frühere Berichte aus den Provinzen zu interessieren. Während in den Medien neun Jahre alte Schreckensmeldungen aufgefrischt wurden, ermahnten überall in der Stadt die Mütter ihre Töchter, auf keinen Fall von Fremden Geschenke anzunehmen, ganz egal, was sie versprachen.

Kein Bild bewahrte seine Unschuld. Jede Gruppe von Schulmädchen auf dem Heimweg strahlte Gefahr aus. In den Vororten wurde der Schulschluß vorverlegt.

Die Ausgangssperre, die die Spannung eindämmen sollte, steigerte nur die Panik. Der Schatten des Todesengels Ezequiel hatte sich über uns gelegt. Kein Tag verging mehr, an dem wir nicht das Rauschen seiner Schwingen hörten.

Wenige Minuten vor Beginn eines Gottesdienstes, den der Erzbischof in der Kathedrale abhalten sollte, entdeckte man unter dem Altartuch eine Bombe aus Bergwerksgelignit.

Vor einer Blumenhandlung bekam der Intendant eines bekanntermaßen regierungsfreundlichen Fernsehsenders eine Kugel in die Brust.

Vier Beamte starben in einem Restaurant in Monterrico, als eine mit einer Steinschleuder durchs Fenster geschossene Bierdose bösartig zischend auf ihrem Tisch landete.

Autobomben explodierten vor der Carnation-Molkerei, bei einer Miss-Universum-Wahl und nahe der Residenz des amerikanischen Botschafters.

Kriminelle nutzten das Chaos aus. In den reicheren Vierteln verlängerten manche Familien den Urlaub, ohne ihre Häuser in jedem Falle ausreichend zu sichern. Als Sylvinas Freundin Patricia aus Paracas zurückkam, hatte man ihr das gesamte Wohnzimmer ausgeräumt, bis hin zu den Messing-Lichtschaltern.

Soldaten patrouillierten in den Straßen, um der unsichtbaren Bedrohung zu begegnen. Panzer ratterten auf den Platz vor dem Präsidentenpalast und bezogen dort Stellung. Nachts sah man ihre Geschützrohre in den Sternenhimmel zielen, die Besatzungen beobachteten die umliegenden Gebäude mit Nachtsichtgläsern. Irgendwo, unkenntlich in der Finsternis, so vage wie flüchtiger Dunst, lauerte Ezequiel. Aber die Armeeausbildung umfaßte nicht die Jagd auf Schatten. Die Soldaten begriffen nicht, was sie bekämpften. Sie brauchten dringend einen abgeschlagenen Kopf, um ihn triumphierend vor der Menge zu schwenken, aber sie hatten keinen, bis auf den von Hilda Cortado, der neunzehnjährigen Flugblattverteilerin. Sie wurde hingerichtet – weiß Gott, auf welche Weise –, aber ihr Schweigen wahrte sie bis zuletzt.

Drei Wochen nach dem Blackout im Teatro de Paz verlor General Lache die Geduld. In einer brutalen Nachäffung von Quesadas Ermordung übte er Vergeltung an einer Gruppe von Schauspielstudenten.

Für mich besteht kein Zweifel, daß die Arguedas-Theatertruppe unschuldig war. Auch wenn der Mann mit der Baskenmütze die Katholische Universität erwähnt hatte. Eine Studententheatertruppe, hatte sich der Intendant erinnert. Aber – und das war wichtig – kein Name. Meine Leute hatten die Mitglieder von Arguedas, der einzigen Schauspieltruppe der Uni, insgesamt dreimal verhört und als unverdächtig eingestuft. General Lache aber, in dem Demütigung, Schmach und Wut rasten, rollte ihren Fall von neuem auf.

Am ersten Dienstag im März begann die Arguedas-Truppe mit der Vorsprechprobe für *Mutter Courage* fünfunddreißig Minuten später als vorgesehen, weil dem Regisseur auf dem Weg zum Spielort das Benzin ausgegangen war.

Die Gruppe, die sich im Auditorium der landwirtschaftlichen Fakultät versammelte, bestand aus zehn Männern und sechs Frauen im Alter von achtzehn bis dreißig, und ihre Zahl erhöhte sich auf siebzehn, als der Regisseur eintraf, ein ungepflegter Mann mit kantigen Zügen. Nachdem er sich ungestüm entschuldigt hatte, nahm er aus dem Einkaufskorb seiner Frau fünf große Flaschen Cristal-Bier und einen Stapel Pappbecher.

Um 19.45 Uhr sah der Hausmeister herein, um ihnen zu sagen, daß er um neun abschließen werde. Die Schauspieltruppe war zwar eigentlich bis elf Uhr eingetragen, aber sie hatten den Saal vor der Ausgangssperre reserviert. Da der Hausmeister nichts zu tun hatte, fragte er, ob er von der letzten Reihe aus zusehen könne. Der Regisseur hatte nichts dagegen. Der Hausmeister sollte als einziger überleben.

Um 19.50 Uhr begann Vera, eine nervöse, auffallend schöne junge Frau, die sich Hoffnungen auf die Titelrolle machte, mit einer Singsangstimme ihren Text vorzutragen. Nach den ersten paar Zeilen brach sie ab. Sie drückte ihre Zigarette aus, hustete kurz und fing noch einmal von vorn an, diesmal weniger mechanisch.

Sie hatte etwa eine Minute lang gesprochen, als vom Korridor her ein Krachen ertönte. Die Tür flog auf, und zwanzig Männer in schwarzen Masken stürmten quer durch die Stuhlreihen auf sie zu.

Unentschlossen, ob sie weitersprechen sollte, suchte Vera

den Blick des Regisseurs. Das Manuskript wurde ihr aus der Hand geschlagen. Ein Arm verschloß ihren Mund, ihre Bluse zerriß am Kragen. Jemand zog ihr einen Pullover über den Kopf, die Arme wurden ihr auf den Rücken gedreht, dann zerrte man sie hinaus.

Der Regisseur kauerte auf Händen und Knien unter einem Tisch und schrie um Hilfe, bis einer der Maskierten ihn von hinten an den Knöcheln packte und so heftig daran riß, daß er mit der Nase auf den Fußboden schlug.

Zwei Minuten später kam ein Uniassistent aus der Bibliothek in den leeren Saal gerannt. Überall verstreut lagen Frauenschuhe, Brillen, Kugelschreiber, Zigaretten und ein mit Bier getränktes Manuskript. Ganz hinten saß unversehrt der Hausmeister.

Keiner der Schauspieler war seither wiedergesehen worden.

General Lache schob die Entführung Ezequiel in die Schuhe. Kaum jemand glaubte ihm. Die Presse interviewte verzweifelte Verwandte und Partner – in einem Artikel fiel sogar der Name des Offiziers, der das Kommando angeführt haben sollte. Aber das kümmerte niemanden. Das war das eigentlich Schreckliche. Unter Sylvinas Freundinnen herrschte die Ansicht, die Armee habe bestimmt nicht grundlos gehandelt – also mußten diese Schauspielstudenten wohl schuldig gewesen sein.

«Aber Sylvina, wenn wir einfach Menschen ohne Beweise verschleppen, sind wir doch nicht besser als Ezequiel. Warum sollen die Leute dann für uns sein und nicht für ihn?»

Inzwischen war ich in ihren Augen nicht mehr die Lösung, sondern eher Teil des Problems. «Das ist mir egal. Jedenfalls sieht man daran, daß etwas unternommen wird.»

Während das Militär also zurückschlug – Schulen wurden durchsucht, Unschuldige verhaftet, Gefängnisse gefüllt –, saß ich in einem geparkten Wagen und überwachte abwechselnd die drei Häuser, die auf der Notizkalenderliste gestanden hatten. Diese Adressen wenigstens waren unzweifelhaft echt. Sie waren aus Ziegeln und Mörtel. Sie existierten.

Die Überprüfung des Grundbuchs sagte mir nicht, ob die Häuser Freunden oder Feinden gehörten. Es waren unauffällige, guterhaltene Gebäude im Süden und im Osten der Stadt. Die Bewohner waren eine Fußpflegerin, ein Ethnologieprofessor von der Katholischen Universität und ein Amerikaner im Fischgroßhandel, der kürzlich eine hübsche Frau aus Cajamarca geheiratet hatte.

Vielleicht waren diese Menschen potentielle Angriffsziele von Ezequiel. Vielleicht gehörten sie auch zu seinen Mordkommandos. Ich hatte keine Ahnung. Ich wußte nur, daß irgendeine Katastrophe in der Luft lag und wollte keine Verhöre riskieren, die Ezequiel mißtrauisch gemacht hätten. Deshalb hatte ich auch den Kalender nicht der Armee übergeben. Ich war sicher, einstweilen nichts tun zu können, als zu beobachten und darauf zu warten, daß etwas geschah.

Und das tat ich auch, Tag für Tag, Nacht für Nacht. Ich sammelte heimlich die Müllsäcke ein, lauerte im Auto, suchte nach Indizien, beobachtete.

Der Fahrersitz wurde zu meinem Allerheiligsten. Ich benutzte nie zweimal hintereinander denselben Wagen. Ich hängte einen dunkelblauen Anzug vor das Seitenfenster, lehnte den Kopf dagegen und tat, als ob ich schliefe, oder ich las die Zeitung, als würde ich auf jemanden warten. Bald kannte ich die Tagesform sämtlicher Pferde auf der Rennbahn: Lova, On the Rocks, Last Dust, Petits Pois, Sweet Naggy, Without a Paddle, Zogg, Nite Dancer, und wie sie alle hießen.

Ich hatte viel Zeit zum Nachdenken. Es ärgerte mich, wie meine Einheit behandelt wurde. Auf dem Papier mochten wir die Zuständigkeit für den Fall Ezequiel mit der Armee teilen, aber in Wahrheit unterlagen wir nicht vergleichbaren Bestimmungen. Wir hatten aufgehört, die Hüter des Volkes zu sein. Für mein militärisches Gegenüber, einen stämmigen Oberst, der mich immer an den Anführer der Rowdys in meiner Zeit an der Polizeiakademie erinnerte, waren wir ein Teil des Mobs.

Indem Calderón sich auf die Armee verließ, drängte er uns an den Rand. Solcherart unter Druck gesetzt, spürte ich auf einmal, wie Ezequiel in eine Perspektive rückte, die mich nachdenklich werden ließ.

In einem der Bücher, die ich später auf seinem Regal finden sollte, hatte Ezequiel einen Ausspruch Maos unterstrichen: «Die Menschen verwandeln sich in ihr Gegenteil.» Seltsam, aber wenn man jemanden wie besessen sucht – wenn man, so wie ich, Tag und Nacht mit Ezequiel sozusagen auf Tuchfühlung ist –, dann beginnt man nach einer Weile die Merkmale des Menschen anzunehmen, den man jagt.

Sehen Sie auf meine Hand. Ich kann voraussagen, daß ich gleich diese Vase dort berühren werde – oder das Buch hier –, und es dann tun. Aber wenn ich Ihnen nun erzähle, wie oft meine Hand mir nicht gehorchte, sondern ein Körpergefühl nachäffte, das mit meinem Ich gar nichts zu tun hatte – und ich, anstatt mein Buch umzublättern, mit eisigem Entsetzen zusehen mußte, wie diese Hand über meine Brust und in meinen Nacken glitt, auf der Suche nach einem Juckreiz, den ich gar nicht empfand, den aber meine Finger, sosehr ich mich auch dagegen zu sträuben versuchte, unbedingt kratzen wollten?

Ich will damit nicht sagen, daß ich Ezequiel irgendwie nähergekommen war. Sein Charakter blieb weiterhin ein Abgrund für mich, so tief wie die Verzweiflung, in die er uns gestürzt hatte. Doch während des Wartens in diesem Auto bekam ich das Gefühl, daß ich mich langsam einem gewissen Verständnis entgegentastete.

Dann, Ende März, spürte ich einen leisen Luftzug – und da wußte ich, daß ich ihn aufgestört hatte.

Ich beobachtete das Haus des Amerikaners. Er hatte in den USA ein Vermögen mit der Welszucht in Teichen verdient. Vor zehn Monaten war er in unser Land gekommen, um sich ein paar Amazonas-Welsarten zu besorgen und den Inca Trail zu wandern. Im Reisebüro von Cajamarca begegnete er einer Frau, sehr sexy, große Brüste, Fotomodell. Sie heirateten, und im Februar zogen sie in die Hauptstadt. Eine wilde Romanze, erzählte er seinen Freunden. Er hatte die USA vorher noch nie verlassen, und jetzt war er innerhalb von sechs Wochen ein verheirateter Mann! Aber es war keine Romanze. Sehen Sie – ich bin mir nicht sicher, wie gut ich Ihnen das vermittelt habe –, jeder konnte zu Ezequiels Killern gehören. Eines Tages schaltete man vielleicht den Fernseher ein und erfuhr in den Nachrichten, daß die eigene Tochter eine Mörderin war. Ein andermal vielleicht die Ehefrau.

Ich sprach mit dem Amerikaner nur wenige Stunden nachdem er es herausgefunden hatte. Ein fetter Mann in einem gelben Polohemd und engen Freizeithosen. Er hatte einen strohgelben Bart und trug eine teure Brille. Die Augen hinter den Gläsern waren blutunterlaufen.

Er stand über Sucres Schreibtisch gebeugt, beide Hände flach auf die Platte gelegt, und brüllte unbeherrscht auf ihn ein. Ich war auf dem Weg in den Keller, als ich ihn hörte. Da ich ihn an der Kleidung erkannte, hielt ich inne.

Er hatte in seiner Rede einen Punkt erreicht, an dem er sich die Augen reiben mußte. Er erzählte Sucre, wie er gerade Abendessen gekocht hatte. Er hatte die Karottensuppe aus der Mikrowelle genommen, sich mit dem Teller vor den Fernseher gesetzt und die Nachrichten eingeschaltet, und auf einmal war es ihm kalt den Rücken hinuntergelaufen, denn dort auf dem Bildschirm sah er, lächelnd, schick, frisch aus der neusten *Vogue*, seine Frau. Sie war ja Fotomodell, so verdiente sie ihr Geld. Und nun war sie in den Nachrichten. O nein, dachte er. Sie haben sie erwischt, sie ist einer Autobombe zum Opfer gefallen, und es hat sie zerfetzt. Aber es war anders. Es war verrückt, total verrückt: man behauptete, sie sei eine Terroristin. Eine Mörderin.

Er packte Sucre bei den Schultern, schüttelte ihn. «Ihr habt euch geirrt, Kumpel. Sie gehört nicht zu denen. Sie ist noch nie im Leben wählen gegangen, zum Teufel.» Er bezweifle, ob sie den Präsidenten von ihrem Arsch unterscheiden könne. «Jedenfalls müßt ihr mich mit ihr reden lassen, klar?»

«Sucre», unterbrach ich. «Laß mich mal.»

Als er meine Stimme hörte, drehte er sich um und ließ die Arme sinken.

«Sie sind Amerikaner?»

«Würd ich doch sagen.»

«Von wo?»

«Na, wir haben Häuser in Jupiter, Florida und am Lake Tahoe. Geboren bin ich in Boston, Massachusetts.»

«War nicht William James auch von dort?» Mein Vater hatte ihn sehr bewundert.

«Scheiße, das weiß ich doch nicht.»

Ich nahm ihn mit in den Videoraum. Er setzte sich brav hin, während ich ihm Kaffee eingoß, reichlich Zucker dazutat und eine Kassette einlegte.

Er war den Tränen nahe. Seine Frau sei unschuldig, wiederholte er ständig. Da sei er sich hundertprozentig sicher. Er glaube ihr jedes Wort. Sie seien jetzt sieben Monate verheiratet und so glücklich dabei.

Der Bildschirm wurde hell und füllte sich mit wackligen Bildern, die Sucre durch die Windschutzscheibe unseres Wagens gefilmt hatte. Eine schlanke Frau mit langen, bestrumpften Beinen öffnete die Tür eines schwarzen Suzuki-Jeeps. Sie hob mit beiden Händen eine Sporttasche hinein und schob sie auf den Beifahrersitz.

«Das ist unser Wagen!» Er freute sich wie ein Kind, das etwas wiedererkennt. «Sie fährt zu ihrem Aerobic-Kurs.»

Ich spulte die Kassette ein Stück vor und jagte den Jeep durch den Nachmittagsverkehr.

«Sie fährt zu diesem Fitneßstudio in San Isidro, in der Calle Castanos.»

Auf den Malecón hinaus, vorbei an wuchtigen Häusern, deren Türme über die hohen Mauern ragten, vorbei an der Calle Castanos.

«Sie wird eine Freundin abholen. Das tut sie manchmal. Die Frauen nehmen einander abwechselnd mit.»

Auf der Panamericana, wo die Staubschüssel der Stadt unter den Reklameplakaten für Hush Puppies und Swimmingpools sichtbar wird.

«Manche wohnen weit draußen, sogar in La Molina.»

Vorbei an langen Reihen nichtssagender, niedriger Ziegelbauten mit Wellblechdächern.

«Ich weiß nicht, vielleicht fährt sie ja zum Inkamarkt.»

Vorbei an zerfallenen Lagerhäusern mit kaputten Fenstern, aus einer Zeit, als wir noch ein richtiges Land waren.

«Dann muß sie irgendwen vom Flughafen abholen.»

Vorbei an gesichtslosen Vierteln, wo die Häuser nur Löcher

waren, vom selben Taubengrau wie der Staub, nicht mehr aus Lehmziegeln, sondern nur aus Schilfmatten, eine Familie in jedem unüberdachten Loch, fünfhundert neue Familien kamen täglich neu an, ohne hier irgend jemanden zu kennen, sie sprangen von den Lastwagen herunter, benommen von der langen Fahrt, aus ihren Tälern geflüchtet, total verschreckt.

Wir hatten uns etwas zurückfallen lassen, damit sie uns nicht sah. Aber wir hatten sie im Zoom. Sie biegt holpernd von der Straße ab, zieht zwischen Reihen von Schilfbaracken einen Staubtornado hinter sich her und hält dann vor einem flachen weißen Haus, einem der wenigen Betonbauten weit und breit.

«Sie leistet manchmal karitative Arbeit.» Die Worte waren kaum zu hören. Sein Gesicht schrumpfte ein. Ich sah die großen Poren auf seiner Nase.

Sie blickt sich um, zerrt die Sporttasche vom Sitz und betritt ohne anzuklopfen das Haus.

Ich spulte wieder vor. Wir hatten kurz gewartet, ehe wir das Haus stürmten.

Das Video war nicht besonders gut, und beim Überqueren glatter Kachelböden hatte Sucre ein paarmal verwackelt. Aber die am Boden kniende Frau, die da zu uns herumfuhr, war unverkennbar – und man sah auch genau, daß sie gerade dabei war, drei Maschinenpistolen aus der Tasche zu nehmen.

«Paulita», sagte er ungläubig, eine Hand vor den Mund geschlagen.

Ich war gerade auf dem Weg in den Keller gewesen, um sie weiter zu verhören. Es wurde Zeit, daß ich hinunterging. Es dem Amerikaner zu sagen, hatte wenig Sinn, aber noch an diesem Abend würden wir sie den Militärs ausliefern müssen.

Ich hatte bereits sechs Stunden mit seiner Frau zugebracht. Bis jetzt hatte sie nur vier Wörter gesagt, diese allerdings wieder und wieder.

«Viva el Presidente Ezequiel!»

8

AM NÄCHSTEN TAG gab mir meine Bank keinen Kredit mehr.

Sind Sie schon mal in so einer Situation gewesen? Wie ich sehe, bezahlen Sie Emilio immer mit Ihrer Mastercard. Aber angenommen, er käme nachher an den Tisch zurück und sagte: «Tut mir leid, Señor, die kann ich nicht nehmen» – wie würden Sie sich da wohl fühlen?

Der Geldautomat war ganz in der Nähe meines Büros. Als er meine Karte nicht mehr ausspuckte, ließ ich die blinkende Mitteilung, den Schmerz der Machtlosigkeit, langsam auf mich einwirken. Hinter mir fragten besorgte Stimmen: «Stimmt was nicht? Ist ihm das Geld ausgegangen?» Beschämt ging ich die Calle Irigoyen entlang. Ein schick gekleidetes Paar betrat ein Restaurant. Was würde sie das Essen kosten? Hundert Pesos? Auf der anderen Straßenseite steckte jemand einem Taxifahrer sein Trinkgeld zu. In einem Geschäft entschied sich eine Frau für einen Geschirrspüler. Wo ich auch hinsah, überall fiel mein Blick auf Menschen, die Geld ausgaben. Wie konnten die sich das nur leisten?

Ich sichtete den Inhalt meines Portemonnaies. Drei Pesos. Genug für eine Unterhose.

Vielleicht konnte ich einen Scheck einlösen. Oder einen Vorschuß auf mein Gehalt verlangen. Schließlich mußte ich Sucre vorschwindeln, ich hätte meine Brieftasche zu Hause vergessen und ob er mir nicht kurzfristig zwanzig Pesos leihen könne.

Zu Hause traf ich Sylvina auf dem Bettrand sitzend an.

«Was ist denn los?» Sie hatte geweint.

Sie wich meinem Blick aus. «Der Schuster hat meine Kreditkarte zerschnitten.»

Vor ihren Augen hatte El Chino – auf Anweisung der Bank – mit einer Schere die Karte zerstört, mit der sie Lauras Geburtstagsgeschenk, ein Paar Spitzenschuhe aus Ziegenleder, bezahlen wollte. «Gott sei Dank konnte ich es dann auf meine Visa setzen lassen.» Aber noch nie war sie so gedemütigt worden. El Chino, ein unangenehmer Typ, der eine stets krächzende Krähe in seinem Laden hatte, war ein Klatschmaul. Wenn er mit seinen Probeschuhen die Runde durch die Tanzschulen machte, würde er es ungemein genießen, die Geschichte von Señora Rejas' Mastercard auszuplaudern.

Sein Geschäft wurde zum Ort der Peinlichkeit. Und nicht nur sein Geschäft, sondern auch das Kaufhaus, wo sie Laura eigentlich ein Trikot hatte kaufen wollen. Als sie heimkam, hatte sie sich vor sich selbst geekelt.

«Warum, warum, warum?» Sie war keineswegs verschwenderisch. «Warum, Agustín?»

Ich wußte keine Antwort. Ihre Freundinnen kauften auch Ballettschuhe, aber die konnten sie sich leisten.

Sie hielt ein rot eingewickeltes Päckchen hoch. Ein Geschenk für Laura hatte sie in diese Klemme gebracht, und jetzt war alles in Frage gestellt.

«Vielleicht hätte ich die hier nicht kaufen sollen.» Sie drehte das Päckchen in der Hand, befühlte den Inhalt. «Vielleicht waren sie zu teuer.» Sie fing an, die Verpackung zu öffnen, dann schleuderte sie das Päckchen impulsiv von sich und sank auf das Bett nieder. Ihr Gesicht glänzte weiß und wirkte unglücklich.

«Sylvina, warum ...», begann ich.

«Warum sagst du ‹warum›?» Sie sprach zur Decke gewandt. Dann stützte sie sich auf die Ellenbogen auf, ihr Rock spannte sich um die Oberschenkel. Die Beine lagen schräg auf dem Bett, die Stöckelschuhe hatten sich in der Decke verfangen.

«Wir sind doch ...»

«Wir waren. Waren. Waren.» Dann sank sie wieder zurück, die Hand vor dem Gesicht, schluchzend.

Ich setzte mich neben sie, hob das Päckchen wieder vom Boden auf. Ich schlug das rote Papier zurück, stellte die Schuhe aufs Bett und zog dann meiner Frau ganz zärtlich die Hand von den Augen. Einen nach dem anderen löste ich ihre Finger, aber sie waren nicht so für mich da, wie sie es einmal gewesen waren.

Sie sprach mechanisch, als stellte sie eine Liste zusammen. Da war die Telefonrechnung, ihr Mitgliedsbeitrag im Tennisclub, die Lebensmittel. Was dachte ich denn, wie sie einkaufen sollte? – apropos Einkaufen, heute hatte es auf dem Markt nirgends Birnen gegeben.

«Es ist doch die Jahreszeit für Birnen. Weshalb gibt es keine, Agustín?» Sie entriß mir ihre Hand. «Wie soll ich ohne Birnen einen Pudding kochen?»

«Ich weiß nicht, Liebes.» Immer wenn sie etwas vergessen wollte, ging sie einkaufen.

«Eine Pfeffermühle habe ich auch noch nicht gefunden.»

Also konfrontierte ich Sylvina auf diesem Bett mit dem wahren Stand unserer Finanzen. «Ich werfe dir überhaupt nichts vor, aber so stehen die Dinge.»

Sie setzte sich auf. Anstatt in die Defensive zu gehen, sagte sie voller Gelassenheit: «Was ist mit Marco?»

«Marco?»

«Ich habe mit ihm gesprochen.»

«Was meinst du damit?»

«Das Angebot kam von ihm. Er hat gehört, wie mies die Dinge hier stehen. Wir könnten uns auf ihn verlassen, sagt er.»

Wir hatten einen fürchterlichen Streit, nach dem sie sich im Schlafzimmer einschloß und mit Miami telefonierte.

Am nächsten Abend fuhr ich, ohne Sylvina davon zu erzählen, zu dem Ballettstudio nach Surcos hinaus. Ich wartete, bis alle Mütter verschwunden waren, bevor ich die Türklingel drückte. Yolanda hatte kein Telefon. Wenn ich mit ihr sprechen wollte, ging das nur in ihrem Studio.

Auf der Straße war es still geworden. Ein Riegel knirschte, und die Tür öffnete sich einen Spaltbreit. Ich sah ihre Silhouette. Als sie mich erkannte, zog sie die Kette ab.

«Señor Rejas?» Der Blick unter ihren dunklen Brauen war durchdringend. «Aber Laura ist schon gegangen, zusammen mit Samantha.»

Das wußte ich. Ich hatte sie wegfahren sehen. Da mein Zeitplan jetzt so unregelmäßig war, hatten wir beschlossen, daß Sylvina sich mit Marina beim Abholen der beiden Mädchen abwechseln sollte.

«Ich möchte mit Ihnen über Laura sprechen.»

Die Tür öffnete sich weiter, und ein dünner Lichtstrahl erfaßte von oben eine Seite ihres Gesichts. Ihr Mund war mit dunklem Lippenstift etwas unordentlich nachgezogen, als erwartete sie jemanden. Sie trug ein verwaschenes, aber sauberes rosa Hemd, in das sie eben rasch geschlüpft sein dürfte, denn es war falsch geknöpft.

«Störe ich gerade ...?»

«Nein, kommen Sie herein.»

Ich weiß nicht, welche Fragen ihr durch den Kopf gingen, als sie durch die gläserne Schiebetür hindurch vor mir herging. Privatlehrer müssen wohl mit dem Schlimmsten rechnen.

Im Studio legte sie eine Kassette ein, wie beim letztenmal.

«Dvořák, nicht?» fragte ich.

«Ja, wir haben gerade vorhin dazu getanzt.»

Sie lauschte kurz der Musik, dann drehte sie sie etwas leiser. Ein Muskel an ihrem Hals zitterte. «Ich kann Ihnen nicht viel anbieten. Einen Kaffee vielleicht?»

Als sie aus der Küche zurückkam, zog sie zwei Luftmatratzen hervor. Sie blies sie auf, bis ihr Gesicht sich rötete. Während sie die Stöpsel einsteckte, fiel mir auf, daß ihre Fingernägel völlig abgekaut waren.

«Tut mir leid. Sonst hab ich nichts zum Sitzen. Ich mache es Zuschauern so schwer wie möglich. Am Anfang habe ich die Mütter immer dableiben lassen, aber nach einer Woche mußte ich sie verbannen. Die saßen alle da an der Wand aufgereiht – gräßlich für die Kinder, wenn mal eines hinfiel. Manchen von den Mädchen würde ich allerdings selbst am liebsten einen Schubs geben.»

Sie breitete die Matratzen aus. Ich nahm im Schneidersitz Platz. Sie setzte sich aufrecht hin, die Beine zur Seite abgewinkelt, und zog ein weißes Taschentuch aus dem Ärmel.

«Ich bin etwas erkältet.»

Gerade wollte ich erwähnen, daß Laura sich auch angesteckt hatte, da rief sie aus: «Ich mag Ihre Tochter so gern! Sie ist ein bißchen unsicher, sie greift der Musik immer vor, und sie ist nicht locker genug im Nacken, aber wir haben ja so recht gehabt, sie Modern Dance probieren zu lassen!»

Laura hatte, mit Sylvinas Einwilligung, den klassischen Kursus gegen einen modernen getauscht. Was jetzt natürlich gegenstandslos war.

«Leider muß ich sie von der Schule nehmen.»

An ihrer Matratze war ein Pflaster klebengeblieben. Sie zog es ab und betrachtete es konzentriert. «Wieso? Bin ich zu streng?»

«Nein, sie hat sie sehr gern.»

Ich erläuterte meine Lage. Ich wollte Laura nicht aus dem

Kurs nehmen, aber ich konnte mir das Honorar nicht mehr leisten.

Sie starrte weiter zu Boden, und ich vermutete, sie glaubte mir nicht.

Es ging nicht nur darum, daß mein Gehalt zu spät kam. Ich hatte Lauras Ballettschule mit meiner Überstundenzulage bezahlt. Jetzt aber waren mir die Überstunden gestrichen worden.

Ich fühlte mich erniedrigt, und sie konnte es spüren. Sie starrte immer noch auf das Pflaster, dann warf sie es über die Schulter.

«Das geht schon in Ordnung. Ich lasse Laura gerne weiter mitmachen, bis Sie ihre Stunden wieder zahlen können.»

Hatte ich deshalb beschlossen, vor Sylvina erst mit ihr zu sprechen? Es war wohl mein Hintergedanke gewesen, daß sich Yolanda nur widerwillig ihre Klasse auseinanderreißen lassen würde.

Aber noch ehe ich darüber nachdachte, willigte ich ein: «Nächsten Monat. Dann habe ich vielleicht wieder Geld.»

«Zahlen Sie, wann Sie können. Aber sagen Sie es niemandem. Bitte. Sie können sich nicht ausmalen, wie schrecklich es wäre, wenn manche der Eltern das herausfänden.»

Ich wollte ihr danken, aber sie unterbrach mich. «In den Bergen habe ich die Kinder auch umsonst unterrichtet. Außerdem tu ich's sowieso nicht nur aus Freundlichkeit. Ich denke an die anderen Mädchen.»

«Laura hat mir erzählt, daß Sie Ihre Einfälle aus der Sierra haben.»

Ich wußte, daß sie, bevor ihr Studio eröffnet worden war, traditionellen Tanz im Hochland studiert hatte. Aber ich erwähnte die Sierra eigentlich nur aus Höflichkeit.

«Ich habe mit Tanzgruppen am Ausangate geprobt.»

Ein Wort, das man zwanzig Jahre nicht mehr gehört hat,

kann einem urplötzlich erscheinen und einen Schlag versetzen. «Ausangate», wiederholte ich, und sie dachte wohl, ich hätte sie nicht verstanden, weil sie zu erklären anfing.

Ich hörte ihr gar nicht zu. Das Wort, das zum letztenmal meine Mutter ausgesprochen hatte, war in meinem Kopf explodiert. Jetzt, in diesem Tanzsaal, verwischte seine Erwähnung die Gerüche nach Kolophonium, Schweiß und Zigarettenasche, und ich stand wieder auf einem schmalen Pfad, den man «des Messers Schneide» nannte.

Es war vier Uhr früh. Das Mondlicht glitzerte auf dem Eis. Wir waren drei Tage lang marschiert, und ich spielte meine Flöte vor einer weißen Steilwand, die auf der anderen Seite einer Kluft jäh aufragte. Wir lauschten ehrfürchtig, wie der Gletscher meine Musik zurückwarf und uns damit die Kraft gab, bis zum Gipfel weiterzuklettern.

Ich sagte: «Ich bin einmal zum Eisfest gepilgert.»

«Was, Sie?»

«Vor dreißig Jahren. Da war ich in Lauras Alter.»

«Sie sind der erste Mensch in dieser Stadt, der davon überhaupt je gehört hat.»

«Ich habe die Flöte beim Wayli-Tanz gespielt.»

«Nein! Welche Flöte?»

Meine Lippen formten ein Wort. «Die *pinkullo*», und noch im Aussprechen spürte ich die wunden Stellen im Mund. Die eisige Luft zog mir die Brust zusammen. Mein Nacken schmerzte, ich hörte die schwirrenden Töne meiner Flöte und, von den Pilgern ringsherum, die Stimmen der Tiere, deren Kostüme wir trugen, deren Glocken an unseren Hälsen erklangen, in deren Geist wir für die Dauer des Eisfestes verwandelt worden waren.

«Dann wissen Sie, was ich meine!» Yolanda sprang auf. Sie streifte ihre Schuhe ab und hob einen Arm empor, bis ich den verrenkten Hals eines toten Vogels erkannte. Mit der anderen Hand maskierte sie ihr Gesicht und hob ein Bein nach hinten, um ein Tier beim Wasserlassen nachzuäffen. Sie tanzte ein paar Schritte, ihr schlanker Körper energisch, dann setzte sie sich wieder, weil sie begierig war, mehr zu hören.

«Dann waren Sie also zuständig für *kun*... – wie heißt das Wort für Freude und Vergnügen?»

Ich lachte. «*Kunswiku*», und jetzt war die Abfolge der Bilder nicht mehr aufzuhalten, die kleinen Eisnadeln auf meinen kurzen Haaren, die glosende orangerote Wärme der Kerzen in der kleinen Kapelle, wo der keuchende Pater Ramón, der die Höhe nicht gewohnt war, zusammen mit Santiago auf unsere Rückkehr wartete, und hoch oben, an der Spitze unserer Gruppe, sich mit seiner Axt in den Gletscher krallend, die ferne Gestalt meines Freundes Nemecio.

Sie berührte mich am Knie, furchtlos wie ein Kind. «Stimmt es, daß jedes Jahr jemand stirbt? Als Opfer?»

Ich wich der Frage aus. «Es gibt Unfälle.»

In der letzten Nacht erklommen wir den Gipfel und kämpften dort oben. Es müssen etwa tausend Menschen gewesen sein, die dort auf dem Gletscher umherwuselten, alles Gruppen aus Dörfern wie dem meinen. In dieser Höhe, bei dem eigenartigen Licht, geschah etwas. Ohne daß uns irgendwer anleitete, teilten wir uns in zwei Schwärme auf. Eine Stunde lang rannten wir aufeinander los, bewarfen uns mit Schneebällen und brüllten herum. Das Eis warf den Lärm – Glokkenklingeln, Schreie, Getrommel – als Echo zurück, während wir vorstürmten und zurückwichen, bis irgend jemand zu dicht an einer Gletscherspalte ausrutschte. In jenem Jahr war es ein Pilger aus Pachuca. Wir wußten es in dem Moment, in dem er stürzte. Plötzlich reglos geworden, standen wir im Schnee, und ich werde nie die Erleichterung vergessen – darüber, daß der Berg nicht einen aus unserem Dorf erwählt hatte.

Sie schüttelte den Kopf. «Unglaublich, daß Sie diese Flöte geblasen haben. Ich kann es kaum fassen. Das erklärt mir aber auch, was mir an Laura aufgefallen ist. Ich habe mich immer gefragt, was es ist: sie hat nämlich ihre ganz eigene Art der Bewegung, die man gar nicht lehren kann, genau wie damals die Frauen, bei denen ich im Hochland gelebt habe. Und sie besitzt jene unnachahmliche Balance, die diese wurzellosen Westler einfach nicht haben. Den Wayli-Tanz sollte Laura lernen, so wie ihr Vater, nicht die Nußknacker-Suite!»

Yolanda starrte ins Leere. Ich musterte ihr Gesicht. Für wen hatte sie so unbeholfen den Lippenstift aufgetragen? Sie senkte den Blick und wirkte auf einmal nervös.

«Habe ich Sie bestimmt nicht gestört?» fragte ich.

«Nein, ich unterhalte mich gern mit Ihnen. Ich kenne wenig Menschen außerhalb der Tanzschule, und ich hab noch nie jemanden kennengelernt, der auf dem Ausangate war. Worüber haben wir eben gesprochen?»

«Über die Nußknacker-Suite.»

«Warum tut Madame Offenbach das? Sie schickt Margot Fonteyn immer noch jedes Jahr einen Geburtstagsbrief nach Panama, und sie führt jedes Jahr die Nußknacker-Suite auf. Soll das unsere Reaktion auf die Entführung dieser Schauspielstudenten sein? Daß wir in weiße Röckchen schlüpfen und uns wie Elfen oder Blumen geben?»

«Und deshalb sind Sie vom Metropolitan weggegangen?»

Bei der Erinnerung fuhr sie sich mit der Hand das Bein entlang und rieb sich den Knöchel. Sie trug keine Strümpfe. An ihrem Knöchel war eine dünne Narbe von derselben Farbe wie ihre Haut, nur glänzte sie.

«Nein. Ich habe mich am Bein verletzt. Danach hatte ich beim Sprungansatz immer höllische Schmerzen in der Ferse. Eines Tages sah Señora Vallejo beim Training zu, weil sie wissen wollte, ob ich von dem Unfall schon genesen war. Ich sollte eventuell die Primaballerina werden. Na, jedenfalls war ich gerade mitten in einem Développé, und dann tat ich etwas Unerhörtes.»

Sie erhob sich rasch, stellte sich vor den Spiegel und streckte ein Bein seitlich aus, so daß ihr Fuß höher als die Hüfte war, dann senkte sie es langsam wieder ab.

«Ich dachte: Ich geb's auf, ich mache Schluß. Das hier ist lächerlich. Ich senkte das Bein, und ich verließ den Raum. Jeder wußte, was das hieß. Es war klar, daß die Entscheidung unwiderruflich war, so als hätte ich beim Militär einen Befehl mißachtet. Ich rannte in die Garderobe, die Kleider der anderen hingen an den Haken wie Gespenster. Drinnen hörte ich die Musik weiterlaufen. Es war ein Adagio von Brahms. Endlich Schluß mit der Quälerei, dachte ich. Ich möchte in die weite Welt hinaus. Also ging ich zwei Jahre lang in den Dschungel – ich hatte schon immer als Missionarin arbeiten wollen. Ich ließ alles in der Ballettwelt hinter mir und fuhr nach Iquitos, zu den Karmeliterinnen. Zwei Jahre lang konnte ich es nicht einmal ertragen, Ballettmusik zu hören. Ich tat so, als hätte ich nie getanzt.»

Sie hatte im Spiegel bemerkt, daß ihr Hemd falsch geknöpft war. Sie knöpfte es auf und korrigierte den Fehler.

«Sie haben das Tanzen aufgegeben, aber ihre eigene Schule gegründet.»

«Weil ich es doch nicht aushielt», sagte sie mit Gefühl. Sie stand, mit gekreuzten Armen und erhobenem Kinn, auf den Zehenspitzen.

«Wie meinen Sie das?»

«Ich meine, daß ich alles, was in meinem Inneren vorgeht – Freude, Leidenschaft, Zorn, Liebe –, mit dem Körper ausdrücken will.» Sie wirbelte herum. «Erzählen Sie mir nicht, daß Sie das auf dem Ausangate nicht auch empfunden haben.»

«Und ist dieses Gefühl allmählich zurückgekehrt oder ganz plötzlich?»

«Ganz plötzlich.» Sie zeigte auf ein Poster an der Küchentür. «Jemand hat mich zu diesen kubanischen Tänzern ins Teatro Americano mitgenommen – wo ich übrigens demnächst ein eigenes Ballett aufführe. Damals wurde ich an das erinnert, was ich vergessen hatte.»

«Und was war das?»

«Etwas, das Señora Vallejo oft zitiert hatte: ‹Bewegung lügt nicht.› Sie erinnerte uns immer wieder daran, daß der Tanz eine zeitgenössische Kunstform ist. Er kann unsere Reaktionen auf das ausdrücken, was gerade vorgeht, in diesem Moment. Er erlaubt uns, wir selbst zu sein, nicht die Parodien irgendeines europäischen Ideals.»

«Was ist denn das Thema Ihres Balletts?»

«Es bringt Unglück, über ein laufendes Projekt zu sprechen.»

Das konnte ich verstehen und respektieren. «Verzeihung.»

«Schweigen gehört zum Tanz», witzelte sie. Ihre Miene wurde wieder ernst. «Also, ich werde ein Ballett zum Andenken an die Mitglieder von Arguedas tanzen.»

«Die Schauspieltruppe?»

Sie biß sich auf die Lippen, und ihre Nasenflügel weiteten sich. «War das nicht grauenvoll? Die armen jungen Leute. Ich bin so voller Haß gegen Menschen, die so etwas tun können. Wie würden Sie sich denn fühlen, wenn Laura eines Abends von irgendwelchen Gangstern verschleppt würde, und das wäre das letzte, was Sie von ihr hören? Entschuldigung, da hab ich etwas Schreckliches gesagt.» Aber sie sah mich scharf an. «Glauben Sie, daß sie noch leben?»

«Wer weiß?» Ich hatte mich all das auch schon gefragt.

«Es ist jetzt drei Wochen her. Die Eltern haben keine Nachricht. Ich habe eine Schülerin – ihre Cousine Vera gehörte zu der Truppe. Jeder weiß, daß die Armee dahintersteckt. Sie sind alle tot, da bin ich sicher.»

«Wahrscheinlich.»

«Neulich habe ich eine Sendung über ihre Entführung gesehen. Und dabei hatte ich diesen Einfall.»

«Das Kidnapping zu tanzen?»

«Nein, die Antigone zu tanzen.»

«Antigone?» Ich war etwas überfordert. «Ist das nicht ein Theaterstück?»

«Aber genau darum geht es mir ja! Diese Reaktion will ich provozieren. Hätte ich Ihnen gesagt, daß ich etwas tanzen will, das zum Beispiel, was weiß ich, ‹Hexagramma› heißt, dann würde ich von meinen Ballettmüttern doch nur hören: ‹Wieso müssen Sie immer solche Stücke nehmen? Wieso müssen Sie uns all diese Leichen zeigen?› Und deshalb gehe ich zurück bis zu Sophokles! Da denkt jeder, daß es vor langer, langer Zeit spielt, aber wir erleben das jetzt und heute!»

«Darf ich mir dieses Ballett ansehen?»

«Es würde Ihnen nicht gefallen.»

«Sie haben gesagt, Sie treten im Teatro Americano auf?»

Über uns bewegte sich jemand. Sie hob den Kopf. «Was ist denn mit unserem Kaffee?»

Yolanda ging in die Küche, schaltete den Blitzkocher ein und wartete darauf, daß das Wasser wieder siedete.

Sie goß es gerade in den Filter, als das Licht ausging.

Man glaubt immer, man wüßte, wie man in Extremsituationen reagiert. Ich *glaube*, daß ich weiß, was ich tun würde, wenn die Decke hier einfiele. Aber sicher kann ich mir nicht sein. Bis dahin besaß ich keinerlei Anhaltspunkt dafür, daß Yolanda sich so verhalten würde, wie sie es dann tat.

Im ersten Schock der Finsternis hörte ich ihren Aufschrei. Etwas fiel krachend zu Boden.

«Was ist los? Haben Sie sich verletzt?» Es war ganz still geworden.

«Mein Arm», kam eine leise Stimme. «Ich habe mich verbrüht ...»

Ich tastete mich über den Tanzboden in die Küche. Meine Hand stieß irgend etwas Blechernes in den Ausguß, dem Geruch nach einen Aschenbecher. Ich tastete nach einem Tuch, machte es naß, suchte den Kühlschrank, kramte darin herum, bis ich die metallene Schale fand, schlug die Eiswürfel heraus und wickelte sie in das Tuch.

«Wo sind Sie?»

«Hier. Hier drüben.» Ihre Stimme zitterte vor Panik.

Ich schlang ihr das Tuch um den Arm, aber es war unmöglich zu sagen, wie schlimm die Verbrennung war. Sie klammerte sich an mich, und ich hörte sie schwer atmen.

«Eine Taschenlampe – haben Sie eine?»

Ich mußte meine Frage wiederholen.

«Ich glaube nicht.»

«Oder Kerzen?»

«Nein, nein. Ich weiß jedenfalls nicht, wo. Können wir von hier weg?»

In den Spiegeln des Studios, die den Nachthimmel reflektierten, gloste ein rötlicher Schimmer.

Ich schob die Glastür auf und führte sie nach draußen, über den Innenhof und dann durch die Tür in der Mauer. Auf der Straße herrschte das Chaos. Autos hupten. Namen wurden gerufen. «Inez? Margarita? Juan?» Wilde Parabeln von Taschenlampen und bange Rufe: «Vorsicht! Wo bist du? Hier bin ich!»

Der Stromausfall hatte der Stadt die Augen verbunden, bis auf das Sternenfirmament hoch droben, Erinnerung an bisherigen Glanz, und einen einzelnen glutroten Schimmer über den Dächern.

«Miraflores», sagte ich. «Dort muß es noch Strom geben.»

Ich half ihr ins Auto und fuhr im Schneckentempo auf den roten Schimmer zu. Große Gebäude versperrten uns den Blick auf die Hügel. Deshalb sahen wir nicht, was die Leute in Las Flores, Monterrico und La Molina anstarrten: das Muster aus brennenden Ölfässern, das heller als jeder Stern in qualmenden Flammenlettern ein Wort buchstabierte: EZEQUIEL.

«Tut mir leid.» Ihre Stimme war jetzt ruhiger. «Solche Sachen bringen mich immer völlig durcheinander.»

«Wir sollten bei einer Apotheke vorbeifahren.»

Sie wirkte geistesabwesend. Und die Verbrennung war ihr offenbar egal. «Jedesmal überrascht es mich wieder so. Dabei wollte ich doch, daß Sie etwas auf der Flöte spielen.»

Als wir wieder erleuchtete Straßen erreichten, ging es ihr besser.

«Wollen Sie wirklich nichts für Ihren Arm tun?»

«Nein, danke.»

«Dann möchte ich Ihnen einen Drink ausgeben», sagte ich.

«Darauf hätte ich große Lust.»

Das Café Haiti war gerammelt voll. Ich sah nach, ob Sylvina an einem der Tische saß. Sie hatte mit Consuelo ein Tennisdoppel spielen wollen. Ob sie wohl jetzt da war? Ich überlegte, was ich zur Erklärung sagen könnte. Sie werden das ja kennen: Wenn Sie – und sei es aus ganz unverfänglichem Anlaß – mit einer attraktiven jungen Frau irgendwohin gehen, ohne Ihrer Frau etwas davon zu sagen, dann fühlen Sie sich unweigerlich schuldig. Aber es war niemand im Café, den ich kannte.

Die Kellnerin, eine schüchterne Frau mit ausdrucksvollen Augen in einem Gesicht aus dem Hochland, wartete auf unsere Bestellung.

«Ich nehme das gleiche wie Sie», sagte Yolanda.

«Zwei Bier.»

«Lassen Sie mich das zahlen.»

«Nein.»

«Vor einer Stunde haben Sie mir noch erzählt, Sie hätten kein Geld», neckte sie mich. Sie war etwas kokett, auch wenn nichts dahintersteckte. Ich verspürte eine plötzliche Zuneigung zu ihr.

Von unserem Ecktisch aus sah ich mich im Raum um. Überall tippten sich die Leute auf die Schulter und lehnten sich auf den Stühlen zurück, als im Fernseher an der Wand die Nachricht über den Stromausfall kam und alle begriffen. Seltsam, Miraflores war jetzt ein Leuchtturm in einer blinden Stadt. Zum erstenmal kam mir das Café schön vor.

Ich fühlte einen plötzlichen Schmerz in der Hand. Yolanda untersuchte meine Finger.

«Sie haben sich verletzt.» Beim Herausklopfen der Eiswürfel hatte ich mir offenbar die Haut geritzt.

«Und wie geht's dem Arm?» fragte ich.

Sie streifte den linken Ärmel hoch. «Ich sehe ja idiotisch aus mit diesem Geschirrtuch, aber ich spüre fast gar nichts – ehrlich.»

Die Erleichterung darüber, wieder im Hellen zu sein, war ihrem Gesicht anzusehen. Ihre Bewegungen wurden von einem unwillkürlich aufblitzenden Lächeln unterstrichen.

«Tut mir leid, meine Panikattacke vorhin. Ich mag die Dunkelheit nicht.»

«Hat das einen Grund?»

«Brauche ich denn einen?»

«Nein, wahrscheinlich nicht.»

«Ich hab noch nie einschlafen können ohne ein Licht im Haus. Deshalb bin ich so froh, daß Sie heute da waren.»

«Das freut mich», sagte ich.

«Beim letzten Stromausfall war ich gerade am Proben und habe prompt das Gleichgewicht verloren. Ich konnte mich auf einmal nicht mehr im Spiegel sehen, dann kam alles durcheinander, und ich saß plötzlich auf meinem Hinterteil.»

«Können Sie denn niemanden anrufen?»

«Also wirklich, was können sie denn damit schon erreichen?» schimpfte eine Stimme vom Nebentisch. Eine Frau mit Sonnenbrille und geglättetem, auffallend goldblondem Haar sprach mit einer Frau, deren vorstehende Augen mit Wimperntusche stark betont waren.

«Aber haben sie denn nicht irgendwie recht, diese armen Leute?» bekam sie zur Antwort.

Yolanda drehte sich um, als die blonde Dame die Sonnenbrille abnahm. Ein Spiegelbild wurde in den Gläsern bewundert, sie wischte einen kleinen Fettfleck ab und setzte die Brille wieder auf die große Nase.

Durch sie hindurch musterte die Blondine Yolanda prüfend. Es ist immer ein einmaliger Anblick, wenn eine häßliche Frau eine attraktive betrachtet. Versonnen sagte die Blondine: «Vielleicht kidnappen sie ja einmal Maimée.»

Yolanda beugte sich vertraulich zu mir vor. Sie wollte gerade etwas sagen, da verkündete eine Frauenstimme, die offenkundig von allen gehört werden wollte: «Wißt ihr, ich bin ja eigentlich immer links gewesen, tief im Innern.»

Keiner von uns beiden konnte sich beherrschen. Wir brachen in Gelächter aus.

Rejas sah Dyer an. Er schien vergessen zu haben, wo er war. Ein beinahe leeres Restaurant. Keine Ballerina saß mit ihm am Tisch, sondern ein Mann, der vorgab, Historiker zu sein.

Beim Ton eines Nebelhorns blickte er auf die Uhr. Dyer sah, mit wieviel Erleichterung er dann sagte, er müsse jetzt gehen. Irgendwo draußen in der Nacht, in einem Haus, das

Dyer nie betreten würde, gab es eine andere Frau, um die sich Rejas kümmern mußte.

«Emilio!»

Nachdem Rejas um die Rechnung gebeten hatte, strich er mit dem Handrücken ein paar Krümel in eine gerade Linie. Unerwartet griff er über den Tisch und nahm das Messer von Dyers Teller. Er hielt es am Griff und ließ die Spitze über seiner Hand schweben, zwischen Daumen und Zeigefinger.

«Was glauben Sie, wie lange braucht eine Ratte, bis sie ertrinkt?»

Die Frage überraschte Dyer etwas. «Eine halbe Stunde?» riet er.

«Das hat mir Ezequiel erzählt», sagte Rejas. «Er wollte mir damit erklären, welche Willenskraft er in unserem Volk entfesseln konnte. Aber es könnte auf jeden von uns zutreffen.»

«Also, wie lange?»

«Er sagte mir, wenn man eine Ratte in ein Wasserfaß wirft, wird sie etwa eine Viertelstunde lang kämpfen, und danach ertrinkt sie.» Rejas ließ das Messer los, das klappernd auf den Tisch fiel. Verzweiflung schimmerte in seinen Augen.

«Wenn man die Ratte aber am Ende dieser Viertelstunde am Schwanz herauszieht, sie ordentlich schüttelt, damit sie wieder atmet, und sie dann ins Wasser zurückwirft ...» Er starrte auf die stumpfe Klinge. Wieder packte er das Messer am Griff und ließ es fallen. Das Geräusch hallte durch den Raum. Dyer sah, wie Emilio an der Kasse herumfuhr.

«Wie lange, glauben Sie wohl, schwimmt sie dann noch?»

«Keine Ahnung.»

Rejas lehnte sich zurück, obwohl sein Blick nicht von der Messerklinge ließ.

Auch Dyer starrte jetzt auf das Messer. «Eine halbe Stunde?» mutmaßte er.

«Zwei Tage.»

«Zwei Tage?»

Rejas nahm die Rechnung von Emilio entgegen und zählte das Geld ab. «Ich muß jetzt zurück zu meiner Schwester.»

Der Oberst erhob sich, Dyer jedoch blieb sitzen, vor seinen Augen das Bild der im Wasser strampelnden Kreatur.

«Ist ihr Zustand ernst?»

«Sie liegt im Koma. Das heißt, mal ist sie bei Bewußtsein, mal wieder nicht.»

Dyer war nicht klar gewesen, wie ernst die Lage war. Nur eine Lebensmittelvergiftung, hatte er geglaubt. Unterhielt sich Rejas deshalb so lange mit ihm, all diese Abende – um nicht an seine Schwester denken zu müssen?

«Aber es besteht doch Hoffnung auf Besserung, oder?»

«Hoffnung? Ja, darauf läuft es letztlich wohl hinaus.»

Rejas sprach nicht von seiner Schwester.

9

ALS DYER AM NÄCHSTEN ABEND in das Restaurant kam, war Rejas nicht da.

Eine halbe Stunde verging. Immer noch keine Spur von ihm. Um acht bestellte Dyer, wenn auch widerwillig, Emilios gegrillten Fisch.

Es war ein sehr heißer Tag gewesen. Nachdem noch am Abend die Geschichte des Polizisten in seinem gelben Spiralnotizbuch festgehalten war, hatte er ausgeschlafen und am Nachmittag noch einmal eine lange Siesta gehalten. Jetzt wehte ein leichter Wind durch das Fenster.

Er blätterte eine Seite um und lauschte auf Schritte. Von draußen hörte er den stampfenden Samba aus der Festung, und auf dem Vogelmarkt kreischten die Pfauen in ihren Käfigen. Er versuchte zu lesen, war aber unkonzentriert. Er sah auf die Uhr. Zwanzig Uhr dreißig. Rejas war nie so spät gekommen. Hatte er herausgefunden, wer Dyer war, oder hielt er es – warum auch immer – plötzlich für unklug, seine Geschichte einem völlig Fremden zu erzählen?

Dyer hatte Rejas nie gefragt, weshalb er eigentlich so gesprächig war. Natürlich half es, daß er Viviens Neffe war. Außerdem erzählten die Menschen ihre Geheimnisse nun einmal völlig Fremden, und es war auch begreiflich, weshalb sie eine gewisse Sympathie füreinander empfanden. Zwei Männer im selben Alter, beide weit weg von zu Haus. Und sollte er nicht auch entlassen – oder auf falsche Weise eingesetzt – werden, genau wie Rejas? Aber daß er rein zufällig mitten ins Schwarze getroffen hatte ...

Und dennoch, dachte Dyer, ist es nicht gerade der Wunsch, ins Schwarze zu treffen, der einen danebenschießen läßt? Wenn man etwas unbedingt haben will, bekommt man überhaupt nichts. Gerade wenn man etwas nicht anstrebt, passiert es seltsamerweise oft. Und war er nicht selbst so etwas wie eine Zielscheibe? Immerhin einer der wenigen Menschen auf der Welt, dessen Interesse sich Rejas sicher sein konnte. Vielen seiner Landsleute, vielleicht sogar seiner eigenen Schwester, mochte die Sache völlig egal sein. Aber Dyer verstand. Hatte er etwa nicht nach Rejas gesucht? Und hatten sie sich nicht beide für dasselbe Restaurant entschieden, um dort – alle beide – das gleiche Buch zu lesen? Und deshalb hatte Dyer auch, als Rejas zu erzählen begann, jeden Zweifel über den Beweggrund des Polizisten beiseite geschoben. Er hatte nur gedacht: Das ist die Story, auf die ich meine ganze Laufbahn hindurch gewartet habe.

Es war schon nach neun, als Dyer das Klick-Klick-Klick auf der Steintreppe hörte und der Perlenvorhang sich teilte. Rejas nahm Platz und entschuldigte sich. Er hatte mit dem Arzt telefoniert, wegen der Testergebnisse seiner Schwester. Als Emilio ihm einen Teller gebracht hatte, grübelte er weiter über ihre Krankheit nach und weihte Dyer langsam in sein Elend ein.

Vor zwei Monaten hatte ein Gewitter seine Schwester auf einer Insel gegenüber von Pará festgehalten. An einem der Stände am Pier hatte sie nicht ganz gares Schweinefleisch gegessen. Bald danach war sie lethargisch geworden, hatte über Kopfweh geklagt, über einen stechenden Schmerz hinter dem rechten Auge. Eines Tages erzählte sie ihrem Mann plötzlich wirre Geschichten über Schnecken. Die Symptome – Erbrechen, Übelkeit, ihre Desorientiertheit – paßten genau zum Schweinebandwurm. Als die Anfälle heftiger wurden, hatte ihr Mann Rejas angerufen. Sie war siebenunddreißig und lag im Sterben.

In den letzten drei Wochen hatten die beiden Männer sich an ihrem Krankenbett abgewechselt. Rejas wachte tagsüber, sein Schwager während der Nacht. Ihr Bewußtsein schwankte von Stunde zu Stunde. Einmal war sie still, dann wieder unruhig und verwirrt. Wenn sie ihre Medikamente schluckte, zitterte sie am ganzen Körper. Oft hatte sie Halluzinationen.

Wer kochte hier eigentlich den Kaffee?

Warum hatte Agustín so viel Eau de Cologne aufgelegt?

Wie gefiel ihm der Käfer, den sie am Fluß gefunden hatte?

«Sie hielt mich für unseren Vater. Als Kind kam sie ständig mit Fröschen und Schnecken in seine Bibliothek.»

Morgens saß Rejas auf einem Korbstuhl und las ihr laut aus den Büchern des Vaters vor. Gegen Kissen gelehnt, am Daumen lutschend, hörte sie ihm wie betäubt zu. An den Nachmittagen, wenn sie schlief, verscheuchte er die Fliegen von ihrem Mund und wischte ihr die Augenwinkel aus. Wenn ihr Mann um sechs von der Arbeit heimkam, konnte Rejas das Krankenzimmer verlassen. Er mußte sich sehr vorsichtig bewegen, damit sie den Korbstuhl nicht knacken hörte. In dem engen Zimmer hatte das Geräusch den gleichen Effekt wie ein Kreischen. Einmal war sie aufgewacht und hatte ihn unbedingt begleiten wollen. Sie hatte vor der Kommode gekniet und nach ihrem Lieblingskleid aus schwarzem Samt gewühlt. «Warte doch, Agustín, ich finde es gleich. Wir werden uns herrlich amüsieren.»

Der Arzt, der die Verschlechterung ihres Zustandes bemerkte, riet zu einer Lumbalpunktion. Die Halluzinationen konnten entweder bedeuten, daß die Parasiten von den Medikamenten vernichtet wurden oder daß ihr Leiden unheilbar war. Die Antwort darauf würde sich in ihrem Rückenmark finden. Mit dem Einverständnis von Bruder und Gatten war die Patientin auf die linke Seite gelegt worden, zusammengerollt wie ein Baby, und man hatte ihr eine lange Nadel in die Wirbelsäule eingeführt. Die Gewebeprobe war zur Analyse in ein Labor in Rio eingeschickt worden. Das war vor einer Woche gewesen. Auf die Resultate warteten sie immer noch.

«Man glaubt, man sei erwachsen», sagte Rejas. «Dann sieht man seine Schwester erkranken – und sie ist auf einmal wieder wie zehn. Manche Menschen allerdings verlieren ihre Jugendlichkeit nie. Es ist die einzige Zeit ihres Lebens, die sie interessiert, und sie reagieren auf jeden, dem sie begegnen, als wären sie erst zehn Jahre alt. Yolanda war oft so. In mancher Hinsicht wirkte sie weit älter, als sie war, dann wieder seltsam kindisch – wie Ballerinen ja manchmal sind, die nicht viel mit anderen Menschen zusammenkommen.

Und es gibt auch die, die so wie ich nicht viel über ihre Kindheit nachdenken. Was im Hochland eher die Regel ist. Wenn jemand von zu Hause weggezogen ist, aus einem kleinen Dorf, dann kommt er nie mehr zurück, nachdem die Eltern gestorben sind. Ich bin nur noch einmal in La Posta gewesen – zwei Wochen lang mit Sylvina, nach meinem Examen. Nachdem das Militär unsere Farm requiriert hatte, gab es keinen Grund mehr zum Wiederkommen. Ich habe auch Ezequiels Einfluß in unserem Tal nie genau untersucht, weil man immer glaubt, im eigenen Dorf werden die Dinge schon nicht so schlimm stehen. Aber dann erwähnte Yolanda den Berg Ausangate.

In jener Nacht lag ich lange wach und erinnerte mich in allen Einzelheiten an das Dorf, an meine Freunde, an die Lieder beim Seilhüpfen, an unsere Kaffeeplantage. Und kurz danach erfuhr ich vom Schicksal unseres Priesters.»

Er suchte etwas in seiner Hosentasche. «Sagen Sie, hat

Ihre Tante jemals einen Pater Ramón erwähnt, der mit ihr bei ihrem Waisenkinderprojekt zusammengearbeitet hat?»

«Ramón? Nein, ich glaube nicht.»

«Ich war einer seiner Ministranten. Wir waren zu dritt – ich, Nemecio und Santiago, sein Liebling.»

Dyer war so erleichtert gewesen, Rejas an diesem Abend noch wiederzusehen, daß er eine Zeitlang gar nicht darauf geachtet hatte, was ihm der Polizist da erzählte. Jetzt aber wollte er von ihm die Fortsetzung der Geschichte hören. «Gestern abend sprachen sie von Yolanda.»

Rejas, der jetzt in einer anderen Tasche stöberte, achtete gar nicht darauf. «Dieser alte Mann. Das war kein gewöhnlicher Priester, müssen Sie wissen. Ich habe ihn sehr gemocht. Es ist eine grauenvolle Geschichte. Aber er hat mich letzten Endes zu Ezequiel geführt.»

Er hatte gefunden, was er suchte. «Das hier wollte ich Ihnen zeigen. Es ist wichtig.»

Es war ein Luftpostbrief, das Papier so dünn, daß die blaue Schrift wie Adern von der Rückseite durchschien.

«Das letzte Lebenszeichen, das ich von ihm bekam, war dieser Brief aus Portugal.»

Rejas ließ Dyer lesen. Die Handschrift war groß und deutlich. *Erinnerst Du Dich daran, wie ich mir immer schon gewünscht habe, eines Tages den Schrein der Jungfrau Maria in Fatima zu sehen? Ich habe das Glück gehabt, zum religiösen Leiter einer Wallfahrt von achtzehn Pilgern aus unserer Diözese bestimmt zu werden.* Wie Dyer las, hatte der Priester zuvor La Posta noch nie verlassen und war ganz fasziniert von dem Flughafen, vom Essen im Flugzeug und von der Zeitverschiebung beim Reisen. *Fünf Stunden vom Palmsonntag sind uns verlorengegangen! Wo ist dieser Tag geblieben? War es eine Sünde, daß wir nicht zur Kirche gegangen sind, was meinst Du?* In Portugal war das Essen gut, wenn auch eigenartig – *ein Gericht mit Schweinefleisch und Muscheln … Auf der Fahrt nach Fatima nahmen wir den Bus nach Coimbra, wo ich mir die Bibliothek angesehen habe: überall Gold. Dein Vater wäre begeistert gewesen!* Der Marienschrein in Fatima übertraf alle seine Erwartungen. *Ich bin den ganzen Weg auf Knien gegangen, und das nicht langsamer als zu Fuß. Du kannst Dir nicht vorstellen, wie heilig dieser Ort ist. Man spürt geradezu, daß die Jungfrau anwesend ist. Ich habe ein Gebet für Dich und Deine Schwester gesprochen. Und auch für unser Dorf. Zur Zeit stehen die Dinge nicht gut bei uns im Tal, Agustín. Ich mußte fünf Kinder in ein Waisenhaus der Hauptstadt schicken. Da wirst Du verstehen, warum die Friedensbotschaft Mariens niemals nötiger war als heute. Ich betete die ganze Nacht hindurch – und hatte das Gefühl, daß ich erhört wurde.*

Seit diesem Brief hatte ich von Pater Ramón nichts gehört. Etwa eine Woche nach meinem Treffen mit Yolanda reichte mir Sucre dann einen Zeitungsausschnitt.

«La Posta? Ist das nicht dein Heimatdorf?»

«Warum? Ist was passiert?»

«Sie haben den Priester dort umgelegt.»

Der drei Wochen alte Artikel meldete, Ramón sei von maoistischen Rebellen hingerichtet worden, weil er sich «an dem von der Regierung und den Streitkräften betriebenen konterrevolutionären Kampf beteiligt» habe.

Die Einzelheiten erfuhr ich später. Sie waren gräßlich.

Sie hatten ihn bei der Terrasse der Tränen erwartet, wo inzwischen ein Flugplatz angelegt worden war. Er ging dort jeden Samstag hin, um über den kleinen Lokalradiosender eine Predigt zu halten. Sie nahmen ihm seinen Hut, den Gehstock und die kleine Bibel weg, die er überallhin mitnahm – ein Geschenk meines Vaters, mit Goldschnitt. Er mußte sich ins Gras knien, die Hände auf dem Rücken gefesselt. Eine

Frau kauerte vor ihm nieder. Sie suchte eine ganz bestimmte Bibelstelle aus.

«Lies das laut vor!» befahl sie.

Es war ein Vers aus dem Buch Hiob. Er fing an zu lesen. Seine Stimme war berühmt. Er sprach die Worte bestimmt so, daß ihre ganze emotionale Wahrheit dabei mitschwang.

«Sein Odem ist wie lichte Lohe, und aus seinem Rachen schlagen Flammen. In seinem Nacken wohnt die Stärke, und vor ihm her, da tanzt die Angst.»

Sie riß die Seite heraus und zerknüllte sie zu einer Kugel, die sie ihm in den Mund stopfte. «Iß das!»

«Was meinst du damit?»

«Iß es!»

Ich stelle mir vor, wie sich seine Lippen öffnen.

«Schluck es runter!»

Ich sehe, wie er sich zu schlucken bemüht, und die Frau, die eine Grimasse zieht, reißt die Anfangsseite des Ersten Buches Mose heraus, dabei sagt sie: «Am Anfang schuf Gott Himmel und Erde», knüllt sie wieder zur Kugel und hält sie ihm hin. Ich sehe, wie er sich dazu zwingt, die Bibelseite in eine Hostie zu verwandeln. Dann erinnere ich mich, daß diese Bibel 627 Seiten hatte.

Als er in Ohnmacht fiel, stachen sie mehrmals mit Messern auf ihn ein. Sie räumten seine Gedärme aus und stopften ihm den Rest der Bibel – die laut einer Botschaft, die sie im Schweißband seines Hutes hinterließen, nichts als ein Propagandawerkzeug war – in den Bauchraum.

Zum Schluß attackierten sie sein Gesicht. Als seine Leiche gefunden wurde, war kaum zu erkennen, ob es ein Mann oder eine Frau war. Aber wenn ein Gesicht so verstümmelt wird, dann bedeutet das immer eines: Der Mörder war seinem Opfer bekannt.

Pater Ramón hatte die junge Frau getauft.

Mein Vater, ein scheuer Mann, der wenig enge Freunde hatte, war der Meinung, einer der Gründe, weshalb wir jemanden lieben, sei der Mensch, zu dem wir werden, wenn wir mit dem anderen zusammen sind. Wenn er gestorben ist, können wir niemals wieder dieser Mensch werden. Und um diesen Menschen, so sagte mein Vater, trauern wir eigentlich. Als ich das karge Faktum von Pater Ramóns Tod erfuhr, hatte ich nicht die geringste Lust, nach La Posta zu reisen, sehr wohl aber das Bedürfnis, mit anderen zu sprechen, die ihn gekannt hatten.

Wir drei Ministranten hatten uns zerstreut. Von Nemecio hatte ich als letztes gehört, daß er Lehrer in Cajamarca war. Santiago war auf ein Priesterseminar gegangen. Ich hatte aber keine Ahnung, wo sie inzwischen lebten.

Wie Sie diesem Brief da entnehmen können, schreibt Pater Ramón über einige seiner Mitpilger. Einer davon ist Santiagos Mutter.

Rejas wartete, bis Dyer die Stelle gefunden hatte. Obwohl es den Journalisten leicht verwirrte, dieses Beharren darauf, daß er jedes Detail erfuhr, las er die Passage noch einmal.

Meine Gefühle für Leticia Solano werden immer von großer Wärme bestimmt sein, aber ich bin auch sehr froh, wenn wir auseinandergehen. Sie hätte es lieber, wenn ihre Gefühle für mich sich zu stärkerer Intimität steigerten, obwohl ich dies ihrer nachlassenden Sehkraft zuschreibe. Wir kennen einander schon sehr lange – fast mein ganzes Leben lang! –, und sie sucht derart besitzergreifend meine Gesellschaft, daß es schon ein-, zweimal zu Reibereien mit anderen Mitgliedern unserer Gruppe gekommen ist. Seitdem sie unser Tal verlassen hat – sie lebt irgendwo in Belgrano; ist das bei Dir in der Nähe? –, ist sie noch verwirrter geworden, wie ich höre. Ich weiß nicht, ob die Ursache ihrer Unruhe Santiago ist.

Möglicherweise hat es da einen Streit gegeben. Siehst Du Deinen alten Freund manchmal? Wir haben den Kontakt verloren, als er das Seminar verließ. Es bekümmert mich, daß er mir nicht genug vertraut hat, um seine Zweifel mit mir zu teilen. Ich hätte ihm wohl gesagt, was mir mein Bischof einmal sagte, als ich denselben Schritt erwog: Mag sein, daß Gott nicht existiert, aber die Menschen, die an Ihn glauben, führen für gewöhnlich ein besseres Leben.

Im Stadtbezirk Belgrano fand ich zwei Solanos verzeichnet, einen davon mit dem Anfangsbuchstaben L. Die Telefongesellschaft sagte mir, der Anschluß sei wegen unbezahlter Rechnungen stillgelegt worden.

Eines Abends verfolgte ich eine rotbraune Katze zwischen den Pfützen einer kleinen Gasse hindurch, auf der Suche nach dem Haus von Solano, L.

Tock, tock, tönte das Echo meines Klopfens an der schäbigen Tür. Die Katze huschte unter ein Tor davon. Hinter der Mauer verdorrte ein Feigenbaum, weil ihn niemand goß. Dann ging ratternd ein Rolladen hoch. Ein Topf mit weißen Azaleen wurde beiseite geschoben, und das Gesicht einer Frau erschien über dem Fensterbrett, teilweise von trocknender Wäsche verdeckt.

«Ja?» Sie sah zwischen einem Paar schwarzer Strümpfe zu mir herab.

Ich trat zurück. «Ich bin Agustín. Agustín Rejas.»

Sie wiegte den Kopf. «Wer?»

«Ich war Santiagos Freund. Ich komme wegen Pater Ramón.»

«Was will er von mir?»

Ihre Stimme klang besorgt, das Gesicht verlor sich in den Blumen.

«Darf ich reinkommen?»

Sie verschwand. Die Katze beobachtete mich vom Fenstersims aus. Ich dachte: Wieso mögen Menschen, die kaputtgehen, immer Katzen?

Dann hörte ich schlurfende Schritte und ein metallisches Quietschen. Eine knurrige Stimme entsann sich: «Rejas. Rejas. Die Kaffeeplantage.»

Wir saßen im oberen Stock, in einer schmutzigen Küche, wo sie gleich verkündete: «Ich habe dir nichts anzubieten. Keinen Kaffee.» Ihr Gesicht und ihre Brust waren eingefallen, und sie konnte sehr schlecht sehen. Das Essen mußte sie sich von einem Jungen aus der Nachbarschaft bringen lassen. An diesem Tag war er noch nicht gekommen. Sie dachte an Pater Ramón, war aber zu stolz zu fragen.

«Ich wollte eigentlich mit Santiago sprechen», sagte ich.

Etwas zuckte über ihr Gesicht. «Santiago? Warum mit Santiago?»

«Wir sind gemeinsam zur Schule gegangen.»

«In Pachuca?»

«Nein, davor. In La Posta.»

«Warum kenne ich dich dann nicht?» Sie tat so, als könnte sie mich sehen. Ihre Augen, die früher im ganzen Tal und weit darüber hinaus große Unruhe gestiftet hatten, wirkten wie verschleiert. «Warum hat er dich nie in unser Hotel mitgebracht?»

«Das hat er. Aber Sie sind nicht dagewesen.» Sie hatte Hotel, Ehemann und Sohn wegen des Alkoholikers verlassen, der sich als reicher Baumwollpflanzer ausgab. Bis auf Santiago hatte jeder von der Affäre gewußt.

«Wir sind beide Meßdiener gewesen», sagte ich.

Ich dachte daran, wie ich mit Santiago zur Kirche gegangen war. Pferde weideten auf dem braunen Gras. Eine junge Ziege zitterte in der Kälte. Santiago hatte immer Priester werden wollen. Er sah seiner Mutter sehr ähnlich.

«Ich habe Flöte gespielt, und er hat dazu gesungen.»

Santiago hatte die beste Stimme im Dorf. Ich dachte daran, wie der völlig unmusikalische Pater Ramón ihn ermuntert hatte, auf das Chorpult mit dem hölzernen Adler zu steigen; an das nervöse Gesicht meines Freundes, der über den Schwingen erschienen war, als klammerte er sich an einen Kondor.

«Mit dem Singen hat er aufgehört.»

«Weshalb?»

«Aus demselben Grund, aus dem er mit dem Priestersein aufgehört hat», sagte sie bitter. «Er hat eben lieber geredet, nicht wahr?»

«Worüber denn?»

«Ausländische Namen. Lauter Blödsinn.»

«Was für ausländische Namen?»

«Wieso interessierst du dich so dafür? Warum sollte ich dir das sagen?»

Es ist ein Erbteil meines Vaters: Wenn man mir eine direkte Frage stellt, sage ich die Wahrheit. «Ich arbeite für die ATP.»

«Die Polizei?» Sie verscheuchte die Katze. Ihre vom Star getrübten Augen wanderten über den Tisch zu mir zurück. «Paco hat mir erzählt, daß diese Schauspieler gefunden worden sind, die ihr umgebracht habt.»

Unter den Sitzen eines Kinos, das die Universität zu einem Kulturzentrum umbaute, waren Knochen entdeckt worden.

«Damit hatten wir nichts zu tun.»

«Dann war's eben die Armee. Was macht das für einen Unterschied?»

«Es gibt keinerlei Beweise.»

«Warum führt ihr euch alle so auf?»

«Ich weiß es nicht.»

«Warum willst du ihn treffen, deinen Schulfreund?» Das letzte Wort war voller Sarkasmus.

«Ich möchte mit ihm über Pater Ramón sprechen.»

«Das haben die anderen auch gesagt.»

«Welche anderen?»

«Zwei Männer, die nach ihm gefragt haben.»

«Wer war das?»

«Freunde von der Universität. Sie brauchten Santiago, sagten sie.»

«Wann war das?»

«Vor zwei, drei Wochen.» Sie hob den Kopf. «Wieso wollen sie alle über Pater Ramón reden?»

«Was wollten sie denn von Ihnen wissen?»

Die Katze war zurückgekommen. «Seine Predigten ...»

«Sie waren nicht einverstanden mit dem, was er darin sagte?»

Sie verschränkte die Arme. «Jedenfalls habe ich sie hinausgeworfen.»

«Haben Sie ihnen gesagt, wo sie Santiago finden könnten?»

«Ich habe ja keine Ahnung, wo er ist.»

«Stimmt das?»

«Warum sollte ich dir das sagen?»

«Dann stimmt es also nicht.»

«Er schreibt mir. Er schickt Geld.»

«Was steht denn in den Briefen?»

«Ich weiß nicht», stieß sie hervor, und ihre Augen brachten keine Tränen zustande. «Der Junge, der mir das Essen bringt, kann nicht lesen.»

«Heben Sie die Briefe auf?»

«Geben Sie mir das da.»

Ich löste den Riemen einer Tasche aus Lederimitat von einer Stuhllehne. Sie hantierte mit dem Verschluß, stöberte darin herum und zog ein Kuvert hervor.

Die Marke war vor zwei Monaten abgestempelt worden, in La Posta.

Sie sagte: «Sag mir, was schreibt er?»

Ich entfaltete den Brief. Das Blatt war leer, nur ein Umschlag für das Geld, damit man es nicht durch das Kuvert sehen konnte.

«Er schreibt, daß er Sie liebt und daß es ihm gutgeht und daß er bald wieder schreiben wird.»

Die Ahnung eines Lächelns. «Das ist mein Santiago.»

Sie drehte den Kopf zur Wand. Das Thermometer dort war eine Jungfrau aus Fatima. Sie biß sich auf die Unterlippe. «Dann erzähl mal», sagte sie etwas fröhlicher, «wie geht es Pater Ramón?»

Ich wollte zwei Wochen lang von der Hauptstadt weg. General Merino lehnte ab. In der Schale auf dem Schreibtisch türmten sich die Orangen, als hätte er Vorräte für den Fall einer Belagerung angelegt. «Ich sage Ihnen, Kater, die Kacke ist am Dampfen.» Calderón hatte sich diktatorische Vollmachten verschafft. Alles ging immer zuerst über Lache. «Und wie ich General Lache kenne, ist das mit der Arguedas-Truppe gerade erst der Anfang. Er hat im Krieg gegen den Terror die französische Lösung gewählt: volle Härte – dabei haben die Franzosen seit 1812 keinen Krieg mehr gewonnen. Es ist unbedingt notwendig, daß Sie hierbleiben.»

Ich beharrte auf meinem Standpunkt. «Ebenso notwendig ist es, daß ich nach La Posta gehe, Herr General.»

«Warum?» Er erhob sich und sah nachdenklich auf die Wandkarte.

«Ezequiel hat versucht, mit einem Freund von mir in Verbindung zu treten.»

«Ja, und?»

«Dieser Freund könnte eine Spur sein.»

In Leticias Küche war es mir gedämmert: Die ganze Zeit über hatte ich an der falschen Stelle nach Ezequiel gesucht.

10

AM MORGEN MEINER ABREISE nach La Posta stahl sich Laura ins Schlafzimmer. Sie war ziemlich unwirsch. Kinder nehmen die Versprechen von Erwachsenen sehr ernst.

«Sieh mal.» Ich betrachtete sie durch den Sucher des Fotoapparats. «Ich werde jede Menge Bilder für dich machen.»

Sie zog ein Gesicht.

«Ich bring dir eine Flöte mit – so eine, wie ich sie früher gespielt habe. Versprochen.»

Sie sagte nichts dazu.

«Das Militär hat in der Gegend um La Posta den Ausnahmezustand verhängt, Laura.»

Um mir zu beweisen, daß sie das Kind war, für das ich sie hielt, schloß sie sich in ihrem Zimmer ein und sang laut der Katze vor.

Sylvina fuhr mich zum Flughafen. Eine eigenartige Ruhe hatte sie ergriffen, und auch die Stadt, die wir durchfuhren. Wer mit der Gewalt leben muß, gewöhnt sich daran. Nach der Explosion einer Autobombe schlagen die Jogger nur einen Bogen um die Leichen. Die Leute gehen weiterhin Tennis spielen. Einer von Sylvinas Cousins hatte sich, um die abendliche Ausgangssperre zu umgehen, einen gebrauchten Krankenwagen gekauft und brachte damit seine Freunde auf Partys. Sogar in der Gefahr gibt es Routine.

Als wir am Inkamarkt vorbeikamen, sagte Sylvina: «Agustín, ich hab eine Idee, wie wir Geld verdienen können.»

Sie hatte unsere Probleme mit Marco besprochen. Sie wußte, daß mich das ärgern würde, und deshalb hatte sie auch bis jetzt damit gewartet, es mir zu sagen. Tatsache war, daß Marco einen todsicheren Plan entwickelt hatte, wie wir Millionäre werden konnten. Soweit ich es begriff, bestand Marcos Lösung – auf die sie jetzt sämtliche Hoffnungen setzte – darin, daß Sylvina bestimmte Kosmetikprodukte an ihre Freundinnen verkaufte und diese dazu überredete, es ihr nachzutun und dafür eine Provision an sie zu zahlen.

«Wenn du andere dazu kriegst, für dich zu arbeiten, verdienst du zehn Prozent von allem, was sie verkaufen. Wenn sie also fünfzig Dollar einnehmen, bekomme ich fünf Dollar, und wenn die wiederum zwei neue Leute finden, die für sie arbeiten, bin ich irgendwann an der Spitze der Pyramide – das klappt garantiert.» Irgendwie kam auch ein lila Cadillac ins Spiel, denn sie sprach mehrmals davon, besonders als an einem Kontrollposten der Motor nicht anspringen wollte.

«Marco ist ganz besessen von dieser Idee. Allein in der Straße, wo er wohnt, haben zwei Frauen Millionen verdient.»

Wir küßten uns durch das Autofenster. «Du weißt ja, wie die Telefonverbindungen in den Bergen sind», sagte ich. «Aber ich versuche, dich anzurufen.»

«Jedenfalls will Marco mir ein paar Proben schicken.»

Ich flog mit einer Militärtransportmaschine nach Cajamarca, wo ich mich in einem Lastwagen mitnehmen ließ, der nach Norden fuhr. Der Fahrer war ein rundlicher, untersetzter Mann mit einer kantigen Stirn und riesigen, gekränkt dreinschauenden Augen. Als wir am Abend ins Hochland aufbrachen, spritzte der Schlamm unter den Reifen, und die Scheinwerfer hängten einen Wasservorhang in den prasselnden Regen.

Der Lkw war bereits drei Stunden lang bergauf gefahren, als Ezequiel zuschlug. Wir näherten uns gerade einer Paßhöhe, und der Fahrer erzählte mir, seine Familie sei von der

Polizei ermordet worden. Ich schwieg schockiert und starrte auf die Nebelwand, die sich vor uns in die Scheinwerferkegel schob.

Er kannte den Polizisten, der sie getötet hatte, wußte seinen Namen und seinen Spitznamen und wo er wohnte. Seit seine Frau und seine Töchter tot auf einer Schafweide gefunden worden waren, erdrosselt mit khakifarbenem Gurtband, fuhr er jede Nacht vor dem Haus des Polizisten hin und her, fünfzig Meter in die eine Richtung, dann umgedreht und fünfzig Meter in die andere Richtung. Hin und her. Hin und her. Hin und her. Bis zum Morgengrauen. Er hob die plumpe Hand vom Lenkrad und richtete den Finger auf meine Schläfe.

«Paff!» flüsterte er.

«Vorsicht!» Die Lichter erfaßten eine Barrikade aus Felsbrocken quer über der Schlammpiste.

Er bremste heftig, und der Lastwagen rutschte auf den Hang zu, wo er kurz vor einem Erdhaufen stehenblieb. Gleich darauf tauchte hinter uns ein anderer Wagen auf, und dann noch einer, bis die Scheinwerfer von sechs Fahrzeugen die Kurve erhellten.

Er schlug mit der Handfläche gegen das Lenkrad. «Verflucht, was soll denn das jetzt bedeuten?»

Es war zehn Uhr abends. Der Nebel senkte sich herab.

Und dann erschienen vier Gestalten aus dem Dunst. Sie kletterten über die Felsbrocken, in den Händen hatten sie starke Taschenlampen, und sie kamen durch den Regen näher.

Der Fahrer beugte sich aus dem Fenster und rief: «Laßt uns durch!»

«Halt's Maul.» Es war ein junger Bursche, der durch eine Wollmaske sprach. Er trug Handschuhe und hielt etwas, das bei dem schlechten Licht wie ein Gewehr aussah, aber auch nur ein Stock sein konnte. Er war nicht nervös.

«Macht das Licht aus und wartet im Auto.» Man hörte das Klatschen seiner Schritte, als er entlang der Wagenreihe weiterging, flankiert von seinen drei Kumpanen.

Der Fahrer schaltete die Scheinwerfer des Lkw aus und ließ sich in den Sitz zurückfallen.

Leise sagte ich: «Wenn sie uns befehlen auszusteigen, werden wir erschossen.» Ich trug keine Waffe, aber in meinem rechten Schuh versteckt hatte ich einen Militärpaß und meinen Polizeiausweis. Sollten sie das entdecken, würde es keine Gnade geben. Weder für mich noch für den Fahrer.

Ein Schatten, dann ein Pochen ans Fenster. Grelles Licht schien mir ins Gesicht. Die Tür ging auf, und im nächsten Moment drang mir mein erster Atemzug der eisigen Bergluft in die Lungen.

«Euer Geld. Beeilung.» Das Licht blendete uns weiter, während wir nach unseren Brieftaschen tasteten. Eine Hand ergriff sie, dann zuckte die Taschenlampe zum Fußraum.

«Die Tasche da. Her damit.»

Der Reißverschluß wurde aufgerissen, eine Hand in dem langen, nassen hellroten Handschuh fuhr hinein. Sie kam mit meiner alten Leica heraus: eines der wenigen schönen Dinge, die mir mein Vater hinterlassen hatte. Auf dem Film waren Bilder von Laura und Sylvina in Paracas: wie sie in der Brandung standen, die Seelöwen mit Chips fütterten, aufgeregt auf eine Schildkröte im Sand zeigten. Später einmal sollte ich den Diebstahl dieser glücklichen Erinnerungen noch mehr bedauern als in diesem Moment.

Ich könne es mir ja leisten, etwas zur Revolution beizutragen, fauchte der Junge. Dieser Apparat sei mehr wert, als er im ganzen Jahr verdiene.

Er sprang vom Trittbrett und rannte davon, überließ es mir, die Tür wieder zuzumachen. Der Fahrer neben mir atmete keuchend aus. Es ist etwas Erschreckendes an einem

Zwölfjährigen mit einer Schußwaffe. Plötzlich drehte sich der Fahrer aufgeregt um. «He», flüsterte er, «was soll denn das?» Das Chassis des Lastwagens quietschte, und wir hörten, wie schwere Kisten auf der Ladefläche verschoben wurden.

Sie luden sein Gemüse ab. Mit der Hand, die vorhin eine Pistole gewesen war, bedeckte er die Augen und weinte.

Fünf Minuten später kamen die Burschen wieder vorbei, ohne uns anzusehen. An der Felsbarriere schalteten sie ihre Taschenlampen aus; als dünne Schatten, in Jeanssachen gekleidet, huschten sie den Hügel hinunter und verschwanden.

Es herrschte bedrückendes Schweigen. Wir warteten, warteten, während die Stille herabtropfte. Irgendwann gingen die Standlichter des Wagens hinter uns an, und nach kurzer Pause rief eine nervöse Stimme: «Sollen wir's riskieren?»

Zwei Männer bückten sich über die Felsbrocken und schleppten sie mühsam beiseite. Der Fahrer und ich stiegen aus, um ihnen zu helfen. Kein Wort wurde gewechselt. Dann stiegen wir wieder ein, jeder startete seinen Motor und machte sich schnell davon.

Zwei Tage später erreichte ich das Tal, in dem ich geboren bin. Die Ortsschilder waren gestohlen worden, aber ich wußte, wo ich war.

Ich schlug auf das Dach der Fahrerkabine. Als der Pritschenwagen abbremste, sprang ich von der Ladefläche.

Die Luft roch scharf nach feuchter Erde und dem borkigen Duft der Catuabasträucher. Vom Regen gedunsene Mücken tanzten über Pfützen, in denen sich terrassierte Maisfelder und Kakteenhecken spiegelten.

Als der Weg wieder abfiel, blieb ich stehen. Unter mir lag La Posta, ein Dorf am Rand einer tiefen Senke im Amazonas-Quellgebiet. Ich sah die Kuppel der weißen Kirche, die eiserne Brücke und die Linie der Straße, die sich jenseits des

Ortes durch die Täler wand. Sie führte zu unserer Farm, obwohl das Haus von einer Anhöhe verborgen war.

Wissen Sie, wie man sich fühlt, wenn man seinen Namen gedruckt sieht? Ich empfand denselben Schock des Wiedererkennens. Heimweh durchströmte mich, und die Landschaft zitterte ein wenig, dann ging ich diesen Pfad hinunter, als wäre der Rest meines Lebens nie geschehen. Die Gegend hatte sich nicht verändert – und deshalb auch alles übrige nicht.

Knapp vor dem Dorf hörte ich jemanden rufen. Ein Junge bog um eine Ecke, peitschte mit einem Gummischlauch auf seinen Esel ein. Als er meine Tasche erblickte, sprang er den Abhang hinunter davon, ohne sich umzusehen. Der Esel beachtete mich nicht und senkte die zurückgestülpten Lippen ins Gras.

Um beleidigt zu sein, war ich viel zu aufgeregt. Ich ging weiter die Hauptstraße entlang. Es war elf Uhr vormittags, aber ich war entsetzt über das, was ich nicht sah.

Ich hatte erwartet, überall auf den Gehsteigen Frauen aus den tiefer gelegenen Farmen anzutreffen. Vormittags saßen sie immer im Schneidersitz hinter Bergen von Kokablättern und Maniokmehl. Als ich im Alter des Jungen mit dem Esel gewesen war, hatte ich immer gerne zugesehen, wie ihre Hände unter den unglaublich bunten Umhängetüchern hervorhuschten, entweder um eine Tasse rötlichen Chichasaft einzufüllen, einen süßlich duftenden Alpakabraten umzudrehen oder geröstete Meerschweinchen mit schwarzverkohlten Schnäuzchen anzubieten.

Heute dagegen lag die schlammige Straße verlassen da, bis auf drei kleine Gestalten, die davoneilten. Ich atmete tief ein. Selbst die Luft schien vergiftet.

Auf der Plaza de Armas blubberte Dampf aus einem offenen Gullyloch, wehte über eine struppige Hecke und verschleierte die Knie einer Statue. Ich erinnerte mich, wie früher immer frustrierte junge Ehefrauen am Sonntag vor der Orchesterplattform herumlungerten und uns Musikern schöne Augen machten. Elternpaare schoben ihre Kinderwagen über das Kopfsteinpflaster, auf dem Weg zu anderen Eltern, und auf den knarrenden Bänken saßen wachsame alte Männer, deren Füße im Takt zu den schlecht gespielten Melodien tappten. An diesem Morgen knieten zwei Mädchen vor dem Springbrunnen in der Platzmitte. Sie hockten vor dem Auslaß und spritzten sich gegenseitig mit dem rinnenden Wasser naß. Die Töchter von José? Jedenfalls hatten sie die schwarzen Locken des Fleischers. Als sie mich entdeckten, rannten sie durch die fast kahle Zierhecke in ein dahinterliegendes Haus.

Auf seinem Sockel wandte Brigadegeneral Pumacacchua seinen Betonblick ab.

Ich blieb an der Ecke beim Fleischerladen stehen. Zweimal pro Woche hatte mich meine Mutter dorthin geschickt, um Lammzunge zu kaufen, für die mein Vater eine Schwäche hatte. Irgendwann war sie auf die Idee gekommen, dies sei das Lieblingsgericht aller Männer – einschließlich Pater Ramón. Sie vergötterte den Priester und machte immer viel Umstände, wenn sie ihn zum Abendessen einlud; dann servierte sie ihm Zunge, und er aß sie ohne jeden Protest, versicherte ihr sogar noch, es schmecke wunderbar.

Einmal, vor fünfundzwanzig Jahren, hatte ich in der Schlange gewartet, daß ich an die Reihe kam, auf einem blauen Stuhl neben mir hatte ein Lammkopf geruht, als plötzlich die Tür aufflog und der Buchdrucker, den wir alle als El Turco, den «Türken», kannten, mit einer Thermosflasche voll heißer kalligraphischer Tusche hereinstürzte, unter dem Arm einen Stapel Blanko-Einladungskarten. «Sie haben die Kaffeeplantage enteignet!» Er wußte nicht, daß ich im

Laden war, doch als Reaktion auf Josés gequälte Miene drehte er sich um und ließ das Gefäß fallen, als er mich erkannte. Ich sah, wie die dampfende Tinte sich unter dem Tisch verteilte und mit dem Lammblut vermischte, bis der Boden ein lebhaftes Muster aus ineinandersträhnendem Rot und Schwarz war.

«O nein, o nein, o nein. Ich kann es nicht fassen», hatte El Turco damals gesagt, während er auf allen vieren zwischen seinen silbrigen Thermosfragmenten herumkroch.

Ich probierte, die Tür zu öffnen. Sie war von innen mit einem Vorhängeschloß versperrt. Ich preßte das Gesicht gegen das schlierige Glas. Kein Fleisch lag auf der steinernen Ladentheke. Der blaue Stuhl stand in der Ecke, ohne Sitzfläche.

In der Scheibe erblickte ich mein Gesicht. Ich sah unordentlich aus, ja furchterregend. Entsetzt suchte ich meinen Kamm und fuhr mir damit durchs Haar. Noch in der Bewegung, bog ich in die Calle Jirón ein und stieß dort mit einer alten Frau zusammen.

Sie stand gekrümmt neben einem Häufchen Kartoffeln. Ich war so erschrocken, daß ich den Kamm fallen ließ. Die Alte bückte sich – erstaunlich rasch – und hob ihn auf, dann hielt sie ihn von mir weg, weigerte sich, ihn mir ohne Belohnung zurückzugeben. Sie streckte mir die andere Hand entgegen und wollte Geld. Ihr Gesicht war tief gefurcht vom Alter, und sie sah beinahe friedlich aus.

Dann glitt ihr Blick auf meine Tasche, und sie schrie auf.

«Pishtaco!» Sie warf den Kamm weg, sammelte die Kartoffeln in ihrem schwarzen Tuch zusammen und humpelte davon, so schnell sie konnte.

Bei Nr. 119, einem weißen Haus mit roter Tür, blieb ich stehen. Hier hatten meine Eltern gelebt, nachdem unsere Farm vom Militär enteignet worden war. Als mein Vater starb, wohnte meine Mutter weiter in dem Haus, zusammen mit seinen Büchern. In ihnen erblickte sie während ihres kurzen Lebensabends vor allem die mageren Ernten und das Geld, das er lieber für Dünger und Papageiengift hätte ausgeben sollen.

Ich wollte nicht hineinschauen und ging deshalb weiter. Die parallel zur Kirche laufende Nachbarstraße war die Calle Bolsas. Vor Nemecios Haus stellte ich die Tasche ab und klopfte an die Tür. Nichts. Ich drückte dagegen, aber sie gab nicht nach, und auch als ich das Ohr an ein Fenster drückte, hörte ich keinerlei Geräusch.

Am Ende dieser Straße versuchte ich es bei einem anderen Haus, an dessen Tür ein metallenes Schild angeschraubt war: F. Lazo, Kieferorthopädie.

Ein kleines Mädchen öffnete die Tür. Sie hatte ein Pflaster auf dem Arm und hielt eine Flickenpuppe am Bein gepackt.

«Wer ist da?» fragte eine besorgte Männerstimme von drinnen.

«Ich suche nach Fernando Lazo», rief ich.

«Aber die Stimme kenn ich doch ...»

Er tauchte hinter dem Mädchen auf, ergriff ihre Schultern, als wollte er sich abstützen. Es war erschreckend, wie wenig er sich verändert hatte.

«Joaquín?»

«Ich bin sein Sohn», sagte ich.

Später, nach den Umarmungen und dem ungläubigen Staunen, führte er mich in seine Praxis.

Man erwartet ja immer, daß Menschen, die man lange nicht mehr gesehen hat, viel emotionaler reagieren, als es dann wirklich der Fall ist. Nicht an mich wollte sich der Zahnarzt erinnern. Während unseres Gesprächs nannte er mich immer beim Namen des Vaters. Was war mit unserer Bibliothek geschehen? Ein trauriger Tag war das gewesen, als wir die

Farm verlassen mußten. Er hatte unsere Karteikarten aufgehoben. Für alle Fälle.

«Und du? Du bist Rechtsanwalt geworden, stimmt's?»

«Genau.»

«Hattest du nicht noch eine Schwester?»

«Die ist verheiratet, sie lebt in Brasilien.»

Er brachte ein Lächeln zustande. «Also: wie geht's deinen Zähnen?»

«Keine ernstlichen Probleme.»

«Gut so. Du mußt allen sagen, wie gut ich dich behandelt habe.»

Ich setzte mich auf einen Hocker neben dem Schreibtisch, während er mit dem Gipsmodell eines Unterkiefers herumspielte. Es war seltsam, wieder in diesem Raum zu sein, der mehr Museum als Zahnarztpraxis war. Über dem Schreibtisch standen dreißig bis vierzig kleine Graburnen auf Regalen angeordnet, die bis zur Decke reichten. Als jüngerer Mann war Lazo ein eifriger Sammler von Chimú- und Chachapoya-Keramik gewesen. Einmal – er behandelte gerade meine Mutter – bemerkte seine Tochter, die gerade die Urnen abstaubte, daß sich in einer davon etwas bewegte, und als sie über den Rand spähte, entdeckte sie ein Knäuel grauer Schlangen darin. Meine Mutter kam völlig verwirrt zurück und konnte sich gar nicht darüber beruhigen, wie sie dort hingekommen sein mochten. Und wie man sie wieder loswurde, wußte auch niemand. Siedendes Öl – da könnten die Schlangen wild herumzappeln und den Tontopf zerbrechen. Wasser – würden sie nicht schwimmen können? Feuer – da könnte die Urne einen Sprung bekommen. Lazo entschied, sie zu ersticken. Er verschloß die Urne mit Alufolie, schob sie in eine Plastiktüte und stellte sie verkehrt herum auf. So war es dann tagelang geblieben, ein ständiger Quell von makabrer Faszination für seine mit weit offenem Mund dasitzenden Patienten, bis er es für sicher hielt, die Umhüllung mit großem Trara zu entfernen. Als die Urne behutsam untersucht wurde, fand man darin ein vertrocknetes Gewirr, das aussah wie die Überreste eines geplatzten Reifens.

An diesem Vormittag störte ich Lazo beim Anfertigen einer Prothese für den Bürgermeister, dem ein Vorderzahn ausgefallen war.

«Er braucht sie noch heute. Also erzähl mir was, während ich arbeite.» So gewissenhaft hielt er den weißen Unterkiefer ins Licht, als untersuchte er das Innenleben einer antiken Uhr. Er hatte sich um die Zähne von drei Generationen meiner Familie gekümmert.

«Angeblich ist er in der Dusche ausgerutscht.» Er zog eine Schale mit hellbraunen Zähnen heran. Um uns zu ärgern, hatte er meiner Schwester und mir immer erzählt, Zähne seien in Wahrheit Erdnüsse. Er schüttete ein paar davon auf eine Schuhschachtel; plötzlich wollte ich gern davon kosten.

«Du hast den Regen mitgebracht, Joaquín», sagte er, während er sich über die Arbeit beugte. «Zwei Jahre lang hatten wir keinen Regen. Keinen richtigen Regen jedenfalls. Hast du eure Kaffeefelder gesehen? Da hat die Erde Risse, so tief, daß man nicht auf den Grund sehen kann.» Seine Stimme bebte. Er hatte mich nicht erwartet. Ich brachte ihm zu vieles zurück.

Auf dem Hof steckten ausgemergelte Hühner, die wie bereits gerupft wirkten, den Kopf durch die Zaunlatten.

«Was ist denn mit dem Markt passiert?» fragte ich.

«Unsere Freunde haben die Straße ins Tal zerstört.»

Mit der Pinzette wählte er ein passendes Stück auf dem Pappdeckel aus, einen Backenzahn, und befestigte ihn in einem kleinen Schraubstock. «Außerdem ist ohnehin niemand mehr hier, der Essen braucht. Nur Säuglinge. Erinnerst du dich an meine Tochter? Ihr wart doch befreundet. Das hier ist ihr kleines Mädchen.»

«Wo ist sie jetzt?»

«Graciela? In der Hauptstadt. Die jungen Leute sind alle weg von hier – die, die nicht zu unseren Freunden gegangen sind, und die, die man nicht tot in irgendein Loch geworfen hat. Wir sind ein Dorf von alten Männern und Frauen. Die sich um ihre Enkelkinder kümmern.»

«Wann haben Sie Graciela zuletzt gesehen?»

«Vor einem Monat. Kurz bevor Pater Ramón gestorben ist. Ich will zu ihr, aber das geht nicht. Sie haben unsere Ausweiskarten konfisziert.»

Er nahm den Bohrer vom Haken und richtete ihn auf den Backenzahn. Als wir Kinder waren, hatte er immer ein Stück Mull am Antriebswerk befestigt, in der Hoffnung, der weiße Blitz, der an dem schnell umlaufenden Treibriemen auf und ab zuckte, würde uns vom Schmerz ablenken.

«Wir haben die Armee satt, und Ezequiel auch. Wir haben jeden satt, den wir nicht kennen. Du hast Glück, daß sie dich heute nicht gelyncht haben.» Seine Stimme klang rauh. Der Bohrer ging auf den Zahn los wie eine Waffe.

«Erzählen Sie mir von Pater Ramón», sagte ich.

Er hatte mich scheinbar nicht gehört. Ich wiederholte meine Frage.

Er schaltete den Bohrer ab, lehnte sich zurück und sah den Riemenscheiben beim Auslaufen zu, bis die Nadel mit einem Ruck zum Halten kam.

«Ich kann nicht das tun und gleichzeitig davon reden.» Der Zahn des Bürgermeisters konnte warten. Nicht jeden Tag saß Joaquíns Sohn auf diesem Stuhl.

Vor zwei Monaten hatten die Dorfbewohner sich einen linken Ratsvorsteher gewählt. Dies war eine verärgerte Reaktion darauf gewesen, daß die Schulbehörde den Eltern Ausbildungsgebühren abverlangt hatte. Angespornt von ihrem neuen Ratsvorsteher, boykottierte das Dorf die Regionalwahlen. Bald darauf kamen eines Morgens Militärfahrzeuge den Berg herabgerollt.

Der Ratsvorsteher wurde nie wieder gesehen.

Doch damit war die Sache noch nicht zu Ende. Die Soldaten gingen von Haus zu Haus und verlangten zu wissen, wer für ihn gewesen war. In diesem Moment hatte sich Pater Ramón eingemischt. Er bestand darauf, daß das Verschwinden des Ratsvorstehers untersucht wurde, und gab mit dieser Forderung weder nach noch auf. Er informierte den Diözesanausschuß für soziale Gerechtigkeit in Villaria. Seiner Synode schickte er Unmengen von Briefen und Filmen zur Schilderung der Übergriffe des Militärs. Den befehlshabenden Offizier klagte er persönlich an.

Und dann schlugen Ezequiels Leute zurück. Sie richteten El Turco als Spitzel hin.

«Erinnerst du dich an El Turco? Er hatte das Hotel übernommen, nachdem Leticia Solano weggegangen war. Ich weiß nicht, ob er ein Spitzel der Militärs war oder nicht. Ich weiß es nicht, Joaquín, wirklich nicht. Freundschaften dauern heute nur so lange, wie man nicht über diese Sachen spricht. Jedenfalls haben sie El Turco umgebracht, und seine Frau auch, als sie versuchte, einem von ihnen die Kapuze herunterzureißen.»

Pater Ramón war wütend geworden. In seinen Radiosendungen für die umliegenden Täler attackierte er Ezequiel, weil der sich nicht viel anders als das Militär verhalte. Er zeige keinerlei Respekt für jene Menschen, die er zu befreien vorgab. All das Morden sei unerträglich.

«Seit seiner Portugalreise hatte ich Pater Ramón nicht mehr so erregt gesehen», sagte Lazo traurig.

Eines Samstagnachmittags vor einem Monat ging der Pater zum Fluß hinunter – wahrscheinlich formulierte er seine nächste Tirade – und kam nie wieder zurück.

«Nemecio hat ihn gefunden. Wir konnten ihn nur an Stock und Hut identifizieren.»

«Wer hat ihn umgebracht?»

Lazo starrte auf die Regale mit den primitiven Tongefäßen. Seine Stimme klang gepreßt, die Augen sahen verquält und gerötet aus, als hätte er sich das Weinen verboten.

«Wer kann das schon sagen?»

Draußen pickten die Hühner. Im Nebenzimmer sang seine Enkeltochter ihrer Puppe etwas vor.

«Ich dachte, Nemecio wohnt in Cajamarca?»

«Er ist zurückgekommen, um Pater Ramón zu helfen.»

«Und wo ist er jetzt?»

Lazo betrachtete nachdenklich den braunen Zahn.

«Er war einer von denen in der Kirche.»

«Was meinen Sie damit?»

Der Zahnarzt machte große Augen. «Das Massaker. Ich dachte, deswegen bist du hergekommen ...»

«Was für ein Massaker? Wovon sprechen Sie denn?»

Er sah mich prüfend an. «Von der Vergeltung der Soldaten für Pater Ramón. Aber davon mußt du doch gehört haben, oder? Wirklich nicht?»

Nachher, nachdem er es stockend erzählt hatte, mußte ich ihm gestehen, daß niemand in meinem Büro davon wußte. Sobald ich die Geschichte gehört hatte, wurde mir klar, daß alle Befürchtungen von General Merino mehr als wahr geworden waren.

Zögernd, mit erschöpfter Stimme, die bar allen Gefühls war, schilderte Lazo die Rache des Militärs.

Zehn Tage nachdem Nemecio den Leichnam des Priesters entdeckt hatte, sahen die Dorfbewohner zwei Kolonnen schwarzuniformierter Männer im Laufschritt zur Kirche traben. Es war ein Mittwoch, etwa halb fünf Uhr nachmittags, die Zeit, zu der sonst immer Pater Ramón seine Bibelstunde abhielt.

Nemecio hatte den Unterricht übernommen. Er stand hinter dem Altar, als plötzlich ein Krachen ertönte.

Die Männer traten auf der Rückseite der Kirche eine Tür ein. Sie zwängten sich durch einen Lagerraum, dabei warfen sie Kisten und Bilder um. Wie versteinert saß die Gemeinde da. Die Soldaten schwärmten in beide Seitengänge aus, richteten ihre Gewehre auf die zwanzig anwesenden Männer und Frauen, befahlen ihnen, sich hinzuknien.

«Palomino Cordero?» riefen sie. «Wer von euch ist Palomino Cordero?»

Der Mann, den sie suchten, war der Produzent des lokalen Radiosenders. Einer der Soldaten sammelte die Ausweiskarten ein, sah sie prüfend durch und reichte den Stapel dann einem anderen weiter, der diesen Vorgang wiederholte.

Sie glaubten es nicht. Offenbar waren sie irregeführt worden. Sie durchsuchten die Sakristei, die Kanzel; sie rissen die Decke des Abendmahlstisches herunter. Aber Cordero war nicht da. Ihr Anführer zog sich zum Altar zurück und holte über Funk neue Anweisungen ein.

Man hörte statisches Knistern. Dann befahl eine ferne Stimme: «Weiter vorgehen wie geplant.»

Zuerst griffen sich die Soldaten Nemecio. Dann Lazos Schwiegersohn, den Briefträger. Sie zerrten alle Männer nach draußen und überließen die Frauen ihren Kameraden.

«Singt!» brüllten diese. «Ihr alle, singt!»

Die Frauen waren völlig verstört. Was sollten sie singen? Eine von ihnen schlug einen Choral vor. Sie stimmte ihn nervös an. Die Worte kamen zögernd, ihre Kehle war trocken.

Irgendwie fand sie dann doch genug Stimme.

«Lauter!»

Draußen knallten Schüsse. Eine der Frauen schrie.

«Lauter, lauter!» befahlen die Soldaten, die jetzt hinter ihnen standen.

Die Stimmen erhoben sich verängstigt. *«O buen Jesús, yo creo firmemente que en el altar Tu sangre está presente ...»*

Sie waren gerade bei der zweiten Strophe, als etwas Hartes gegen die hölzerne Kirchenbank kollerte.

Lazo spürte die Explosion bis in seine Praxis. Es war fünf Uhr. Aus Clemencias zerfetztem Mund sollte er erfahren, was geschehen war. Nemecios Schwester gehörte zu den beiden Überlebenden. Die andere, eine Bauersfrau, die beide Beine verloren hatte, starb bald danach.

Seit damals hatten sie Clemencia bedroht. Wenn sie den Mund aufmachte, würden sie ihren toten Ehemann wieder ausgraben und sie ihn fressen lassen. Ebensowenig wie Lazo hielt sie das für eine leere Drohung. Sie schwor, daß sie nicht reden würde. Doch wenn sie auf dem Zahnarztstuhl saß – wo Lazo mit seinem unzureichenden Werkzeug für sie tat, was er konnte –, dann klapperten ihr die verbliebenen Zähne.

Als Lazo fertig war, fragte ich: «Gab es denn keine Leichen als Beweis?»

«Sie haben sie mit Pferden weggebracht», sagte er.

Pferde waren die einzige Möglichkeit, die Toten zur Landepiste zu bringen. Nach der Ermordung von Pater Ramón hatten Ezequiels Leute die Brücke gesprengt. Die Soldaten mußten neben dem Hangar ein Massengrab ausheben, aber drei Tage später kamen sie mit ihren Schaufeln zurück, gruben alles wieder aus und warfen die Leichen – eingewickelt in große Müllsäcke aus Plastik – den sich lautstark sträubenden Pferden über den Rücken.

«Für die armen Viecher war der Gestank bestimmt genauso schlimm wie für uns», sagte Lazo.

Das Militär befürchtete wohl eine Untersuchung, denn einmal platzten vier Soldaten in seine Praxis und forderten die Karteikarten sämtlicher Patienten.

«Ich gab sie ihnen auch sofort. Aber ich habe noch Kopien davon. So etwas hatte ich seit Jahren vorausgesehen.»

Weil ihm das Schicksal seines Schwiegersohns zu schaffen machte, ging Lazo eines Abends zum Flugplatz hinüber. Über der frisch aufgeworfenen Erde nahm er den Geruch der Verwesung wahr. Er grub auch eine Weile, fand aber nichts als einen Kerzenstumpf, einen weißen Stoffstreifen und ein Schlüsselbund.

Auf seinen gelblichen falschen Zähnen glitzerte der Speichel. Er richtete den Blick zur Decke. «Als sie sie begraben haben, waren gar nicht alle Opfer tot.»

Die Worte formten sich, aber ich konnte nicht sprechen.

«Frag mich. Na los, frag mich schon. Woher ich das weiß? Eines Abends hat ein Soldat einen über den Durst getrunken. Dann schoß er in die Luft und brüllte herum, daß er seine Mutter vermißte. Klopfte an Haustüren. Er verlangte meine Papiere zu sehen. Ich bat ihn herein, um ihn zu beruhigen. Da stellte er sein Gewehr in die Ecke und fing an zu weinen. Er war von der Küste, viele hundert Kilometer von zu Hause weg, und hier hatte man ihn dazu gebracht, diese schrecklichen Dinge zu tun – und dann beschrieb er mir, was sie getan hatten.

Meiner Tochter habe ich es nicht erzählt. Sie denkt, ihr Mann wird nur vermißt. Aber sie haben ihn lebendig begraben. Haben diese Grube geschaufelt, ihn hineingeworfen und Erde darübergekippt. Lebendig, lebendig!»

Lazo hantierte an einer Gasflasche zu seinen Füßen. Er knipste ein Feuerzeug an und hielt die Flamme an die Spitze einer kleinen Brennerdüse. Das Gas blies sie aus, aber beim zweiten Versuch zündete es und brannte mit orangeblauer

Flamme. Ich sah zu, wie er das Amalgam schmolz und den Zahn in der Prothese befestigte.

«So. Das muß halten.» Er drehte das Gas ab, und die Flamme erlosch. Es sei nicht perfekt, aber die Stahlflasche werde langsam leer, und es könne Monate dauern, bis er eine neue bekomme. Der Bürgermeister sei ohnehin ein Dreckskerl. Er drehte sich auf dem Stuhl herum. «Ich sag dir was, Joaquín: Wir haben hier schon so lange Angst, daß wir keine Angst mehr haben. Wir sind verrückt geworden. Unser Blut ist übergekocht. Es brodelt in unseren Augen, unseren Hirnen, und wir sind wahnsinnig. Wir schlagen auf alles ein. Das sage ich dir zu deiner eigenen Sicherheit.»

Nebenan stimmte die Kleine ein anderes Lied an, einen Abzählreim, den ich früher mit Nemecio gesungen hatte.

Este niño mío, no quiere dormir ...

Verlegen begann ich: «Señor Lazo, würden Sie mir einen Gefallen tun?»

«Paß auf, Joaquín, worum du bittest.»

Ich berichtete Lazo vom Diebstahl meiner Brieftasche an der Paßhöhe. «Könnten Sie mir etwas Geld leihen?»

Er langte etwas ungelenk nach oben und nahm von einem der Regale eine Urne. Nach kurzem Suchen zog er ein Bündel Geldscheine hervor.

«Nimm das hier. Nein, nimm ruhig alles. Hier gibt's ja sowieso nichts zu kaufen. Aber zahl es an Graciela zurück, ja?» Auf der Rückseite einer Rechnung notierte er ihre Adresse in der Hauptstadt.

«Soll ich ihr einen Brief von Ihnen mitnehmen?»

«Was sollte ich ihr denn schreiben?»

«Es muß doch etwas geben, das Sie ihr erzählen wollen?»

«Was? Daß sie keinen Mann mehr hat? Und keine Freunde? Willst du, daß ich ihr das schreibe?»

«Dann sag ich, daß es Ihnen und Ihrer Tochter gutgeht.»

Er schloß die Augen und öffnete sie dann wieder. «Nein. Für dieses Geld erzählst du ihr bitte die Wahrheit. Was hier passiert ist.»

«Also gut.»

Ich bückte mich, um den Zettel mit der Adresse und das Geld in der Innentasche meines Gepäcks zu verstauen. Gerade wolle ich sie schließen, da sagte er: «Das hier ist für dich.»

Mit zitternden Händen hielt Lazo eine Porträtvase über meinem Kopf hoch. Wunderschön, rötlich gefärbt, mit den Spuren von schwarzen Pinselkreuzen und einem Gesicht darauf. In der Hauptstadt hätte er das Stück für den Gegenwert seines Jahreseinkommens verkaufen können.

Ich erhob mich. «Aber das ist ...»

«Bitte, Joaquín. Ich bin zu alt zum Streiten. Ich möchte, daß sie dir gehört.» Er atmete schwer, so als wäre er die Straße hinaufgerannt, um mir die Urne zu bringen.

Ich drehte das Gefäß im Licht. Vom Regal genommen, war es kein fader Ziergegenstand mehr, der ordentlich abgestaubt gehörte. Mir ging auf – dort, in Lazos Praxis –, daß sich in dieser einfachen Form, der rohen Patina, dem namenlosen Rot seiner Pigmente, dem kräftigen Gesicht, der Sinnlichkeit von Kinn und Lippen, die ganze Bandbreite von Schönheit und Schrecken ausdrückte.

Zeitlich habe er sie der Chimú-Dynastie zugeordnet, sagte er. Gekauft hatte er sie von einem Grabräuber am Pazifik, in der Nähe von Moche. Wahrscheinlich war es die Porträtvase eines Königs oder Schamanen, die man zusammen mit seinem Leichentuch begraben hatte.

Ich bedankte mich stammelnd, denn ich wußte, was dieses Geschenk für ihn bedeutete.

«Dein Vater, Joaquín. Ich habe ihn geliebt.»

«Dann nehme ich es im Gedenken an meinen Vater an.»

Ich wickelte die Vase in ein Hemd und schob sie in die Tasche.

Er öffnete mir die Tür. «Die Patientenkartei steckt in den anderen Tongefäßen. Falls wir je die Zähne finden.»

Wir schüttelten uns die Hand. Es lag etwas Verstohlenes in seiner Berührung, und ich wußte, daß er etwas zurückhielt. Trotz allem, was er mir erzählt hatte, über Pater Ramón, über die Vergeltungsaktion der Armee, gab es noch mehr zu berichten.

Porque el cuco malo está por venir ... Das Kinderlied scholl durch den dunklen Gang.

«Santiago Solano – ist der auch getötet worden?»

«Santiago?» Die Finger kratzten an der Schläfe. Einen Augenblick lang versuchte er sich zu erinnern, ob jene Grube auch Santiago verschlungen hatte. Dann klärte sich seine Miene. «Nein. Ich glaube nicht. Wahrscheinlich war er an diesem Tag nicht im Ort.»

«Wo könnte ich ihn wohl finden?»

«Er ist Lehrer an der San-Marcos-Schule.»

Um die Schule zu erreichen, mußte ich an der Kirche vorbei.

Beim Näherkommen flatterten die Tauben auf der Kuppel explosionsartig auf und hinterließen das Ziegelwerk kahl und weiß. Sandsäcke versperrten das Kirchentor bis auf Brusthöhe. Eine Kreidetafel verkündete, das Gebäude werde derzeit einer Generalrenovierung unterzogen.

Ich verspürte das Bedürfnis zu beten. Zwischen den Sandsäcken führte ein Durchgang zu dem hölzernen Tor. Ich nahm an, es wäre verriegelt, aber die Angeln waren kaputt und gaben nach.

Aus meiner Kindheit entsann ich mich an Gänge, über denen goldhaarige Heilige wachten, und an den Boden aus Caobaholz, der vom grünblauen Licht der Glasfenster gesprenkelt war, als sähe man ihn durch tiefes Wasser. Mein Vater hatte das Alter dieser Fenster auf etwa dreihundert Jahre geschätzt und ihren Ursprung zu einem Glaser aus Salamanca zurückverfolgt. Die Handgranate hatte sie alle bersten lassen.

Ich betrat das Mittelschiff, Schritt für Schritt, über die knarrenden Bohlen. In dieser Kirche war ich getauft worden. Hier hatten meine Eltern geheiratet. Unter der Kanzel hatte ich Flötespielen gelernt. Doch ich erkannte diesen Ort nicht wieder. Keine Holzbänke. Keine Heiligen. Kein Abendmahlstisch. Im Kirchenschiff schimmerte nur ein hygienisches, geradezu protestantisches Licht aus den leeren Fensterhöhlen.

Eine drei Zentimeter dicke Preßholzplatte schwang unter meinen Füßen, wo die Granate explodiert war. Dunkle Flekken zogen sich über den Boden bis zum Eingang.

Wessen Körper hatten sie da nach draußen gezerrt? Die nervöse Jesús, die ihre Freundinnen immer erleichtert angrinste, wenn sie sich nach dem Verlesen des Evangeliums hinsetzen durfte? Oder Aguilina mit ihrem Haarnetz, das sie so fleckig aussehen ließ, als hätte sie sich die Haare schlecht gefärbt? Oder Prudencia, eine Klatschbase mit fensterbrettgehärteten Ellenbogen, die ständig ihr nasses Haar glättete und sagte: «La Posta ist so furchtbar dreckig»? Oder Maria, die nie wieder so wie früher gewesen war, seit ihr bei einem Sturm das Blechschild von El Turcos Laden auf den Kopf gefallen war?

Vielleicht stammte dieser Blutfleck auch nicht von einer Frau. Vielleicht war einer der Männer in die Kirche zurückgekrochen. Lazos Schwiegersohn, der Briefträger, der die Post oft in die falschen Häuser zustellte, ein netter Mann, mit einem Kinn so spitz wie ein Bleistift, dessen Name mir nicht einfiel, aber ich hatte vorhin nicht den Mut gehabt, Lazo danach zu fragen. Oder Nemecio.

Die Nachmittagssonne gloste auf die Säulen nieder. Mörtelflecken wiesen auf Versuche hin, die Schäden zu beseitigen. Gliedmaßen, Augen, Blut, Glas, Schreie. Wie ich so in der Kirche stand, haßte ich mich auf einmal. Ich hatte dieses Tal verlassen, um für das Recht zu arbeiten – und so hatte es das Recht meinem Volk heimgezahlt.

Die Soldaten hatten die geköpften Heiligen in den Lagerraum geworfen. Kleine Stückchen Blattgold waren auf dem Boden verstreut. Daneben lagen zerfetzte Betkissen, Zigarettenstummel und etwas Metallisches. Als ich es aufhob und ins Licht hielt, sah ich, daß es eine Patronenhülse war, reguläre Armeemunition.

Das Chorpult aus Mahagoni stand schief gegen einen kaputten Eisenstuhl gekippt. Ich richtete den Adler wieder auf. Die Explosion hatte ihm einen Flügel abgerissen. Ich hätte gerne etwas dabei gefühlt, wäre gerne bewegt gewesen, doch mein einziger Wunsch war es, wieder hinauszukommen. Ich war jetzt an der Tür zum Lagerraum angelangt, wo mein Blick auf das zerstörte Diptychon fiel, das dort lag. Durch die zerfledderten Leinwandbahnen sah ich Pater Ramóns Kassettenrecorder. Es steckte noch ein Band darin.

Mit diesem Gerät nahm der Priester jeden Samstag seine zwanzigminütige Predigt auf. Danach gab er das Band immer einem der Ministranten – für gewöhnlich Santiago –, der damit zum Radiosender lief. Seine Ansprachen waren enorm beliebt und hatten ihre Wirkung bis in die benachbarten Täler. Auf einer Kassette wie dieser hatte unser Pater bestimmt auch seine Attacken gegen Ezequiel festgehalten.

Ich drückte die Starttaste. Die Spulen drehten sich. Eine Stimme erklang, die ihr Vergnügen nicht verhehlen konnte, und ich hörte Pater Ramón eine Geschichte über Leonardo da Vincis «Abendmahl» erzählen.

«... sosehr er auch suchte – und er suchte überall! –, er

fand einfach kein Modell für den Judas! Alle anderen Jünger hatte er schon gemalt. Nur dieser fehlte ihm noch. Jahrelang suchte er ein Modell mit dem passenden Ausdruck. Aber nein. Dort war das Fresko. Unvollendet. Und ich muß euch sagen, daß Leonardo seinen Plan schon fast aufgegeben hatte. Bis er dann – ganz unerwartet – auf dem Markt das Gesicht fand, das er die ganze Zeit hindurch suchte. Judas, wie er leibte und lebte! Er überhäufte den Mann mit Geld, schmeichelte ihm, zerrte ihn in sein Studio und ging an die Arbeit. Könnt ihr euch vorstellen, mit welcher Energie er seine Pinsel aufnahm? Und dann blickte er auf, und was glaubt ihr, was er da sieht? Sein Modell, den Kopf in den Händen begraben, weint bitterlich. Was ist los? fragt Leonardo. Was hast du, guter Mann?

Anfangs schüttelt sein Modell den Kopf, wie wir das alle tun, wenn wir etwas nicht eingestehen wollen. Schließlich aber platzt er damit heraus, warum er so verzweifelt ist. Vor vielen Jahren hatte er auf ebendiesem Stuhl gesessen. Er hatte Modell gesessen, genau wie er es jetzt wieder tun sollte. Nur sollte er damals den Christus verkörpern ...»

Ich hielt das Band an. Die Moral der Geschichte kannte ich nicht, und sie war mir auch egal. Ich spürte, wie mir die Tränen die Wangen hinunterrannen. Blind davon, rannte ich aus dem Zimmer. Ich stieß irgend etwas um, und normalerweise hätte ich es, egal, was es war, einfach unter dem Pult liegenlassen, wo es hingefallen war. Aber aus irgendeinem Grund hob ich es auf.

Ein Aschenbecher aus Fatima. In der Mitte war die Erscheinung der Jungfrau Maria abgebildet. Drei betende Kinder betrachteten verzückt die Jungfrau, die über mehreren Schafen auf einer Wolke schwebte. In den Händen hielt sie ein flammendes menschliches Herz, in Form und Farbe einer roten Paprika nicht unähnlich. Dunkelbraune Teerflecken verwischten das Gesicht der Maria und auch einen Teil der Aufschrift «Gottes lodernde Hand».

Ich steckte den Aschenbecher in die Reisetasche und ging Santiago suchen.

Er unterrichtete gerade eine gelangweilte Klasse. Er hob den Arm und schrieb mit Kreide ein Rechenergebnis an die Tafel, sann darüber nach und schrieb gleich eine zweite Summe hin, ohne sich umzusehen.

Nach der Stunde kam er zu mir, und wir standen uns gegenüber und betrachteten einander. Sein Gesicht, das immer so sehr zu ihm gehört hatte, schien jetzt aus den Zügen anderer Menschen zu bestehen. Er war unrasiert, der Bart hing ihm in dünnen Strähnen vom Kinn, und die blonden Haare standen ihm kerzengerade vom Kopf ab, als hätte er einen elektrischen Schlag bekommen. Früher, als junger Mann, hatten seine Augen den Ausdruck eines Kindes auf dem Spielplatz besessen. Jetzt war er dünn wie ein Laternenmast und hatte die steingrauen Augen einer ausgeplünderten Seele. Vielleicht dachte er das gleiche von mir.

«Hallo, Santiago.»

«Was führt dich hierher zurück?» Er war nicht überrascht, mich zu sehen.

«Es kommt mir gar nicht vor wie derselbe Ort.»

«Dafür kannst du dich bei deinen Leuten bedanken.»

«Es sind nicht meine Leute.»

«Militär, Polizei – wo ist da der Unterschied?»

«Ich habe eben die Kirche gesehen. Es ist grauenhaft.»

Wir traten aus dem Schulgebäude auf die Straße hinaus.

«Aber so ist doch jede Organisation», sagte ich. «Sie kann Menschen verrückt machen.»

Er warf mir einen scharfen Blick zu. «Warum bist du zurückgekommen? Was willst du?»

«Dich wiedersehen», sagte ich.

Er ging einen Schritt vor mir, hatte es eilig, nach Hause zu kommen.

Ich sagte: «Ich habe mit deiner Mutter gesprochen.»

«Wir haben keine Verbindung mehr.»

«Sie hatte das von Pater Ramón nicht gehört. Ich mußte es ihr erzählen.»

Er öffnete eine Tür. Wie der Duft eines Räucherstäbchens hing der Geist der sechziger Jahre in dem Zimmer. Ein Theaterplakat für ein Brecht-Stück. Die Hülle einer Beatles-Platte. An der Wand stapelten sich Bücher: Marx, Kant, Bakunin, Camus. Deren Gedanken hatte ich während Fuentes Revolte nachgeplappert. Einmal, in einem «Untergrund»-Café in Pachuca, hatte ich Santiago zugehört, wie er Lukács' Rechtfertigung des Mordes zitierte, ein wahnsinniges Blitzen in den Augen. Mein revolutionärer Eifer erlosch, als die linke Militärjunta die Macht ergriff. Die Enteignung unserer Kaffeeplantage hätte ich ja eigentlich billigen sollen; meine korrekte Reaktion wäre gewesen: Wenn unsere Hazienda, enteignet im Namen des Volkes, den Massen so mehr nützen wird, dann soll es so sein. Aber das sah ich doch etwas anders.

«Wolltest du nicht Priester werden?» Ich stellte die Tasche ab und setzte mich. Dem von Kissen überhäuften Sofa fehlte eine Armlehne.

«Hab's mir auf der Uni anders überlegt.» Santiago kam mit einem Tablett in den Händen aus der Küche. Er goß mir einen Becher starken Tee ein.

«Und du trinkst keinen?»

Er tippte auf den Bauch. «Magenverstimmung.»

Er zog den Vorhang zu, setzte sich und schlug nervös die Beine übereinander.

«Es liegt an der Dürre und an der gesperrten Brücke, daß wir hier ziemlich schlecht essen.»

Haben Sie Freunde, für die Sie sich irgendwie entschuldigen müssen, die Sie aber andererseits bestimmt wieder verteidigen würden, wenn jemand sie kritisierte? In der Schule hatte Santiago so etwas Argloses an sich gehabt, das mich dazu brachte, ihn in Schutz zu nehmen. Daß unsere Beziehung nicht zu echter Freundschaft gediehen war, wie ich sie zu Nemecio unterhielt, lag an seiner Sturheit. Sobald ihm ein Satz oder Ausspruch einmal gefiel, wiederholte er ihn wie die Gebete des Rosenkranzes. Genauso funktionierte sein Denken. Wenn ihn jemand unterbrach, bebte seine Unterlippe. Er hatte die Unbeweglichkeit eines Schauspielers, der zu sehr in seine Rolle hineingewachsen ist. Jede Zeile, die nicht im Textbuch stand, sah er als schreckliche Bedrohung an.

Ich glaube, das erklärt, wie er sich entwickelte, nachdem seine Mutter das Tal wegen eines fremden Mannes verlassen hatte, der viel jünger war als sie. Ich studierte schon an der Polizeiakademie, als sie herausfand, daß die Baumwollfelder ihres Liebhabers nicht größer waren als die Bar in Cayara, wo er leere Gläser einsammelte und die Tische abwischte. Meine Schwester schrieb mir damals, Santiago habe den Weggang der Mutter nur sehr schwer verkraftet. Etwa um diese Zeit dürfte er auch das Ziel seines Strebens gewechselt haben.

«Und was hast du dann studiert?» fragte ich.

«Eine Zeitlang Theologie. Dann Philosophie.»

«Opium fürs Volk, was?»

«Wenn du meinst.»

«Aber du bist doch sehr religiös gewesen, und dann änderst du auf einmal all deine Pläne?»

«Der Glaube schien mir damals unnütz angesichts dessen, was ringsherum geschah.»

«Glaubst du etwa, Pater Ramón war unnütz? Du hast ihn doch immer so bewundert, all das Gute, was er getan hat. Unnütz finde ich nur, daß er umgebracht wurde!»

«Zumindest hat Ezequiel damit die Aufmerksamkeit der Regierung erregt – die uns am liebsten vergessen würde. Wir bitten um Krankenhäuser, und was bekommen wir? Handgranaten. Nein, Agustín, die Revolution muß ihre eigene Gewalt ertragen können, oder sie kann sich gleich verpissen.»

«Also akzeptierst du den Tod von Pater Ramón?»

Sein Mund verschloß sich. «Das ... ich kann es nicht erklären. Es ...»

«Empfindest du keinen Abscheu?»

Seine Augen zwinkerten, grau, nervös, angespannt.

«Na ja, nein. Nicht richtig. Oder doch.»

«Wenn es eine Rechtfertigung für eine solche Tat gibt, dann nenne sie mir, Santiago.»

Er starrte auf seinen Handrücken und leckte sich die Lippen.

Ich fuhr fort: «Dann wirst du begreifen, wie ich mich fühle, wenn ich diese Kirche sehe – als einen Beweis für das, was ich tue, oder was meine Seite tut. Aber ich sage dir eins. Ich fahre morgen wieder ab, und als allererstes werde ich einen Bericht einreichen. Die, die das hier getan haben, will ich genausosehr im Gefängnis sehen wie du. Aber du mußt auch deinen Beitrag leisten. Was unserem Priester angetan wurde, ist nicht weniger schändlich. Du hast ihn genausowenig umgebracht, wie ich diese Handgranate geworfen habe, aber wenn das alles aufhören soll, dann müssen wir einander helfen.»

«Es wird immer Versehen geben», sagte Santiago. «‹Die unmoralische Handlung ist das höchste Opfer, das die Revolution von uns verlangt.› Weißt du noch? Außerdem hatte sich Ramón gegen Ezequiel ausgesprochen. Er wurde als Volksfeind eingestuft.» Der Rhythmus seiner Worte war zu schnell, fast schon stotternd.

«Rhetorik, Rhetorik, Santiago. Hättest du etwa danebenstehen und dieses Zeug labern können, als sie ihn gezwungen haben, seine eigene Bibel aufzufressen? Oder wäre ich imstande gewesen zuzusehen, wie dieser Soldat die Granate in die Kirche wirft? Ich jedenfalls hätte alles in meiner Macht Stehende unternommen, um ihn davon abzuhalten.»

«Kant sagt ...»

«Was hat denn Kant mit irgend jemandem in diesem Tal zu tun? Hast du denn auf der Uni nicht auch Platon gelesen, zum Donnerwetter? Philosophie ist unmöglich unter gewöhnlichen Menschen.»

«Die Kommunisten sind gegen Platon.»

«Die Faschisten genauso», sagte ich.

«Wirklich relevant ist Kant. Wenn wir nach seinen Grundsätzen handeln, dann verwirklichen wir den ewigen Frieden.»

«Aber bis zum Ende aller Zeiten wird man alte Priester am Flußufer abschlachten, was?»

«Mit Hilfe von Kant und Mao», beharrte er, «hat Ezequiel eine Kosmologie geschaffen, die von den Massen auch verstanden wird.»

«Die Wirklichkeit ist stärker als jede Kosmologie. Ezequiels Ideologie hat doch keinerlei sachliche Grundlage. Sieh dich bloß mal um, Mann. Der Kommunismus ist tot, sogar in Albanien. Wenn Ezequiel so rational wäre, wie er zu sein behauptet, dann würde er die Veränderungen in der Welt akzeptieren. Er ist wie ein Huhn, das noch herumtaumelt, nachdem man ihm den Kopf abgeschnitten hat.»

«Ich sage dir voraus, daß seine Revolution ...»

Santiago wurde jetzt hektisch. Er zog sich auf das karge, wenig feinsinnige Terrain des revolutionären Sozialismus zurück, in die Kantsche Dialektik, wie sie die auf seinem Boden verstreuten Bücher verkündeten. Die kapitalistische Gesellschaft reduziere die Menschen zu Objekten. Diese alten Frauen dort draußen seien dem Staat ebenso unwichtig wie die armseligen Kartoffelhäufchen, die sie auf ihren Kopftüchern feilboten. Santiago, der sich an diese Bruchstücke eines vertrauten Jargons klammerte, richtete seine Worte nicht an mich, sondern an die ganze Welt. Doch es war nur der Schatten einer Ansprache, die jemand anders verfaßt hatte.

Ich hörte ihm zu, und ich begriff, was passiert war. Während ich Jura studiert hatte, hatte Santiago an der Uni seine moralische Sturheit, diese Hartnäckigkeit, die keine Einwände zuließ, in die politische Sphäre verlagert. Er hatte Priester werden wollen, doch dann war ihm ein Absolutismus begegnet, der noch viel attraktiver war als Pater Ramóns überschäumende Menschlichkeit.

Solche Menschen hungern immer nach Imperativen, besonders wenn diese Imperative mit ihren eigenen zusammenfallen. Und wer lieferte, was Santiago suchte? Ezequiel, dieser giftige rote Pilz, den Kant hervorgebracht hatte. Mein Ministrantengefährte dürfte in Ezequiels Interpretation von Kant ein körperloses Christentum gesehen haben. Behandle alle Welt als deinen Nächsten, jeden als Menschen, keinen als Objekt. Sieh dich selbst als ordnendes Prinzip. Wie verführerisch ihm all das vorgekommen sein mußte. Aber es war überhaupt nicht das, was Ezequiel gemeint hatte.

Als ich genug gehört hatte, unterbrach ich seine Ansprache. «Es ist feige, die Philosophie über das Leben zu stellen, wenn solche gräßlichen Dinge geschehen sind – und immer noch geschehen. Feige und gemein. Sag mir, wie kommt es, daß alle, die Kants Freiheitsdoktrin nachbeten, am Ende immer andere Leute in Ketten legen? Ebensogut könnte ich mit Kant auch die bürgerliche Moral rechtfertigen, aber du benutzt seinen kategorischen Imperativ zur Rechtfertigung des Mordes an Pater Ramón. Warum, Santiago? Warum?»

«Dann bin ich eben verrückt, total verrückt. Was willst du von mir hören?»

«Ich will wissen, wer ihn umgebracht hat.»

«Vergiß es.»

«Nach den Notstandsgesetzen könnte ich dich für alles festnehmen, was du mir eben erzählt hast. Allein die Bücher hier …»

«Was soll das? Droh mir hier nicht mit Verhaftung – ich brauche nur ‹Polizei› zu rufen, und das ganze Dorf kommt angerannt.»

«Na gut. Dann geh ich eben wieder. Ich werde Beweise gegen dich sammeln. Dich Tag und Nacht überwachen lassen. Und dann komme ich zurück. Muß ich dir sagen, wofür?»

Er senkte den Blick auf meine Füße. «Wieso haben Polizisten eigentlich immer weiße Socken an?»

«Wer versorgt die Terroristen mit Nahrungsmitteln? Wer sind Ezequiels Kontaktpersonen im Dorf?»

Er warf den Körper nach hinten. «Weiß ich nicht. Weiß ich nicht.»

«Aber du weißt das mit Pater Ramón. Da bin ich sicher.»

Seine Unterlippe zitterte, und er umfing seine Knie. Als er den Kopf wieder hob, sah er mich nicht direkt an, sondern seitlich an mir vorbei. «Du verstehst das nicht. Ich habe mit diesen Leuten einen Pakt mit Blut unterzeichnet.»

«Du solltest lieber mit mir ins Geschäft kommen, Freundchen. Du kennst Ezequiels Art. Wenn er herauskriegt, daß wir befreundet sind, wird er dich womöglich genauso opfern, wie er Pater Ramón geopfert hat. Und du hast ja gesehen, wie die Militärs sich aufführen. Es ist ein Wunder, daß sie dich beim letztenmal nicht erwischt haben. Du bist am Arsch, Santiago.»

Ich ließ das eine Weile wirken. Dann sagte ich ganz vernünftig: «Es könnte sogar ganz lukrativ für dich sein, weißt du? Wieviel verdienst du mit dem Matheunterricht? Ich kann dir sicher mehr bieten. Eine Belohnung. Ein Startkapital. Du könntest in einem anderen Land anfangen, mit einer neuen Identität, diese ganze Verzweiflung hinter dir lassen. Miami. Weißer Sandstrand. Das Superleben.»

«Ach komm, Agustín, quetsch mir bloß nicht die Eier ab.»

«Begreifst du es denn nicht? Ezequiel hat dich zum Narren gemacht. Als du noch Meßdiener warst, hast du damals etwa das gewollt? Zusehen, wie sie deinen Priester, den Menschen, den du auf der ganzen Welt am meisten bewundert hast, an seiner eigenen Bibel ersticken lassen, ihn ausweiden wie einen toten Fisch und ihm dann noch das Gesicht zerhacken?»

Keine Antwort. Er hörte mir gar nicht zu. Mit abwesendem Tonfall sprach er das Sofa neben mir an, dabei atmete er schwer. «Sie sind hierhergekommen, nach der Tat. Sie wollten einen Platz zum Schlafen und etwas zu essen.»

«Wie viele?»

«Drei.»

«Männer, Frauen?»

«Zwei Männer, und die Frau hat die Aktion geleitet.»

«Wie alt? Woher kam sie? War sie gebildet?»

«Es war Edith.»

«Edith? Aus Pachuca?» Ein Mädchen mit kalten, minzgrünen Augen und viel Make-up, die nie mit uns tanzen wollte.

«Ramón mußte von jemandem bestraft werden, den er kannte», sagte er verbissen.

«Und wo ist Edith jetzt?»

«Keine Ahnung. Sie werden immer weit weg von zu Hause eingesetzt. Genau wie deine Freunde vom Militär.»

«Aber sie hat doch im Nachbartal gewohnt?»

«Schon seit zwanzig Jahren nicht mehr.»

«Wie hat sie sich verhalten? Was hat sie gesagt?»

«Daß ich Geduld haben soll, die Revolution sei zum Greifen nahe.»

«Und die Männer, die bei ihr waren?»

«Die waren eher still. Haben fast nichts geredet.»

«Hast du sie gekannt?»

«Nein. Sie kamen aus der Hauptstadt.»

Hatte Edith danach etwa auf diesem Sofa geschlafen?

«Wollten sie von dir, daß du sie zu Pater Ramón führst? Sind sie deshalb zu dir gekommen?»

«Ja, sie waren wütend wegen seiner Predigten. Wegen der Attacken auf Ezequiel.»

«Aber er hat doch die Armee genauso angegriffen.»

«Egal, ich war jedenfalls nicht da.»

«Aber du warst hier, als sie zurückkamen.»

«Stimmt.»

«Wo bist du gewesen, Santiago?»

Kleinlaut sagte er: «Bei einer Frau. Sie ist verheiratet. Ich treffe mich immer nachmittags mit ihr. Du kannst ihren Namen haben, wenn du willst.»

Ich wollte nichts mehr hören. «Wie fühlst du dich dabei? Da wartest du all die langen Jahre auf den Ruf der Revolution, wie es von dir verlangt wird – und dann bist du nicht mal zu Hause. Ebensowenig wie damals, als die Soldaten Nemecio und die anderen umgebracht haben.»

«Nein, war ich nicht. Und bei Gott, Agustín ...»

«Woher wußtest du überhaupt, wer diese Leute sind? Wie konntest du sicher sein, daß es keine Spione waren?»

Santiago stand auf und ging in sein Schlafzimmer. Eine Schranktür quietschte. Er kam zurück und entfaltete ein Blatt Papier.

«Hier. Mehr kann ich dir nicht anbieten. Das ist alles, was ich weiß. Alles, was ich habe.»

Ein fotokopierter Computerausdruck. Vier Namen, jeder für ein Dorf der Gegend. Ganz unten, für sich stehend, eine Telefonnummer mit der Vorwahl der Hauptstadt.

«Du bist ‹Genosse Arturio›?»

«Ja, so haben sie mich auf der Uni genannt. Mir blieb keine Wahl. Frag mich nicht, wer die anderen sind. Ich habe keine Ahnung.»

«Und was ist mit der Nummer ohne Namen hier unten?»

«Sie sagte, dort könne man im Notfall anrufen.»

Ich machte mir ein paar Notizen.

«Spielst du noch Flöte?» fragte er, ohne sonderliches Interesse.

«Nein.»

«Ich werde nie die Töne vergessen, die du gespielt hast, als wir den Gletscher heruntergekommen sind.»

«Und du, Santiago, singst du noch?»

Bevor er antworten konnte, ertönten Stimmen auf der Straße. Er sprang auf und schob den Vorhang beiseite. «Ich hatte ihnen doch gesagt, sie sollen auf dem Hof spielen!»

Etwas knallte an die Tür. Santiago sagte: «Entschuldige mal.» Er setzte ein Schulmeistergesicht auf und stürmte auf die Straße hinaus.

Ich hörte eine lebhafte Unterhaltung. Dann kam er wieder herein. Er schloß die Tür und lehnte sich dagegen. «Die Klasse wartet schon. Ich muß zurück.»

Ich nahm meine Tasche. Santiago schien sie erst jetzt aufzufallen. «Warte. Wo übernachtest du?»

«In eurem alten Hotel, wenn es noch geöffnet ist.»

«Wann bist du angekommen?»

«Heute früh.»

«Und du hast keine Probleme gehabt?»

«Was für Probleme denn?»

«Ich weiß nicht. Mit den Leuten.»

«Eine alte Frau hat mich angeschrien. Und ein Eseltreiber ist weggerannt, als er mich gesehen hat.»

Er versperrte mir den Weg und starrte mich wild an. Denselben Blick hatte ich in Lazos Augen gesehen. Dann sah er wieder meine Tasche an. «Sie haben genug, Agustín.»

«Was meinst du damit?»

«Die Menschen im Dorf sind gegen jeden mißtrauisch. Ein Mann mit einer Tasche wie deine hier, der wurde letzte Woche ermordet.»

«Einer von hier?»

«Du kennst ihn sicher nicht. Ein Vertreter aus Pachuca.»

«Was hatte er denn dabei?»

«Nur Warenproben.»

«Was für Proben?»

«Bürsten, Scheren, Kämme, den üblichen Kram. Er ging von Tür zu Tür und wollte den Leuten etwas verkaufen. Aber dann kam das Gerücht auf: er sei ein *pishtaco*. Er sei gekommen, um unsere Kinder zu entführen, sie in Stücke zu schneiden und das Fett aus ihren Gliedmaßen zu kochen.»

Kennen Sie den *Pishtaco*-Mythos? Meine Mutter, die zu den Geistern der Berge betete, versuchte uns den Glauben an dieses Wesen einzutrichtern. Sie warnte uns davor, nachts aus dem Haus zu gehen, sonst würden wir ihm begegnen, einem Fremden in einem langen weißen Umhang, der auf uns wartete. Er sei von den Behörden geschickt worden, um unser Körperfett zu rauben. Er werde uns dann in seinen Unterschlupf verschleppen, uns die Haut abziehen und das herausrinnende Fett in einer Wanne auffangen. Sie sagte, die Lieblingsspeise des *pishtaco* sei das Fleisch von kleinen Kindern, das er auch an Restaurants in der Hauptstadt verkaufe. Meine Schwester und ich meinten, daß sie uns mit dieser Räuberpistole daran hindern wollte, uns allzu weit von der Farm zu entfernen.

Zu Santiago sagte ich: «Daran können sie doch nicht glauben. Nicht ernsthaft, oder?»

«Die wissen nicht mehr, woran sie glauben sollen. Sie sagen, daß es für die vielen Verschwundenen ja irgendeine Erklärung geben muß. Sie sagen, verkleidete Polizisten seien hergeschickt worden, um uns unser Körperfett zu rauben. Sie sagen, mit diesem Fett würde die Regierung dann Waffen für den Kampf gegen Ezequiel kaufen.»

«Wer glaubt so etwas?»

«Wer glaubt es nicht! Ich warne dich, geh abends nicht hinaus, Agustín. Denn diesen Mann haben sie im Dunkeln erwischt. Er hatte gerade dem Friseur etwas zu verkaufen versucht, da fielen sie über ihn her. Eine Menge von etwa fünfzig alten Männern und Frauen, die um ihre Enkelkinder bangten. Ein Lärm war das, ich kann es kaum beschreiben. Sie trommelten auf Topfdeckel, schrien und brüllten. Eine meiner Schülerinnen hat die Szene aus dem Schlafzimmer beobachtet. Sie knieten auf ihm. Sie durchsuchten seine Taschen. Nichts. Dann seine Warenmuster. Da fanden sie Scheren, Nagelknipser, Brieföffner, Nadeln. Das war der Beweis. Also lynchten sie ihn. Es war wie bei einer *ch'illa*.»

Das ist noch eine Besonderheit beim *pishtaco*: Man kann ihn nicht erschießen. Meine Mutter sagte immer, der einzige Weg, einen *pishtaco* zu töten, sei, ihn in die Enge zu treiben und seine eigenen Methoden gegen ihn einzusetzen. *Ch'illa* nannten die Bauern die Technik beim Opfern ihrer Lamas.

«Sie drückten ihm die Augäpfel heraus, aber damit hörten sie noch nicht auf. Sie rissen ihm die Eier ab, und dann schnitten sie ihm das Herz aus dem Leib. Dabei hat er noch gelebt. Ich habe die Schreie von diesem Zimmer aus gehört.»

Die Soldaten haben ihn bei der Brücke begraben. Niemand wußte, wie er hieß oder wie er ausgesehen hatte. Die Menge hatte ihn durch die Straßen geschleift, bis die Knochen durch das geschundene Fleisch ragten.

«Das Geklapper mit Topfdeckeln höre ich jede Nacht.»

«Ist es darum gegangen, vorhin vor der Tür?»

«Ja, eines der Kinder hat auf der Bergstraße jemanden erspäht. Für sie ist das aufregend. Bei Tageslicht ist es leicht, all das als Gerede abzutun. Aber das ist es nicht. Wenn du ins Hotel gehst, dann hör auf meinen Rat. Bleib im Zimmer.» Er nickte in Richtung des Sofas. «Ich würde dir ja hier ein Bett anbieten ...» Aber er konnte seine Gedanken nicht verbergen.

«Ist schon gut, Santiago.» Ich hatte genug gefordert.

Erleichtert reckte er den Daumen in die Luft. «Dann leb wohl, Agustín. Wenn du Ezequiel gefaßt hast, sag mir Bescheid.»

«Hör mal, ich habe das ernst gemeint mit dem Geld. Es gibt eine Belohnung.»

Er schüttelte heftig den Kopf. Und so gingen wir auseinander, unter vagen Versprechungen, von denen keiner erwartete, daß der andere sie halten würde.

Ich beschloß, draußen bei unserer Farm zu übernachten.

Die Brücke war vor wenigen Tagen wieder geöffnet worden, nachdem sie Pioniere der Armee von einem Stützpunkt in Pachuco repariert hatten. Unter mir zischte der Sturzbach von eisigem Wasser durch die Klamm.

Der Regen war zu spät gekommen, um im Tal sein Wunder zu wirken. Die Dürre hatte den Hängen alles Grün geraubt, und die vertrauten Konturen zeigten dunkelbraune Streifen wie ein Bussardflügel. Der Anblick der schmalen Terrassen, die zu Wällen aus gesprungener Erde geworden waren, wühlte längst begrabene Stimmen in mir auf. Ich hörte meine Mutter sagen: «Wenn du nicht auf deiner Flöte spielst, dann regnet es nicht, und der Kaffee wird nicht wachsen können.»

Ich folgte einer Pferdehufspur. Die Abdrücke pflügten sich vor mir her durch den Lehm und bogen von der Straße ab, einen steilen Pfad hinunter. Diesen Pfad mußten die verschreckten Pferde zum Flugplatz hinabgestiegen sein. Ich trat an den Abhang und sah vom Fluß – glitzernd, leicht angeschwollen – durch einen bläulichen Dunst auf das weite Feld unter mir. Da es mir nicht gelang, mir den Marsch der Pferde mit ihrer Last vorzustellen, hielt ich mich an ein anderes Bild.

Ich dachte an den Tag, an dem ich von zu Hause weggegangen war.

Meine Mutter fährt mich in unserem Lastwagen auf dieser Straße, damit ich den Bus kriege. Ich bin achtzehn und fahre in die Hauptstadt, um dort Jura zu studieren. Ich sitze zwischen der Mutter und dem Vater, der meine Schwester auf dem Schoß hat.

Weil es mein letzter Tag ist, strengen sich alle an. Aber es ist kein freudiger Anlaß. Eine Woche zuvor fuhr ein Armeejeep vor, und mein Vater bekam einen Brief ausgehändigt. Uns hat niemand gesagt, was darin stand, aber weil ich El Turco beim Fleischer gehört habe, weiß ich es auch.

Ich will gerade etwas sagen, als meine Schwester aus dem Fenster deutet. «Seht mal!» Das ganze Feld ist von einem Schwarm grüner Papageien übersät.

Sie müssen sie auch schon gesehen haben. Man weiß, daß man im Norden ist, wenn man diese Vögel hört. Im Sitzen sind sie schwer zu erkennen. Man sieht einen grünen Busch, und auf einmal erhebt sich das Ganze in die Luft, und während das Licht auf ihre sich spreizenden Federn fällt, scheint es, als hätten die Tiere in der Luft plötzlich die Farbe gewechselt. Was vorher grün war, ist nun ein grelles Rot, und man hat ein ganz anderes Wesen vor sich.

Ich erwarte eigentlich, daß meine Mutter den Wagen anhält, um die Papageien von den Sträuchern zu verscheuchen. Sie haßt diese Viecher. Sie fressen die Ernte auf, und sie liegt meinem Vater dauernd in den Ohren, er solle doch Gift kaufen. Sobald sie nur einen Flügelschlag hört, rennt sie aufs Feld hinaus, schlägt auf einen Kessel und brüllt: «Hey, hey, HEY!», bis sie auffliegen und kreischend in die Berge verschwinden.

Aber sie sitzt mit verkniffenen Lippen neben mir.

Wir erreichen die Straße. Mein Vater steigt aus, um dem Lastwagen das Gittertor zu öffnen. Er winkt meine Mutter durch, schließt das Tor und klettert wieder hinein. Normalerweise ist das meine Aufgabe. Heute tut er mir den Gefallen.

Ich sehe auf unsere Farm zurück. Es ist ein ehrlich verdientes Haus, und der Blick hinaus über den Staketenzaun ist in alle Richtungen der gleiche. Gebleichtes Gras auf den Terrassen. Die Schatten großer Vögel. Vom Regen gefleckte Felsen. Im Winter die Schäfchenwolken, die sauber am Horizont aufgereiht sind. Im Sommer nichts als Himmel. Wenn es richtig heiß wurde, gab es manchmal Brände. An solchen Tagen gehen die Eukalyptusbäume in Flammen auf.

Ezequiel ist dreihundert Kilometer weiter nördlich aufgewachsen, in einem Haus, das dem unseren nicht unähnlich war. Sogar am selben Fluß. Der Marañon entspringt in einem Kalksteinbecken oberhalb seines Dorfes. Anderthalbtausend Kilometer weiter wird er zum Amazonas, aber er ist bereits ein stattlicher Strom, wenn er an unseren Feldern vorbeirauscht. Vom Lastwagen aus kann ich das Wildwasser sehen.

«Den Fluß wirst du vermissen», murmelt mein Vater.

Eine Woche davor, bei Vollmond, hatten Santiago, Nemecio und ich ein paar Fleischstücke an eine Schnur gebunden und als Köder ins Wasser geworfen. Als die Leine sich straffte, fuhren wir mit dem Netz unter das, was sich in das Fleisch krallte, und kochten Wasser in einer Blechbüchse auf.

«Solche Krebse kriegst du auf der Uni bestimmt nicht zu essen», sagte Santiago.

Mein Vater lehnt den Kopf gegen das Fenster und betrachtet seine Felder. Die Farm gehört seit dem 12. August 1580 seiner Familie. Das war ein Mittwoch, wie er herausgefunden hat. Als er sie von seinem Onkel erbte, war die Plantage auf eine Fläche von vierzig Hektar geschrumpft. Aber immer noch groß genug, um vom Militär enteignet zu werden.

«Aua», sagt er und rutscht auf dem Sitz herum. «Du bist aber schwer geworden.» Das ist eine Ausrede. Er möchte meine Schwester vom Schoß haben, damit er das schwarze Dach sehen kann, das jetzt zwischen den Bäumen auftaucht. Seine Bibliothek.

Ich habe nie einen solchen Büchernarren gekannt. Jede Hoffnung, mit ihm eine Unterhaltung anzufangen, gründete darauf, daß man sich dafür interessierte, was er gerade las. Andernfalls konnte es, wie meine Mutter sagte, ein langer kalter Abend werden.

Sie witzelt oft, daß er sich mehr um seine Bücher als um die Familie kümmert. Daß er meiner Schwester soviel Interesse widmet, liegt nur daran, daß sie ihm als Kleinkind immer die Tiere brachte, die sie am Flußufer gefangen hatte. Sie spielte demonstrativ vor seinen Füßen damit: Kröten, Käfer, Eidechsen, Schnecken, die sie von den Kakteen geklaubt hatte. Er ließ sich nicht oft von seiner Lektüre ablenken, außer wenn er beim Gang zu den Regalen auf etwas trat. Wenn er sich dann eine Schnecke vom Schuh kratzte, rief er aus: «Die Jungen werfen zum Spaß mit Steinen nach Fröschen, aber die Frösche sterben nicht zum Spaß – sie sterben im Ernst.»

Jeden Nachmittag um vier kommt meine Mutter zu ihm in die Bibliothek, mit einem Glas rotem Sirup für seinen Husten stößt sie die Tür auf. Gemeinsam rufen sie über Funk in Pachuca an, der nächsten größeren Stadt, und holen Bestellungen für Kaffeebohnen ein – immer weniger sind es seit der

Schaffung der staatlichen Kooperative. Dann, bis es Zeit fürs Abendessen wird, überläßt sie meinen Vater seinen Büchern.

Und letzte Woche kam ein Mann, den er gar nicht kannte, den seine Soldatenuniform wichtig machte, mit einem Brief in der Hand, in dem stand: All das ist jetzt vorbei, es gehört nicht mehr euch, es gehört jetzt uns.

Er zuckt mit dem Kopf. «Martha ...»

«Ja, Liebling?»

Wir warten darauf, daß er etwas sagt. Aber es ist mein letzter Tag. «Ach ... nichts», und er mustert seinen Fuß.

Meine Mutter ist eine Ashaninka, reinblütig. Sie führt ihm den Haushalt, seit er zwanzig ist, und sie ist zärtlich und klug. Sie hat hohe ethische Grundsätze und einen krummen Bukkel vom Pflücken seines Kaffees. Wenn ich mein Gesicht betrachte, sehe ich die spanische Nase meines Vaters. Von meiner Mutter habe ich die Hautfarbe geerbt.

«Ich hab dir deine Flöte eingepackt», sagt sie.

«Oh, gut. Danke.» Ich hatte die *pinkullo* in einen Pulli gewickelt und ganz hinten in meiner Schublade versteckt, damit sie sie nicht fand.

«An der Universität wirst du viel zu tun haben, aber versuche trotzdem zu üben.»

«Mach ich.»

Ihre Augen, die in den feinen Linien ihres runden Gesichts nisten, lächeln mich vertrauensvoll an. Sie wischt Kondenswasser von der Scheibe und fährt von der Straße ab, nimmt den schmalen Pfad zur Terrasse der Tränen.

Ehe ich in den Bus einsteige, sollen sich Freunde und Verwandte aus dem Dorf auf diesem Platz versammeln, wo ich nach alter Tradition verabschiedet werde. Es kommt selten vor, daß einer von uns das Tal verläßt, und dann umarmen wir einander und weinen und singen ganz eigene, sehr traurige Lieder. Ich war bei solchen Abschieden schon dabeigewesen, und ich fand sie schrecklich. Meine Mutter hat mich gezwungen, das Flötespielen zu lernen, damit ich an solchen Zeremonien teilnehmen kann, aber ich glaube an ihre Musik ebensowenig wie an die Bücher meines Vaters. Die Farm haben sie beide nicht gerettet. Diese Rituale finde ich nur peinlich.

Ich bin politisiert, unwissend, wild auf das Wegkommen und gerade mal achtzehn.

Wir sind früh dran. Auf einer Böschung aus scharfem Riedgras warten wir, während meine Mutter die *pinkullo* hervorkramt. Sie spielt ein paar Töne und reicht sie dann mir.

«Du Dreckspatz», sagt mein Vater und zupft meiner Schwester Grashalme vom Rücken. Aber seine Haltung sagt: «Was sollen wir nur tun, Martha?»

«Papa ...» Ich wünschte, er würde mit mir sprechen. Er wollte immer, daß ich die Farm erbe.

«Seht nur, da ist Pater Ramón!» Meine Mutter deutet auf den Priester, der den Hügel herab auf uns zustolpert.

«Sie treten noch auf Ihre Soutane!» ruft sie ihm zu.

«Agustín! Agustín! Gott sei Dank, daß ich dich noch sehe ...» Im Näherkommen wird er langsamer, dann bleibt er vor uns stehen, klatscht sich auf den Bauch und kommt langsam zu Atem.

Er sei gerade noch beim Radiosender gewesen, keucht er. Habe die Predigt früher aufgenommen, weil er uns noch treffen wollte. Er packt mich an der Schulter, spricht aber zu meiner Mutter.

«Bevor ich's vergesse, vielen Dank für das köstliche Essen gestern abend. Die Lammzungen waren hervorragend. Nemecio und ich finden das beide ...» Der Rest seines Satzes geht in einem Hustenanfall unter.

«Sie sollten nicht rauchen, Pater», flötet meine Schwester. Sie schafft es, sich bei jedem einzuschmeicheln.

«Na, na!» Dabei hustet er noch lauter.

Ich frage: «Wo ist denn Nemecio?» Aber ich sehe ihn schon, wie er uns zusammen mit Santiago oben von der Straße zuwinkt. Er breitet die Arme zu Schwingen aus und rennt im Zickzack den Abhang hinunter. Damals sollte ich ihn zum letztenmal sehen.

«Agustín, ich möchte dir das hier schenken.» Pater Ramón rafft die Soutane, wodurch er seine schmutzigen Turnschuhe freilegt. Er zieht die Hand aus den Falten hervor. «Nein.» Ich trete einen Schritt zurück. «Nein, das geht nicht. Unmöglich.»

In seiner Handfläche ruht die Silberkette mit dem Anhänger. Die Jungfrau Maria aus Fatima.

«Vertrau auf sie, und du wirst alle deine Jura-Examen bestehen.» Er kommt auf mich zu, breitet die Kette zu einem Kreis. «Und denk immer daran: Gottes Güte ist stärker als Gottes Gerechtigkeit.» Er legt sie mir um den Hals.

Sehen Sie, ich trage sie heute noch.

Am späten Nachmittag kam ich bei unserer Farm an.

Ich stand am Ende einer düsteren Allee aus Eukalyptusbäumen. Der Anblick des Hauses bot keinerlei Überraschungen, aber ich war nicht auf die Gefühle vorbereitet, die er in mir aufwallen ließ. Ich eilte auf die Gebäude zu, als könnte der Fluß sie davonreißen, ehe ich sie erreichte.

Die Allee öffnete sich auf den Hof, wo wir immer die grobgeschälten Kaffeekirschen aufgetürmt hatten. Ich trat an den Schwemmkanal aus Beton. Ganz schwach wehte ein Duft an meine Nase, den ich seit zwanzig Jahren nicht mehr geschnuppert hatte: der Geruch des gärenden Fruchtfleisches, das die Bohnen umhüllte.

Die Gebäude waren alle verlassen. Ich hörte nichts als den eigenen Atem. Keine Geräusche in unseren Tälern bedeuteten kein Leben, ein weiterer Grund dafür, daß meine Mutter wollte, daß ich die *pinkullo* spielte. Musik und Tanz waren für sie praktische Notwendigkeiten, und die Melodien, die zu erlernen sie mir so ans Herz legte, hielt sie für ebenso wichtig wie die Ernte meines Vaters. Stille bedeutete nichts als kranke Pflanzen.

Jetzt, aus der Nähe, sah ich die verwüsteten Felder rings um das Haus. In der Erde hatten sich Risse aufgetan, die breiter waren als meine ausgestreckten Arme. Sträucher ragten in die Höhe, ohne jeden Schutz vor der Sonne, erdrosselt von wilden Ranken. Schon mein Vater war kein sehr erfolgreicher Farmer gewesen, aber wer immer ihm nachgefolgt war, hatte noch viel weniger vom Kaffeepflanzen verstanden.

Ich durchwanderte die Zimmer, ohne viel zu registrieren. Glasscherben auf dem Küchenboden. In meinem Schlafzimmer lag eine Pappschachtel, aus der alte Zeitschriften quollen. Eine Schublade, in der kaputte Glühbirnen klirrten. Die Farm war im Namen des Volkes in Besitz genommen worden, und dann hatte das Volk nicht gewußt, was es mit ihr anfangen sollte.

Ich überquerte den Hof zum alten Lagerhaus. Neben der Tür lag das umgekippte, verrostete Wrack des in England gebauten Generators. Mein Vater hatte immer geprahlt, seit 1912 tuckere diese Maschine in demselben quengeligen Rhythmus. Angetrieben hatte sie den Trockner für die Kaffeebohnen, das Funkgerät in der Bibliothek und seine Leselampe.

Die Tür war aus den Angeln gerissen. Auf dem Boden ein Gewirr von leeren Säcken und Benzinfässern. Die Pfosten waren von Termiten zerfressen, und das durchhängende Dach hatte die meisten Schindeln schon abgeworfen. Ich näherte mich einem formlosen Haufen am Ende eines Sonnenstrahls: die schwärzlichen Überreste eines Hundes, den man in den Bauch geschossen hatte, durch seine Augenhöhlen war der

Fußboden zu sehen. Ich hörte die Stimme meines Vaters: «Wo das Militär auftaucht, wirst du immer auch streunende Hunde sehen.»

Etwas stank hier. Der Hund, dachte ich – aber ich war es selbst. Ich hatte seit drei Tagen dieselben Sachen an.

Ich wusch alles im Fluß, auch mich selbst. Auf dem anderen Ufer kaute eine hagere Mähre am gelblichen Gras. Wie eine Ballerina rieb sie den Kopf am ausgestreckten Bein. Als ich mich nackt rückwärts ins Wasser fallen ließ, trabte sie davon und schlug nach den Fliegen.

Die Sonne versank hinter den Bergen, aber die Luft war warm, und als ich aus dem Fluß stieg, trocknete meine Haut rasch.

Ich hatte Hunger. Unter dem überhängenden Ufer, an einer tieferen Stelle, wo wir oft Forellen gefangen hatten, bemerkte ich zwei dunkle Schatten und eine träge Spur von Bläschen. Ich ging ins Haus zurück, flickte einen Kescher, den ich in der Bibliothek fand, und hatte in kürzester Zeit zwei kleine Fische im Netz.

Ich sammelte Brennholz, machte auf dem Hof ein Feuer und bereitete die Forellen zu. Es fiel mir schwer, bis zum Essen wach zu bleiben. Die vorige Nacht war ich auf der unbequemen Ladefläche des Pritschenwagens aus Pachuco durchgerüttelt worden. Die Nacht zuvor hatte ich schlaflos in dem Lkw gesessen. Ich zog ein frisches Hemd an, legte den Kopf gegen meine Tasche und schlief neben dem Feuer ein.

Ein gellender Schrei verklang in Stille. Dann ein erneuter Schrei. Er wurde zum Teil meines Traumes, eines Traumes, in dem ich das Weiße in den Augen von verängstigten Tieren sah, wirbelnde Hufe und ihre stinkende Last, gebleckte Zähne, die an ihren eigenen Hälsen bissen. Ich hörte das Wiehern dieser armen Kreaturen, die vorsichtig durch den Fluß stapften – oder hindurchgezerrt oder -gepeitscht wurden. Und dann, wieder: ein Schrei.

Hastig kam ich auf die Beine. Auf der Straße weiter oben flackerten orangefarbene Lichter. Lange Schatten zuckten auf dem Abhang. Die Wände der Schlucht verstärkten den Lärm noch. Ich hörte jaulende Tiere, Männergeschrei, das Klappern von Metall, so wie damals, wenn meine Mutter auf ihren Kessel schlug.

Die Fackeln kamen jetzt den Hang herunter. Eine Reihe von Gestalten stolperte die Allee entlang. Hunde bellten. Die Flammen zuckten hierhin und dahin, entzündeten die Eukalyptusbäume und schossen sofort die Stämme hinauf bis in die Wipfel. Dann fuhren die Fackeln woandershin und setzten einen weiteren Fleck aus Dunkelheit in Brand.

Die Schreie waren jetzt deutlich zu hören, die Stimmen gehörten Männern und Frauen, aber überwiegend Frauen, eher älteren als jüngeren; nach so vielen Jahren der Entbehrung und des Schweigens war dies eine hysterische Freisetzung von aufgestauter Wut, Verzweiflung und Trauer.

«Pishtaco! Pishtaco!»

Ich sprang vom Feuer weg, rannte über den Hof und suchte Zuflucht in der Bibliothek. Mein Blut rauschte mir durch den Kopf. Wer waren diese Leute? Wen jagten sie? Kannte ich ihr Opfer? Noch im Halbschlaf, total erschöpft, faßte ich diese Gedanken. Ich glaubte, sie hätten ihr Opfer den ganzen Weg vom Dorf hierher verfolgt. Sie mußte den Armen in die Felder getrieben haben, und jetzt versuchten sie, ihn mit Topfdeckeln und brennenden Fackeln aufzustöbern.

Ich spähte die Allee entlang und erwartete, dort eine Gestalt zu sehen, die wie eine abgekämpfte Fledermaus durch die Bäume huschte. Niemand. Nichts kam da auf mich zu, nur diese Feuerteufel.

Jetzt konnte ich die ersten schon genau erkennen. Außer

den Fackeln schwenkten sie Knüppel. Die Hunde warfen den Kopf hin und her, im Licht blitzten ihre Zähne auf.

Dann hörte ich aus dem Schwarm von Schatten den Schrei einer Frau. Es war ein Geräusch, von dem alles Fleisch abgezogen war, so daß der nackte Knochen hervortrat. Eine Stimme, die vor Haß ganz ekstatisch war.

«*Pishtaco!* Da ist er!»

Ich rannte zum Fluß, watete in das reißende Wasser hinein, die Tasche mit Lazos Urne darin über dem Kopf balancierend. Mitten im Fluß rutschte ich auf einem Stein aus, aber die Strömung trug mich, so daß ich mich ein Stück treiben ließ. Bald danach kamen Stromschnellen. Ich schwamm ein Stück – nicht allzu weit – bis zur nächsten Biegung, bekam wieder Boden unter die Füße und rannte platschend ans Ufer. Sobald ich wieder auf der Höhe des Feldes war, pirschte ich mich durchs Gestrüpp zurück und kauerte mich etwa sechzig Meter von der Menge entfernt nieder. Langsam hob ich den Kopf.

Sie waren mir nicht gefolgt, sondern konzentrierten ihre Aufmerksamkeit auf mein Lagerfeuer. Für verschreckte Menschen auf der Suche nach dem, was sie finden wollten, bedeutete dieses Feuer auf der verlassenen Farm nur eines: *pishtaco*.

Eine alte Frau – vielleicht die, die so geschrien hatte – tanzte auf das Feuer zu. Auf den Boden stampfend, schleuderte sie Erdklumpen in die Luft und wand ihren Körper in ungelenken Bewegungen. Als meine Mutter einmal wegen irgend etwas fuchsteufelswild auf meinen Vater war, hatte sie dieselben Schritte vollführt.

Rings um die Flammen standen noch andere runzlige Gestalten. Mit ihren rhythmischen Schreien trieben sie die Frau an. Das Licht spielte auf ihren bebenden Kehlen, den heruntergezogenen Mundwinkeln, den Gesichtern, die an Gehirnwäsche denken ließen. Sie wirkten wie aus Erde geformte Kreaturen. «*Pishtaco, pishtaco, pishtaco*», sangen sie tonlos.

Die Alte tanzte den Fremden hinweg, das fleischfressende Ungeheuer.

Sie kam zum Ende. Eine Männerstimme sagte: «Er ist nicht hier. Wo kann er sein?»

Die Gesichter verschwanden. Hunde wurden gerufen, und die Fackeln zuckten durch das Haus. Funken stiegen durch das Dach der Bibliothek auf. Ein greller Feuerschein erforschte das Gebälk.

«Da drüben! Etwas hat sich bewegt!» Aber es war nur der Schatten eines anderen.

Vom Fluß her rief ein alter Mann mit einer Stimme, die ich kannte: «Er ist im Wasser!» Mein Hemd und die Hose – die ich zum Trocknen über die Felsen gebreitet hatte – wurden zur Begutachtung herbeigeschafft und dann ins Feuer geworfen. Der sie verbrannt hatte, kniete nieder und blies in die Glut. Die Flammen beleuchteten ein Gesicht, das Lazos hätte sein können, aber aus dieser Entfernung, bei dem schwachen Schein, erkannte ich nichts mit Sicherheit.

Wenn es Lazo war und er mich entdeckte, würde ich ihn wohl beruhigen können, so daß er die Menge zurückrief? Oder würde er mir die Augen herausreißen?

Eine alte Frau, deren Rücken sich vor dem Feuer abhob, fuhr plötzlich herum und spähte in die Dunkelheit, die mich umgab. Sie hielt eine Laterne hoch, deren Licht eine tief zerfurchte Wange erhellte. Ich hörte sie zu zwei anderen Frauen sagen: «Kommt, wir sehen uns mal das Feld da an.» Eine von ihnen pfiff. Ein Hund hob die Schnauze von den Fischresten. Schnell – in Anbetracht ihres Alters sogar sehr schnell – näherten sich mir die drei.

Ich stob durchs Unterholz davon. Dornenranken zerkratzten mir das Gesicht. Ich weinte nicht direkt, aber mich durchzuckte die pure Panik. Ich kroch auf Händen und Knien und tastete mich zwischen Wurzeln hindurch und über Gräben hinweg. Nach etwa zwanzig Metern gab der Boden plötzlich nach, und ich stürzte ins Dunkel hinab. Mein Arm fuchtelte wie wild, berührte einen Busch – den ich sofort ergriff. Starr vor Angst zog ich mich nach oben und lag dann keuchend und zitternd am Rande der Felsspalte, die Tasche an die Brust gepreßt. Zweige knackten. Ein Hund kläffte. Dolche aus Licht kamen auf mich zu. Mir blieb keine Zeit mehr.

Wie breit der Spalt war, wußte ich nicht. Ich streckte den Fuß aus und berührte nach einem Meter Erde. Aber wie tief? *Da hat die Erde Risse, so tief, daß man nicht auf den Grund sehen kann*. Um die Tiefe zu prüfen, packte ich den Busch und ließ mich vorsichtig hinab, tastete mit einem Fuß nach dem Boden der Spalte. Sie wurde rasch schmaler. Ich ließ mich tiefer sinken. Die Spalte schien sich etwa auf Hüftbreite zu verengen. Aber ich hatte immer noch keinen Grund. Trampelnde Schritte ließen die Erde erzittern. Wenn Lazo nun recht hatte? Wenn diese Spalte bis zum Mittelpunkt der Erde führte? Ich warf den Kopf herum. Zwanzig Meter hinter mir glitzerte Geäst. Ich hörte hungriges Schnüffeln. Ein Busch raschelte.

Ich ließ mit der Hand los und rutschte hinunter, bis ich eingeklemmt war. Über mir war nur die gewaltige Apathie der Nacht. Dann stoben auf einmal Funken zwischen den Sternen empor. Sie hatten das Haus in Brand gesteckt.

In diesem Augenblick wollte ich Ezequiel umbringen. Hätte er in der Erdspalte gesteckt und wäre ich an ihrem Rand aufgetaucht, ich hätte ihn mit einem Tritt in jenes bitter riechende Vergessen geschickt.

11

AM NÄCHSTEN ABEND öffnete Dyer beim Warten auf Rejas ein zweites Päckchen mit Grissini. Wortlos hob Emilio das Buch an und wischte sich die Krümel in die Handfläche. Dann ging er in seinem schäbigen, etwas zu großen Jackett und mit der schief sitzenden, gebundenen Fliege schwerfällig auf den Balkon hinaus und verstreute die Krümel mit einer heftigen Gebärde in die Luft.

Neun Uhr. Von der Festung dröhnte der Samba herüber. Durch das Fenster drang Hundegebell, das Keuchen von Motoren und der ledrige Geruch der Nacht.

«Wo ist er?»

Im Zurückkommen zuckte der Kellner die Achseln.

«Wissen Sie, wo seine Schwester wohnt?»

Emilio wischte mit der Serviette über den Sitz des leeren Stuhls und wich Dyers Blick aus.

«Wie heißt sie eigentlich?»

Keine Reaktion. Jenseits des Flusses hob der Dschungel, eine dunkle Masse vor den letzten Spuren eines dramatischen Sonnenuntergangs, seine zerzausten Schwingen in die Luft. Durch das Blumenmuster des Balustradengitters sah Dyer das vorbeiströmende Wasser und den Schaum, der sich vor dem Bug eines Bootes bildete. Ein Müllfrachter. Träge, ausdruckslos, im fahlen Glanz des niedrigstehenden Mondes hatte der Fluß ein Gesicht wie Emilio.

Dyer bestellte ein Bier. Um halb zehn hörte er jemanden auf der Treppe. Der Vorhang raschelte, und zwei Köpfe streckten sich, einer über dem anderen, durch die Perlenschnüre. Der obere sah europäisch aus, er trug einen Pferdeschwanz und kaute geräuschvoll eine Mango. Zuerst dachte Dyer, die beiden seien Musiker und wollten hier aufspielen. Dann sah er die Schwimmflossen, die dem Mann um den Hals hingen, und die an seinem Gürtel baumelnde Taucherbrille. Wohl eher zwei Schnorchler auf der Suche nach einem Partner oder ein bißchen Spaß. «Kommen Sie, Mr. Silkleigh, das hier ist nichts für uns», entschied der untere Kopf, etwas ungeduldig. «Na schön, Alter.» Die Diskussion war vorbei, sie zogen sich zurück. Dyer hörte ihre Schritte auf der Treppe und einen gellenden Pfiff vom Platz.

Zehn Uhr.

Am vergangenen Abend hatte Rejas Dyer in einem dunklen Spalt zurückgelassen, wo er befürchten mußte, daß man ihm die Augen herausriß. Dyer hatte sein ganzes Leben den Geschichten anderer Menschen zugehört. Weshalb fesselte ihn gerade diese so sehr? Er mußte, wenn auch nur andeutungsweise, geahnt haben, worauf Rejas hinauswollte. Die Geschichte des Polizisten war bemerkenswert, und nicht nur weil er gegen eine Finsternis angekämpft hatte, wie sie Dyer nie begegnet war.

«Noch ein Bier.»

Diese Finsternis, diese Finsternis – plötzlich durchzuckte es ihn wie eine Übelkeit. Jaime, hatte er nicht so geheißen, der Journalist aus Villaria, dem sie die Zunge herausgeschnitten hatten? Nein, Juan, so hieß er. Oder war sein Name Julio? Dyer hatte ihn nur einmal getroffen, auf ein Bier, in der Versailles-Bar auf der Plaza San Martín. Graues T-Shirt, schwarz glänzende Lederjacke, etwas dicklich. Dyer war seine Zunge sogar aufgefallen, als Julio sich die Finger befeuchtet hatte, um die Seiten seiner mitgebrachten Dissertation umzublättern. Er hatte sie über Ezequiel geschrieben, über seine Jahre an der Universität von Santa Eufemia. Drei Exemplare gab es davon: das Militär besaß eins, Ezequiel ein zweites. Seine beiden Doktorväter hatten beide aus Furcht verzichtet. Ezequiels Genossen hatten ihn angerufen. Fremde Stimmen hatten gesagt: Verbrenn dein Exemplar. Zeig es niemandem. «Hast du Angst vor dem Tod? Du wirst nämlich viele Male sterben.» Aber wenn man vier Jahre lang an sechshundert Seiten geschrieben hat, dann wünscht man sich nichts mehr als jemanden, der das Ganze auch liest. Deshalb befeuchtete sich Julio die Finger. Die Welt sollte wissen, wie alles anfing. Davon war er leidenschaftlich, ja glühend überzeugt, aber Dyer konnte ihm nicht sagen, daß die Welt sich einen Dreck dafür interessiere, er brachte es vor dem Kollegen nicht übers Herz. Also fragte er: Jaime, hör mal, wem hast du das denn schon alles gezeigt? Und Jaime nannte ihm eine ganze Liste: einem amerikanischen Journalisten – von dem Dyer wußte, daß er bei der CIA war –, dann noch einem französischen Kollegen und einem von Reuters, und jetzt zeigte er es Dyer.

Bist du nicht in Gefahr? Ach nein. Nein, nein. Nein. Und außerdem, wer würde das schon herausfinden? Jaime glaubte nicht an Ezequiels tausend Augen, an Ezequiels tausend Ohren. Alles Propaganda.

So kann es Journalisten gehen mit ihren Storys – daß sie ihnen wichtiger werden als ihr Leben.

Aber jemand fand es heraus. Ganz offensichtlich. Jaime war ja auch so übermütig damit. Er sprach dauernd von einem «Scoop». Nannte man das nicht so auf englisch? «Scoop?» Tatsächlich war dies das letzte Wort, das Dyer ihn sagen hörte, als sie aus der Bar gingen. Jaime hüpfte von einem Bein aufs andere und war schrecklich stolz auf sich. Eine Gruppe von Ezequiels Gefolgsleuten, die im Gefängnis von Lurichango saß, wollte mit ihm sprechen. Im Gefängnis. «Ein Scoop.»

Es war auch wirklich eine Sensation. Niemand vom Pressecorps hatte bisher ein Interview mit Ezequiels Truppe zustande gebracht. Das war Ezequiels Strategie. Er mochte keine Journalisten. Journalisten ergriffen Partei, sagte er. Bis dahin hatte er schon zweiundvierzig von ihnen umgebracht.

Die Gefängnisinsassen aber gewährten Jaime sein Interview. Die Wärter öffneten ihm die Tür in den Zellentrakt, ließen ihn ein und legten den Riegel wieder vor. Eine Stunde später kratzte eine Hand am Gitter. Sie hatten ihm die Zunge herausgeschnitten.

Vielleicht hieß er auch Jorge. Der Name war egal. Wichtig war die Zunge, und sobald Dyer erst einmal an dieses blubbernde Loch gedacht hatte, konnte er es nicht mehr vergessen. Das entsetzliche Wagnis einer flüchtigen Kapitulation ... hatte das nicht T. S. Eliot geschrieben? Oder Pound?

Ungefragt brachte ihm Emilio noch ein Bier.

Er trank, um zu vergessen, was ihm nicht mehr einfiel. Jetzt, da er daran dachte – war Jorge wirklich die Zunge abgeschnitten worden? Dyer hatte es nicht gesehen. Hatte irgendwer die Zunge beziehungsweise das Fehlen der Zunge gesehen? Wer also konnte sagen, ob es passiert war oder nicht? Ob nicht die ganze Story erfunden war, ein Schrecken, der mit jedem Weitererzählen größer wurde? Hatte Dyer es nicht selbst so mit Ezequiel gehalten? Hatte er nicht geprahlt, er wisse alles über Ezequiel – aber wenn er ehrlich war, wenn dieser Mann jetzt ihm gegenüber säße, auf dem für Rejas reservierten Platz, der allem Anschein nach nicht mehr kommen würde, wüßte Dyer dann irgend etwas über ihn? Was wüßte er wirklich? Manche widmeten ihr ganzes Leben diesem Thema. Und zweiundvierzig seiner Kollegen hatten ihr Leben dafür geopfert. Dyer hatte bisher Glück gehabt, aber es gab keinen Grund, warum dieses Glück weiter anhalten sollte. Ohne seine Verbindungen – und Vivien Vallejo als Tante – hätte niemand etwas mit ihm zu tun haben wollen.

Und Brasilien? Was wußte er schon von Brasilien? Und

überhaupt, was wußte er denn von Südamerika? Er konnte Spanisch und Portugiesisch und ein paar Brocken Guaraní, aber nicht so gut, daß ihn irgendwer für einen Muttersprachler halten würde. In seinen Artikeln konnte er zwar den Kontinent den Engländern als fremd und neu präsentieren, aber welches Recht hatte er eigentlich, als Vermittler zu agieren?

Seine große Zeit hatte er während des Falkland-Krieges und dessen Nachwehen gehabt. Turmhoch standen seine Meldungen über allen anderen, nicht nur weil er Spanisch sprach, sondern weil er, dank seiner Jugend in Lateinamerika und seiner Ehe mit einer Brasilianerin, unbezahlbare Kontakte in der Region besaß. Er gewann danach zweimal hintereinander große Journalistenpreise – den einen für sein Interview mit Oberstleutnant Rose nur wenige Minuten nach den Friedensverhandlungen in Port Stanley, den anderen für seine Analyse der Situation der Amazonasindianer. Plötzlich so begeistert von Lateinamerika wie zuletzt bei Peróns Verstaatlichung der Eisenbahnen, hatte seine Zeitung ein Büro in Rio eröffnet.

Doch das Interesse war rasch wieder erlahmt. Entweder konnte er einen stetigen Strom von Neuigkeiten über die Zerstörung des Regenwaldes oder die Nazijagd in Paraguay aufrechterhalten, oder seine Leser verloren bald das Interesse. *Die Leser unserer Auslandsbeilage haben keine rechte Beziehung zu deinem Ende der Welt.*

Und nun war seine Tante untergetaucht, es war elf Uhr nachts in Pará, Rejas war nicht gekommen, und Dyer fühlte sich wie ein Stück Dreck, weil er ihm nicht gestanden hatte, wer er war. Rejas hatte geglaubt, er unterhalte sich mit einem interessierten Fremden, aber nun war er mißtrauisch geworden. Wahrscheinlich hatte er seine Kontakte bei der Polizei angerufen, alles über den Pressemann herausgefunden, deshalb kam er heute abend nicht, und deshalb würde Dyer ihn nie wiedersehen und mußte den Rest seines Lebens im dunkeln tappen, ohne den Ausgang der Geschichte zu erfahren.

Als er in sein Zimmer im Hotel Seteais kam, mußte er sich übergeben. Es war ein Fehler gewesen, nicht zu Abend zu essen.

Am nächsten Vormittag feierte Pará das Fronleichnamsfest. Der junge Pfarrer stand unter einem Sonnendach auf der Ladefläche eines Lkw, der ihn im Schrittempo über den Platz fuhr und vor den Stufen einer Kirche mit drei Turmuhren hielt. An dem fransigen Sonnendach hingen zwei Lautsprecher, so groß wie Särge, und entstellten das Evangelium. Die Gemeinde, im besten Sonntagsstaat, fächelte sich mit Liedtexten Frischluft zu, bis sie endlich singen durfte. Der Text betonte die Verbindung zwischen Pará und der Alten Welt: «O Jesus, der du in Bethlehem geboren, in unsrer Bruderstadt.» Krachend explodierten Feuerwerkskörper zwischen den Chorälen.

Der Lärm rüttelte Dyer wach, er stand auf und ging – immer noch in den Sachen vom Vorabend – auf den Platz hinunter.

Er war in Büßerstimmung, allerdings fehlte ihm die Energie, sich in die Menge hineinzudrängen. Er hatte einen trokkenen Mund und einen Kater wie ein Oberschüler. Am dringendsten wünschte er sich Kaffee und ein großes Glas Orangensaft. Über den Liedtext hinweg, der ihm von irgendwem gereicht worden war, sah er zum Restaurant, ob Emilio schon die Fensterläden geöffnet hatte, da erblickte er Rejas, der in der Nische hinter dem Balkon stand.

Während Dyer die steile Treppe hinaufstieg, sorgte er sich, daß Rejas ihn vielleicht meiden würde, aber der Polizist entschuldigte sich gleich für seine Abwesenheit am Vorabend; er hatte die Schwester nicht allein lassen können. Sie sei den ganzen Nachmittag in sehr schlechter Verfassung gewesen. Als sie die Augen aufgeschlagen habe, sei ihre linke Pupille nach außen gerutscht und habe nicht auf Licht reagiert.

«Noch keine Nachricht von dem Labor?»

«Nein.»

Sie sahen zu, wie Emilio Kaffee und Orangensaft eingoß. Rejas wartete, bis der Kellner wieder weg war, dann fragte er: «Sie haben meinen Freund hier ausgefragt?»

«Ich wollte wissen, wo Ihre Schwester wohnt», gab Dyer etwas verlegen zu. «Aber er hat nichts gesagt.»

«Nein, das würde er nie tun. Er stammt aus meinem Tal. Seine Familie hat früher in dem Hotel gearbeitet, als es noch Santiagos Mutter gehörte. Seine Frau kümmert sich mit um meine Schwester. Sie wurden damals von Ezequiel vertrieben. Meine Schwester hat sie gerne hier aufgenommen.»

«Er scheint sie schützen zu wollen ...»

Rejas wechselte wieder das Thema und fragte: «Was haben Sie gestern unternommen? Haben Sie ein paar Indianer aufgetrieben?»

«Ich muß Ihnen etwas gestehen», begann Dyer.

«Aha, und was?»

«Ich hatte Ihnen gesagt, daß ich Schriftsteller bin. Das ist nicht die ganze Wahrheit. Ich bin Journalist.»

Emilio musterte ihn mit einem knappen, scharfen Blick.

«Ich weiß, wer Sie sind. Ich kenne Ihren Namen, Ihr Geburtsdatum und die Zeitung, für die Sie schreiben.»

«Und woher wissen Sie das alles?»

«Ich wußte es in dem Moment, als Sie mir sagten, daß Señora Vallejo Ihre Tante ist. Ich habe viel von Ihnen gelesen.» Rejas erwähnte einen Artikel, der in *La República* übersetzt worden war, eine der ersten Analysen von Ezequiels Aktionen, die außerhalb von Südamerika erschienen war.

«Tja, stimmt – also, der Artikel war von mir.»

Ohne Bosheit sagte Rejas: «Ich fand ihn ziemlich oberflächlich. Er enthielt auch einige Ungenauigkeiten. Und dann war da noch ein Artikel, der eine Menge Leute in meinem Land verärgert hat.»

«Ich habe erst vor kurzem überhaupt erfahren, daß er einen derartigen Wirbel ausgelöst hat.»

«Ist ja auch egal.» Sein Lächeln war mehr ein Achselzukken als ein Tadel.

«Es war wirklich oberflächlich», gestand Dyer ein. «Was ich schreibe, wird jemandem, der dabei war, immer oberflächlich vorkommen. Journalisten können nie die ganze Wahrheit erzählen.» Er hielt inne. «Aber wenn Sie wußten, was ich tue, warum haben Sie mir Ihre Geschichte dann erzählt? Das Risiko mußte Ihnen doch klar sein.»

Rejas stützte das Gesicht in die Hände und sah Dyer prüfend an. «Schreiben Sie denn alles, was man Ihnen erzählt?»

«Wenn ich finde, daß es für meine Leser politisch von Interesse ist – ja.»

Rejas überdachte diese Antwort. «Als Sie hergekommen sind, was haben Sie da in Wirklichkeit recherchiert?»

Die Wahrheit sagen zu können war Dyer plötzlich willkommener als frische Luft. Er erläuterte den Hintergrund seiner Suche nach Vivien und seine gescheiterten Versuche, ein Interview mit Calderón zu bekommen.

«Offenbar bin ich da ziemlich in Ungnade gefallen.»

Rejas schüttelte den Kopf. «Ehrlich gesagt, hätten Sie wissen sollen, daß er mit Ihnen nicht redet. An ihn kommt praktisch niemand heran. Das ist die Grundlage seiner Machtposition, genau wie bei Ezequiel. Warum sollte er Sie empfangen? Er empfängt ja nicht mal mich.»

«Na, das ist kein Wunder. Calderón hat allen Grund, Sie zu fürchten.»

«Nein, daran liegt es nicht. Er redet einfach mit niemandem. So arbeitet er eben.»

«Aber weshalb sollten Sie auch mit ihm reden, Oberst Rejas? Außer um ihm Ihre Absichten mitzuteilen?»

Drei Abende lang hatte Dyer seine rasenden Gedanken im Zaum gehalten, hatte all die Fragen gehortet, die er stellen wollte. Jetzt sprudelten sie heraus. «Ledesma von der PLP kämpft doch mit Temuco von der CPV um Ihre Hand in einer Politehe. Und doch sind Sie hier, Tausende Kilometer von zu Hause weg. Gut, Ihre Schwester ist krank. Aber Sie haben doch gewiß einen Plan? Ihnen muß doch klar sein, daß Sie, wenn morgen Wahlen wären, gute Chancen hätten, sie zu gewinnen? Sie wären die ideale Galionsfigur für die Volkspartei. Sie würden gewaltige Unterstützung bekommen. Auch außerhalb Ihres Landes sind Sie – und das, was Sie getan haben – vielen Menschen bekannt. Wenn etwa die brasilianische Presse auch nur ahnte, daß Sie hier sind, kämen die Reporter diese Treppe hier in Bataillonsstärke heraufmarschiert.»

Er beobachtete Rejas und wartete auf eine Reaktion. Aber der unbeirrte Blick seines Gegenübers verleitete ihn dazu, gleich weiterzuplappern. «Also, was könnte Sie von der Kandidatur abhalten? Was hält Sie davon ab? Hat Calderón Angst vor Ihrer Popularität?»

Etwas ungeduldig antwortete Rejas: «Wer weiß schon, was Calderón denkt? Ich bin von der Bühne abgetreten, stimmt's? Ich bin fortgegangen – und das wollte er ja. Ich kann nichts dafür, wenn die Bühne mir ständig nachläuft.»

«Ich möchte nicht aufdringlich sein, aber ich muß Sie fragen: werden Sie kandidieren?»

«Vielleicht nein. Vielleicht doch. Jetzt ist es noch zu früh, das zu sagen. Einstweilen ist die richtige Antwort weder ja noch nein.»

«Was brauchen Sie denn, ich meine, worauf warten Sie, um sich zu entscheiden?»

Rejas warf entnervt den Kopf in den Nacken. «Sagen wir einfach, ich muß – auf irgendeine Art, die ich für mich noch nicht geklärt habe – ein Einverständnis herstellen.»

«Sprechen Sie hier von einem Deal? Also, ich kann mir zwar sehr gut vorstellen, was Sie Calderón anbieten könnten. Aber was hätte er denn Ihnen anzubieten?»

Rejas sah Dyer lange an, als schätzte er ab, ob er die Diskussion fortsetzen sollte.

Endlich sagte er: «Kommen wir zum Ende der Geschichte.»

12

ICH FUHR MIT DEM BUS in die Hauptstadt zurück. Die Reise dauerte drei Tage. Was mich durchhalten ließ, war das Stück Papier mit Ediths Notfallnummer darauf. Ich hatte keine Ahnung von ihrer Position in Ezequiels Hierarchie, aber sie stand offenbar weit oben. Wenn ich ihre Adresse herausbekäme, dachte ich, dann könnte sie mich zu Ezequiel führen. Ihre Nummer wußte ich auswendig.

Wir erreichten in der Abenddämmerung den Stadtrand. Es herrschte gerade Stromausfall. Blau explodierten Feuerwerkskörper am Himmel, irgendeine Art Signal. Ich war mir sicher, daß in diesen farbigen Blitzen eine kodierte Botschaft lag, aber wie sie lautete, konnte ich nicht einmal raten.

Der Bus schob sich durch die Menge. Vor den Fenstern sah man verängstigte Männer und Frauen mit gesenktem Kopf, die rasch davoneilten. Familien flohen mit ihren Kindern, ohne zu wissen wohin. Ein Gesicht drehte sich zu mir hinauf, mit weit aufgerissenem Mund.

Ich war neun Tage lang fort gewesen. Der Terror hatte seine Fangzähne in die Stadt geschlagen.

Wir fuhren durch die verfinsterten Vororte. Auf einem Hügelhang loderten Pyramiden von Autoreifen. Die Nacht stank nach verbranntem Gummi. Der ganze Bus mußte husten.

Um viertel neun wurden wir in das Chaos des Busbahnhofs ausgespien. Ich schob meine Tasche durch die Menge. In den Straßen der Lärm von Menschen, knallende Autotüren und Hupen. Mitten auf der Kreuzung regelte ein barfüßiger

Sonderling im gestreiften Pyjama mit dem Schwenken seines Strohhuts den Verkehr, als folgte er einer seltsamen Intuition.

«Ganz richtig, immer geradeaus. Du kommst schon hin.»

Dunkle Schemen huschten zwischen den Stoßstangen hindurch und verkauften Dinge, die sie gestohlen hatten. Unter einer blinden Verkehrsampel bot ein Junge ein Gemälde in dekorativem Rahmen feil, eine friedliche europäische Flußlandschaft. Ein Komplize in Jeans und mit Wollmütze senkte den Kopf neben dem Fahrerfenster eines Autos und offerierte einer entsetzten Frau einen Silberpokal.

Ich überquerte die Straße, auf der Suche nach einem Bus nach Miraflores. Wieder explodierte eine Feuerwerksrakete. Wenige Meter vor mir ragte ein Tierkopf mit Geweih und glasigen Augen über den Motorhauben auf. Die Kehle hob sich zum Himmel, dann kippte der Kopf in einer fahrigen Bewegung ab und tauchte unter. Die Hörner in den Händen, trat ein zerlumpter Mann mit offenstehendem Overall an mich heran und sagte: «Zwanzig Pesos, Señor?»

In Miraflores gab es keinen Stromausfall. Der Bus hätte ebensogut aus der Finsternis auf einen fremden Planeten rattern können. Auf den Bänken saßen Liebespaare und hielten Händchen. In einem grellerleuchteten Café hob eine junge Frau ein Glas Eiskaffee an die Lippen und wischte sich lachend einen Sahneklecks von der Nase. Vor den Blumenbeeten klopfte ein Mann seinen grünen Regenmantel aus und rief nach seinem Hund.

Ich stieg am Parque Colón aus und ging eilig zu unserer Wohnung.

Ich hatte mit Sylvina nicht mehr gesprochen, seit sie mich vor neun Tagen zum Flughafen gebracht hatte. Ich hoffte, daß sie sich keine Sorgen gemacht hatte. Sonst rief ich immer regelmäßig an, wenn mich meine Arbeit aus der Hauptstadt hinausführte. Oft schrieb ich mir eine ganze Liste von Dingen auf, die ich ihr sagen wollte, dabei kam ich nie dazu, sie zu sagen. Aber ich hatte jedesmal angerufen.

An diesem Abend mußte ich dringend mit jemandem sprechen.

Laura saß, das Gesicht zur Decke gekehrt, am Ende des Tisches, wo Sylvina ihr eine graue Paste auf die Wangen auftrug. Ein rosa Vinylköfferchen stand offen, und ringsherum sah ich mehrere goldene Tiegel mit abgeschraubten Deckeln aufgereiht.

Sylvina trat ein Stück zurück. Ihr Mund schimmerte unnatürlich grellrot, und in ihren Augen lag der starre Blick des Konvertiten.

Ich sah Laura an. «Was ist denn hier los?»

«Laura spielt gerade eine meiner Kundinnen für mich, nicht wahr, Liebling. Nein, laß es erst noch eintrocknen.»

«Kundinnen?»

Sie küßte mich, bemühte sich aber, dabei nicht zu verschmieren, was sie auf den Lippen hatte. «Ich habe schon sechs, Agustín. Sechs in drei Tagen! Patricia, Marina – ich kann sie gar nicht alle aufzählen. Sie kommen morgen wieder. Consuelo will auch kurz vorbeikommen, auch wenn sie nichts kauft. Die anderen haben alle geschworen, daß sie was bestellen, und wenn's nur ein Augenbrauenstift ist. Sie sind einfach wunderbar.»

Sylvinas Plan. Unsere Rettung. Das hatte ich ganz vergessen. Von einer Broschüre, die auf dem Tisch lag, lächelte mich eine kühle Blondine an, die Zähne von glänzenden Lippen eingerahmt. «Strategie. Das revolutionäre Hautpflegeprogamm für die reifere Frau.»

«Ich weiß, du magst ihn nicht, aber Marcos Büro hat mir diese Proben hier letzte Woche per Expreß geschickt.» Sie hatte die letzten zwei Tage mit Laura geübt, alle Verkaufstricks und Kniffe einstudiert, die es beim Auftragen der Kosmetika gab. «Es ist so aufregend, Agustín.»

Meine müden Augen betrachteten die goldenen Tiegel. Lipgloss. Faltencremes. Abdeckcremes. Feuchtigkeitscremes. Grundierungscremes.

«Wir werden damit richtig Geld verdienen, Liebes. Tausende von Dollars in ein paar Wochen. Das versprechen sie mir bei Sally Fay. Die möchten unseren Markt erobern. Denn bis jetzt verkauft das noch niemand hier.»

Laura hob den Kopf und wollte etwas sagen.

«Nein, noch nicht sprechen! Sie ist wirklich brav gewesen, hat sich mein Verkaufsgespräch immer wieder angehört. Ich muß nämlich einen ganzen Packen Werbematerial auswendig lernen.»

«Sylvina ...»

«Es geht darum, daß ich meinen Kundinnen klarmachen muß, warum Sally Fay am besten wirkt, wenn man die ganze Produktlinie zusammen verwendet.»

«Liebes ...»

«Morgen lasse ich alle meine Freundinnen ohne Make-up zu mir kommen – damit ich ihren Hauttyp bestimmen kann.»

Sie schenkte mir gar keine Beachtung mehr. Hier, auf der stetig kleiner werdenden Insel Miraflores, hatte sie in diesem Vinylköfferchen ihre Antwort auf das Entsetzen gefunden.

Sie inspizierte Lauras geschlossene Lider. «Ja, gleich kann es wieder herunter. Wie war deine Reise?»

Ich zog einen Stuhl heran. Ich wollte gern davon reden, doch meine Worte verpufften in der Luft zwischen uns.

«Ich erzähl's dir später.» Ich setzte mich. «Und was ist hier alles passiert? Weißt du, daß in den Vororten wieder der Strom ausgefallen ist?»

«Ehrlich gesagt frißt Sally Fay praktisch meine ganze Zeit auf. Aber da fällt mir ein: ich muß neue Kerzen kaufen.»

Ich wandte mich an Laura. Sie wischte sich etwas aus dem Gesicht, das wie Erde aussah. «Was macht der neue Ballettkurs?»

Sylvina antwortete für sie: «Gut geht's, stimmt doch? Ich mag ihre Lehrerin wirklich. So ein hübsches Wesen, und sehr ernsthaft dazu. Sie nimmt alles sehr wichtig. Aber immer nur tanzen, tanzen, tanzen. Ich hab Laura schon gesagt – hoffentlich nicht zu streng –: ‹Ich möchte, daß du bald einen Freund hast. Diese Stadt ist wirklich nichts für Mädchen, die allein unterwegs sind.› Übrigens, Agustín, denkst du noch an die Pfeffermühle? Ich finde einfach nirgendwo eine neue. So, fertig. Zeig dich deinem Vater.»

«Wie sehe ich aus?»

«Ganz nett.» Die Paste ließ ihre Haut fleckig wirken, als hätte sie zu lange geduscht. Sie erinnerte mich jetzt an Marinas Tochter.

Sie spuckte etwas aus. «Das schmeckt ja wie Seetang!»

Ich strich mir in der Küche ein Brot. Seit dem Frühstück hatte ich nichts gegessen. Im Radio auf dem Kühlschrank, das Sylvina manchmal für die Katze laufen ließ, spielte klassische Musik. Ich gab einen nicht sehr glaubwürdigen Tierlaut von mir, und die Katze flitzte davon.

Gleich darauf kam Laura herein und hielt sie auf dem Arm.

Ich sah sie an, und mein Herz öffnete sich weit. «Es hätte dir keinen Spaß gemacht.»

Sie stampfte mit dem Fuß auf. «Woher willst du das wissen?»

«Die Terrasse der Tränen hättest du gar nicht mehr sehen können. Daraus ist inzwischen ein Flugplatz geworden.»

«Hast du mir eine Flöte mitgebracht?» Sie sah, daß ich sie vergessen hatte. «Oh, Papa ...» Die Katze sprang davon, als sie aus der Küche rannte.

Ich aß mein Sandwich auf und kochte mir einen Tee. Draußen hörte ich Sylvinas Stimme.

«Was ist?» Ich steckte den Kopf zur Tür hinaus.

Sie hatte sich vor dem Spiegel aufgestellt und sprach mit sich selbst.

«All diese Hersteller, die man kaum aussprechen kann. Aber ‹Sally Fay› ist so leicht zu verstehen und zu sagen. Wir verstecken uns nicht hinter irgendwelchen exotischen französischen Namen. Sally Fay begleitet Sie ins nächste Jahrtausend der Hautpflege, ohne daß Sie Ihr bequemes Wohnzimmer auch nur verlassen müssen ... Laura? Wie geht es weiter?»

«Und weil wir keinerlei Nebenkosten haben ...»

Ich ging duschen. Sie sprach immer noch mit sich selbst, als ich aus dem Bad kam, und hatte ein Lächeln aufgesetzt, wie ich es bei ihr noch nie gesehen hatte.

Sie hielt dem Spiegel eine Tube entgegen.

«Das hier zum Beispiel ist ein wirklich guter Schutz gegen die Ermüdung der Haut.»

Sobald ich aufgewacht war, telefonierte ich mit Sucre.

«Irgendwas Neues von der Fußpflegerin?»

«Nichts.»

«Und bei Dr. Ephraim?»

«Dito. Keine Verdachtsmomente.»

«Und der Hausmüll?»

«Nichts Ungewöhnliches.»

Ich las ihm die Nummer vor, die mir Santiago gegeben hatte. «Ich brauche die Adresse dazu. Vor einem Monat war diese Spur heiß.»

«Könnte einen Tag dauern.»

«Von mir aus, einen Tag.»

«Wo kann ich dich erreichen?»

«Ich melde mich wieder. Muß noch ein Darlehen zurückzahlen.»

Lazos Tochter arbeitete in einer höhlenartigen, schlecht beleuchteten Bäckerei gegenüber einer Kirche mit Wellblechdach.

Der Besitzer gestattete ihr fünf Minuten Pause. Ich gab mich ihm nicht zu erkennen. Eine Familiensache, sagte ich. Ich kam direkt von der Bank.

«Agustín!»

Sie kam mir an der Tür entgegen, mit müdem Gesichtsausdruck. Sie hatte die Augen ihres Vaters und den schmalen Mund ihrer Tochter. Wir gaben uns Küßchen. Ihre Wangen dufteten nach Mehl.

«Wie hast du mich gefunden?»

«Ist doch die einzige Bäckerei auf dem Hügel hier.»

«Deine Stimme, sie ist tiefer geworden ... aber immer noch dieselbe.»

«Du hast dich auch nicht verändert.»

Wir waren höflich. Wenn man jemanden als Kind gekannt hat, erkennt man ihn auch als Erwachsenen wieder. Einen Moment lang war sie die Graciela, die für Krimis und Pizza mit Käsekruste schwärmte. Und ich war Agustín, der in einer Band spielte.

«Unsinn, Agustín. Sieh mich doch an. Ich sehe immer noch genauso aus wie mit zwanzig oder so, vor vielen Jahren? Das meinst du doch wohl nicht im Ernst?»

Kokett hob sie den Saum ihres Kleides, was eine Mehlwolke aufwirbeln ließ, und schob mir eine mächtige Hüfte entgegen.

Es war ein heißer Tag, aber ich spürte die noch größere Hitze von den Öfen. Von drinnen brüllte ein Mann.

«Ich komm ja schon!» rief sie – und mit plötzlicher Wut

setzte sie über die Schulter hinzu: «Idiot.» Sie rieb sich ein Auge. «Erzähl mir, wie geht's Papi?»

«Er läßt dich lieb grüßen. Und schickt dir etwas Geld.»

«Hat er nichts geschrieben?» Sie blätterte die Geldscheine auf. «Kein Brief für mich, kein Wort?»

«Es war nur wenig Zeit. Er hat gerade die Zähne des Bürgermeisters repariert.»

«Agustín, sie – die Soldaten, meine ich – haben ein Stück roten Stoff in meinem Schlafzimmer gefunden. Es war völlig belanglos. Tomasio hat es mal zum Stierkampf benutzt. Aber sie sagten, er wäre einer von Ezequiels Leuten. Ich mußte weg ...» Sie sah den Hügel hinab, auf das Ghetto aus staubfarbenen Hütten. Darauf war sie nicht vorbereitet gewesen, als sie in La Posta den Bus genommen hatte. In der vorigen Nacht, schon zum zweitenmal hintereinander, war die Armee durch die Straßen der Hauptstadt gestürmt, hatte Türen eingetreten und Menschen in Transportwagen gestoßen.

«Aber Papi geht es gut, sagtst du? Und Francesca? Hast du sie gesehen, wie sieht sie aus, Agustín? Hat sie noch die wunde Stelle am Arm? Das wollte einfach nicht verheilen.»

«Deiner Tochter geht es gut.»

«Ich wollte sie hier bei mir haben, aber ich warte erst auf Nachricht von Tomasio. Hast du Tomasio gesehen? Er hat versprochen, mir zu schreiben – aber es kommt kein Brief.»

«Ich hab ihn nicht gesehen.»

«Es würde Tomasio ähnlich sehen, die falsche Adresse auf den Umschlag zu schreiben.»

Für dieses Geld erzählst du ihr bitte die Wahrheit. Was hier passiert ist.

Ich konnte ihr nicht in die Augen sehen, ließ meinen Blick statt dessen auf ihrem Kleid ruhen. Dann fragte ich sie behutsam, ob wir uns irgendwo in Ruhe hinsetzen könnten.

Eine Stunde später überquerte ich, erschöpft und dem Erbrechen nahe, die Brücke über den Rimac.

Ich schmeckte noch das Styropor des Bechers, den mir Graciela mit lauwarmem Kaffee gefüllt hatte. Ohne nachzudenken fuhr ich nach Miraflores. Wenn Sylvina etwas Unangenehmes vergessen wollte, gab sie immer Geld aus.

Ich fuhr also in ein Einkaufszentrum und suchte nach Geschenken für meine Frau und für Laura. Aber jedes Schaufenster warf mir das Bild eines Kattunkleides zurück, das an den Knien abgescheuert war, und von zwei mehlbestäubten Händen, die den gelbgeblümten Stoff packten und ihn zerknüllten.

Ich wandte mich ab. Was tat ich überhaupt in einem Einkaufszentrum? Geschenke konnte ich mir ohnehin nicht leisten. Ich ging auf das Tageslicht des Ausgangs zu – und in diesem Augenblick erkannte ich die Silhouette von Lauras Ballettlehrerin.

Sie trug, trotz der Hitze, einen hellrosa Pulli – mit V-Ausschnitt und viel zu weit für sie, aus einem flauschigen Angorastoff, wie Katzenfell –, ein schwarzes Trikot und Leggings. Sie betrachtete eine emaillierte Vase im Schaufenster.

«Yolanda!»

Sie hatte einen Walkman aufgesetzt. Ihr Kopf wiegte sich hin und her, und die Knie berührten ihre Einkaufstüte in angedeuteten Bewegungen, der Kurzschrift für einen Tanz.

«Yolanda!»

Ihr Haar war mit einem dunkelgrünen Band zurückgebunden, und sie trug schwarze Doc Martens – eine Art Kampfstiefel, nur daß sie sehr kindisch wirkten. Laura hat auch ein Paar davon. Sie ließen ihre Beine zu dünn aussehen.

Yolanda wandte sich ab, die Plastiktüte an die Brust gepreßt. Ohne sich umzusehen, ging sie aus dem Einkaufszentrum, mit langen, ausgreifenden Schritten.

Ich rannte ihr auf die Straße nach und tippte sie auf die Schulter.

Sie fuhr herum.

«Yolanda! Ich bin's.»

Ihre Nackenmuskeln entspannten sich wieder.

«Ich habe Sie nicht gesehen», schrie sie. Dann zog sie sich die Kopfhörer herunter und schob sie mir über die Ohren. Mit aufgeregter Miene wartete sie auf meine Reaktion.

Kennen Sie dieses Gefühl? Sie sitzen im Auto und haben das Radio an, und an der Ampel stellt plötzlich jemand denselben Sender ein – nur viel lauter. Eine Sekunde lang ist man körperlich ganz woanders. So ging es mir. Ich sah Yolanda an, aber beim Ton dieser Flöten füllte eine fremde Luft meine Lungen, und ich kniete auf einmal am mondblauen Rand eines Gletschers. Ich setzte Kerzen in das Eis, während Nemecio neben mir mit der Axt einen Block herausschnitt, um ihn auf den Schultern bergab zu tragen. Das Eis würden wir, zu heiligem Wasser geschmolzen, als Medizin verwenden.

«Für meine *Antigone.*»

«Wie meinen Sie das?»

Sie schaltete das Band ab. «Zu dieser Musik werde ich tanzen. Ich hatte die ganze Zeit etwas völlig Unpassendes im Kopf: Penderecki. Dann haben wir – Sie und ich, meine ich – neulich über Ausangate gesprochen, und da kam mir die Idee.»

Ich gab ihr die Kopfhörer zurück. «Also hab ich Ihr Ballett nicht verpaßt?»

«Nein, es ist kommenden Sonntag. Seit unserem Zusammentreffen habe ich nur geübt, geübt, geübt. Und vorhin hatte ich das Gefühl, ich muß jetzt raus, sonst werde ich verrückt.» Sie ließ den Walkman in die Tüte fallen.

«Es ist wunderschön, Sie zu sehen.» Meine Stimme klang für mich weit weg, als wäre ich auf einem Berg.

«Sie sind dünner», sagte sie.

«Ich bin fort gewesen.» Ich hatte mich nicht gekämmt, meine Fingernägel waren schmutzig, und sie sah so lebendig aus, wie ihr die Sonne ins Gesicht schien.

«Unsere Gespräche haben mir gefehlt. Ich habe lange über den Abend damals nachgedacht. Aber was tun Sie denn hier?»

Ich trat unsicher von einem Fuß auf den anderen. Meine Schuhe waren nicht geputzt. Ich hatte das Gefühl, meine Hände seien zu groß, und meine Handflächen waren feucht. «Ich suche nach einer Pfeffermühle. Und nach einer Flöte.»

«Nach einer Flöte? Haben Sie denn keine?»

«Was haben Sie denn gekauft?»

Sie öffnete die Tüte. «Einen Pullover für meinen Bruder.»

«Zeigen Sie mal.»

Sie hielt mir einen Strickpulli aus gelber Alpakawolle an die Brust. Ich zog den Bauch ein, weil mir die Fingerabdrücke aus weißem Mehl auf meinem Hemd einfielen. Hinterher hatte ich Graciela zehn Minuten lang in die Arme genommen.

«Er muß groß sein, Ihr Bruder.»

«Ja, das ist er.»

Ich spähte in die Tüte. «Unterhosen auch!»

Sie packte den zusammengelegten Pullover wieder ein. Mir fiel auf, daß sich ihre Nasenflügel immer leicht blähten, wenn sie das Thema wechseln wollte. Sie sagte: «Jetzt habe ich alles Geld ausgegeben, dabei wollte ich mir eigentlich einen Krug kaufen.»

Zum zweitenmal an diesem Tag griff ich nach der Brieftasche. «Ich war heute auf der Bank. Sechs Wochen Ballettstunden schulde ich Ihnen doch mindestens.»

«Sind Sie sicher?»

Nachdem ich Graciela das geliehene Geld ihres Vaters zurückgezahlt hatte, wollte ich den Rest eigentlich Sylvina geben. Marcos Dollarbürgschaft hatte zwar unser Finanzproblem nicht gelöst, aber immerhin war die Bank bereit gewesen, meinen Überziehungskredit zu erhöhen.

«Nehmen Sie es, solange ich's noch habe.» Ich wartete ab, bis sie das Geld in dem neugekauften Pulli verstaut hatte. «Wo gehen Sie denn gerade hin?»

«In das Theater, wo ich am Sonntag tanzen werde. Ich will mir die Bühne mal ansehen. Möchten Sie nicht mitkommen?»

Ich sollte zwar Sucre anrufen, aber das konnte warten. «Ist es weit?»

«Fünf Straßen von hier. Kommen Sie.» Sie berührte mich am Arm.

Ich muß Ihnen das in der richtigen Reihenfolge erzählen. Vor diesem Tag hatte ich Yolanda zweimal gesehen. Sie war mir sehr sympathisch, aber es wäre Unsinn zu behaupten, daß der Gedanke an Lauras Tanzlehrerin mich in starke Erregung versetzte. Als ich, auf der Lastwagenfahrt von Cajamarca, einmal versucht hatte, mich an ihr Gesicht zu erinnern, war es mir entfallen. Sie hatte sich auf eine Ballettänzerin mit guter Figur und schulterlangem schwarzem Haar reduziert.

Als wir jetzt die Calle Argentina entlanggingen, fühlte ich mich von neuem zu ihr hingezogen. Kennen Sie das, wie manche Menschen die Luft um sich herum verändern? Man betritt einen Raum, kommt auf eine Party, und sofort teilt sich die Menge in jene – das ist die Mehrzahl –, die einem Energie entziehen, und ein oder zwei Menschen, die sie einem mit jedem ihrer Blicke und Gesten wieder zurückgeben. Yolanda war so. Sie hatte – tja, sie hatte Leben in sich.

Sie ergriff meinen Arm. «Ich dachte, Sie hätten Angst vor mir.» Ihre Stimme war voller Zuneigung.

«Warum denn?» Ich sah von ihr weg auf einen untersetzten

Mann, der Yolandas Brust anstarrte: das tiefe V ihres flauschigen rosa Pullovers, das Dreieck ihres Trikots darunter. Der Mann ging vorbei und schwang die Arme stärker als zuvor.

«Sie sind nie wieder zu mir ins Studio gekommen», sagte sie.

«Ich bin fort gewesen.»

«Ja, Sie waren im Hochland. Laura war so wütend, daß sie nicht mitkommen durfte. Sie müssen mir alles erzählen.»

Ich sah ihr wieder ins Gesicht. Das durch einen Baum fallende Licht spielte auf ihren Schlüsselbeinen, ihren Wangen, den dunklen Tönen ihres Haars. Ihre Augen waren groß und etwas schrägstehend, wirkten aber wunderschön. Ich verspürte den Drang, ihr alles zu erzählen.

«Und Ihre Modern-Dance-Klasse – ist das ein Erfolg?»

Sie hielt inne. «Also, Ihre Kleine, das ist wirklich mal eine, die es kann. Sie ist so talentiert, das spürt man sofort, und sie weiß das auch. Und ob sie es weiß. Ich habe Ihnen ja gesagt, daß ich recht hatte. Wenn Sie sie letzte Woche gesehen hätten ...»

Ich hörte ihr nur halb zu. Ich sah nichts als die ausgeprägten Bögen ihrer Augenbrauen und den Lippenstift, der ihr nicht stand, und dann mußte ich plötzlich an die Frau denken, die ich in der Bäckerei zurückgelassen hatte.

«Ich habe eine Gruppe von Frauen aus Chimbivilca aufgenommen. Ihr Lied – also, sie singen davon, daß sie wie Pferde durch den Schnee traben und ihren stolzen Goldschmuck tragen. Ein neues Zeitalter, sozusagen. Laura hat die Tanzfläche betreten und dazu getanzt, als hätte sie die Schritte schon ihr ganzes Leben gekannt! Die anderen Mädchen werden schon eifersüchtig.»

«Danke, daß Sie sie so ermutigen.»

«Hat sie denn gar nichts erzählt?»

«Ich bin gerade erst wiedergekommen.» Ich versuchte, ihr

zu schildern, was ich bei meiner Rückkehr vorgefunden hatte, aber mir schwirrte der Kopf beim Erzählen.

«Aber das klingt ja nach Hysterie.»

«Daß jemand sich so viele Sorgen wegen fettiger Haut machen kann ...»

«Übrigens war Ihre Frau vor ein paar Tagen in meinem Studio.»

«Sylvina?»

Sie gab eine sehr witzige – wie gesagt, sie besaß ein großes Schauspieltalent –, aber keineswegs boshafte Imitation von Sylvinas Stimme: «‹Ich hoffe nur, Sie bringen meiner Tochter keinen allzu extrem zeitgenössischen Stil bei.›»

Sie ging mit ausgreifenden Schritten, ihre Füße in den schweren Schuhen hoben sich jedesmal unwillkürlich auf die Zehenspitzen. Urplötzlich wurde ihre Miene ernst.

«Wissen Sie, die einzige Zeit, in der ich vom Tanzen besessen war, wirklich besessen, da war ich in Lauras Alter, bevor ich noch allzuviel gelernt hatte. Die meisten von uns verlieren das mit dem Erwachsenwerden. Je älter man wird, desto mehr verbannt man seine Tagträume. Die Disziplin raubt einem dieses spezielle Gefühl. Man wird so beherrscht.»

Sie entzog mir ihren Arm und nahm ihre Tüte in die Hand auf meiner Seite. Dann verfiel sie in Schweigen, dachte über irgend etwas nach.

Das Teatro Americano, ein cremefarbenes Kolonialgebäude, erhob sich hinter einem spitzen Gitterzaun in einem rechteckigen Garten, der mit Lavendel und Kassienbäumen bepflanzt war. Im Moment zeigte man dort die Ausstellung eines chilenischen Malers. Ein Plakat am Zaun verkündete: *Die Geschichte des menschlichen Gesichts.*

Die Kassiererin, eine schlanke Frau mit unscheinbarem

grauem Haar, wollte uns gerade zwei Karten abreißen, als sie Yolanda erkannte. Sie warf den Kopf zurück und rief durch eine offene Tür nach jemandem. Ein schmächtiger junger Mann mit kurzgeschnittenem Bart und wachsamem Blick kam heraus. «Was ist denn?» Als er Yolanda sah, warf er die Arme in die Luft. Er drückte sie an sich und raunte ihr fröhlich ins Ohr: «Ich habe die Beleuchtung, die Lautsprecher und zweihundert Stühle. Und Miguel weiß auch schon Bescheid. Er hat uns eine Rezension versprochen.»

Über ihre Schulter hinweg musterte er mich. Seine Lider waren schwer und rotgeädert.

«Lorenzo, das ist Agustín, ein Bekannter. Ich wollte ihm mal die Bühne zeigen.»

Er trat zurück. «Klar, kein Problem. Und wie läuft es bei dir?»

«Es dauert noch – bald.»

«Brauchst du Hilfe?»

«Das ist lieb von dir. Nein, ich komme schon zurecht.»

Er sah mich an, dann sagte er leise: «Ich würde schrecklich gern eine Kostümprobe sehen. Die anderen auch.»

«Dafür ist wirklich keine Zeit.»

Er dachte kurz darüber nach. «Na schön, ich habe jemanden am Telefon. Wir sehen uns ja wieder.» Er drückte mir die Schulter. «Nett, dich kennenzulernen, Agustín.»

Wir betraten einen hohen Raum, der mit Stoffbahnen ausgekleidet war. Sie flüsterte: «Wenn Lorenzo nicht gerade sein Theater managt, ist er ein depressiver Choreograph.» Sie sah sich kurz um. «Wir haben früher zusammengearbeitet. Er ist unfaßbar eifersüchtig. Hatte ständig Angst davor, daß ich ihm seine Ideen stehle.»

Der Saal war mit ungemütlich aussehenden Rohrstühlen vollgestellt und bekam natürliches Licht von einem Glasdach, durch das man den wollgrauen Himmel und den Wipfel einer Palme sah. Die grellen Scheinwerfer erzeugten scharfe Schatten auf dem fleckigen Holzboden der Bühne.

Yolanda wartete ab, bis zwei Studenten hinausgegangen waren, dann streifte sie die Schuhe ab und reichte mir ihre Einkaufstüte.

«Ich muß die Fläche ausmessen.» Sie ging an die eine Wand. Abrupt drehte sie sich in ein, zwei, drei Pirouetten, dann sprang sie in fünf großen Sätzen über die Bühne. «Zsa, zsa, zsa, zsa, chu!»

Wie eingebrannt in meinem Kopf ist das Aufblitzen ihrer Füße, nackt und weiß, im grellen Licht.

Einen Meter vor der anderen Wand kam sie zum Stehen. «Gut. Ich hatte mir Sorgen wegen der Breite gemacht.»

Wieder kamen zwei Leute in den Saal. Sie zog sich die Schuhe wieder an. «Ein schöner Raum, nicht?» Sie breitete die Arme aus, und ihre Stimme hallte unter dem Glasdach. «Hier habe ich in meinem ersten Jahr an der Metropolitan Strawinskis *Psalmensinfonie* getanzt. Oh, sehen Sie nur, diese Gesichter!»

Weil ich so auf Yolanda konzentriert war, hatte ich die Porträts, die uns von den Stoffbahnen herab anstarrten, gar nicht bemerkt. Aus der Nähe nahmen sie jetzt plötzlich Form an. Es waren Drucke von bis zu dreißig Jahre alten Zeitungsfotos aus Chile, die zu Riesenformaten vergrößert und auf dem Stoff festgehalten waren.

Die Gesichter von Taschendieben.

Die Gesichter von Mördern.

Die Gesichter von Terroristen und Freiheitskämpfern.

Die Gesichter ihrer Opfer.

Die Gesichter ihrer Jäger.

Die Gesichter ihrer Richter.

Die Gesichter der Patienten einer Schizophreniestation.

Die Gesichter von ausgestorbenen Ureinwohnern.

Die meisten dieser Gesichter hatten eines gemeinsam: sie waren nicht Bestandteil der Gesellschaft, die sie fotografierte – entweder zum Zwecke der ethnologischen Beobachtung oder als Objekte einer polizeilichen Überwachung.

«Sind Sie ein guter Menschenkenner?» fragte sie mich.

«Ja, ich glaube schon.»

«Das denkt jeder von sich. Wollen mal sehen.»

Wir spielten ein Spiel. Sie trat vor ein Foto und deckte die Unterschrift mit ihrer Tüte ab. «So, jetzt sagen Sie mir: Was ist das für ein Mensch gewesen?»

«Ein Dieb?»

Sie hob die Tüte. «Mordopfer.» Dann rannte sie zu einem anderen Gesicht. «Und ... die hier?»

«Polizistin?»

«Stimmt, Polizistin. Und der?»

«Ein Richter?»

«Nein. Ein Mörder. Die hier?»

«Freiheitskämpferin?»

«Schizophrene. Und der?»

«Ein Indianer?»

«Richtig. Zwei von fünf. Was bedeutet, daß Sie etwa die Hälfte der Leute, die Sie kennenlernen, falsch einschätzen.»

Das Pärchen auf der anderen Seite des Saales hatte uns beobachtet und ahmte unser Spiel jetzt nach. Auch sie waren überzeugt gewesen, sie könnten einen Mörder von einem Freiheitskämpfer unterscheiden, oder einen General, den man in seinem Bett ermordet hatte, von einem Yaghanindianer, der an Erkältung gestorben war. Aber gerade das war ja die Herausforderung des Künstlers. Er sagte uns: hängt sie nebeneinander, dann nimmt der Schizophrene die Persönlichkeit des Richters an.

«Mit anderen Worten», sagte Yolanda, «wir wissen von niemandem etwas.»

Nicht jedes der Gesichter war beim Fotografieren lebendig gewesen. Ich wollte gerade Yolandas Fähigkeiten prüfen, als sie vor den mumifizierten Zügen eines Körpers stehenblieb, der in einem Kleid steckte.

«Yaghanin?» fragte ich.

«Lesen Sie selbst.»

Die Bildlegende lautete: *Eine der Verschwundenen unter General Pinochets Regime: Eva Vásquez, Studentin, siebzehn Jahre lang in einem Bergwerk begraben.*

Yolanda sagte: «Es ist immer das gleiche, immer und immer wieder.» Wütend setzte sie hinzu: «Diese Schweine!»

Ich betrachtete die geborstene Haut, den schiefen Winkel des Kopfes, und dachte an Nemecio, dessen Mund sich mit Erde füllte, während er in seinem Grab erstickte. Und dachte dabei auch an eine Witwe keine zehn Kilometer entfernt, die den Saum ihres Kleides über dem Knie zerknüllte. Was hatte ich denn in all meinen Jahren als Polizist erreicht? Wenn ich nun Santiagos Weg gegangen wäre? Mein ziemlich ausgemergeltes Pflichtgefühl ließ den Unterschied zwischen Ezequiel und Calderón mit einem Mal lächerlich erscheinen. Ebensogut hätte man mich auffordern können, mich zwischen Emilios gegrilltem Fisch und seinen Schweinekoteletts zu entscheiden.

Yolanda sagte: «Ich weiß nicht, wie es Ihnen dabei geht, Agustín, aber ich kann mir nicht so ein Gesicht ansehen und den Mund halten. Was mit ihr passiert ist, das passiert jetzt auch mit uns.»

Sie erzählte mir, daß die Universität eine Gedenkfeier für die Arguedas-Truppe abgehalten hatte, während ich weg war. Dabei hatten Eltern Kerzen für ihre verschwundenen Kinder entzündet. Unter dem Kinoboden waren Fetzen einer grünen Bluse und zwei Schlüssel an einem Schlüsselbund gefunden worden, von denen einer in Veras Spind paßte. Aber keine Leichen, oder jedenfalls nicht genug Teile davon, um sie zu identifizieren.

Yolanda betrachtete das eingetrocknete Gesicht auf dem Seidentuch und sprach wie zu sich selbst: «Man braucht eine Leiche, damit man richtig trauern kann. Das versteht keiner, dem nicht schon ein geliebter Mensch gestorben ist. Man muß den Leichnam sehen, damit man sicher sein kann, daß er tot ist – erst dann fängt er an, in unserer Erinnerung weiterzuleben. Ohne Leiche wird man den Schrecken nicht los.» Sie brach ab und bedeckte die Augen. «Hör auf, Yolanda, hör auf, hör auf!» Nicht ohne Mühe sammelte sie sich. Sie sah sich hastig um und sagte: «Kommen Sie, gehen wir hier weg.»

Draußen schoben die Menschen ihre Kinderwagen oder lagen gemütlich lesend im Gras. Durch den Gitterzaun sah ich einen gelben Erfrischungswagen und kaufte dort zwei Zitroneneis am Stiel. Wir setzten uns auf den Rasen, aber Yolanda hatte eine Düsternis ergriffen, und sie war in sich zurückgezogen.

«Was würden Sie denn tun», fragte ich, «wenn sie Eva Vásquez wären und Ihr Freund hätte Sie aufgefordert, in diesem Kampf mitzukämpfen?»

«Ich weiß nicht.» Sie knabberte an ihrem Eis. Ihre Augen waren gerötet. «Ich habe keinen Freund.»

«Ich denke an Laura. Wenn ich in ihrem Alter wäre, geriete ich in Versuchung zu kämpfen.»

«Sie ist Tänzerin.»

«Macht es Ihnen angst, daß ich so rede?»

«Nein, ich denke selbst nach. Was ich tun würde.» Aber sie hatte sich auch von mir zurückgezogen. Sie aß ihr Eis auf und begrub den Stiel im Gras. «Ich geb's auf. Ich brauche eine Zigarette.»

Zehn Meter weiter weg lag ein junger Mann auf dem Bauch

und las Zeitung. Yolanda ging zu ihm hinüber und sprach ihn an. Mit einer brennenden Zigarette kam sie zurück.

«Ich wußte gar nicht, daß Sie rauchen», sagte ich.

«Tu ich auch nicht. Aber ich hatte gerade Lust darauf.» Heftig stieß sie den Rauch aus. «Und Sie?»

«Ich rauche nicht.»

«Ich meine: was würden Sie tun?»

Etwas an ihrem vorgeschobenen Kinn, an ihren funkelnden Augen, muß mich wohl angesprochen, ja schmerzhaft berührt haben. Ich sagte: «Es hat einmal einen Moment gegeben, in dem ich alles aufgegeben habe.»

«Wann ist das gewesen?»

«Da war ich noch jünger als Sie.»

«Was ist passiert?» Eben noch war sie abgelenkt gewesen. Jetzt hatte ich ihre Aufmerksamkeit.

«Damals hatte ich eine gute Stelle in einer Anwaltskanzlei. Ich war frisch verheiratet, ich hätte reich werden können, vielleicht als Richter. Eines Tages sprach mein Gewissen zu mir. Im selben Moment fielen alle Barrieren. Meine Frau, die Karriere, die Freunde – nichts war mehr wichtig. Am nächsten Tag gab ich meinen Job auf.»

Sie klatschte mit der Hand auf den Boden. «Genau das hat sie auch gefühlt!»

«Wer?»

«Verzeihung, ich sehe alles durch die Brille der Antigone. Sie wollte nicht, daß die Hunde den Leichnam ihres Bruders fraßen. Sie sagte: Leben und Tod, diese Verpflichtungen sind mir wichtiger als staatliche Vorschriften – und so fühle ich mich auch. Ich messe dem Leben der Eva Vásquez – oder auch Lauras Leben oder Ihrem – viel mehr Wert bei als den Gesetzen unseres Landes.»

«Also meinen Sie, daß sich unsere politische Lage niemals ändern kann?»

«Für Politik interessiere ich mich nicht. Die einzigen Befehle, auf die man hören sollte, kommen von innen – Sie haben ja auch darauf gehört.»

Sie preßte die flache Hand gegen die Brust. «Mir geht es immer darum, die Dinge zu tun, die man im Innersten für richtig hält. Und seinen Bruder zu begraben gehört zu diesen Dingen.» Sie sprach wie ein Kind, sie sah die Dinge wie ein Kind, dann wurde sie wieder ernst. «Das hat mich auch bei der Arguedas-Truppe so mitgenommen. Sie waren die Schwestern und Brüder anderer Menschen.» Sie weinte jetzt.

«Und auch Geliebte, und Söhne und Töchter.»

Sie schüttelte den Kopf, hustete und drückte die Zigarette aus. «Nicht so wichtig. Man kann einen anderen lieben, andere Kinder bekommen.»

«Sie meinen, Sie würden Ihr Kind opfern?»

Mit der Hand strich sie über das Gras. Sie sprach wie auf einer Bühne. «Es braucht nicht viel, um ein Gesetz der Menschen zu brechen. Ein bißchen Staub, das ist alles. Was können wir schon tun, Agustín? Wir können Befehle befolgen und nichts unternehmen. Aber gibt es nicht noch andere Gebote? Sie sind doch bei Ihren Leuten gewesen. Brauchen sie nicht unsere Hilfe?»

Ich reagierte nicht. Sie starrte mich an, das Gesicht verquollen. Die Spur der Tränen glänzte auf ihren Wangen. In verletztem Tonfall fragte sie: «Agustín, gibt es einen Grund dafür, daß du mir nichts von deiner Reise erzählst?»

Ich hatte immer darauf geachtet, Yolanda von dem Wissen fernzuhalten, das in meinem Inneren brodelte. Mein Blick heftete sich auf ihren Knöchel und auf die Narbe knapp über dem hohen Schuh, wo sich die Leggings hochgeschoben hatten.

«Ich bin nicht der, für den du mich hältst.» Ich deutete mit einem Kopfnicken auf das Theater. «Ich bin so wie eines dieser Fotos da drin. Laura hat dir vielleicht erzählt, daß ich Rechtsanwalt bin, aber das stimmt nicht.»

Meine wahre Tätigkeit konnte ich ihr nicht enthüllen, aber ich erzählte, daß Tod, Gewalt und Lügen dazugehörten. Damit habe die Fahrt zu meinem Heimatort La Posta zu tun gehabt. Ich verschwieg ihr die Einzelheiten des Mordes an Pater Ramón, nicht aber das Massaker in der Kirche und das Massengrab beim Flugplatz, und auch nicht, wie die Menschen auf der Eukalyptusallee mit ihren Kochtopfdeckeln getrommelt hatten.

«Sie hatten mich nicht aufgespürt, weder sie noch ihre Hunde. Das kann nur daran gelegen haben, daß ich mich gerade umgezogen hatte.»

Ich erzählte ihr, wie ich die ganze kalte Nacht hindurch dort gelegen hatte, eingeklemmt unter dem Vorsprung der Felsspalte, die Kleider naß von Urin, krabbelnde Insekten im Gesicht und unter dem Hemd. Bei Sonnenaufgang war ich aus dem Loch geklettert, mit Schmerzen in Armen und Beinen. Ich hatte mich dreckig gefühlt.

Nach einem Bad im Fluß war ich ins Dorf zurückgegangen. Während der Nacht hatte ich einen Entschluß gefaßt. Dafür würde ich mit größter Behutsamkeit vorgehen müssen; weder der Bürgermeister noch das Militär durften von meiner Anwesenheit wissen.

Ich würde La Posta nicht verlassen, ohne Zeugenaussagen zu protokollieren.

«Anfangs hatten die Menschen viel zuviel Angst, um zu reden. Aber dann sprach es sich herum, daß es Agustín von der Kaffeeplantage war, und langsam füllte sich Lazos Praxis. Ich mochte mir gar nicht vorstellen, wie viele dieser Leute mich in der Nacht zuvor gejagt hatten.»

Ich sprach immer noch zu ihrem Knöchel. Ich merkte, wie

meine Hand in der Luft herumfuchtelte und daß die schmelzende Eiscreme mir die Finger hinunterrann.

«Für viele von ihnen war es seit ihrer Schulzeit das allererste Mal, daß irgend jemand etwas von ihnen wissen wollte. Deshalb verfielen sie in die Grundschülergewohnheit, sich mit erhobenem Arm zu Wort zu melden. Eine alte Frau, die nicht mehr gehen konnte, berichtete mir, wie sie drei Soldaten ans Ende eines Feldes geschleppt und dort vergewaltigt hatten, wobei der Offizier als erster drangekommen war.»

Yolanda nahm mir den Holzstab aus der Hand und stieß ihn in die Erde.

«Eine andere Frau hatte ihren Sohn verloren, weil die Soldaten sein Spielzeuggewehr für die Parade zum Unabhängigkeitstag gefunden hatten.»

Sie legte die Hand auf meine Hand, und die Eiscreme ließ ihre Haut an meiner haften.

«Dann war da eine Frau mit einem kleinen Baby, dem Ergebnis einer Vergewaltigung, die ihr bei einem früheren Überfall des Militärs widerfahren war. Damals hatte sie ihren Ausweis zeigen müssen. Der Soldat hatte ihn zerrissen, sich die Fetzen in den Mund geschoben und den Ausweis verschluckt. Dann hatte er seine Forderung wiederholt: ‹Wo ist dein Ausweis?›»

Yolanda hob meine klebrige Hand an ihre Lippen. Sie spreizte meine Finger. Dann schob sie sich Finger für Finger in den Mund und leckte jeden einzeln sauber ab.

Es war totenstill, und in diesem Augenblick verwandelte sich etwas zwischen uns. Es kam so unerwartet wie eine Bekehrung – und ebenso explosiv.

Geistesabwesend fuhr ich ihr mit dem feuchten Zeigefinger über die Augenbrauen und die Wangen entlang. Sie drückte den Kopf gegen mein Knie. Ihr Gesichtsausdruck wirkte erschüttert. Keiner von uns sprach ein Wort, aber als wir vom Rasen aufstanden, war sie nicht mehr Lauras Lehrerin.

Sehr viel später rief ich Sucre an.

«Immer noch kein Glück mit dieser Nummer», sagte er.

«Aber sie muß doch im Computer sein.»

«Die Telefonzentrale ist hin. Eine Autobombe.»

«Wenn du etwas Neues herausfindest, ruf an.»

Ich hatte den Wagen geholt, der noch hinter dem Einkaufszentrum geparkt stand, und war nach Hause gefahren. Unsere Straße war hell erleuchtet. Am Abend der Kosmetikpräsentation meiner Frau zeigte Ezequiel Nachsicht.

Ich hörte Sylvinas Stimme. Leise schloß ich die Tür hinter mir. In Lauras großem Spiegel sah ich sechs gespenstische Gestalten, die mit erhobenem Kinn in einer Reihe saßen, jede mit einem Handtuchkragen um den Hals.

Sylvina sagte gerade: «Die Produkte von verschiedenen Kosmetikherstellern miteinander zu mischen heißt eine Tragödie zu riskieren.»

«Ich hab gerade ein Vermögen für die neue Serie von Estée Lauder ausgegeben.» Marinas Stimme.

«Na, du könntest doch die Augenlotion von Sally Fay ausprobieren und einmal testen, wie sie dir gefällt.»

«Ich denke, man soll sie nicht mischen, hast du gesagt?»

«Ich überlege mir übrigens ein Gesichtslifting», sagte eine andere nachdenklich. «So wie Marina.»

«Dann würde ich vorschlagen, versuch mal diese Alpha-Hydroxid-Creme, Consuelo, bevor du dich unters Messer legst. Das wirkt so ähnlich wie ein richtiges Lifting – das revolutionärste Produkt, das Sally Fay herausgebracht hat.»

«Und wie genau wirkt es?»

«Es schützt vor schädlichen Umwelteinflüssen, indem es freie Radikale bekämpft. Es enthält sogar Vitamin E. Hier, trag davon ein wenig unter den Augen auf. Nein, komm, ich helfe dir. Vielleicht noch aufs Kinn, dort, da sehe ich eine kleine Unreinheit.»

Sie bezog hinter dem nächsten Stuhl Position.

«Maria, du hast eine eher rötliche Hautfarbe, deshalb werden wir diese Tönung hier verwenden, um das ein wenig auszugleichen. Ja, es sieht ein bißchen grün aus, aber das macht nichts ... Oh, Agustín ...»

«Bleibt doch sitzen, bleibt sitzen.» Sechs Hände gestikulierten unter ihren Handtüchern. «Wie geht's euch?»

Von den Stühlen erklang ein unsicherer Chor: «Wie sehen wir aus? Schauderhaft, was?»

Mit hochgerecktem Hals musterten sie Sylvinas Ehemann. Meine unvorhersagbaren Arbeitsstunden, die Wochenendschichten, meine unerklärlichen Fahrten in die Provinz, all das sorgte dafür, daß die meisten von ihnen sich kaum an mein Gesicht erinnerten.

Ich schenkte ihnen ein gütiges Lächeln der Ermutigung. «Ihr werdet alle wie die Engel aussehen.»

Patricia bemerkte unwirsch: «Beim nächsten Stromausfall können wir das sicher gut gebrauchen.»

Ich murmelte eine Entschuldigung und ging in die Küche. Seit ich von Yolanda weggegangen war, verspürte ich Hunger. Ich spekulierte auf die Brötchen, die Sylvina für ihre Gäste zubereitet hatte.

Mein Auftauchen hatte die Damen keineswegs durcheinandergebracht, sondern die Situation eher entspannt. Ich hörte, wie sie sich Stromausfall-Abenteuer erzählten.

Patricia war vor zehn Tagen nach Hause gekommen und hatte ihren Engelbarsch mit dem Bauch nach oben im Aquarium gefunden. Die Belüftung war ausgefallen, so daß das Tier vor Hitze erstickt war.

Margarita, eine freudlose Frau, die ständig über Zahnfleischbluten klagte, hatte beim Heimkommen ihre aufgetaute Tiefkühltruhe geöffnet, in der es schon von Maden wimmelte. «Sie waren überall im Rindfleisch – der Gestank war schon genug, aber diese widerlichen Viecher!»

Tanyas Mann war überhaupt nicht mehr heimgekommen, weil er eine Affäre mit einer vollkommen fremden Frau begonnen hatte, mit der er drei Stunden lang in einem Fahrstuhl eingeschlossen war.

Sylvina strich ihre Lotionen auf.

«Das hier bietet wirklich guten Schutz gegen die Alterung der Haut.»

Patricia sagte: «Auf der Kreuzung stand ein alter Mann, der regelte den Verkehr im Pyjama.»

«Es fühlt sich seidenweich an, und man braucht es nur einmal aufzutragen.»

«Es gibt Typen, die regeln gerne den Verkehr», sagte Marina. «In Miami waren die Irrenhäuser voll von denen.»

«Man bekommt damit eine richtig jugendliche Erscheinung.»

«Papa!» Lauras Kopf erschien in der Tür. «Die sind nicht für dich.»

Ich sprang auf. Vielleicht konnte ich Frieden mit ihr schließen.

«Jemand will dich am Telefon sprechen», sagte sie und entwand sich meinem Kuß.

Sucre hatte endlich eine Adresse.

«Nummer 1128. Da ist es!»

Er hatte mich im Renault abgeholt. Hinter uns fuhren Sergeant Gómez und drei weitere Polizisten in einem Transporter, den wir vom Morddezernat ausgeliehen hatten.

«Sie sollen uns überholen und auf der anderen Seite parken.»

Sucre sprach in sein Mikro. Der Transporter rollte vorbei. Die Scheinwerfer erfaßten einen Baum vor dem Haus, warfen ein Kaleidoskop seiner Schattenäste auf den blauen Stuck.

Santiagos letzte Zuflucht in der Not war ein einstöckiger Flachbau knapp fünf Minuten vom Meer entfernt. Die Farbe blätterte in großen Schuppen von der Mauer ab. Die unlakkierten, schiefen Fensterläden waren verriegelt. Um Calle Tucumán Nummer 1128 hatte sich lange keiner mehr gekümmert.

«Nicht allzuviel zu erfahren über die Wohnung», sagte Sucre. «Der Mietvertrag lief im Februar aus. Mieter war ein gewisser Miguel Angel Torre. Laut den Papieren ein Dichter.»

«Wo ist dieser Torre jetzt?»

«Wir suchen nach ihm. Aber irgendwer bezahlt die Rechnungen. Weder Strom noch Telefon sind abgeschaltet worden.»

Der Transporter parkte fünfzig Meter hinter dem Haus. Ein paar Jungen warfen mit Steinen nach einer Bierflasche auf einer Mauer. Einer von ihnen, der unseren Wagen bemerkt hatte, löste sich aus der Gruppe und schlenderte auf uns zu. Er blieb in einiger Entfernung stehen und gab sich desinteressiert. Dann meldete sich das Funkgerät.

«Was ist denn das da oben?»

«Sieht aus wie ein Käfig.»

Ich griff nach dem Feldstecher. In einem Drahtgestell auf dem Dach wuselten irgendwelche Vögel herum.

«Sollen wir das Haus ein, zwei Tage lang beobachten?»

«Nein.» Santiago könnte sie schon gewarnt haben. Ich senkte den Blick zur Haustür. Dort stand, in grauer Farbe aufgesprüht, der Name eines Schriftstellers, der als Präsident kandidiert hatte.

«Frag mal Gómez, was er sieht.»

Sucre sprach in das Funkgerät. Irgend jemand im Transporter, nicht Gómez, sagte gerade: «... und dann hat sie versprochen, sie würde mir einen blasen, wenn ich sie laufenlasse.»

«Gómez, wie steht's?»

Gómez meldete sich. «Auf der Rückseite brennt Licht. Ansonsten keine Bewegung zu sehen.»

Zu mir gewandt, fragte Sucre: «Gehen wir rein?»

«Sag Gómez, sie sollen ums Haus herumfahren und gut aufpassen. Vielleicht gibt es einen Garten, durch den sie flüchten könnten.»

Ich hörte ein Knattern in der Luft. Ein Hubschrauber zog nordwärts davon, in einen Himmel hinein, der von rotem Feuerwerk erleuchtet war.

«Rot? Was bedeutet das?»

«Die Farben hat noch keiner entschlüsselt. Gestern war das Feuerwerk blau. Und vorgestern grün.»

Auf seinem Weg vom Hauptquartier war es drunter und drüber gegangen. In den Straßen türmten sich brennende Autoreifen. Schaufenster wurden zertrümmert, Geschäfte geplündert.

«General Merino meint, daß da eine riesige Kacke am Dampfen ist.» Er nahm den Feldstecher und hob ihn an die Augen.

Wir beobachteten die Straße, bis Gómez sich wieder über Funk meldete. Der Junge kniete knapp zwanzig Meter entfernt auf dem Pflaster und schnürte sich die Turnschuhe neu.

«Ich sag dir, den General erkennst du nicht mehr wieder. Calderón und Lache behandeln ihn wie ein Stück Dreck. Er ist total entmachtet.»

Er wickelte ein Stück Zeitungspapier auseinander. «Eine Birne gefällig?» Sie kamen von der Farm seiner Eltern.

Im Haus direkt neben uns öffnete sich ein Fensterladen.

Durch das Fenster sah ich eine Frau in einem Sporthemd. Mit ausgestrecktem Arm hüpfte sie in die Höhe, um einen langsam rotierenden Ventilator zu berühren. Sie erinnerte mich an Yolanda. Wie alles und jedes. Ein Lachen ertönte, und ein dicker Mann im Unterhemd erschien am Fenster. Er lehnte sich aufs Fensterbrett, ein Glas in der Hand. Zog man fest genug an seiner roten Nase, dachte ich, ließ sie sich bestimmt abreißen. Nach einer Weile hörte er auf zu lachen und verschwand wieder im Zimmer.

Ich aß meine Birne, auf die junge Frau konzentriert, und fragte mich, warum sie wohl mit dem Ventilator spielte, als mir plötzlich der Blick von einem scheußlichen Gesicht verstellt wurde. An das Autofenster gepreßt, wischten die Lippen eines verzerrten Mundes über das Glas.

«Hau ab, du!» Sucre warf rasch die Zeitung über seine Pistole, beugte sich über mich und schlug auf die Scheibe.

«Kann ich nicht hier stehen?» Die Stimme des Jungen, gedämpft durch das Glas, aufmüpfiger Unterton.

«Nein.»

«Wieso nein?»

«Hau schon ab, los!»

Sein Blick streifte durch den Innenraum des Wagens. Dann richtete er sich auf. Er schlenderte zurück zu den anderen, auf dem Weg hob er einen Stein auf. Ich hörte das Scheppern von Glas, dem ein lauter Schrei folgte. Dann legte sich wieder Stille über die Straße. Eine furchteinflößende Stille.

Gómez bestätigte über Funk, er sei in Stellung. Wieder explodierte eine Rakete, war aber wegen der Dächer nicht zu sehen. Sucre spielte unter der Zeitung mit seiner Pistole und sagte: «Wenn dieser Ezequiel da drin ist, werde ich ihm den Saft abdrehen.»

Falls wir hinter diesen Fenstern dort tatsächlich Ezequiel antrafen – wie verlockend war doch der Glaube daran, es würde über Nacht alles aufhören – die Schießereien, die Morde, die Messer an unserer Kehle –, und das Leben wäre dann ohne Bitterkeit. Sylvina könnte gefahrlos mit Laura ans Meer fahren, ihr Luftballons kaufen und sich in der Sonne die Zehennägel lackieren. Aber Edith dürfte einem Leichtgewicht wie Santiago wohl kaum Ezequiels Telefonnummer gegeben haben.

«Was war das?» fragte ich.

«Klang wie ein Hund an einer Mülltonne.»

«Los, gehen wir.»

Im Inneren des Hauses hing der Gestank nach verbranntem Filter; eine Zigarette war halb in einer Tasse ausgedrückt. Der Fernseher war noch warm, und die hintere Tür stand offen. Auf der Veranda schwankte eine Lampe in der Brise vom Meer.

Sucre kam vom Garten hereingerannt, gefolgt von Gómez.

«Sie sind gewarnt worden. Wir hätten sofort stürmen sollen.» Er stieß krachend den Fuß gegen die Tür.

Ich trug Gómez auf, die Jungen auf der Straße hochzunehmen, dann durchsuchte ich das Haus. Wen immer Ezequiels tausend Augen da alarmiert hatten, er war in Panik geflüchtet. Kleider türmten sich auf einem schmalen Eisenbett; auf dem Küchentisch stand eine halb aufgegessene Dose Pfirsiche, daneben lag eine aufgeschlagene Architekturzeitschrift; im Wohnzimmer, auf dem Fernseher gestapelt – drei Videobänder.

Eine Trittleiter führte durch eine Luke auf das Flachdach, von wo ich Gómez durch die leere Straße rennen sah. Wachsam suchte ich die Zäune und Dächer ab. In der kühlen, trokkenen Nacht bewegte sich nirgends auch nur ein Schatten.

Mein Kommen hatte die Vögel im Käfig aufgestört. Durch das Feuerwerk beunruhigt, klammerten sie sich in den Draht und spreizten hektisch das Gefieder. Ich hatte sie für Tauben oder so etwas gehalten, jetzt aber sah ich, daß es Papageien waren. Wütend und ohne auf ihr Kreischen, Krächzen und Flattern zu achten, stemmte ich den Käfig an den Rand des Daches und versetzte ihm einen Tritt.

Als ich wieder unten war, schlugen gebrochene grüne Flügel Blut über die Veranda, und die sterbenden Vögel sangen ihren Schmerz aus zerschmetterten Schnäbeln.

Als ich am Mittag des nächsten Tages im Café Haiti wartete, war es dort leerer als sonst. Ich setzte mich an einen Ecktisch und bestellte einen Kaffee.

Die Kellnerin nahm die Speisekarte an sich. «Ich erinnere mich an Sie.»

Die Aussicht, ohne eine Verabredung für ein neues Treffen von Yolanda wegzugehen, war unerträglich gewesen. Ich hatte nicht gewußt, wie ich das Thema am besten anschneiden sollte. Dann hatte sie über ihre *Antigone*-Aufführung gesprochen und erzählt, sie wollte heute die Kostüme dafür abholen.

«Könnten wir uns nicht danach treffen – im Haiti?»

Ich hatte mich von der Calle Tucumán losreißen müssen. Wir durchkämmten das Haus von oben bis unten. Bisher hatten wir nichts gefunden außer einer schwarzen Roßhaarperücke, einer Kampfjacke am Türhaken und einer Pappschachtel mit weiteren Exemplaren des Flugblatts, das Hilda Cortado verteilt hatte. Und dann waren da die drei Videokassetten in meiner Aktentasche. Ich würde sie mir auf dem Revier ansehen, sagte ich zu Sucre. Dann schwänzte ich zum erstenmal in meiner ganzen Laufbahn die Arbeit.

Um Viertel nach zwölf stieß Yolanda die Glastür auf. Sie trug ein marineblaues Kleid – ärmellos, bauschig, knapp knielang – und an einem Schulterriemen eine Tasche aus Rohseide mit einem Muster aus weißen Lamas. Sie erhob sich auf Zehenspitzen und sah sich zweimal im Café um, ehe sie meine winkende Hand entdeckte.

Mit gesenktem Kopf kam sie herüber, und wir umarmten uns ungeschickt. Sie hatte sich das Haar gewaschen, daneben roch ich den neuen Stoff ihres Kleides, und ich wußte, daß sie es für mich trug.

«Du siehst hübsch aus.»

«Das hier darf ich auf keinen Fall liegenlassen.» Sie schob die Tasche unter den Tisch.

«Darf ich sehen?»

«Bringt Unglück. Erst wenn ich damit auf die Bühne komme.» Sie wollte keinen Mißton in unser Zusammensein bringen und war noch nicht bereit, mir in die Augen zu sehen.

Zur Kellnerin sagte sie: «Wissen Sie, was ich mir jetzt mehr als irgendwas auf der Welt wünsche? Eine Portion *suspiros de Lima*.»

«Die haben wir leider nicht.»

«Ach, schade. Dann vielleicht eine *lamesita*?»

«Es gibt nur *pan árabe* oder *pan de Viena*.»

«Dann bitte *pan árabe*.» Sie blickte sich um. «Haben wir hier nicht auch letztes Mal gesessen?» Jetzt sah sie mich an. «Siehst du? So schnell haben wir eine Geschichte.»

Ich möchte nicht allzuviel über diesen Nachmittag erzählen. Was ich damit meine ... nun, daß ich es gar nicht genau sagen kann. Was zwischen uns geschah, ist kein vollständiges Bild in meinem Kopf, ebensowenig wie Yolanda selbst. Wie lange hatten wir einander gekannt? Wenn ich die Stunden zusammenzähle, werden es nicht viel mehr gewesen sein als die Zeit, die ich mich hier schon mit Ihnen unterhalte.

Ich will es mal so ausdrücken: Jahrelang hatte ich weder nach links noch nach rechts gesehen, immer nur geradeaus gestarrt, auf ein einziges Ziel fixiert – die Festnahme von Ezequiel. Und jetzt, aus heiterem Himmel, hatte diese junge

Frau meinen Arm genommen und mir etwas angeboten, dem ich hätte widerstehen sollen.

Der Himmel war immer noch ein wenig hell, als wir aus dem Haiti aufbrachen. Den Rest des Nachmittags gingen wir spazieren. In Richtung Meer und dann den Malecón entlang. Ich fühlte mich grenzenlos frei, als triebe ich im unendlichen Raum. Wenn ich sie ansah, fühlte ich mich von den Geistern meiner glücklichsten Kindheitserinnerungen angerührt.

«Dieses Meer», erinnere ich mich an einen meiner Sätze. «Es führt nirgendwohin, aber ich liebe es.»

Und später: «Jetzt gehe ich schon zwanzig Jahre lang auf dieser Straße, ohne daß mir der komische graue Turm da je aufgefallen ist.»

Auf irgendeinem Platz – ich sollte ihn niemals wiederfinden – setzten wir uns auf eine Bank.

«Wohin schaust du?» fragte ich.

«Auf dein Handgelenk. Ich hab's mir schon gestern angesehen, auf der Wiese.»

«Mein Handgelenk?»

«Ja, ich sehe mir immer die Handgelenke eines Mannes an. Oder seinen Nacken oder seine Fußknöchel. Die verletzlichen Stellen.»

Ich betrachtete mein Handgelenk. Es war mir noch nie besonders verletzlich vorgekommen.

«Und was sagt es dir?»

«Jeder intelligente Mensch kann Bescheidenheit vortäuschen, Agustín, aber du bist wirklich bescheiden.»

Ihre Hand fuhr plötzlich auf mein Gesicht zu, und ich duckte mich rasch.

«Was tust du da?»

«Ich schlag dich doch nicht.» Geschickt schnippte sie mir einen großen Krümel *pan árabe* aus dem Mundwinkel.

War es auf dieser Bank, daß sie mir die wenigen Details aus

ihrem Leben erzählte, oder habe ich sie von einer anderen Unterhaltung mit ihr? Viel war es jedenfalls nicht. Konservatives Elternhaus. Einzige Tochter eines Bauingenieurs, dem sie sehr nahegestanden hatte. Von der Mutter, einer frommen Lehrerin, war sie viermal pro Woche zur Messe in die Fatima-Kirche von Belgrano geschickt worden. Schon sehr früh hatte sie sich nach Flucht gesehnt. Die Gelegenheit bot sich, als sie fünfzehn war. Die Nonnen vom Sophianum, ihrer Klosterschule, nahmen sie auf einen Ausflug in die Barackenslums mit. Die Oberin flößte ihr die Überzeugung ein, es sei etwas Schreckliches, schlimmer als eine Lüge, wenn Yolanda die Lebensbedingungen dieser Menschen ignorierte. So beschloß sie, Missionarin im Dschungel zu werden. Ihr Vater war außer sich gewesen. Er erlaubte es ihr nicht.

«Also wurde ich Tänzerin.»

Immer wenn sie von ihrer Arbeit sprach, lag ein Anflug von Skrupellosigkeit in ihrer Stimme. «Du glaubst vielleicht, ich bin ein netter Mensch. Aber frag mal Laura. In meinem Studio bin ich anders. Wer in dieses Studio kommt, der ist dort, um Disziplin zu lernen, um sein Ego loszuwerden.»

Ein andermal sagte sie: «Du weißt nicht, wie das Tanzen ist. Man kann darüber sprechen, aber es ist eine Berufung. Man fühlt sich anders. Man fühlt sich wie etwas Besonderes. Man muß dabei sehr stark man selbst sein, aber nur, um jemand anderes werden zu können.»

«Wie meinst du das?»

«Sieh mal, ich habe Pausbacken. Und da bin ich zu schwabblig – und hier auch. Trotzdem sagen die Leute ständig: ‹Du bist so schön, Yolanda. Was für ein herrlicher Körper.› Aber mich interessiert ein herrlicher Körper nur dann, wenn sich damit etwas darstellen läßt. Denn was ist man denn? Man ist viele Menschen. Ich selbst kann für mich gar nicht wirklich sein, wenn ich nicht auch zum Beispiel Antigone werden kann.»

Ich hatte noch nie jemanden wie Yolanda kennengelernt. Doch wenn ich hier ihre Qualitäten beschreibe, scheinen sie so dürftig. Wie gesagt, sie war erstaunlich lebendig – sie brachte wahrhaftig die Luft um sich herum zum Vibrieren. Sie war attraktiv, tat aber nicht so, als könnte ihr alles gelingen. Sie war idealistisch, und zugleich benahm sie sich bisweilen, als hätte sie jeden Glauben verloren. Sie war zärtlich. Sie war begeisterungsfähig. Vor allem aber besaß sie diese Spannung in sich. Selbst in Ruhe schien sie jederzeit bereit, durch den Raum zu wirbeln. Manchmal hatte ich den Eindruck, als wartete sie auf ein Signal, das niemand außer ihr bemerken würde – und daß es gerade ertönt war, wenn man zu ihr sprach. Dann brach sie plötzlich ab, und ihre Miene nahm den Ausdruck intensivster Erwartung an. Sie blickte dabei ins Leere und mußte sich erst mit einem Ruck wieder zur Aufmerksamkeit zwingen. Oder sie lauschte einem ganz manierlich – aber ein paar Minuten später lenkte sie irgend etwas ab und sie rief zum Beispiel aus: «Sieht der Mann da nicht lächerlich aus? Obwohl mir solche Frisuren ja eigentlich gefallen.»

Angeregt durch die Tasche zu ihren Füßen, mit dem Kostüm darin, das sie mir nicht zeigen wollte, befragte ich sie über ihre Vorstellung. Wer hatte das Ballett choreographiert, wer spielte den Kreon, was für ein Bühnenbild hatte sie dafür?

Sie rollte mit den Augen. «Ach, es ist chaotisch. Ursprünglich waren wir zu viert, einschließlich Lorenzo. Du kennst ihn, ihr seid euch im Theater begegnet. Wir waren auf der Suche nach einem Drama zum Tanzen. Dann kam im Fernsehen eine Sendung über die Arguedas-Truppe, und da hatte ich die Idee: Wie wär's mit *Antigone*. Also lasen wir Sophokles. Dann Anouilh. Dann Brecht. Dann stritten wir lange herum. Als die Gruppe am Ende zerbrach – zwei wollten Regie führen, jeder wollte die Antigone tanzen –, da sagte ich: Ihr könnt mich alle mal. Ich tanze sie allein.»

Wir gingen um den Platz herum. Saubere Häuschen. Eine Frau hinter einem Gitterfenster sah von ihrem Buch auf. «Hast du gesehen, wie die Dame dort vor sich hin lächelt?» In einem Auto ein Paar, das nicht miteinander sprach. «Was tut sie wohl mit ihm?» – «Was tut irgendwer mit irgendwem?» Gelächter.

Am Ende des Platzes kam ein großer schwarzer Hund mit rötlich gefärbter Kruppe aus dem Gebüsch geschossen und schob hechelnd den Kopf zwischen uns.

Ich stieß ihn beiseite, weil ich Angst hatte, er könnte Yolanda angreifen. Er sprang auf ihre andere Seite und leckte ihr die Hand.

«Sitz! Brav, sitz!» Sie streichelte ihm das glänzende Fell und ergriff dann meinen Arm.

«Morgen werde ich neunundzwanzig.»

«Wie wirst du das feiern?»

«Proben. Dann Ballettstunden. Dann wieder Proben.»

Sie wirkte abwesend. So als ob sie sich einen komplizierten Tanzschritt überlegte.

Ich dachte an den gelben Strickpulli, den sie mir gegen die Brust gehalten hatte. «Geht nicht vielleicht dein Bruder mit dir aus?»

«Aber Agustín!» rief sie. «Mein Auftritt ist nächste Woche! Ich bin mit der Choreographie noch nicht fertig. Ich habe Alpträume!»

«Alpträume? Wovon denn?»

Sie preßte sich die Finger einer Hand gegen das Kinn und sah dem Hund nach, der ein Stück vorgelaufen war. «Na schön. Ich träume, daß ich zu spät zu meiner Vorstellung komme. Im Hintergrund höre ich eine Flöte – vielleicht ist es deine Regenpfeife! –, und ich kann die Bühne nicht erreichen, ich kann nicht rennen. Etwas, jemand hält mich zurück. Im letzten Moment reiße ich mich los, und es ist dunkel auf der Bühne, nicht genug Licht, um etwas zu sehen.»

«Aber an deinem Geburtstag solltest du auf keinen Fall allein sein ...»

«Das ist kein Problem.»

«Meine Frau sorgt sich, daß du keine Freunde hast.»

Sie brach in Gelächter aus. «Deine Frau hat schon recht. Gestern, bevor ich dir über den Weg gelaufen bin, fühlte ich mich so nutzlos. Ich wollte einfach alles hinschmeißen. Aber dann sagte ich: Nein, doch lieber nicht, ich hab zuviel zu tun.»

«Und deshalb hast du keinen Freund?»

«Ach, ich hab mich schon umgetan», sagte sie unerwarteterweise. «Ich war sogar verlobt: mit einem Dichter, so einem Luftikus, der nichts als Autos und Mode im Kopf hatte.»

«Hast du ihn nicht geliebt?» fragte ich, ohne zu überlegen.

«Sicher hab ich ihn geliebt. Aber dann kam mir die Arbeit dazwischen.»

Wie ein Kind entzog sie mir ihren Arm und rannte voraus, um einer Blechdose einen Tritt zu versetzen. Sie trat noch einmal danach, dann jagte der Hund hinterdrein und stieß die Dose mit der Schnauze von ihrem Fuß weg. Schließlich trottete er davon, die Dose im Maul. Yolanda sah mich an und hob achselzuckend die Arme. Ich verspürte erneut einen Stich von Vertrautheit, und da wußte ich, daß eine meiner Stärken gebrochen war.

Ich fuhr Yolanda nach Hause und kehrte gegen sieben Uhr zum Polizeihauptquartier zurück. Im Medienraum im vierten

Stock übergab ich die Videos aus der Calle Tucumán an Sergeant Clorindo und holte mir einen Becher Wasser.

«So, Clorindo. Es kann losgehen.»

Ohne viel Hoffnung nahm ich Platz. Ich hob den Becher zum Mund, um daraus zu trinken, als auf dem Bildschirm das Gesicht des verstorbenen Innenministers Quesada erschien. Das Video zeigte die Fernsehübertragung einer seiner Parlamentsreden. Ich trank aus und lehnte mich zurück. Schon kam mir das Ganze wie die reinste Zeitverschwendung vor. Wahrscheinlich waren auf den anderen beiden Kassetten Spielfilme. Ich war Enttäuschungen ja so gewohnt.

Es sollte nicht einmal eine Sekunde lang dauern. Im Grunde war es nicht mehr als eine belanglose Ungeschicklichkeit. Aber selbst die kleinste unserer Gesten ist niemals so unbedeutend, wie wir meinen. Man reicht einen Camcorder weiter, man wischt jemandem die Krümel aus dem Mundwinkel. Die Konsequenzen sind jedesmal unberechenbar.

Das erste Video war eine Zusammenstellung von Fernsehnachrichten. Quesadas triumphierende Rede. Quesada mit Frau und Leibwächter tot auf der Bühne des Teatro de Paz. Admiral Prados Leiche auf dem Gehsteig. Alles Nachrichtenmeldungen des Senders Canal 7, insgesamt fünfzehn Spots.

Auf der zweiten Kassette fanden sich Außenaufnahmen, gefilmt durch das Rückfenster eines schnell fahrenden Wagens. Der Präsidentenpalast, eine Kaserne im Süden der Hauptstadt, zwei Häuser, die ich nicht erkannte. Vermutlich die Ziele von geplanten Anschlägen.

Die Bedeutung des letzten Videos wurde mir nicht sofort bewußt. Es bestand aus einer einzigen langen Sequenz, körnig und mit starkem Blaustich, so als wäre es die Kopie einer Kopie. In einem nichtssagenden Zimmer sah man eine Gruppe von dunkelgekleideten Männern und Frauen, die in einer rituellen Feier tanzten.

«Dreh den Ton lauter.»

Clorindo stellte die Lautstärke auf ein hohes, insektenartiges Sirren. «Keiner drauf», stellte er fest.

Der Boden war mit Blumen bestreut. Arm in Arm bewegten sich die Tänzer vor und zurück, dabei zertrampelten sie die Blumen. Gleichzeitig konzentrierten sich ihre Mienen auf denjenigen, der die Videokamera hielt und über dessen filmisches Können so mancher Blick, trotz der gelösten Fröhlichkeit des Ausdrucks, gewisse Zweifel ausdrückte. Der Bildwinkel machte deutlich, daß der kameraführende Tänzer, der sich mit irgendwie trunkenem Schwanken bewegte, das Gerät nicht richtig bedienen konnte. Man sah eine kurzhaarige Frau mit ziemlich plattem Gesicht und einem sehr männlichen Mund, die Anweisungen brüllte. Dann hatte wohl eine Hand den Lautstärkeregler gefunden.

Abrupt war das laute Stampfen von Füßen zu hören, dazu Stimmengewirr und Frank Sinatra mit «Summer Wind». Ich vernahm das schwere Atmen des Kameramanns, ähnlich der brausenden Resonanz einer Meeresschnecke, die man sich ans Ohr hält.

Die plattgesichtige Frau drängte: «Gib her, gib doch mal her!»

Als sie nach der Kamera griff, erhaschte ich einen Blick auf die Gestalt dahinter – ein großer Mann in einem hellen Pullover, von der Seite aufgenommen. Als er bemerkte, daß der Camcorder noch lief, fuhr er zusammen, streckte die Hand aus und verdeckte damit das Objektiv. Damit endete das Video.

«Geh noch mal zurück an den Anfang», bat ich Clorindo.

Konnte dieses ausdruckslose Gesicht Edith gehören? Ich erinnerte mich an sie nur stark geschminkt und mit längerem Haar.

«Sehen wir uns ihre Augenfarbe näher an.»

Clorindo stoppte das Band. Er rief ein Programm zur Bildoptimierung auf, mit dem sich die Pixelgröße erhöhen ließ. In einer Ecke des Monitors erschien ein Icon, das er mit der Computermaus über die Augen zog und dann mit einem Doppelklick aktivierte. Das Bild war nicht scharf genug.

«Versuch's mit einem anderen Algorithmus.»

Er gab die Koordinaten ein. Wieder markierte er ein Einzelbild und digitalisierte es. Die Augen der Frau füllten jetzt den ganzen Bildschirm. Sie waren vom selben bläulichen Ton wie das ganze Video. Aber ich wußte, daß sie grün waren. Ich sah in die Augen der Mörderin von Pater Ramón.

«Spul weiter vor.» Ich wollte die tanzende Gestalt am Ende sehen, den fotoscheuen Kameramann.

Edith, jetzt wieder lebendig, packte die Kamera. Das Bild kippte zu Boden und zeigte kurz mehrere Hosenbeine. Dann beschrieb die Kamera einen Bogen über die Zimmerwände und filmte schließlich die Schultern des Mannes.

«Halt. Vergrößer mal diesen Ausschnitt da.»

Das Icon wurde angewählt. Die Hand wackelte, Bild für Bild, auf das Objektiv zu. Zwischen den Fingern erkannte ich einen schütteren Bart, eine schwarze Hornbrille, zwei schmale Augen.

Ezequiel.

Wir ließen das Video noch einmal von vorn laufen. Es ist erstaunlich, was man alles übersieht, wenn man auf anderes achtet. Ich konzentrierte mich so sehr auf Edith und den bärtigen Tänzer, daß mir das Straßenschild erst auffiel, als wir die Kassette einige dutzendmal gespielt hatten.

Die drei Buchstaben waren während des Gerangels gefilmt worden, als Edith die Kamera an sich gerissen hatte. Anfangs hatte ich angenommen, da hinge ein Bild an der Wand. Erst Clorindo machte mich auf den wahren Sachverhalt aufmerksam: «Das da ist kein Bild. Das ist ein Fenster.» Vor dem Fenster stand ein Baum. Draußen war Nacht.

«Geht das nicht noch schärfer? Versuch's mal mit Vectormapping.»

Der Computer verstärkte die Auflösung. Vom Schrifttyp und der Anordnung der Buchstaben her war es ein Straßenschild. Der Fensterrahmen schnitt das linke Ende des Wortes ab, und ein paar Äste verdeckten die folgenden Buchstaben, aber deutlich zu erkennen war ERO.

Ich rannte nach unten in mein Büro. Ließ über Computer die Register durchsuchen; ich brauchte eine Liste mit allen Straßen, in denen diese Buchstabenfolge vorkam. Zwar hatte ich keinerlei Anhaltspunkte dafür, daß die Straße in der Hauptstadt lag, aber ich wollte die Suche nicht erweitern. Noch nicht.

Wie lange würde es dauern? «Eine Stunde, zwei?»

Meine Sekretärin sagte: «Circa eine Stunde.»

Ich rief Sucre an. Er durchstöberte immer noch das Haus in der Calle Tucumán. General Merino saß ihm im Nacken, begierig darauf, die Razzia propagandistisch für sich auszuschlachten.

«Er will unbedingt auch mit dir reden. Er will die Presse verständigen.»

Ich hatte keine Lust, mit dem General zu sprechen. Ich sagte meiner Sekretärin, ich sei in einer Stunde wieder da, und kehrte in den Medienraum zurück. Eigentlich hatte ich an diesem Abend meinen Bericht über das Militärmassaker in La Posta formulieren wollen. Aber auf einmal war mir nichts mehr so wichtig wie dieses Video. Ich ließ es mir von Clorindo immer wieder vorspielen, mit lauter verschiedenen Filtern. Zum erstenmal, seitdem ich ihn in Sierra de Pruna ausgefragt hatte, bekam ich eine spürbare Ahnung der Gegenwart Ezequiels. Durch das Mehrfachkopieren hatte das Bild sehr gelitten. Seine Züge waren verschwommen und undefiniert, wie im Licht einer Sonnenfinsternis, aber ich hatte keinen Zweifel mehr: Diese Finger, die auf die Kamera losfuhren, diese Augen, die die Finger halb verdeckten, gehörten ihm. Seine Finger, seine Augen. Ezequiel der Kameramann. Ezequiel der Tänzer.

Um halb elf bekam ich den Computerausdruck. Er enthielt zwei Adressen. Ich kannte sie beide. An die Calle Perón erinnerte ich mich aus meiner Zeit beim Diplomatenschutz. Eine schicke Sackgasse mit mehreren Banken und Botschaften.

Auch die zweite Adresse war mir vertraut: eine ruhige, baumbestandene Straße in dem Vorort Surcos, dort standen ungefähr hundert Häuser. Und das Ballettstudio meiner Tochter.

13

VON ANFANG AN stellte ich zur Überwachung der Calle Diderot und der Calle Perón zwei Teams ab, jeweils fünf Personen, Männer und Frauen, die als Straßenkehrer, städtische Gärtner, Liebespaare verkleidet waren. Sie sollten über die Aktivitäten aller Bewohner berichten: wann sie aus dem Haus gingen und zurückkehrten, wen sie zur Tür hereinließen. Der Abfall wurde aus beiden Straßen in einem speziellen Müllwagen gesammelt und genauestens untersucht.

«Besorg uns eine Liste der Apotheken und Drogerien für beide Viertel», wies ich Sucre an. «Wer kauft dort was für Salben und wie oft? Alles, was gegen Psoriasis hilft, ich brauche jeden Einkauf. Ebenso gehen wir bei den Tabakläden vor. Wir suchen jemanden, der regelmäßig amerikanische Zigaretten kauft: Winston, Marlboro, Camel, L&M. Dann eine Liste der Hausbesitzer. Ihre Berufe, wie lange sind sie schon da, wo kommen sie her? Jeder ist verdächtig. Sogar der argentinische Botschafter.»

Bis auf Yolanda natürlich. Ich mußte sie warnen.

Als Yolanda ihren Geburtstag erwähnte, hatte sie herunterzuspielen versucht, wie wichtig er ihr war, aber sie konnte nicht das kleine Mädchen vor mir verbergen, das ihn schrecklich gerne feiern wollte. Dieser Anlaß wurde mir zum Vorwand.

Um neun Uhr, eine halbe Stunde nach der Modern-Dance-Lektion, ging ich die Calle Diderot entlang und drückte ihre Klingel. Ich trug ein ungeschickt eingewickeltes Paket und eine flache Schachtel mit einem Bananenkuchen darin.

Der Kuchen war nicht das, was ich eigentlich hatte kaufen wollen. Im Schaufenster der Konditorei waren mir wunderschöne *suspiros de Lima* aufgefallen, so geschickt plaziert, daß ich glaubte, ich könne sie mir leisten. Als die Verkäuferin das Tablett herausnahm, stellten wir fest, daß der Preis viel höher war als angenommen. Was ich mir leisten konnte, war dagegen armselig. Als ich aus dem Geschäft ging, wurde mir bang. Der Kuchen war nicht genug. Was konnte ich ihr sonst noch mitbringen?

Das Geschenk, für das ich mich am Ende entschied, war nur als nette Geste gedacht. Jetzt aber fragte ich mich, ob die Tatsache, daß ich sowohl einen Kuchen als auch ein Geschenk mitbrachte, nicht als Zeichen für etwas anderes gedeutet werden konnte – für ein tieferes Gefühl. Machte ich mir etwas vor? Was würde sie davon halten?

Im Studio war es dunkel. Im Obergeschoß, von den gelben Vorhängen verborgen, sah jemand fern. Ich klopfte an die Tür. Ein Teil von mir hoffte, sie sei ausgegangen. Ich war dabei, mich zu verlieben, ohne es zu wollen. Und doch hatte mich jetzt meine Arbeit in ihre Straße gebracht.

Ich klopfte nochmals, dann gab ich auf. Schon war ich zwei oder drei Schritte gegangen, als die Tür aufging.

«Agustín?»

Sie lehnte im Eingang, ein Bein angewinkelt, so daß der Fuß sich gegen den Türrahmen stemmte, die Hände an die Wangen gelegt.

«Glückwunsch zum Geburtstag», sagte ich.

Ihre Brauen zogen sich zusammen, und sie musterte mich eine Zeitlang prüfend. Sie hatte sich hastig ein dünnes schwarzes Kleid übergeworfen, und das Haar klebte ihr in feuchten Strähnen im Gesicht.

«Warum hast du nicht richtig geklopft?» fragte sie.

«Ich dachte, das hätte ich.»

«Ich sollte dich nicht hereinlassen.» Sie zog sich die Träger des Kleides zurecht. Ihre Schultern waren vom Duschen gerötet.

«Aber du kannst doch nicht den ganzen Tag lang tanzen. So eingesperrt in deinen vier Wänden ...»

«Was hast du da mitgebracht?»

Neugierig sah sie auf das Paket. Sie war sich nicht sicher, was sie tun sollte.

«Einen Bananenkuchen.» Ich hob die Schachtel. «Wir könnten ein Stück essen. Dann geh ich wieder.»

Sie trat beiseite, um mich einzulassen, dann schloß sie die Tür und ging mir barfuß voran, durch die Schiebetür ins Studio.

«Ich hab mir gerade die Haare gewaschen.» Sie legte eine Kassette in die Stereoanlage – die Pretenders mit «Stop Your Sobbing» – und drehte den Ton laut auf. Sie freute sich, mich zu sehen, wollte mich aber dennoch nicht da haben.

Ich reichte ihr das Paket, wir setzten uns im Schneidersitz auf den Boden, und ich fühlte mich wieder wie ein Teenager: in einem Zimmer ohne Stühle, bei lauter Musik, mit einem hübschen Mädchen, und von irgendwoher kam der Duft nach Lilien.

«Nett, daß du daran gedacht hast.» Sie zog die Schnur auf. Als sie Lazos rotes Keramikgefäß ins Licht hob, stieß sie einen leisen Freudenschrei aus. Sie drehte es in den Händen und ließ zärtlich die Finger über den Rand gleiten.

«Es ist eine Porträtvase.»

«Und die schenkst du mir?»

«Brauchst du nicht einen Krug für deine Antigone?»

«Könnte ich denn Blumen hineintun?»

«Sie ist sehr alt. Und wahrscheinlich porös. Das Wasser könnte auslaufen.»

Mit einer fließenden Gebärde hob sie die Hände und

schwenkte die Vase über dem Kopf hin und her. Als sie den Arm bewegte, sah ich Seifenschaum in ihrem Ohr. Sie warf das Gefäß in die Luft.

«Vorsicht!»

Sie fing es wieder auf und drückte es sich schwungvoll an die Brust.

«Siehst du, jetzt ist es ein Baby.» Sie war überwältigt. «Sie ist wunderschön. Ich danke dir.» Auf allen vieren krabbelte sie zu mir hinüber und küßte mich auf die Wange. Ein seifiger Geruch mischte sich mit dem scharfen Duft ihrer Haut.

«Aber ich habe auch etwas für dich.» Sie kam auf die Beine und hüpfte aus dem Zimmer.

Ich zog mir gerade das Jackett aus, als sie mit einer langen Holzflöte in der Hand zurückgerannt kam.

«Die hab ich am Berg Ausangate gekauft. Es ist eine *pinkullo*. Spiel etwas darauf.» Sie schaltete die Musik aus, legte sich seitwärts auf den Boden, die Beine eng an den Körper gezogen, und beobachtete mich.

Ich drückte das Mundstück an die Lippen. Das Kinn weit vorgeschoben, um eine höhere Tonlage zu erreichen, spielte ich die Anfangsnoten einer Regenmelodie. Verfolgt von Yolandas Blicken, verschlossen und öffneten meine Finger die sechs Löcher, während ich blies, aber ich brachte nur einen gedämpften, flachen Ton hervor. Es war keine *pinkullo*, es war irgend etwas anderes, und ich hatte keine Ahnung, wie man darauf spielte.

«Sie ist für dich», sagte sie strahlend.

«Nein, Yolanda. Das kann ich nicht annehmen. Bitte. Behalt sie.»

Sie rieb sich mit der Hand das Bein, als wäre ihr kalt. Ihre Fußsohlen waren schwarz vom Boden des Innenhofs.

«Aber du wolltest doch eine Flöte? Hast du nicht neulich nach einer gesucht?»

Ich wollte sie nicht ablenken, indem ich Laura ins Gespräch brachte. «Doch, das stimmt schon.» Es klang sehr matt.

Sie setzte sich auf, legte die Hände auf die Oberschenkel und kam graziös auf die Beine. «Ich nehme diese Vase nicht an, wenn du nicht meine Flöte annimmst.» Doch ehe ich antworten konnte, fuhr sie fort: «Und jetzt probieren wir deinen Kuchen.»

Ich folgte ihr in die Küche. Auf einer Kochplatte neben der Spüle stapelten sich ein halbes Dutzend schmutzige Kaffeetassen und ein Aschenbecher, der von Kippen überquoll. Ein grünes Wachstuch bedeckte den Küchentisch, auf dem sich aus einer Waffelkeksdose eine wahre Fontäne aus Lilien erhob. Es gab zwei Stühle und einen Kühlschrank. Eine Tür in der Rückwand führte – vermutlich – zu ihrem Schlafzimmer. Die Deckenbalken waren mit Fotografien von Tänzerinnen dekoriert.

Ungeduldig klappte Yolanda die Kuchenschachtel auf. Sie schnitt zwei Stücke ab und legte sie auf einen Teller.

«Hier, koste mal», und sie fütterte mich mit dem Kuchen, steckte ihn mir in den Mund und bekleckerte mich dabei. Ihr Stück aß sie rasch auf, mit dem Appetit eines Kindes.

«Er ist gut.»

«Nicht wahr?» Aber ich dachte an die *suspiros* im Schaufenster.

Noch bevor ich aufgegessen hatte, sprang sie auf, rannte, mit vollem Mund kauend, zum Kühlschrank und holte eine Flasche Rotwein heraus. Ich öffnete sie und goß uns zwei Gläser ein.

«Auf deinen Geburtstag.»

Plötzlich zögerte sie. «Wir sollten das nicht tun, Agustín. Unsere Geburtstage sind nicht so wichtig.» Ihre Stimme klang nüchtern, verändert.

«Unsinn. Wie alt wirst du heute, hast du gesagt?»

Bald war die Flasche leer, der letzte Wein in unseren Gläsern. Ein koboldhaftes Grinsen legte sich auf ihr Gesicht. «Soll ich dir etwas erzählen? Soll ich dir ein Riesengeheimnis verraten?»

Sie schlug die Beine übereinander. Ich betrachtete die Narbe an ihrem Knöchel, die Form eines Sardellenrings. Mein Herz stand still, und ich dachte: Gleich wird sie mir sagen, daß sie sich verliebt hat.

«Ach Gott, schon wieder ein Pflaster!» Sie zog sich etwas von der Ferse und rollte es zwischen den Fingern, bis es eine kleine Kugel war, die sie in den Aschenbecher warf.

«Was für ein Geheimnis?»

«Nein, nein.» Sie hatte sich umentschieden. «Ich sag's nicht. Ich kann nicht.»

«Du wirst schon recht haben.» Ich stellte das Glas weg. Meine Hand zitterte leicht. «Wie geht es mit dem Ballett voran?»

«Ich zeig's dir.»

Sie zog sich im Badezimmer um. Beim Warten stellte ich die Teller neben die Spüle. Meine Augen wanderten zu der Tür hinter der Küche. Darauf gepinnt waren eine Liste mit den Namen ihrer Schülerinnen, alle einzeln abgehakt, ein Poster des Nationalballetts von Kuba und Fotos von Primaballerinen: Patricia Cano, Carolina Vigil, Vivien Vallejo 1951 im Teatro Colón. Ich suchte gerade nach Lauras Namen auf der Liste, als sich mir eine Hand über den Mund legte und Yolanda sagte: «Komm.»

Wir nahmen unsere Gläser ins Studio mit. Sie trug ein weites Andenkleid, sandbraun mit geflochtenem Saum, das ihr fast bis auf die Füße fiel. Sie ließ mich auf der Ledertruhe Platz nehmen, und griff nach dem Kolophoniumgefäß, aus dem sie eine kleine Portion des Pulvers schüttete, dessen muffiger Duft in Konkurrenz zum Aroma der Lilien trat. Von einem Haken an der Wand nahm sie ein Paar hohe Plateauschuhe aus Holz und eine weiße Maske. Sie legte beides neben dem Kolophoniumhäufchen ab und schob eine neue Kassette in den Recorder. Während das Band noch rauschte, nahm sie ihre Position ein und rieb mit dem Ellenbogen ein Loch in den angelaufenen Spiegel.

Sie erhob sich auf Zehenspitzen und prüfte ihr Spiegelbild. Eine Hand packte die Stange, die zweite vollführte kleine, unwillkürliche Kosebewegungen, als regte sich unter ihrer Haut ein Lebewesen. Ein Fuß streichelte die Luft. Ihr schicksalsergebenes Gesicht war wunderschön, mit Zügen so fest wie Lazos Vase. Sie war bereit.

Flötentöne – im Klang ähnlich dem Instrument, das sie mir geschenkt hatte – schossen durch den Raum. Ihr Körper spannte sich an. Sie hob die Vase auf und ging mit zögerlichen Schnürschritten auf den anderen Spiegel zu. Dann huschte sie zurück zu dem Häufchen Kolophonium, diesmal quietschten ihre nackten Füße auf dem Parkett. Mit dumpfem Ton stellte sie die Vase ab und band sich die Maske um, dann beugte sie sich weit vor und raffte das Kleid zwischen den Beinen zusammen, so daß es wie eine Hose aussah. Die Musik wurde schneller. Eine Andengitarre erklang, und Antigone wurde zu ihrem helmbewehrten Bruder, der über die Ebene ritt, die Schlacht fliehend. Sie kam außer Atem, aber sie war sichtlich eine großartige Tänzerin.

Ein gellender Beckenschlag brach ihren Vorwärtsdrang. Sie hielt inne. Jetzt war sie nicht mehr ihr Bruder, sie schlüpfte in die hohen Clogs und schleuderte die Maske weg, die klatschend an der Wand landete. Nun tanzte sie ihren Onkel Kreon, er stampfte auf den Boden, und sein Arm schoß auf die Vase zu, als er ganz Theben verbot, den in Ungnade gefallenen Bruder zu begraben.

Ein letztes Scheppern der Becken verklang. Im oberen Stockwerk knarrte ein Stuhl. Dann ertönten, ohne Begleitung, die rauhen Töne einer *pinkullo*. Ich erkannte das Instrument sofort, und die Musik packte mich. Yolanda löste ihr Kleid und legte sich auf den Bauch, die Arme nach vorn in die Luft gestreckt, flehentlich. Sie war Antigone, die ihren Onkel beschwor – doch ihre Finger streckten sich auch zu mir aus. Ich sah ihr in die Augen. Hatte es etwas zu bedeuten, wie sie mich in diesem Moment ansah? Ich hielt ihrem Blick stand und verspürte eine Welle des Verlangens.

Langsam und elegant erhob sie sich und nahm Maß für die die Schrittfolge, die sie im Teatro Americano geübt hatte. Sie vollführte Pirouetten, eine, zwei, drei. Und sprang. Im selben Augenblick gingen die Lichter aus. Die Musik verstummte, und im Dunkeln war ein dumpfer Schlag zu hören.

«Yolanda!»

Sie lag vor der Schiebetür. Ich wollte ihr aufhelfen, aber sie stieß mich weg und kam von selbst auf die Beine. «Diesmal war ich darauf vorbereitet.»

Sie stolperte zu der lederbezogenen Truhe und holte Kerzen daraus hervor. Zwei davon zündete sie an und drückte sie in etwas geschmolzenem Wachs fest. Wir setzten uns auf den Boden, dicht nebeneinander. Im Kerzenschein hatte ihre Haut einen schimmernden Glanz. Schweiß funkelte auf ihren Schultern, er rann ihr in hellen Perlen die Kehle hinab und verschwand zwischen den Brüsten. Ihre Brustwarzen schoben sich dunkel und fest durch das sandfarbene Kleid. Beim letzten Stromausfall hatte sie die Panik ergriffen. Diesmal war sie erregt.

Ich mußte mir den Grund ins Gedächtnis rufen, aus dem ich zu ihr ins Studio gekommen war – um sie zu warnen. Ich legte ihr die Hand auf die schweißnasse Schulter. Ich weiß nicht mehr, was ich sagte, aber ich sprach in vagen Andeutungen. Es war mir unmöglich, ihr zu enthüllen, was ich in der Calle Diderot zu tun hatte, noch konnte ich ihr verraten, daß ich in den kommenden Tagen nie allzu weit von ihr entfernt sein würde. Aber vor der Gefahr warnen wollte ich sie doch.

Ich sprach darüber, wie dringend nötig Wachsamkeit jetzt sei, als sie mich unterbrach. «Aber ich bin ja vorsichtig», sagte sie. «Heutzutage muß jeder vorsichtig sein. Du auch.»

Ich ergriff ihre Hand, fühlte die rauhen Ränder ihrer abgekauten Fingernägel. Wie konnte ich ihr klarmachen, was ich sagen wollte? Daß sie sich nicht darum kümmern würden, ob sie Tänzerin war. Daß sie sich nicht um ihre Mädchen kümmern würden. Daß wir entbehrlich waren für sie. Wir alle.

Als wollte sie mir sagen, ich bräuchte mich nicht zu sorgen, tätschelte sie mein Handgelenk und tupfte mir dann einen Kuß auf die Wange. Sie wollte aufstehen. «Wir können schon auf uns aufpassen.»

«Ich weiß doch. Aber ich mache mir Sorgen um ...»

«Hör auf damit. Du machst mir angst», sagte sie, und nun war der Moment vorüber. Sie erhob sich. «Außerdem war ich noch nicht fertig.»

«Du willst weitertanzen? Bei diesem Licht?»

Über mir formte das Kerzenlicht ihr Gesicht zu etwas Älterem, Stärkerem, Schonungsloserem. «Ich kann hervorragend sehen.»

«Aber die Musik?»

Sie hob etwas vom Boden auf. «Hier.»

In jener Nacht in Yolandas Studio kamen mir wieder die Noten einer vergessenen Melodie ins Gedächtnis. Ich konnte sie eigentlich gar nicht spielen, diese Flöte, die sie mir geschenkt hatte. Es war sehr schwer, darauf einen reinen, klaren Ton hervorzubringen. Doch während mein Atem das Holz erwärmte, veränderte sich auch die Klangfarbe. Die Flöte vibrierte in denselben Schwingungen wie ich, als wäre sie ein Körperteil von mir, als strömte mein Blut darin. Und Yolanda, die ihre verbotenen Schritte tanzte, wurde zur Musik dieser fleischgewordenen Flöte.

Sie schmiegte die Vase an ihre Brust, sprang dann in weiten Scherenschritten auf den Kolophoniumhaufen zu und schaufelte das Pulver händeweise in die Vase. Ihr Körper war unvorstellbar lebendig. Sie weinte mit den Gliedern, die zugleich wie Flammen loderten. Sie ließ tatsächlich etwas Unsichtbares wahrnehmbar werden, so daß ich in ihr unzweifelhaft die Schwester sah, die gerade einen zerfleischten Leichnam mit Erde bedecken wollte.

Sie machte Pirouetten und weite Sätze. Im Sprung wurde ihr Körper zum Komplizen der Luft. Ihre Beine entließen den Boden, die Schultern drückten Schwingen aus, und das Bild ihres Fluges war wie hingemalt.

«Spiel. Spiel weiter.» Sie sprach zu meinem Spiegelbild. Der Dampfschleier auf dem Glas war getrocknet, und ich konnte ihren Körper in den Spiegeln aus allen Winkeln sehen. Mit bebenden Armen hob sie die Vase hoch über den Kopf – und ich bin sicher, daß sie mit dieser erstarrten Bewegung, wie beim Darreichen eines Trankopfers, ihr Ballett beenden wollte.

«Hör nicht auf, Agustín.» Nur geflüstert.

Dann sollte sie etwas tun, das ich nie vergessen werde. Es war das letzte, was ich erwartet hatte, und ich bezweifle auch, daß der Gedanke daran ihr bis zu diesem Moment durch den Kopf gegangen war. Sie sah prüfend von unten auf den Boden von Lazos Vase, und ich fragte mich gerade, ob sie dort etwas entdeckt hatte. Dann kippte sie die Vase mit einer raschen Drehung der Handgelenke herum. Ein Sturzbach aus weißem Pulver ergoß sich in ihr Haar, über das Kleid und in die Kerzen hinein, wo es knisternd Funken schlug.

Rejas verstummte.

«Erzählen Sie weiter», sagte Dyer.

«Eine halbe Stunde danach verließ ich das Studio; ich mußte versprechen, sie vor dem Sonntag nicht wiederzusehen.»

Dyer war nicht sicher, ob er richtig verstanden hatte. «Sie meinen, Sie durften sich erst nach der Vorstellung wieder treffen?»

Rejas errötete leicht. «Stimmt.»

«Und warum?»

Seine Finger zupften an dem Kettchen um seinen Hals. «Sie war Künstlerin. Sie hielt strenge Disziplin. Und sie brauchte ihre Privatsphäre – vielleicht sogar Einsamkeit.»

Dyers Blick wich nicht von Rejas' Gesicht. Es gab da noch mehr zu erzählen, aber er spürte, daß Rejas es nicht sagen wollte. In diesem Augenblick erschien Emilio mit zwei Tellern Schweinefleisch mit Ananas. Dyer hatte angenommen, Rejas hätte keinen Appetit, doch der machte sich hungrig darüber her.

Als Rejas mit seiner Geschichte fortfuhr, hoffte Dyer, er würde den Faden im Ballettstudio aufnehmen. Aber das Essen hatte den Polizisten wieder ins Gleichgewicht gebracht. Jetzt wollte Rejas über Ezequiel sprechen.

Ezequiel hatte praktisch mit seinem Namen unterzeichnet, indem er Edith die Kamera reichte. Sobald ich das gefilmte Straßenschild auf dem Video entdeckte, wußte ich, daß ich ihn finden würde. Man sollte meinen, das wäre ganz einfach: ich brauchte ja nur nach einem Haus neben oder gegenüber einem Straßenschild zu suchen. Aber in beiden Straßen steht auf jeder Seite etwa alle hundert Meter eine Stange mit dem Straßenschild unter den Jacarandabäumen.

In der Calle Diderot gibt es sechsundneunzig Häuser. In der Calle Perón vierundfünfzig. Ich übernahm die Einsatzleitung Diderot. Die Einzelheiten erspare ich Ihnen. Die Überwachung einer Straße, so wesentlich dergleichen ist, besteht aus langweiliger Routine. Ein guter Vergleich ist das Aufblasen einer Luftmatratze: obwohl sich scheinbar überhaupt nichts tut, geht kein Atemzug verloren. Und erst mit den letzten paar Luftstößen nimmt die Matratze ihre Form an. Aber dennoch muß man die ganze Zeit hindurch pusten.

Manche Leute bekommen Kopfschmerzen, wenn sie darauf warten, daß etwas passiert. Stunden um Stunden der Ereignislosigkeit. Das Beobachten macht sie bewegungsunfähig. Sie enden dann wie mein Vater, der vom Nichtstun wie betäubt wurde. Sie gehen dazu über, sich hinzusetzen und eine kahle Wand anzustarren, wann immer sie einen Sturm der Wut oder der Leidenschaft in sich brodeln fühlen. Es genügt nämlich nicht, Geduld zu haben. Man muß auch wissen, wann es gilt, ungeduldig zu sein und rasch zu handeln. Der Trick liegt darin, den rechten Moment zu erkennen.

Das Team Calle Diderot arbeitete in Achtstundenschichten. Nach westlichen Standards war das Ganze eine eher primitive Operation. Aber in diesem Stadium hätte zusätzliche Raffinesse höchstens Aufmerksamkeit erregt. Sucre war der Mülltonnenmann. Gómez wirkte – abwechselnd mit Clorindo – wahre Wunder im blau-gelben Overall der städtischen Gartenbauarbeiter. Ein vom Drogendezernat ausgeliehenes Pärchen saß stundenlang im Café und in innigen Umarmungen auf den Sitzen eines klapprigen VW-Käfers. Die Aktion wurde sogar vor General Merino geheimgehalten, dem ich nicht erzählt hatte, was auf der Videokassette zu sehen war.

Ich verwendete in jeder Schicht einen anderen Wagen. Manchmal parkte ich in einer schmalen Sackgasse, manchmal an der Ecke Calle Leme. Die Menschen sind nicht allzu aufmerksam. Sie beachten nicht jedes einzelne Auto auf der Straße – und ich fuhr ja keinen fliederfarbenen Cadillac. Ich hörte Radio. Ich las Zeitung. Die Arbeit beendete ich jedesmal, indem ich die Toilette einer Bar in der Calle Pizarro benutzte, wo es Sandwiches zu kaufen gab. Acht Stunden hindurch saß ich da und beobachtete die Passanten.

Da es zu riskant war, irgendwo in der Straße ein Zimmer zu mieten, wechselte ich in der Nacht vom Pkw zu einem Transporter. Ich hatte dafür einen blauen Monteurwagen, ohne Rückfenster und mit einem breiten schwarzen Band an den Seiten. Von außen saß er aus wie ein aufgemalter Rallyestreifen. In Wirklichkeit war es aber dunkel getöntes Plexiglas, durch das man von innen gut sehen konnte.

Ich saß auf einem Klappstuhl im Laderaum. Ich hatte einen Nachtsicht-Feldstecher und eine Flasche zum Hineinpinkeln. Einer meiner Leute, normalerweise Sucre, parkte den Transporter abends irgendwo, stieg aus, schloß ab und ging davon. Zu Schichtende kam er zurück, und die Prozedur lief in umgekehrter Reihenfolge ab.

Bald wurden mir alle Gesichter in der Straße vertraut, ich wußte, was die Leute beschäftigte, wen sie mochten und wen nicht. Niemand wirkte nervös oder ängstlich. Es war eine wohlhabende Gegend, weit weg von den Spannungen der Vorstadtslums. Ein Vogel trällerte in den Jacarandas. Auf einer Veranda schlief ein Hund. Doch allein die Friedfertigkeit dieser Szenerie war Grund genug, um auf der Hut zu sein.

Ich fertigte Notizen an. An jenem ersten Nachmittag zum Beispiel, um etwa 14.15 Uhr, betrat ein ältlicher Mann, großgewachsen und mit Ellenbogenflecken auf der Jacke, das Haus Nr. 339. Nach einer Dreiviertelstunde fuhr er in einem orangefarbenen VW wieder davon.

Eine Stunde später ging das Dienstmädchen aus Nr. 345 in

den «Vargas-Videoverleih» hinüber. Mit zwei Kassetten in der Hand kam sie heraus und redete dabei mit sich selbst. Der Ladenbesitzer berechnete eine Extragebühr, wenn man die Videos nicht zurückspulte.

Um vier Uhr nachmittags verließ eine Joggerin von Ende Vierzig die Nr. 357 in einem türkisfarbenen Trainingsanzug. Nach fünfunddreißig Minuten kehrte sie in langsamem Schritt zurück.

Zehn Minuten später kam eine junge, gut gekleidete Frau bei Nr. 365 an, wo die Garage zum Immobilienbüro umfunktioniert war. Ich konnte das Auto hinter ihrem Schreibtisch erkennen. Mit einem Stapel Briefumschläge in der Hand ging sie um 17.45 wieder weg.

Welcher dieser Menschen war Ezequiel? Ich war mir nämlich ganz sicher, daß er dort war – oder in der Calle Perón. Stumm und spöttisch wie ein Gott hatte er in seinem Versteck gesessen, aber dann hatte ich ihn auf dem Video erkannt. Wenige Bilder auf einem Magnetband hatten ihn fehlbar werden lassen, endlich zum Menschen gemacht. Die Spur, die er hinterließ, mochte so schwach sein wie fernes Insektensummen, aber in jenen warmen Nächten spürte ich seine Gegenwart.

Ich kann ihn mir gut vorstellen in diesem Zimmer. Er zündet sich gerade eine neue Zigarette an. Er hört die Musik, die wir später im Kassettenrecorder finden: Beethovens Neunte. Vielleicht spielt eben der letzte Satz, als er sich an seinem gewohnten Platz am Fenster zurücklehnt, von wo er gerade die sechzehn Mädchen ins Studio hat gehen sehen.

Der Abend kommt ihm ziemlich warm vor, aber er verschätzt sich leicht in der Temperatur, so daß Edith manchmal mit einem dicken Pullover ins Zimmer kommt und ihn nur im Unterhemd antrifft.

Ich sehe, wie Edith die Tür behutsam mit einem Tablett

aufstößt. Sie stellt es auf dem Servierwagen ab, während er noch am Fenster stehenbleibt und einem Liebespaar nachsieht. Er hört einen Vogel singen. Er kratzt sich am Hals. Seit zwölf Jahren verkriecht er sich schon in muffigen Zimmern wie diesem.

Edith bestätigt ihm das Treffen für Montag. Um acht Uhr wird das Zentralkomitee ihm die Einzelheiten zur Genehmigung vorlegen. Nichts kann mehr schiefgehen. In nicht einmal einer Woche wird der letzte Akt des Fünften Großen Plans über die Bühne gehen.

Beim Essen hört er ihr zu. All das hat er selbst konzipiert, schon vor zwanzig Jahren. Die Strategie ist ihm lückenlos gegenwärtig. Er nickt und schaufelt sich einen weiteren Happen *ceviche* in den Mund.

Am Nachthimmel knattert es. Edith schiebt den Vorhang einen Spaltbreit auf. Gelbes Feuerwerk bestätigt die Aktion für morgen: Anschlag auf das Hotel Cleopatra. Edith kommt vom Fenster herüber, setzt sich auf den Bettrand und zupft ein paar Haare von ihrer schwarzen Hose.

Um sieben schaltet sie den Fernseher ein, dreht den Ton ganz leise. Die Polizei kündigt einen entscheidenden Durchbruch in der Jagd auf Ezequiel an. Ein Polizeigeneral, der vor einem blauen Haus interviewt wird, hält eine Perücke in die Kamera und sagt: «Zweifeln Sie nicht daran, wir sind ihm dicht auf den Fersen.»

Ezequiel sieht einen Moment lang zu, dann greift er nach seinem Buch. Die aufgeschlagene Seite ist mit Wachs bekleckst; während des letzten Stromausfalls hat eine Kerze getropft. Es ärgert ihn, weil es eine schöne Ausgabe ist.

Edith sagt: «Willst du sonst irgendwas? Zigaretten? Wasser?»

«Ich brauche mehr Kenacort.» Er muß nicht laut sprechen, um verstanden zu werden. Seine Stimme ist etwas Greifbares, die Worte erschaffen ein weiteres Wesen im Raum. Diese zweite Gestalt steht an seiner Seite, wie eine Puppe aus feuchtem, grauem Ton, mit verschränkten Armen und ohne Gesichtszüge – aber wachsam.

«Ist es sehr schlimm?»

Er nickt. Der Ausschlag hat sich auf die Innenseite seiner Vorhaut ausgebreitet. Beim Pissen am Morgen hätte er am liebsten gebrüllt vor Schmerzen.

Er wischt ihre Hand von seinem Knie. Weil sie noch nicht gehen möchte, sieht sie zu, wie er das Wasser trinkt. Dann beschließt sie, das Bett zu machen. Das Dithranol hat auf dem Laken braunrote Flecken hinterlassen. Sie zieht das Bett ab und will gerade hinausgehen, vollbeladen mit schmutziger Wäsche, als sie zögert und noch einmal zu ihm tritt.

Er hat den Mund voller Wasser, Zunge und Lippen sind wie ausgetrocknet von den Acitretintabletten. Er schluckt. «Was ist denn?»

«Vielleicht ist es ja gar nichts.»

Er hört zu, wie sie erklärt, was ihr Sorgen bereitet.

«Soll ich ihn beschatten lassen?»

«Nein. Ich habe ihn gesehen. Der ist kein Problem. Er ist verknallt in sie, ganz einfach. Wieder so ein Gabriel.»

«Bist du dir sicher?»

Auch wenn die Worte ganz gelassen herauskommen, funkeln seine schwarzen Augen sie an. «Wir können nicht jeden überprüfen.» Er leert sein Glas und schiebt das Tablett weg.

«Bist du fertig?»

«Ja.»

«Willst du noch weiter fernsehen?»

«Nein.»

Sie schaltet das Gerät ab und geht aus dem Zimmer. In dieser Nacht wird sie nicht mehr zurückkehren.

Von unten hört er das Quietschen von Ballettschuhen, ein Geräusch, als würde etwas fest zugedreht. Er sieht auf den Teppich. Das Quietschen bedeutet das Ende seiner Lektüre. Unten fangen sie mit den Übungen an. Während der nächsten anderthalb Stunden wird das Tanzparkett ein Resonanzboden für die stampfenden Schritte und das «Eins-zwei-drei, eins-zwei-drei» der Lehrerin beim Rhythmusgeben sein und für die Musik seiner Lieblingskomponisten, die allerdings immer wieder mittendrin abbricht.

Diese Unterbrechungen sind eine Qual für ihn. Andererseits fordert er von seinen Gefolgsleuten den gleichen Gehorsam, wie ihn die Ballettlehrerin ihren Schülerinnen abverlangt. Er macht sich diese Abende erträglich, indem er die Mädchen im Untergeschoß im Geiste in das Bild seiner unsichtbaren Armee einreiht.

Heute abend steht klassischer Tanz auf dem Programm. Die Mädchen fangen am Rand des Studioraums an und kommen, immer schneller werdend, zur Mitte. Am Ende der Stunde werden sie jeden ihrer Körperteile trainiert haben – bis auf die Stimmbänder. Auf der Tanzfläche spricht nur die Lehrerin. Sie lauschen ihr ohne ein Wort, denn sie kann sie zur Perfektion führen.

«Gut, heute fangen wir mit demselben Plié an wie gestern. Denkt daran, was wir besprochen haben: daß eure Kraft im Zentrum geballt sein muß und die Arme sich immer frei entfalten sollen.»

Er schiebt einen Finger unter die Seite, als er an ihr Ende kommt. Er liest wieder einmal Kant. Er blättert um.

«Hört zu, was ich euch vorspiele, und holt euch Schwung vom vorderen Fuß. Sehr gut, Christina, das kannst du noch üben!»

Sie tanzen das «Lied des Mondes» aus *Rusalka*. Die Hände flattern im Spiegel. Körper schwingen wie Zweige im Wind.

Die Hände und Körper bewegen sich zu seinem Lieblingsstück von Dvořák. Er streckt ein Bein aus.

«Ab und auf, ab und auf. Die Hüften nach hinten. Hört auf die Musik. Du hörst nicht auf die Musik, Gabriela.» Mitten im Takt bricht es ab. «Tut mir leid, Kinder.»

Schuhe schurren über das Parkett. Die Lehrerin, so stellt er sich vor, wird jetzt da einen Kopf zurechtrücken, dort eine Schulter geradestellen, hier einem Mädchen den Finger ins Kreuz bohren.

«So, jetzt sind eure Arme Kondorschwingen.»

Die Musik geht wieder los, begleitet von rhythmischem Händeklatschen.

Vom Servierwagen nimmt er einen Füllhalter. Er schraubt die Kappe ab und schreibt, mit Mühe, an den Buchrand: Können wir also aus der natürlichen Welt schließen, daß der Mensch frei sein sollte? Ist der Vogel, den ich da höre, frei?

Er liest noch einen Absatz, aber die Worte entgleiten ihm. Wie die Musik können sie ihn heute nicht anrühren. Er hustet und erhascht eine Bewegung auf dem leeren Fernsehschirm vor sich. Der Fernseher wirft sein Spiegelbild zurück. Wie er so hinter dem Servierwagen sitzt, wird ihm mit gräßlicher Klarheit der Kontrast zwischen seinem Körper und den Händen bewußt, die eine Etage unter ihm hoch ausgestreckt zittern und sich auf die Zimmerdecke richten.

«Auch die Augen nach oben», sagt die Stimme im Erdgeschoß. «Aufmachen, weit auf, und zur Decke emporsehen!»

Ezequiel blättert etwas weiter und legt das aufgeklappte Buch verkehrt herum auf die Sessellehne. Er steht mühsam auf und geht zur Tür. Er spreizt die Finger, läßt seine Hand über der Klinke aus rostfreiem Stahl schweben. Aber er berührt sie nicht. Schließlich läßt er die Hand wieder sinken.

«Vorsicht mit dem Fuß jetzt, vor allem du, Adriana.»

Mit einer Grimasse knotet er das Halstuch auf und wirft es

aufs Bett. Das Essen hat ihn ins Schwitzen gebracht. Er spürt das Gewicht seiner Wangen im Gesicht und die Last seines Bauches. Was kann er schon erwarten, wenn er immer nur ißt und keinen Sport treibt. Er schiebt die Hand unter das Hemd und fängt an, sich zu kratzen.

Der Wechsel in die Stadt hat das Fortschreiten seiner Erkrankung nicht gestoppt. Seine unbehaarte Brust ist mit weißen Flecken übersät, an denen sich die Haut abschält. Diese Stellen, die in Größe und Form an Tränen erinnern, bedekken auch seine Arme und die Innenseiten der Beine, während er im Nacken von einem schwartigen roten Ausschlag gequält wird. Ein struppiger, ergrauender Bart verbirgt die Entzündung in seinem wuchtigen Gesicht. Die Kopfhaut scheint rosafarben durch ein spärliches Lockengewirr. Wenn er sich am Kopf kratzt, kleben lauter Haare an seinen Fingern.

Selbst Bücherlesen ist mit Schmerzen verbunden. Bräunliche Abschilferungen finden sich auf seinen Handflächen, auf den Fußsohlen, in den Achselhöhlen, sogar in den Ohrmuscheln und im Bauchnabel. Seit er vor sechs Monaten den Dschungel verlassen hat, zerkrümeln seine Nägel. An der rechten Hand haben sich drei von ihnen aus dem Nagelbett abgehoben. Er badet sie jeden Morgen in einer Schüssel mit warmem Öl, aber die weiche Haut darunter und ringsherum näßt trotzdem. Gegen die Schmerzen hat ihm ein Arzt geraten: «Suchen Sie sich ein Bild, das Sie gern haben. Stellen Sie sich vor, Sie liegen am Strand, und Ihre Haut wird von der Sonne gelabt.»

Helfen könnte ihm wirklich nur die Sonne.

Er hat es mit Lichttherapie versucht. An den Abenden liegt er unter der Höhensonne und liest, aber es ist unklug, allzu lange zu lesen. Er läßt sich Artikel über den aktuellen Stand der Forschung zu seinem Leiden bringen. Er experimentiert mit modernsten Medikamenten. Er hofft auf einen sensationellen Durchbruch, aber sein Kopf sagt ihm, daß es keine Hilfe gibt. Ein Arzt hat ihm einmal gesagt: «Da schlägt Ihr spanisches Blut durch.» Aber er hat immer noch Hoffnung.

Im Erdgeschoß nimmt das Tempo zu. Die Mädchen haben ihre Spitzenschuhe angezogen und vollführen jetzt Luftsprünge. Er hört das Quietschen der Sohlen, den dumpfen Ton der Füße, wenn die Tänzer landen, gelegentlich ein weniger klar definiertes Geräusch, wenn jemand stürzt, und das Händeklatschen der Lehrerin, das wie Pistolenschüsse durch die Decke dringt.

«Laura, willst du es mal versuchen?»

Ezequiel schließt die Augen.

Er wacht wieder auf, als die jungen Tänzerinnen ihrer Lehrerin applaudieren.

Eine Stechmücke saugt an seinem Handrücken. Er sieht zu, wie sein Blut ihren Leib füllt. Er hebt die Hand, und das Insekt huscht davon.

Eine Minute später schleppt er sich ins Bad und fingert ein plattgedrückte Tube aus dem Waschbecken. Er preßt das grünliche Gel auf die Finger und schmiert es sich in den Nacken, hinter die Ohren und aufs Kinn, bis sein Bart glänzt. Er hebt das Unterhemd an und verteilt das übelriechende Zeug auf seinem Bauch. Dann öffnet er die Hose und bestreicht sich auch die Innenseiten der Beine. Nachdem er die offenen Stellen verarztet hat, trägt er das Dithranol auf – sehr vorsichtig, denn es brennt. Schließlich schluckt er zwei Pillen aus einer braunen Schachtel. Er nimmt diese Tabletten seit Juni. Sie machen ihn mürrisch, aber er bemerkt an bestimmten Körperteilen, daß der Ausschlag nicht weiter voranschreitet. Die leere Schachtel fliegt in einen Eimer unter der Spüle.

Unter seinen Füßen, im Erdgeschoß, hört er die Mädchen in die Dusche gehen. Die Geräusche sind klar und deutlich.

Er hört ihr Kichern, das Wasser, das über ihre Körper rinnt, ihre Beschwerden über die Tanzstunde.

«Ich hab ihr gleich gesagt, daß mein Nacken noch von gestern weh tut.»

«Begreift sie denn nicht, daß wir kaputt sind?»

«Meine Physiotherapeutin hat mir gesagt, ich soll mich nicht überanstrengen, und was macht sie mit uns?»

«Mist, meine Füße bluten schon wieder.»

Manchmal sprechen die Mädchen auch über Sex, während sie sich einseifen oder ihr langes Haar unter dem Heißluftfön hin und her schwenken. Aber heute abend reden sie in der Dusche über Laura.

Diesen Tanz, von dem sie sprechen, hat sie aufgeführt, während er schlief.

«Früher hast du doch getanzt wie ein nasser Sack», sagt eine unwirsche Stimme. «Was ist passiert mit dir?»

Sie stellen Fragen und versuchen, lässig zu klingen.

«War es genauso toll, wie es ausgesehen hat?»

«Komm schon, Laura. Wie ist es gewesen?»

Das Mädchen namens Laura antwortet. Sie klingt verlegen. Sie sagt, sie habe geträumt, daß sie in der Luft schwebte.

Zwölf Stunden nach meinem Treffen mit Yolanda, am frühen Freitagmorgen, explodierte bei einem Kreisverkehr auf der Hauptstraße von Miraflores eine Autobombe, die siebenundzwanzig Menschen tötete und ein lastwagengroßes Loch in die Straße direkt vor dem Café Haiti riß. Herumfliegende Trümmer verletzten Dutzende von weiteren Passanten, darunter auch die fröhliche Kellnerin aus Judío, der die Nase zerfetzt wurde. Das eigentliche Ziel des Anschlags war klar: das Hotel Cleopatra, wo der Außenminister gerade mehrere Botschafter aus EU-Ländern zu einem Arbeitsfrühstück empfing. Aber ein Unfall hatte das Hotel verschont. Am

Kreisverkehr kollidierte das Auto, das eine Mischung aus Nitratdünger, Dieselöl und Dynamit geladen hatte, mit dem Fluchtwagen. Als der Sicherheitsmann des Cafés herüberschlenderte, um behilflich zu sein, rannten die Fahrer durch den Park davon. Der Zusammenstoß dürfte den Zündmechanismus beschädigt haben, denn zehn Sekunden später explodierte das vordere Fahrzeug und wurde von der Wucht der Achthundertkilobombe mitten ins Café Haiti katapultiert, das sofort Feuer fing.

Ich hörte den Donnerschlag aus fünfzehn Kilometern Entfernung, denn ich war gerade in der Calle Diderot eingetroffen. Es war sieben Uhr früh, in der ruhigen Straße rieb man sich gerade die Augen. Gegenüber von meinem Wagen lehnte eine Schülerin an einer Mauer und plauderte mit einer Freundin; die Beine der Mädchen hatten in der Sonne die Farbe von Fritieröl. Ein Glassammler auf dem Fahrrad rief ihnen etwas zu, und sie sahen auf, was den Jungen veranlaßte, im Vorbeifahren mit beiden Händen durch die Luft zu fuchteln. Mit roten Köpfen wandten sie einander wieder zu und redeten beide zugleich, ohne ihn zu beachten.

«Flaschen! Flaschen!»

Die Erde erbebte zwischen seinen Rufen, aber die Mädchen blickten nicht noch einmal auf.

Über Funk waren nur wenige Einzelheiten vom Hauptquartier zu erfahren. Ich versuchte, Sylvina mit dem Handy zu erreichen. Als ich losfuhr, hatte sie gesagt, sie müsse ein paar Einkäufe machen. Ich rief zu Hause an, aber es war besetzt. Ich wartete fünf Minuten und probierte es dann noch einmal. Immer noch besetzt. Eine Stunde später hatte ich sie endlich dran.

«Ja?»

«Agustín hier.» Ich war so erleichtert, ihre Stimme zu hören.

«Was ist denn los? Fehlt dir etwas?»

«Ja, und bei dir? Was war mit der Bombe?»

«Bombe? Ich dachte, das wäre ein Gasrohr gewesen.»

«Du bist also nicht verletzt?»

«Nein. Ich hatte mir gerade die Haare gewaschen. Eben wollte ich mich beschweren. Der Herd funktioniert nicht.»

«Du weißt, daß ich dich liebe.»

Es entstand eine Pause. «Agustín, du kannst nicht einfach anrufen und mir sagen, du liebst mich, als könntest du damit wiedergutmachen, daß du es mir nie sagst, wenn wir zusammen sind. So geht das nicht.»

«Liebes, ich habe mir Sorgen gemacht.»

«Ich erwarte noch einen anderen Anruf.»

Meine Nachricht beunruhigte Sylvina. Sie wollte wissen, wie diese Bombe meiner Ansicht nach ihre Präsentation am Sonntag beeinflussen würde. Sie hatte Zusagen von zehn potentiellen Kundinnen, darunter auch Leonora – ein echter Glücksfall (obwohl Leonoras Dachshündin von Patricias Irish Setter geschwängert worden war und Leonora jetzt befürchtete, die Welpen, die vermutlich zu früh auf die Welt kommen würden, müßten per Kaiserschnitt geholt werden). Sylvina wußte nicht, wie sie für alle zehn Platz schaffen sollte. Sie brauchte Extrastühle, schloß aber entschieden aus, die Mieter über uns darum zu bitten, noch ehe ich diesen Vorschlag anbrachte.

«Glaubst du, die Bombe wirkt sich auf internationale Flüge aus?»

«Warum sollte sie das?»

«Das kommt noch dazu. Ich muß heute zum Flughafen.»

«Wozu denn, um Himmels willen?»

«Ich erwarte am Nachmittag eine neue Lieferung Proben.»

«Kann das nicht warten?»

«Nein. Patricia hat ihre Bestellung unter der ausdrücklichen Bedingung aufgegeben, daß sie den Lippenstift rechtzeitig für die Party des amerikanischen Geschäftsträgers bekommt. Ich bin auch eingeladen, was ich sehr nett finde, immerhin bin ich Señora Tennyson erst einmal begegnet. Es ist ihr vierzigster Geburtstag, da werde ich wohl ein Geschenk brauchen ... vielleicht eine Nachtnährcreme ...»

Dr. Zampini kam vorbeigefahren, er fuhr sich mit der Hand durch das lange graue Haar. Ein Bus hielt, und die Schulmädchen stiegen ein.

Nach einer weiteren Pause sagte Sylvina: «Agustín, würdest du mir einen Gefallen tun? Ich habe gerade mit Marina telefoniert, und sie kann die Mädchen heute abend vom Tanzen abholen, aber sie glaubt nicht, daß sie es schafft, sie hinzubringen. Könntest du das erledigen? Ich bitte dich ja nicht oft, aber heute würde es mir sehr helfen.»

«Sollten wir Laura nicht aus der Ballettschule herausnehmen – eine Zeitlang?»

«Jetzt, wo alles so gut für sie läuft? Agustín, manchmal begreife ich dich einfach nicht.»

Gómez löste mich um drei Uhr ab. Ich fuhr ins Hauptquartier zurück.

Im Korridor erfuhr ich von dem besorgt dreinblickenden Sergeanten Ciras das Neuste. Als das Auto durch die Scheibe des Haiti gerast war, hatten sich zwanzig Gäste im Café befunden. Unter den Toten waren ein Direktor der Banco Wiese und ein junger Mitarbeiter des Außenministeriums, der mit seiner nie gehaltenen Rede in der Aktentasche zerfetzt worden war. Und es hatte inzwischen noch weitere Verletzte gegeben, weil die Mieter der nahe gelegenen Hochhausblocks die Scherben ihrer geborstenen Fensterscheiben rücksichtslos nach unten auf die Gehsteige geworfen hatten.

Ich ging nach oben und dachte an einen zerfetzten Tisch in der Ecke.

Sobald der General erfuhr, daß ich im Gebäude war, ließ er mich holen. «Was ist bloß los?» fragte er leicht verwirrt, als erwachte er aus einer Ohnmacht. Er packte mich am Arm und schloß die Tür. «Calderón scheißt mich schon den ganzen Tag an.» Er ließ sich müde auf den Stuhl fallen. Die Obstschale war nahezu leer. Die Krise hatte ihn seiner Verschrobenheiten beraubt, deren letztes Überbleibsel eine einzelne vertrocknete Orange war. Der General ging daran, sie zu schälen.

«Neuster Befehl: Wer immer Ezequiel erwischt, soll ihn sofort an Calderón überstellen und es geheimhalten.» Er schob sich die erste Orangenscheibe in den Mund.

«Was heißt das wohl für Ezequiel?»

«Es heißt, daß sie ihn erschießen wollen.»

Er verzog das Gesicht und spuckte einen Kern aus. «Die Armee ist zur Regierung geworden – und die Regierung ist so verzweifelt, daß sie versucht, sich mit Geld freizukaufen. Die Belohnung für Ezequiels Festnahme beträgt mittlerweile zehn Millionen Dollar. Und ich habe gehört, sie debattieren darüber, ob sie die Amerikaner zu Hilfe holen sollen.»

Er beugte sich vor und strich sich über die Wangen. «Kater, Kater, ich sagen Ihnen, die Lage ist beschissen hoch drei.»

Seine Miene wirkte zerfahren und ratlos. «Und? Irgendwas in der Perón oder der Diderot?»

«Bis jetzt noch nicht.»

«Und Ihr Gefühl dabei?»

«Vom Gefühl her denke ich, wir sind nahe dran, aber wir dürfen nichts überstürzen ...»

«Ja, ja, ich kenne Ihre Luftmatratzentheorie.» Er spielte mit den Orangenschalen herum und riß sie in lange Streifen, die er in die Schüssel zurückwarf. So leise, als spräche er nur mit sich selbst, hätte jedoch nichts dagegen, daß man ihn belauschte, sagte er: «Tatsache ist, mein lieber Kater, daß Bruder Ezequiel in gewissem Sinne bereits gewonnen hat. Die Amerikaner, die ja alles glauben, was sie im *Spiegel* lesen, sind bereits überzeugt davon, daß Ezequiel unser Land kontrolliert.»

Er hob den Kopf. «Wirklich schade, daß er dieses ganze Zeug von Mao und Kant mit reinbringen mußte. Es war auch ohne den ganzen Mist prima zu verstehen.»

Dann ging ich zu Sucre in den Keller. Er stand hinter einem Tisch, eine Gesichtsmaske in die Stirn geschoben, und befestigte eine Pappkarte an einem Müllsack. Er hatte die Tür aufgelassen, um vom Hof Luft hereinzulassen, trotzdem stank es mächtig. Fliegenschwärme erhoben sich vom Betonboden, als ich näher kam.

«Gibt's was Aufregendes heute?»

Hinter Sucre durchwühlten andere Polizisten in Overalls und mit blauen Gummihandschuhen einen kleinen Abfallhaufen.

«Nichts, wovon man Gänsehaut bekäme.»

Er studierte eine Liste und rümpfte dabei die Nase. «Die Spitzenfunde des Tages? Calle Perón, Punkt eins: drei Exemplare von *Marxismus heute* aus Nr. 29. Punkt zwei: Spuren von Kokain in einem Briefumschlag, der an den Kulturattaché in Nr. 34 adressiert war. Punkt drei: Wellenschliffmesser mit Fischbeingriff aus Nr. 63, vermutlich aus Versehen weggeworfen, da der Müllsack außerdem Canard à l'orange enthielt.»

«Irgendwelche Medikamente?»

«Aspirin, Nivea, französisches Talkum, Mundwasser, meterweise Zahnseide, gebrauchte Präser. Was man eben so von Diplomaten erwartet.»

«Und in der Calle Diderot?»

«Da sammeln wir erst heute abend. Du hast ja auch gesagt, wir sollen nicht allzuoft hin. Macht die Kundschaft nervös.»

«Irgendwelche Neuigkeiten von Clorindo dort?»

«Er hat einen Mann verscheucht, der bei Nr. 456 einsteigen wollte. Wahrscheinlich ein Einbrecher. Ansonsten hat er inzwischen fast alle Baumstämme in der Straße geweißt.»

«Und Gómez?»

«Hatte ein Problem mit dem Dienstmädchen von Nr. 345 – ihr Chef wollte die Geranien unbedingt selbst einpflanzen. Gestern hat er alle Stauden eingesetzt, die ich ihm gegeben hatte.» Er legte die Liste auf den Tisch und versuchte einen Fettfleck wegzuwischen, den er mit dem Daumen verursacht hatte. «Sie wollen alle möglichst bald zuschlagen.»

Um sechs Uhr fuhr ich in einem der Überwachungswagen nach Hause. Wegen der Gefahr für meine Tochter litt ich die Qualen eines Vaters. Sollte ich Sylvina einweihen, die wie in ekstatischer Verzückung den ganzen Tag hindurch Lippenstift bestellte? Sollte ich Marina bitten, Laura von jetzt an zum Ballett zu bringen und wieder abzuholen? Ich wollte nicht, daß sie mit mir in Zusammenhang gebracht wurde. Sollte ich sie aus der Schule nehmen? Hätten Sie gewollt, daß *Ihr* Kind in dieser Straße Ballettstunden nimmt?

«Laura!»

Sie kannte den Wagen nicht. Ich rief noch einmal, aber sie wandte sich ab.

Ich öffnete die Tür und rief: «Laura! Samantha!» Jetzt drehten sie sich um und kamen herüber.

«Wo ist Mama?» fragte Laura und stieg hinten ein.

«Sie ist zum Flughafen gefahren.»

«Will sie weg?»

«Nein, sie holt etwas ab. Für ihre Präsentation am Sonntag. Marina wird euch beide später nach Hause bringen.»

Im Rückspiegel sah ich ihre ernste Miene. «Papa, glaubst du, wir werden jemals reich sein?»

«Nein.»

«Doch, das werden wir. Mama sagt, wir werden reich sein, und sie kauft uns ein Haus in Paracas, und da fahren wir dann jedes Wochenende in einem großen dunkelroten Auto hin.»

«Streiten wir uns nicht vor Samantha, ja?»

Hierzu setzte Marinas Tochter, ein Mädchen mit kleinen Augen und rötlichem Teint, eine überlegene Miene auf. Letzten Monat hatte sie Laura mit einem Bleistift gestochen.

Laura sah aus dem Fenster. «Das ist der falsche Weg.»

Ich fuhr die Küstenstraße. Die Gegend rings ums Haiti würde gesperrt sein. «Es ist eine Bombe explodiert.»

«Ja, Samantha kennt jemanden, der dabei verletzt wurde.»

Ich blickte auf. «Ach ja?» Auf dem Rücksitz versuchte Samantha, bekümmert auszusehen, aber sie war erkennbar stolz.

«Es ist nicht meine Freundin, sondern die von Mama.»

«Du hast gesagt, deine Freundin.»

«Hab ich gar nicht.»

«Was macht deine Flöte?»

Am Abend davor war ich vom Ballettstudio heimgefahren. Nach dem Duschen hatte ich in der Küche Laura getroffen, die mich in die Arme schloß.

«Papa, ich danke dir! Ich bin so schlimm gewesen. Aber ich dachte, du hättest es ganz vergessen. Mama hat gesagt, daß du sie dir als Überraschung aufgehoben hast.»

«Wovon redest du?»

«Na ja, ich hätte deine Aktentasche nicht aufmachen dürfen, aber ich wollte mir die Zeitung holen ...» Sie entzog ihren Kopf meiner bergenden Hand. Ihre Finger, die sich noch nicht weit genug spannen konnten, um alle Löcher abzudecken, hielten mir Yolandas Geschenk entgegen.

Hinter mir im Auto ertönte Lauras Stimme: «Mit der Flöte ist alles okay.»

«Was soll denn das heißen?»

«Das sagst du auch immer, wenn wir dich nach irgendwas fragen. Jedenfalls kann ich's kaum erwarten, sie Yolanda zu zeigen.»

«Ich möchte nicht, daß du sie mit ins Studio nimmst», sagte ich hastig. «Sie ist zu kostbar.»

«Aber Papa ...»

«Was habt ihr denn diese Woche getanzt? Samantha?»

«Gestern hatten wir den *Nußknacker*. Und am Tag davor haben wir einen Tanz aus dem Hochland probiert.»

«Welchen?»

Laura, die an ihren verpaßten Ausflug erinnert wurde, gab zurück: «Du hast sicher nie davon gehört.»

«Versuch's doch mal.»

«Ich weiß, wie er heißt», sagte Samantha schnippisch.

«Sag's ihm nicht.»

«‹Taqui Onqoy›», verkündete Samantha sehr deutlich.

«Der Tanz der Krankheiten?» Es war ein Erweckungstanz.

«Samantha wird am Metropolitan vortanzen», sagte Laura.

Samantha sah aus dem Fenster und sagte mit lethargischer, erwachsener Stimme: «Aber ich weiß nicht, ob ich da wirklich hin will. Mein Vater sagt, in Florida hätte ich mehr Chancen.»

«Was ist eigentlich mit Yolanda?» fragte ich. «Seid ihr zufrieden mit ihr, ihr beiden?»

Laura beugte sich vor und packte meine Kopfstütze, so daß ihr Atem mir in den Nacken fuhr.

«Wir glauben, sie hat einen Geliebten», sagte sie mit durchtriebener Stimme.

Beide Mädchen kicherten. Ich wurde rot. Sprachen sie von mir?

Ich imitierte Samanthas gelangweilten Tonfall: «Wer ist es, habt ihr eine Ahnung?»

«Christina hat einen Geburtstagskuchen im Kühlschrank gesehen», sagte Laura. Sie hatte ihre Haarspange herausgezogen und schüttelte jetzt ihre Mähne. «Und dann die zwei Weingläser, Samantha – weißt du noch?»

«Irgendwer hat ihr einen alten Keramiktopf geschenkt», setzte Samantha hinzu. «Sie ist fuchsteufelswild geworden, als ich meine Kippe hineinwarf.»

«Samantha – psst!»

Ich war zu sehr interessiert an Yolanda, um verbotene Zigaretten zum Thema zu machen.

«Muß es denn ein Geliebter sein?»

«O ja», sagte Laura. «Sie hat sich sehr verändert – meinst du nicht auch, Samantha? Auf einmal macht sie sich Gedanken über ihr Aussehen. Das war früher nie so.»

Ich spürte ein unangenehmes Kitzeln im Nacken. Vielleicht hatte Yolanda ja wirklich einen Geliebten.

«Papa», flüsterte Laura, «du solltest dich nicht dauernd dort kratzen. Du hast schon lauter Flecken im Nacken.»

«Jetzt sind Sie am Studio vorbeigefahren», sagte Samantha.

«Ich setze euch beide da vorne ab.»

Ich hielt an der Ecke, und sie stiegen aus. Ich verstellte meinen Außenspiegel und sah ihnen nach, wie sie eine Straße weit zurückgingen, bis sie vor der Tür in der grünen Mauer standen. Samantha drückte die Klingel. Laura spielte am Reißverschluß ihrer Adidastasche herum. Sie wußte, daß ich sie beobachtete, und sah deshalb nicht zu mir zurück. Sie beugte das eine Bein, dann das andere, schon im Training. Sie war der einzige Grund dafür, daß meine Ehe noch hielt.

Die Tür ging auf. Ich sah, wie Lauras Gesicht sich erhellte.

Ich fuhr an Gómez vorbei, der mir ein Stück weit folgte, bis wir uns auf einem Parkplatz in der Calle Salta hinter der Banco Wiese trafen. Dort stieg ich in den Transporter, und er fuhr mich in die Calle Diderot, wo er in einer engen Sackgasse gegenüber dem Studio parkte. Er stieg aus, schloß die Tür ab und ging davon, während ich im Laderaum Stellung bezog. Durch das Plexiglas sah ich das Neonlicht im Ballettstudio. Laura hatte ihre Haarspange liegengelassen, die ich jetzt in der Hand hielt. Ich dachte an sie und Yolanda im Inneren des Hauses.

Sie müssen wissen, daß es beim Beobachten auch um Verlangen geht. Ich war zutiefst getroffen, als ich in dem Wagen Platz nahm. *Wir glauben, sie hat einen Geliebten.* Lauras Worte waren ein Stich ins Herz für mich. Sie war Yolandas Schülerin, ich war ihr Vater, und Yolanda war mit ihrer *Antigone* beschäftigt. Es ging mich nichts an – aber angenommen, es gab wirklich jemand anders in Yolandas Leben? Sie hatte einmal einen Verlobten erwähnt und gesagt: *Ach, ich hab mich schon umgetan.* Dann war da ihre Reise ins Hochland. Hatte sie den Weg zum Eisfest etwa allein angetreten? Oder war sie mit einem Geliebten unterwegs, als sie die Tanzgruppen erforscht hatte? Die Menschen neigen dazu, frühere Gefährten nicht zu erwähnen, wenn sie mit jemandem sprechen, dem sie zugetan sind – und ich bezweifelte nicht, daß Yolanda mich mochte. Aber wie sehr? Und war ihr Bruder wirklich ihr Bruder? Oder war ich eifersüchtig auf mich selbst?

Wie oft sagte ich mir wohl, daß mich all das gar nichts anging? Aber nach dem, was Laura und Samantha gesagt hatten, durchzuckten mich die wildesten Hoffnungen und Verdächtigungen. Mal erlebte ich ein Hochgefühl. Gleich danach spürte ich die kalten Füße der Eifersucht zu mir ins Bett steigen. Bei all dem Tohuwabohu rings um mich herum fiel es mir schwer, mich damit abzufinden, daß ich verliebt war.

Es hat wenig Sinn, begreifen zu wollen, warum die Menschen sich verlieben. Meine Begegnungen mit Yolanda waren immer nur kurz gewesen, aber von intensivster Art. Ich war dreiundvierzig und hatte doch erst ein paar Tage lang richtig gelebt. Sobald man einmal derart erwacht ist, schläft man nicht wieder ein. Nicht so leicht jedenfalls. Seit Montag, als ich Yolanda zufällig im Einkaufszentrum begegnet war, hatte ich kaum geschlafen. Mein Herz war ein übergroßes, unbequemes Ding geworden. Es quoll aus meiner Brust, drückte mir den Kopf nach hinten, so daß ich nur unter Schwierigkeiten atmen konnte. Als ich die Stirn gegen das getönte Plexiglas preßte, konnte ich die Gründe für diese Gefühle, für dieses Verhalten, nicht mehr länger vor mir verbergen.

In den wenigen Stunden, die mir blieben, ehe ich sie wiedersehen würde, dachte ich mir folgendes: Ich war in den Klauen einer Leidenschaft, die nirgendwo hinführen konnte. Im Geiste suchte ich Yolandas Bild nach Fehlern ab, reihte sie mir im Schein des schmalen Sichtbandes auf. Sie war unreif und unzuverlässig. Sie hatte Pausbacken, einen unstillbaren Hunger auf Kuchen, häßliche Füße. Ich stellte sie mir in abstoßenden Stellungen vor. Ich rief mir ihre Füße ins Gedächtnis und legte die deformierten Konturen über ihr Gesicht, über ihre Augen. So! Konnte ich sie jetzt immer noch attraktiv finden? Ja. Ja! Ich durchlebte Qualen. Ich fühlte mich elend. Ich schämte mich. Ich war erregt. Jedes kleinste Detail, von den Umrissen des Jacarandabaums bis zum Muster der Flecken auf dem Plexiglas, sprach ihren Namen aus.

Sie erinnern sich, daß ich davon erzählte, wie sie die Porträtvase mitten in der Luft umdrehte? Nun, was dann passierte ... passierte gleich danach. Sie blieb in dieser Haltung, die Augen geschlossen, die Arme emporgehoben, und hielt den Atem an. Ich kann nur sagen, daß – für mich jedenfalls – die

Luft ringsherum mit dem puren Kitzel dessen erfüllt war, was sie da getan hatte. Sie sah aus, als wäre ihr soeben eine außergewöhnliche Wahrheit gedämmert. Ich meine, stellen Sie sich das vor. Mit dieser schlichten Geste hatte sie alles begraben: ihren Bruder, den Staat, sich selbst.

Dann ließ sie die Arme sinken, der Ausdruck wich aus ihrem Gesicht, und sie atmete in heftigen Zügen. Hals und Schultern glänzten vor Schweiß. Winzige Kolophoniumkristalle funkelten in ihren Augen, auf ihren Brüsten. Das Kleid hatte sich ein wenig geöffnet. Ihre dunkelroten Brustwarzen hoben sich durch den dünnen Stoff ab, blieben an ihm hängen. Sie war erschöpft, aber zugleich wie berauscht.

Wir sanken ineinander. Ich spürte ihr Haar gegen meine Wange streichen, und ihr Atem, der nach Wein und Bananenkuchen duftete, war heiß in meinem Nacken. Ihre Nähe war kaum erträglich. Ich sehnte mich danach, ihr mit den Händen über den schweißnassen Rücken zu streichen, ihr das Kleid auszuziehen. Ihre Brüste preßten sich fest an meine Brust, ich roch ihre kupferfarbene Haut. In diesem Augenblick wollte ich sie mehr als alles andere, was ich je zuvor gesehen, gekannt oder getan hatte.

Ich berührte sie und wurde dabei ein anderer. Alle wichtigen Erfahrungen in meinem Leben hatten mich für diesen Moment bereitgemacht. Indem ich Yolanda berührte, eignete ich mir diese Erfahrungen wieder an, durchlebte sie nochmals, spürte sie in mir nachklingen. Ich war eine im Schnee brennende Kerze. Ich war mein Vater, der meine Mutter in den Armen trug. Ich war Leid und Freude.

Langsam legte sie den Kopf nach hinten. Sie hielt mein Gesicht mit beiden Händen, und sie küßte mich.

Dann stieß sie sich weg. «Oh, Liebster, was sollen wir nur tun?» Sie schlug die Augen nieder und griff mit einer Hand nach der Ballettstange. Etwas Kolophonium war ihr in die Augen geraten. Sie wischte die Krümel mit dem Handrücken weg.

«Wir dürfen das nicht, das weißt du. Was sollen wir machen? Ich ...»

Sie konnte meinem Gesicht im Spiegel nicht ausweichen. Auch nicht dem Effekt, den ihre Worte auf mich hatten. «Und glaube mir, ich will, ich will ...»

Nun verschränkte sie die Arme und beugte sich wie unter Schmerzen vor. «Agustín, du mußt gehen. Es ist unmöglich. Außerdem fängt gleich die Ausgangssperre an.»

Meine Stimme klang heiser, verzweifelt. Unser Kuß, nach dem sie mit einem Mal verletzlich und angespannt war – wie ein Mensch ohne Haut, im Grunde –, hatte mich wie eine Flamme gestreift.

«Morgen, kann ich dich morgen wiedersehen?»

Sie streckte die Arme aus, öffnete und schloß die Hände. «Es macht mich sehr nervös, daß du hier bist.»

«Nervös?»

«Das ist eine wirklich wichtige Entscheidung. Für uns beide. Eine Entscheidung, die ich jetzt nicht treffen kann. Das Tanzen hindert mich daran, Agustín. Ich habe zu hart geprobt. Mein Kopf ist nicht klar genug.»

Sie sah mich im Spiegel schief von unten an. Dort war es leichter, mich abzuwehren. Mit gebrochener Stimme sagte sie: «Das ist nichts, was man leichten Herzens tun sollte. Nach meiner Aufführung – danach sprechen wir darüber, ja? Damit wir sicher sind.»

Die Ballettstunde endete um halb neun. Durch das Plexiglas sah ich zu, wie die Mädchen abgeholt wurden. Marina fuhr in ihrem roten BMW davon, Laura und Samantha kabbelten sich auf dem Rücksitz. Ich beobachtete die Tür mit dem Feldstecher, aber Yolanda entdeckte ich nicht.

Eine Mücke sirrte in der Luft dicht neben meinem Gesicht und verstummte plötzlich. Ich schlug mir auf die Wange.

Etwas später drehte sich ein Schlüssel im Schloß. Die Tür ging auf, und Sucre stieg ein. Das Chassis schaukelte, als er sich nach hinten durchschlängelte. Ich klappte ihm einen Stuhl auf. Er hatte die Müllsäcke der Calle Perón inspiziert. Nichts Besonderes. Er zog eine Papiertüte aus der Jackentasche. «Sandwich gefällig?»

Er stank so stark nach dem Keller, daß ich ihn fragen mußte, womit das Sandwich belegt war.

Das Straßenlicht warf ein orangefarbenes Band über unsere Gesichter. Sucre berührte seine Wange, um mir eine Stelle zu zeigen. «Du bist da gestochen worden.»

Ich wischte mir das Gesicht ab und sah meine Hand an. An der Fingerspitze war etwas Blut.

«Ich habe ein Spray drüben im Wagen.»

«Nicht so schlimm. Ich geh sowieso bald. Sag Gómez, er soll um zehn hier sein.»

Sucre würde mit dem Einsammeln des Mülls anfangen, sobald die Ausgangssperre begann. Vor jedem Haus waren im Laufe des Tages die schwarzen Plastiksäcke aufgetaucht. Als es auf zehn Uhr zuging, kamen keine mehr dazu. Die Ausgangssperre begann zwar erst in zwanzig Minuten, aber ihr Leichentuch legte sich schon jetzt über die Stadt. Alles wurde still, und man hörte Geräusche, die man sonst nie wahrnahm. Das zittrige Gebrabbel eines Betrunkenen. Das verhallende Gurgeln eines Motorrads.

Das Klatschen eines Müllsacks gegen einen Türrahmen.

Ich hörte es und schaute auf. Was ich sah, ließ mich kerzengerade auf dem Stuhl hochfahren. Den ganzen Tag lang hatte ich diesen Anblick erwartet. Es ging mir durch Mark und Bein, sie zu sehen.

Yolanda, gekleidet in einen schwarzen Turnanzug und

eine schwarze Trikothose, ein grellrotes Stirnband im Haar, schob sich seitwärts durch die Tür in der Mauer auf den Gehsteig hinaus. Sie hielt einen Sack gegen die Brust gedrückt, einen zweiten schleifte sie hinter sich her. Sie stellte sie schwungvoll an den Laternenmast und wischte sich die Hände ab. Ich erwartete, daß sie gleich wieder hineinging, aber sie blieb im Schein der Lampe stehen.

Ich stellte den Feldstecher scharf. Meine Spitzelei beschämte mich. Was würde sie wohl denken, wenn sie wüßte, daß ich keine fünfzig Meter entfernt saß und sie überwachte?

Mit auswärts gekehrten Füßen tat sie zwei oder drei Schritte in meine Richtung. Ihr Schatten wurde länger und huschte über die Mauer. Sie erhob sich auf Zehenspitzen und spähte die Straße entlang.

In meinem Kopf raste es: Sie erwartet jemanden.

«Hübsch, wie die sich bewegt», bemerkte Sucre. «Die Ballettlehrerin deiner Tochter, stimmt's?»

«Ja.»

«Single, oder?»

«Ja, stimmt.»

«Also wirklich, eine Frau wie die und ohne Mann – so was ist doch tragisch.»

Auf den Spitzen ihrer Ballettschuhe stehend, sah sie nochmals die Straße entlang.

«Andererseits», fuhr Sucre fort, «ist das ein ganz schön großer Müllhaufen für eine alleinlebende Frau.»

Sie drehte sich um und schlenderte mit gesenktem Kopf auf ihr Studio zu. Ich stellte die Schärfe nach und verfolgte sie auf ihrem Weg. Ich rechnete damit, daß sie die Tür schließen und die Kette vorlegen würde. Statt dessen hob sie ein Bein, streifte sich den Schuh ab und klemmte ihn zwischen Tür und Rahmen ein.

Sucre kratzte sich etwas Zahnbelag ab und zischte: «Na, hallo. Die erwartet noch jemanden.»

Papa, wir glauben, sie hat einen Geliebten.

Ehe ich den Transporter verließ, legte ich meine Pistole ins Handschuhfach. «Zeit, den Müll einzusammeln.»

Sie sah mich im Augenblick meines Eintretens. All diese Spiegel – ohne sich auch nur umdrehen zu müssen, weiß man sofort, wer ins Studio hineinkommt.

«Ach, du bist es.» Sie stand mit dem Rücken zu mir, in einer Arabeske, einen Arm ausgestreckt, ein Bein erhoben, und drehte sich nicht um.

«Probst du immer noch?» Ich sah Lazos Vase und die Kassette, die immer noch im Recorder steckte – die Musik, die sie mir vorgespielt hatte. Ich sah zu den beiden Gläsern auf dem Boden hinüber, wo wir sie zurückgelassen hatten. Der Wein war zu einem körnigen roten Rest verdunstet.

«Ich habe dich nicht erwartet.»

In meine Stimme legte ich all die Leidenschaft, die ich empfand. «Ich wollte dich wiedersehen.»

Sie senkte das Bein auf den Boden.

«Ich liebe dich.»

In einem leeren Tanzstudio – oder vermutlich auch überall sonst – ist geflüsterte Liebe etwas Ohrenbetäubendes. Ich hatte nicht gewußt, daß ich diese Worte aussprechen würde. Aber im Transporter, als ich mir unsere gemeinsamen Erlebnisse vorgestellt hatte, war ich auf die authentischsten Seiten meiner selbst zurückgeworfen worden.

Sie neigte den Kopf, als spräche irgendwer ein Gebet. «Bitte tu das nicht.»

«Aber die letzte Woche ...»

Sie wirbelte zu mir herum. «Und ich habe alles ehrlich gemeint, was ich gesagt habe!»

Dann sank sie auf dem Fußboden zusammen.

Es ist komisch, welche Erinnerungen wir uns an Menschen bewahren. Die Augenblicke, die sie in unserem Kopf fixieren, sind nicht immer die naheliegendsten. Mein letztes Bild von Pater Ramón ist sein Anblick in schmutzigen Turnschuhen, wie er mir eine Silberkette über den Kopf streift. Meine Mutter erschießt in meiner Erinnerung gerade Papageien, mein Vater trägt einen zu großen Anzug bei meiner Hochzeit, und meine Frau beugt sich gegen das Küchenfenster und klopft an die Scheibe. Damit wollte sie einmal einen Vogel auf dem Rasen zum Auffliegen veranlassen, um ihn zu retten. Aber von ihrem Klopfen aufgeschreckt, sprang die Katze erst recht los. «Und Agustín wollte dich einschläfern lassen», sagte sie später und streichelte sie.

Und dies nun ist fast die letzte Erinnerung, die ich von Yolanda habe. Es ist ein Anblick, bei dem mir das Herz stehenbleibt. Sie verharrt im Schneidersitz auf dem Parkett. Ihre langen Finger bedecken das Gesicht, das Haar fällt ihr über die Hände, und das rote Stirnband rutscht ihr herunter. Lazos Vase steht neben ihr, und sie schluchzt vor sich hin.

Erstaunlicherweise höre ich dabei nicht das Geräusch einer weinenden Frau, sondern unseren Fluß, der sich an den Felsen bricht, den Wind, der mit schleifenden Füßen durchs Gras geht, und das Knattern einer zerschlissenen Fahne. Ich habe das Gefühl, als hätte ich Yolanda am Flußufer entlang- und den steilen, schmalen Pfad zum Flugplatz hinaufgeführt. Ich sehe das Eis, das die Berge überzieht, das alte Feld unten auf dem Talboden und den feuchten Fleck Erde, wo das Gras nie wieder nachgewachsen ist.

Ich sagte irgend etwas und ging dann hinaus.

14

MAN WACHT AUF, sieht in den blauen Himmel hinauf und denkt sich: «Was für ein perfekter Tag, um Ezequiel zu schnappen.»

Es war wieder so ein Vormittag, der ereignislos begann. Um zehn war der Himmel bedeckt. Die Äste schwankten leicht, und aus dem Fenster meines Autos – eines Ford Falcon, glaube ich – sah ich einer Wildente nach, die ostwärts flog. Die Luft roch nach Fisch.

Jeder in der Straße war einer Meinung. Heute oder morgen würde es regnen.

Um halb elf piepte mein Handy. Es war der General. Vergangene Nacht war in der Nähe des städtischen Wasserwerks eine Frau verhaftet worden. Sie hatte eine Flasche Urin bei sich gehabt.

«Im Labor sagen sie, die Probe sei mit dem Typhusbazillus verseucht.»

Um elf rief Sucre an. Er hatte nur drei Stunden Schlaf gehabt und klang erschöpft. Ich wartete ab, bis er seine Notizen geordnet hatte. Irgendwo gab es eine Liste aller Leute, die in der Calle Diderot die Ausgangssperre mißachtet hatten.

Dr. Zampini, wahrscheinlich wegen eines Notrufs vom Krankenhaus. «Aber das überprüfen wir noch.»

Der Besitzer des Videoladens. Er war um Mitternacht heimgekommen, betrunken.

Zwei Frauen und ein Mann hatten Nr. 459 betreten.

Es dauerte eine Weile, bis ich kapierte. «Aber das ist doch das Ballettstudio . . .»

«Sie kamen etwa eine Viertelstunde nachdem du mit Gómez weggefahren bist.»

«Im Auto?»

«Nein, zu Fuß.»

«Beschreibung?»

«Der Mann hatte einen Bart.»

Lorenzo. Der depressive Choreograph. Natürlich! Warum hatte ich nicht früher an ihn gedacht? *Ich würde schrecklich gern eine Kostümprobe sehen. Die anderen auch.* Er war mit den Mitgliedern von Yolandas Tanzgruppe gekommen, die ursprünglich gemeinsam die *Antigone* hatten spielen wollen. Vermutlich hatten sie einen Bus aus dem Stadtzentrum genommen. Vielleicht hatte der Bus Verspätung gehabt, oder sie hatten den vorigen verpaßt. Deshalb hatte Yolanda auch die Tür mit ihrem Schuh offengehalten. Sie wollte ihnen ersparen, während der Ausgangssperre auf der Straße warten zu müssen.

Meine Eifersucht schwand. Ich war glücklich.

«Wann sind sie wieder gegangen?»

«Sie waren immer noch da, als ich den Müll geholt habe. Das war so gegen Mitternacht.»

«Und was ist mit dem Müll?»

«Bis jetzt haben wir sechsundsiebzig Säcke durch.»

«Wie viele bleiben dann noch?»

«Etwa noch mal so viele.»

«Wann werdet ihr fertig sein?»

«So um fünf oder sechs.»

Um drei Uhr, nachdem Gómez mich abgelöst hatte, fuhr ich ins Hauptquartier. Später wollte ich wieder in die Calle Diderot zurückfahren, um die Nacht im Transporter zu verbringen. Aber für den Nachmittag hatte ich vor, meinen Bericht über das Militärmassaker in La Posta zu verfassen. Ich wollte Yolanda aus meinen Gedanken vertreiben.

Laut Aussage von Maria Valdes, 67, wurden die beiden Offiziere, die sie in das Maisfeld verschleppt hatten, von ihren Kameraden mit den Spitznamen Pulpo bzw. Capitán gerufen ...

Aber ich sah nicht die alte Frau in der Zahnarztpraxis vor mir, die die Hand zum Sprechen hob. Ich sah eine Narbe in Form eines Sardellenrings, ein ockerfarbenes Kleid, durch das sich eine Brustwarze abzeichnete, ein Stück Wade, das durch eine gerissene Strumpfhose blitzte, weiße Zähne, die sich auf eine Unterlippe preßten.

Um fünf rief ich Sylvina an. Sie war ganz aufgeregt. Fünfzehn Gäste hatten sich für die Präsentation am Sonntag angemeldet! Wegen der Party des amerikanischen Geschäftsträgers würde sie heute erst spät nach Hause kommen. Patricia hatte ihr versprochen, daß ein paar Botschafter dort wären und mit etwas Glück auch mehrere Generäle und deren Frauen. Ich sah ihre Hände bei der Aussicht auf neue Kunden durch die Luft wirbeln. «Ich sage dir, Agustín, wir werden reich sein!»

In ihrer Vorfreude darauf plante sie bereits etliche Neuerungen in unserer Wohnung und wollte sich die Haare anders färben.

«Und dir hab ich ein Polohemd gekauft.» Sie beschrieb es mir, marineblau mit kurzen Ärmeln, gekauft in demselben Einkaufszentrum, wo ich Yolanda getroffen hatte. «Marina sagt, es wird Zeit, daß ich dich verwöhne.»

Ich trank eine Cola. Mitten in meinem Bericht hatte ich abgebrochen und einen Brief an Lazo angefangen, in dem ich ihm schrieb, daß ich seiner Tochter das Geld gegeben und auch mein Versprechen erfüllt hatte. Dann bat ich ihn um eine Kopie seiner Patientenkartei – falls wir, wie ich hoffte, Tomasios Leiche fanden.

Um fünf vor sieben klingelte das Telefon erneut. Es war Sucre, seine Stimme klang heiser: «Ich glaube, du solltest mal schnell runterkommen.»

Sucre hatte drei Salbentuben auf dem Tisch ausgelegt, dazu zwei Tablettenschachteln und zehn zerknüllte Zigarettenpäckchen. Der Gestank im Keller verflog, sobald ich sie sah.

Die Tuben waren bis zum Ende aufgerollt. Ich zog eine davon auseinander: Dithranol. Die braunen Schachteln hatten Methrotexat und Cyclosporin A enthalten. Die Zigarettenmarke war Winston.

«Aus welchem Haus?» Noch ehe Sucre antwortete, überwältigte mich ein Gefühl der Taubheit.

Er glättete den Hals der Mülltüte und betrachtete das Etikett, das er dort aufgeklebt hatte.

Es war 19.10 Uhr. Ich hatte keine Zeit zum Nachdenken. Mein erster Impuls war, Yolanda zu warnen, aber die Ballettstunde hatte pünktlich angefangen. Gómez bestätigte aus seinem grünen Renault, daß fünfzehn Mädchen im Haus waren, darunter Laura. Ihre Lehrerin jetzt zu alarmieren würde eine Panik bei ihren Schülerinnen auslösen und überdies Ezequiel im oberen Stockwerk aufschrecken.

Ich befahl Sucre: «Finde heraus, wem das Haus gehört, wie lange die Wohnung schon vermietet ist und ob es einen Grundriß gibt. Und laß alle aus der Calle Perón zum Parkplatz der Banco Wiese in die Calle Salta kommen.»

Ich rief Marina an. Es war Dienstag, damit war sie an der Reihe, die beiden Mädchen abzuholen. Niemand ging ans Telefon. Ich versuchte es bei Sylvina. Sie hatte gesagt, sie wolle zum Friseur. Es nahm niemand ab.

Zwanzig Minuten später instruierte ich meine Einheit über Funk. Es blieb keine Zeit, mit jedem Beamten einzeln zu sprechen, also bat ich sie, mir genau zuzuhören. Ich erklärte, daß ich Nr. 459 bereits von innen kannte.

Ich sagte, das Haus bestehe aus zwei Teilen: im Erdgeschoß sei die Ballettschule, und unser Verdächtiger befinde sich vermutlich in der oberen Wohnung. Es gebe keinen Zugang vom Studio her, und die Ballettlehrerin selbst wisse nicht, wer über ihr wohne. Wahrscheinlich benutze der Verdächtige eine Treppe an der Seiten- oder Rückwand des Gebäudes, aber ich hätte bisher noch keine gesehen.

Sobald sie die Mauer überwunden hätten, dürften sie keinesfalls das Feuer eröffnen, außer in Notwehr. Jedenfalls müsse jeder im Haus lebend festgenommen werden.

«Im Moment findet dort eine Tanzstunde statt. Ich will noch warten, bis die Klasse hinausgegangen ist.»

Vor dem Aufbruch rief ich noch einmal bei Marina und Sylvina an, aber es hob immer noch keiner ab.

Um 19.45 Uhr fuhr ich in die Calle Diderot. Abgesehen von meinem Team hatte ich niemandem etwas erzählt.

Kein Tag vergeht, ohne daß ich mir die folgenden Szenen wieder vor Augen rufe.

Die Dämmerung bricht an. Ich parke in der Sackgasse. Das Zimmer im oberen Stockwerk ist hell erleuchtet, und ich nehme den gelben Vorhang mit dem Feldstecher aufs Korn. Hinter den Comic-Elefanten gestikuliert ein Schatten, als spräche er zu einem Publikum. Dann verschwindet die schemenhafte Gestalt, und die einzige Bewegung ist der Vorhang, der im Luftzug hin und her weht.

Gómez kommt im Gärtneroverall heran und stellt die Schubkarre neben dem Auto ab. Das Richtmikrofon ist in seiner Harke versteckt. Seit dreißig Minuten zielt er mit dem Laserkopf auf das Fenster dort oben, um die Schwingungen der Glasscheibe aufzufangen.

«Besprechung hat sich vor ein paar Minuten aufgelöst. Jetzt sitzt er vor dem Fernseher.»

«Wer ist sonst noch oben?»

«Vier Leute. In einem Zimmer auf der Rückseite.»

«Und die Ballettklasse?»

«Gerade jetzt höre ich lautes Klatschen, aber aus dem Studio gekommen ist noch niemand.»

Er schiebt seine Karre weiter. Sucre steigt neben mir ein.

Keiner von uns spricht ein Wort. So lange habe ich auf diesen Augenblick gewartet, aber ich verspüre keine Müdigkeit. Ich mache mir Sorgen um Laura und Yolanda. Ich muß sie dort herausbekommen.

Das Klatschen bedeutet, daß die Stunde vorbei ist. Ich spiele nervös mit Lauras Haarspange und versuche mir vorzustellen, wie meine Tochter auf eine freie Dusche wartet. Die älteren Mädchen rauchen wahrscheinlich Zigaretten. Vielleicht liegen sie erschöpft auf dem Boden, die Füße gegen die Wand gestemmt, zur Entspannung hochgelegt. Sie sehen wahrscheinlich gerade zur Decke hinauf. Zu Ezequiel.

Wird er Waffen haben oder Sprengstoff? Gibt es womöglich einen geheimen Fluchtweg? Wird er sich lebendig fangen lassen? Oder lieber gemeinsam mit seiner Welt sterben wollen?

Wir können nichts tun als warten.

Ich spüre die wohlige Brise vom Meer und höre den Ruf des Altglassammlers in der Parallelstraße. Das Dienstmädchen im Haus gegenüber dem Tanzstudio klopft einen Teppich am Balkongeländer aus. Anderswo legen sich Menschen frisches Make-up auf, gehen auf Geburtstagspartys, begegnen einander zum erstenmal, verlieben sich.

Vor dem erschöpften Himmel wirken die Äste eines Jacarandabaums wie schwarze Tintenspritzer. Ein Vogel landet auf einem Rasen, der von einem Beregner gewässert wird. Auf der Veranda, die von den Tropfen feuchtdunkel ist, erwacht ein Hund und schüttelt sich. Der Vogel kehrt auf seinen Baum zurück, unter seinem Gewicht senkt sich kaum merklich ein Zweig. Das Licht schwindet nun rasch.

In dem Café neben dem Studio streichelt ein pummliger Bursche mit blondem Lockenkopf eine junge Frau am Ohr. Sie küssen sich. Ihr Job ist es, meine Straßenseite zu überwachen – und auch, mich zu schützen. An diesem Nachmittag sitzen sie seit drei Uhr dort. Hinter ihnen steht Clorindo in einer grauen Schweinslederjacke, er kauft Zigaretten an der Bar und bricht einen Streit um das Wechselgeld vom Zaun.

Um acht ertönt eine Hupe. Dr. Zampini parkt vor seinem Haus. Die Tür öffnet sich, ein Keil orangefarbenen Lichts erfaßt den Fußweg und zieht ihn seiner Frau entgegen. Sie steht auf der Schwelle, das Haar frisch auftoupiert, die Arme zum Willkommensgruß ausgestreckt.

«Da kommen sie!» flüstert Sucre.

Die Tür in der grünen Mauer geht auf, und die Mädchen schwärmen in Grüppchen heraus. Ich zähle sie und halte den Atem an, bis ich – als vorletzte – Laura entdecke. Yolanda kommt hinterher, in einem langen T-Shirt und dem dünnen Gazerock, den sie bei unserer ersten Begegnung trug. Sie steht auf dem Gehsteig und winkt den Müttern ihrer Ballettratten fröhlich zu. Als sie den Arm hebt und ihn am Stirnband reibt, kann ich erkennen, daß ihr Nacken glänzt. Sucre kann gar nicht den Blick von ihr lassen.

Laura lehnt sich gegen den geweißelten Stamm der Jacaranda und sieht die anderen Mädchen wegfahren. Marina verspätet sich. Auf einmal begreife ich, daß niemand meine Tochter abholen wird. Sie ist allein, hat nicht einmal Samantha zum Plaudern. Später erfahre ich, daß Marina – auf

Marcos Geheiß – Samantha aus der Ballettschule genommen hat, als Reaktion auf die Bombe in Miraflores.

Eine nach der anderen brechen die Ballettmütter auf. Schließlich bleibt nur Laura übrig.

«O Gott», sagte Sucre, «sie geht wieder hinein!»

Yolanda fragt sie: «Warum wartest du nicht im Studio?»

Laura hebt ihre Sporttasche auf und geht auf die Tür zu. Ich will gerade nach dem Türgriff greifen, als Sylvina laut hupend in unserem grauen Peugeot herankommt und direkt vor dem Studio bremst.

Meine Frau ist schon für ihre Party angezogen. Ich sehe, daß sie es – Gott sei Dank – eilig hat. Sie stößt die hintere Tür auf und ruft etwas über den Sitz. Die Hände zwischen die Knie gepreßt, beugt sich Yolanda zum Autofenster hinab.

Ich kann Sylvina sogar verstehen: «Alles Gute für morgen.»

«Komm schon, komm schon», sage ich vor mich hin.

Sylvina betrachtet sich im Rückspiegel. Ihre Hand fährt rasch durch das Haar, das zu einer neuen Frisur arrangiert ist. Mehr Lippenstift, beschließt sie. Gelassen trägt sie ihn auf. Yolanda wird leicht verlegen, findet aber offenbar, sie sollte noch warten. Sie geht in die Knie und sagt etwas zu Laura, berührt sie durch das Fenster an der Schulter.

«Jetzt macht doch!»

Endlich startet der Wagen. Sie winken einander zum Abschied. Sylvina rollt davon, fährt sich mit der Zunge über die Lippen.

Ein vages Verlangen liegt in mir, wie ein Zorn. Ich möchte hinausspringen, schreien, die Straße entlangrennen so schnell ich kann, um Yolanda daran zu hindern, wieder durch diese Tür zu treten. Ohne etwas von meinen Gedanken und den Blicken zu ahnen, die auf ihr ruhen, streift sie das Stirnband ab. Sie tupft sich damit die Schläfen, die Stirn ab, dann zieht sie es sich wieder übers Haar. Mit einem Zurückwerfen des Kopfs verschwindet sie durch die Tür.

Die Straße ist jetzt leer und wie erstarrt.

«Sieh mal, da oben!»

Im oberen Stockwerk teilt sich der Vorhang; in den gelben Falten sehe ich die Umrisse von Fingerspitzen, eine Wange.

«Das ist er doch, oder?»

Zuerst drehe ich das Einstellrad falsch herum, und er verschwimmt im Vorhang. Dann habe ich ihn glasklar.

Der Kopf dreht sich wie unter Schmerzen. Hinter einer dicken Brille spähen zwei schwarze, glitzernde Augen die Straße entlang. Um den Hals trägt er ein lose geknotetes Tuch. Eine Hand taucht auf und kratzt geistesabwesend den Nacken.

Das Funkgerät knistert. «Alle Mann in Position.» In Sucres Stimme klingt Panik durch, er fürchtet eine atmosphärische Störung.

Aber ich möchte den Augenblick noch dehnen. Ich weiß, daß mein Leben sich gerade ändert. In einem Zimmer hinter der grünen Mauer dort zieht sich Yolanda gerade aus. Sie dreht die Dusche auf. Ich kann sehen, wie sie sich die Beine, die Brüste einseift. Ich sehe, wie sie den Waschlappen ausdrückt, ihn naß macht und über die Schultern hebt, um sich den Rücken zu reiben. Sie kneift die Augen zu und hebt das Gesicht in die Brause. Beckenschläge und Flötenmusik vibrieren in ihrem Kopf. Alles ist bereit für ihren Tanz morgen. Ich höre, wie sie im Rauschen des Wassers summt.

Die Straßenlaternen gehen an. Ich sehe ein letztes Mal die Calle Diderot entlang. Der Altglasjunge kommt um die Ecke geradelt. Das Dienstmädchen knallt den Klopfer auf den Teppich. Nach dem blitzartigen Wiedererkennen eben, als ich das Gesicht am Fenster gesehen habe, ging eine Welle von Gelassenheit durch meinen Kopf. Die Stille endet, und ich höre den leisen Applaus von wer weiß wie vielen tausend Toten.

Dann wieder Sucre: «Wir können.»

Ich lege die Haarspange weg. Und greife nach dem Funkgerät.

15

ES GIBT IM GRUNDE nicht mehr viel zu sagen. Ich gab den Befehl, woraufhin sieben meiner Leute über die Mauer kletterten. Als sie keine Außentreppe nach oben fanden, stürmten sie durch die Schiebetür in das Tanzstudio und traten in der Küche eine Tür ein, die zu einer kurzen Stiege in den ersten Stock führte. Dort saß Ezequiel unter der Höhensonne, in der Hand Kants *Kritik der reinen Vernunft*. Der Fernseher lief. Er sah sich einen Boxkampf an.

Sucre funkte mich an: «Er ist es.»

Der Regen hatte eingesetzt. Ich steige aus dem Wagen und laufe über den Innenhof. Yolanda kämpft auf dem Tanzparkett mit zwei von meinen Männern. Überall liegen Scherben. Ohne auf ihre Schreie zu achten, richtet ein dritter Polizist eine Pump-gun auf die Zimmerdecke.

Yolanda spürt, daß jemand den Raum betreten hat, und sieht auf. Der Schreck hat ihre Pupillen geweitet und ihre Wangen rot und grau gefärbt, die Farbe einer Artischocke.

Sie erkennt mich. «Agustín! Hilf mir. Diese Schweine ...»

«Laßt sie los.»

Gómez will etwas sagen.

«Halt den Mund», befehle ich ihm.

Er läßt Yolanda los, und sie läuft zu mir, schlingt mir die Arme um den Hals und schluchzt vor Erleichterung.

Ich fahre ihr über das Haar. «Gott sei Dank bist du in Sicherheit. Du hast ja keine Ahnung, wer über dir wohnt.»

Hinter meinem Kopf verkrampfen sich ihre Arme. Unendlich langsam löst sie sich von mir.

«Was geht hier vor?» fragt sie verwirrt, die Kinnlade hängt etwas schief.

Ich halte sie an beiden Armen fest. Ihre Adern treten hervor, als sie sich loszureißen versucht. «Hab keine Angst. Das hier sind meine Leute.»

Sie funkelt mich an. Etwas Wildes hat ihren Blick verwandelt, es blitzt darin ein Ausdruck auf, den ich manchmal auf Lauras Gesicht gesehen habe. Sie starrt in eine vage Ferne, die nicht existiert, in der ich nicht existiere.

Dann bekommt sie eine Hand frei, fuchtelt durch die Luft und brüllt: «Wehe, ihr tut ihm etwas! Ihr bezahlt mit eurem Leben, wenn ihr ihm etwas tut!»

«Yolanda ...» Als sie sich von mir losreißt, spüre ich den bitteren Geschmack der Wahrheit.

«Viva el Presidente Ezequiel!»

Gómez packt sie an einem Arm, Ciras am anderen, während sie zu Boden geht.

Irgendwie trat ich an ihr vorbei, ging durch die Küche, die steile teppichlose Treppe hinauf, in Richtung auf den stumpfen Glanz meines Triumphs.

Er saß in seinem samtbezogenen Sessel, ein kranker Mann in dem gelben Alpakapulli, den sie ihm gekauft hatte. Sucre und Clorindo hielten ihre Waffen auf ihn gerichtet.

Er sah von Sucre zu mir und wieder zu Sucre, der ihm befahl: «Stehen Sie auf vor dem Oberst!»

Sichtlich unter Schmerzen, kam Ezequiel langsam auf die Beine und beobachtete mich wachsam. Keiner von uns wußte, was zu tun war. Er reichte mir die Hand, doch als ich sie drückte, wobei mir die rauhe, rindenartige Haut auffiel, zuckte er zusammen.

Sucre, von dieser Berührung angespornt, durchsuchte ihn nach Waffen. Vorsichtig, als könnte unser Gefangener womöglich nicht aus Fleisch und Blut sein, tastete er ihn von oben bis unten ab.

Ezequiel, der immer noch meine Hand hielt, blieb gelassen. Mit der freien Hand tippte er sich an die Stirn. «Das könnt ihr niemals töten.» Er sprach mit der Klarheit des Wahnsinnigen. Seine Augen waren dunkel und ruhig, die schwarzen Punkte in ihrer Mitte wie Hemdknöpfe. Ich glaube, er rechnete felsenfest damit, erschossen zu werden. Dabei hatte ich nicht einmal meine Pistole gezogen.

Aus einem Zimmer weiter hinten hörte ich Frauenschreie, Edith und noch jemand anders. Sie kreischten, ich dürfe ihm nichts antun. Im Erdgeschoß fing Yolanda erneut zu brüllen an. Daraufhin dürfte Gómez sie geknebelt haben.

Da ich nicht in Uniform war, stellte ich mich vor, wobei ich Ezequiel mit «Professor» ansprach. Zum zweitenmal im Leben verlangte ich seine Papiere. Bedächtig räumte er seine Taschen aus. Er zog ein fleckiges Taschentuch hervor, das von getrocknetem Schleim ganz hart geworden war. «Ich habe keine.»

Er wirkte keineswegs nervös. Ich nehme an, daß jemand, der so viel Chaos, so viele Morde auf dem Gewissen hat, sich vor seiner Verhaftung nicht weiter fürchtet.

«Wie viele andere?» fragte ich Sucre.

«Vier im Nebenzimmer – zwei Frauen und ein Mann, plus Edith Pusanga. Sánchez und Cecilia halten sie in Schach.»

«Und unten?»

«Nur die Ballettlehrerin.»

Ich wandte mich an Ezequiel. Eine blindgeweinte Ballerina vor Augen, konnte ich die Details seines Gesichts nicht recht erkennen. «Gehört Yolanda zu euch?»

Der Bart öffnete sich, und die Antwort rutschte mit einem Lächeln heraus, um mich mit der kalten Klinge einer Einsicht zu durchbohren.

«Jeder gehört zu uns, Oberst. Es ist egal, ob Sie uns umbringen. Wir sind Teil der Geschichte.»

Ich sagte ihm, er solle mich nach unten begleiten. Er wollte unbedingt eine Mao-Tse-tung-Plakette aus einer Nachttischschublade mitnehmen. Der chinesische Parteiführer habe sie ihm persönlich überreicht.

Ich sah zu Sucre, aber der war zutiefst bewegt. Also holte ich die Plakette. Kaum hatte Ezequiel die Faust darum geschlossen, bedeutete ich Clorindo mit einem Nicken, ihm die Handschellen anzulegen. Er packte Ezequiel bei den Handgelenken, und ich dachte: Das ist mein Sieg. Ein kranker Mann, der nichts zu sagen hat, im Kopf nur sein Mao-Souvenir.

Außerhalb des Zimmers verwandelte er sich. Er hatte auf den Gnadenschuß gewartet. Sobald ihm bewußt war, daß er gefangen war, wurde seine Persönlichkeit sofort schwach. Er hatte keinen Plan für diese Zukunft – keinen Sechsten oder Siebenten oder Fünfundzwanzigsten Großen Plan. Im Obergeschoß konnte er Kants Taube sein, die hoch in ihrem eigenen Vakuum dahinschwebte. Unten aber, als ich ihn auf die Straße hinausführte und der Regen seine Haut benetzte, verspürte er den spitzen Schnabel der Angst.

Wir nahmen den hinteren Aufzug, um in mein Büro zu gelangen. Ich verschloß die Tür. Vier Männer standen draußen im Korridor Wache. Niemand durfte den Raum betreten. Entsprechend den mir erteilten Befehlen rief ich, wenn auch mit gwaltigem Widerwillen, im Büro von Hauptmann Calderón an.

Dort erklärte mir eine barsche Frauenstimme, er befinde sich auf einer Cocktailparty im Haus des amerikanischen Geschäftsträgers. Falls mein Anliegen dringend sei, habe sie die Berechtigung, mir eine Notfallnummer mitzuteilen.

«Es ist dringend.»

Ich fing an zu wählen. Mir war bewußt, daß Ezequiel auf dem Stuhl saß, hinter ihm Sucre, daneben Gómez, eine Pistole in der Hand. Aber meine Gedanken waren verwirrt.

Ich hörte es in der Leitung läuten. Ich sah zu Ezequiel, auf die glitzernden Diamanten des Regens auf dem gelben Pulli und in seinem Haar. Er muß wohl ein Jucken verspürt haben, denn er hob die Hände und versuchte sich mit den Fingerrükken an der Schläfe zu kratzen. Die Handschellen behinderten seine Bewegungen, und er verlor dabei die Brille. Beim Anblick dieses Gesichts, plötzlich nackt und bloß, durchzuckte mich die Erinnerung. Ich sah den Hof aus gestampfter Erde in Sierra de Pruna vor mir, den umgedrehten Bierkasten, das enge Zimmer des Polizeipostens.

«Sucre, kümmere dich um seine Brille.»

Ezequiel tastete blind in seinem Schoß herum, verfing sich aber mit den brüchigen Fingernägeln in einer Falte der Hose.

Aus dem Hörer drang die laute Stimme eines Amerikaners: «Denver Tennyson. Was gibt's?»

«Ist Hauptmann Calderón bei Ihnen?»

«Wer möchte denn etwas von ihm?»

Auf der anderen Seite des Schreibtisches zog Ezequiel eine Grimasse. Auf einmal sah ich, was los war. Beim Anlegen der Handschellen hatte Gómez ihm einen Fingernagel gelöst. Und als Ezequiel sich die Brille heruntergerissen hatte, wollte er sich nicht kratzen, sondern er hatte versucht, den Nagel wieder auf das freiliegende Nagelbett zu drücken.

«Tut mir leid, ich habe mich geirrt. Entschuldigen Sie die Störung.» Ich legte den Hörer wieder auf.

Mit dieser Grimasse gelangte Ezequiel ins Reich der Lebenden. Hätte ich ihn, meinen Befehlen gehorchend, an Calderón übergeben, wäre er gefoltert und getötet worden. Ich hätte ihn dem Schicksal ausgeliefert, das er auch erwartete und auf das er vorbereitet war. Er wußte, daß er sich im Tode verwandeln würde, in eine Erinnerung, die seine Leute nur weiter anspornen mußte. Ihm das Leben zu retten war daher meine größte Rache.

Ich wählte die Nummer von Canal 7. «Cecilia, ich habe etwas für dich. Ja. Es ist wichtig.»

Um neun Uhr morgens, nachdem ich Ezequiel die ganze Nacht lang verhört hatte, präsentierte ich ihn der Presse. Ich erfuhr aus den Gesprächen mit ihm mehr, als ich Ihnen hier erzählen kann, aber nichts, was mich von meinem Plan abgebracht hätte. Sobald bekannt war, daß wir ihn hatten – und zwar lebend und unverletzt –, konnte die Regierung ihn nicht mehr einfach erschießen lassen. Ihr Berufsstand hat Ezequiel demnach gerettet.

Ich folgte noch einer zweiten Überlegung. Ich wollte beweisen, daß die Institution, der ich zwanzig Jahre lang gedient hatte, stark genug war, für eine faire Gerichtsverhandlung zu sorgen. Das war naiv von mir, und es kam auch nicht dazu. Immerhin wurde er aber auch nicht hingerichtet. Calderón erwirkte zwar ein Ermächtigungsgesetz – er hatte sogar schon ein paar Marinesoldaten für das Erschießungskommando ausgesucht –, aber der Präsident befürchtete die Empörung der Weltöffentlichkeit.

Da Calderón Ezequiel also nicht exekutieren konnte, beschloß er, ihn zu demütigen. Er kam auf die Idee, den Gefangenen in einem Käfig zur Schau zu stellen. Er ließ ihn eine schwarz-weiß gestreifte Uniform anziehen, wie eine Zeichentrickfigur, und sperrte ihn in einen großen Metallkäfig, eine Art Voliere, die mit Planen abgedeckt war. In einem dramatisch aufgebauten Moment ließ Calderón diese Abdeckung dann entfernen. Eigentlich würdigte das Schauspiel aber nicht Ezequiel, sondern uns herab. Es war, als starrten wir einen Affen im Zoo an. Als wären wir etwas Besseres. Aber

Sie waren ja dabei, zusammen mit all den anderen Journalisten. Sie haben gesehen, wie er behandelt wurde. Das ging aus Ihrem Artikel ja deutlich hervor.

«Und Yolanda?» fragte Dyer nach langer Pause.

Noch nie in seiner langen Zeit als Journalist hatte er so viel Verzweiflung gesehen wie jetzt in Rejas' Antwort.

«Ich war noch dabei, Ezequiel zu verhören, als die Nachricht kam: Yolanda, Edith, Lorenzo und zwei Frauen aus dem Zentralkomitee waren von der Calle Diderot in den Zellentrakt des Polizeigebäudes gebracht worden. Yolanda, so befahl ich, sollte eine Einzelzelle bekommen. Sie war hysterisch gewesen, aber eine Krankenschwester hatte ihr eine Spritze verabreicht. Jetzt schlief sie angeblich.

Ich rief im Keller an. ‹Ich komme später selbst hinunter›, sagte ich der Schwester. ‹Bitte, geben Sie ihr eine Extradecke.› Die Antwort war erstauntes Schweigen, deshalb erklärte ich: ‹Sie ist die Ballettlehrerin meiner Tochter. Sie begreift nicht, was passiert ist.›

‹Das stimmt doch, oder?› fragte ich Ezequiel.

Seine Hand öffnete und schloß sich über der Mao-Plakette, wie schon während des ganzen Verhörs. Die Augen hinter der Brille wirkten müde. ‹Genossin Miriam ist nicht nur eine hervorragende Tänzerin, Oberst.›

Selbst in diesem Stadium hoffte ich noch, es könnte ein Irrtum gewesen sein. Yolanda war politisch total naiv, aber wenn ich eine Stunde lang allein mit ihr sprach, konnten wir vielleicht irgendeinen Ausweg finden. Ich wollte nicht daran glauben, daß es keinen solchen Ausweg gab.

Wenige Minuten vor der Pressekonferenz versuchte ich, mit ihr zu reden. Ich brauchte eine Sondererlaubnis, um in den Keller zu gelangen. Meine eigene Anweisung. Sucre besorgte mir den Ausweis.

Die Krankenschwester sah mich erbost an. ‹Da drüben.›

Auf einer Bank in einer engen Zelle lag Yolanda und schlief, das Gesicht zur Wand gekehrt.

‹Wann wird sie wieder aufwachen?› Eine Decke verhüllte sie bis zum Kopf.

‹In einer Stunde oder so. Ich habe ihr um sechs noch eine Spritze gegeben.›

‹Sie hat nicht begriffen, was passiert ist›, wiederholte ich.

Hinter mir sagte eine erschöpfte Stimme: ‹Da irrst du dich, Chef.›

Sucre nickte mir hinter den Gitterstäben zu. Sein Gesicht hatte den Ausdruck eines Menschen, der allen Mut zusammengenommen hat, um das Unaussprechliche auszusprechen.

Calderón gab mir keine Chance mehr, Yolanda zu befragen. Zwanzig Minuten nach der Pressekonferenz fuhr ein Lastwagenkonvoi bei unserem Hauptquartier vor und blockierte die Einfahrt. Soldaten sprangen heraus, gefolgt von meinem militärischen Gegenspieler, der eine Stinkwut hatte.

In meinem Büro knallte er mir einen schriftlichen Befehl auf den Tisch. Darin wurde mir die Zuständigkeit für Ezequiel, die vier Mitglieder seines Zentralkomitees – und auch für Genossin Miriam entzogen, wie Yolanda sich von nun an nur noch bezeichnen sollte.

Einmal sah ich sie noch, zwischen Soldaten davonstolpernd, eine schwarze Kapuze über den Kopf gezogen.»

16

AM FOLGENDEN ABEND überquerte Dyer den Platz zum letztenmal und stieg die Treppe zur Cantina da Lua hinauf. Am nächsten Morgen würde er aus Pará abfliegen.

Rejas hatte Wein bestellt. Er schenkte gerade zwei Gläser ein, als Dyer sich setzte.

Gute Neuigkeiten. Der Spezialist hatte wegen der Testergebnisse seiner Schwester angerufen. Das Antibiotikum schien allmählich zu wirken. Die Infektion durch den Bandwurm, von der man schon gefürchtet hatte, sie könne tödlich verlaufen, war offenbar doch heilbar.

Die Schwester war jetzt wach und nicht mehr verwirrt, hatte aber keine Erinnerung an ihren desorientierten Zustand. Zum erstenmal seit zwei Wochen hatte sie Rejas gebeten, ihr etwas vorzulesen. Sie wollte das muffige Schlafzimmer wenigstens in Gedanken verlassen.

Rejas lächelte. «Ich habe ihr ein paar Seiten aus dem *Krieg im Sertão* vorgelesen.»

Er goß sich noch ein Glas Wein ein, trank es aber leer, ohne ihn zu genießen. Er hatte die Flasche kommen lassen, um die Genesung seiner Schwester zu feiern. Doch er trank nicht, um zu feiern.

Er kam zum Ende seiner Geschichte, und er wollte, daß Dyer ihm zuhörte.

Ich habe eine Menge ausgelassen seit dem Abend von Ezequiels Festnahme. Calderón untersagte mir jede Stellungnahme – mit der sehr deutlichen Androhung unerfreulicher

Konsequenzen für den Fall, daß ich seine Befehle ein zweites Mal mißachten sollte. In den folgenden Monaten werde er mich überwachen lassen. Doch meine Verletzung war persönlicher Natur. Ich konnte kaum noch atmen, gehen oder auch nur die einfachsten Gesten vollführen. Immer wieder verkündete die Presse, wie ich durch meine Aktion das Land von der «Pest Ezequiel» befreit hätte. Ich hatte alles erreicht, was ich mir vorgenommen hatte, dabei aber gerade das verloren, was mir am teuersten gewesen war. In Wahrheit hatte ich mich von allem gelöst, was mir am Herzen lag.

Es folgten die dunkelsten Tage meines Lebens. Weshalb hatte das Schicksal verfügt, daß ich auf diese Weise mit Ezequiel in Verbindung treten sollte? Ebensowenig konnte ich mich mit dem Zufall abfinden, daß Ezequiels Versteck ausgerechnet die Tanzschule gewesen war, in der Laura Ballettstunden bekommen hatte. Jedesmal wenn ich meine Tochter dort absetzte, hatte ich sie, ohne es zu wissen, zu seinem Unterschlupf gebracht.

Ich wollte die Person hassen, die Lauras Hand ergriffen und sie hineingeführt hatte, aber es gelang mir nicht. Immer wieder sah ich Yolanda auf dem Parkettboden liegen, von zwei Männern zu Boden gepreßt, die Augen von Haß erfüllt, die Haare vom Wahnsinn zerrauft. Ihr Bild bestürmte mich in Gedanken, und mein Herz ertrug es einfach nicht.

Wir wissen so wenig über die Menschen. Doch über die, die wir lieben, wissen wir noch weniger. Ich war so blind vor Liebe zu ihr, daß ich nicht hatte sehen können. Es war mir wie diesem Amerikaner ergangen, der nicht einmal bei der Vorführung unseres Videos glauben konnte, daß es seine eigene Frau war. *Wahrscheinlich haben Tausende von armen Schweinen keinen Schimmer, was in ihren Frauen vorgeht.* Ich hatte mir nur immer wieder Ausreden gesucht.

Soll ich Ihnen noch etwas sagen? Soll ich Ihnen ein Geheimnis über Yolanda verraten – es ist aber wirklich traurig. Ich glaube, daß sie sich bis zum letzten Moment, als ihr praktisch klarwerden mußte, wer ich war, irgend etwas vorgemacht hat. Wenn das stimmt, ist es jammerschade – aber wie sonst läßt sich unsere Nähe denn erklären? Als wir damals auf dem Rasen saßen und ich ihr von dem Armeemassaker erzählte, da muß sie sich gesagt haben, daß ich auf deren Seite stand. Ich war einer von ihnen. Natürlich hatte sie keinerlei Beweise dafür. Sie konnte nicht einfach zu Ezequiel nach oben gehen und sagen: «Ich hab da einen Mann kennengelernt, der ...» Das hätte einen Bruch der Disziplin bedeutet. Also zeigte sie ihre Loyalität dadurch, daß sie ihn nicht informierte. Als sie mir damals sagte: «Schweigen gehört zum Tanz», da sprach sie die Wahrheit.

Auf ihrer Ebene war Kontakt nur zu jeweils zwei weiteren Genossen gestattet. Und man sprach einander immer nur als Genosse XY und Genossin YZ an, so daß nie jemand den wirklichen Namen erfuhr. Nach jedem Einsatz verwandelte man sich wieder in die Person zurück, die man vorher gewesen war. So war gesichert, daß selbst unter Folter keiner etwas preisgeben konnte. Deshalb hatte Ezequiel soviel Erfolg.

Aber ist das nicht komisch? Ist es nicht geradezu entsetzlich? Da schüttete ich Yolanda mein Herz aus und verspürte die ganze Zeit dieselben Spannungen und Sorgen, unter denen auch sie litt. Möglicherweise klang in manchen der kryptischen Phrasen, mit denen ich meine Arbeit verschleierte, sogar etwas von der Sprache mit, die man auch ihr beigebracht hatte – und es sähe ihr ähnlich, den Fehler bei sich und nicht bei mir zu suchen, wenn sie glaubte, den Code nicht zu erkennen.

Und dann war da noch ein weiteres Problem. Sehen Sie, Liebe war in Ezequiels Welt verboten. Sex war in Ordnung, aber er verlangte von seinen Anhängern, daß sie ein Leben ohne Liebe führten; sie sollten nur ihm gehören. Doch aus welchem Grunde auch immer, ob es mit ihrem Vater zu tun hatte oder mit diesem depressiven Burschen, der ihr Verlobter gewesen war, die arme Yolanda, die sich in allem anderen als so perfekte Schülerin erwiesen hatte, konnte diese emotionale Lücke nicht einfach mit Ezequiels Philosophie auffüllen. Dieses Bedürfnis wurde nicht von der Revolution gestillt.

Ihre gesamte Ausbildung, die Zeit bei den Nonnen, die Monate im Dschungelcamp, alles hätte ihr einbleuen müssen, wie ungeeignet einer wie ich für sie war. Aber als ich ihr damals während des Stromausfalls Trost zusprach, geschah etwas mit ihr, das sie nicht hatte voraussehen können.

Es dauerte eine Woche, vielleicht auch zehn Tage, bis ich mich entschloß, mit dem Menschen zu sprechen, der als einziger meinen Wahnsinn lindern konnte: mit ihrem Ex-Verlobten, dem Dichter.

Er war ein schmaler Mann mit scharf geschnittenem Gesicht und forellenfarbenen Augen, der Yolandas Angewohnheit besaß, ins Leere zu starren. Wir gingen durch den Parque Colón und ließen uns auf einer Bank nieder, während uns gegenüber ein blau-gelb uniformierter Gärtner behutsam Geranien in die schwarze Erde pflanzte.

Der Dichter sprach nur widerwillig. Er liebte sie noch immer, genau wie ich. Wir waren Rivalen, und ich schämte mich dafür, aber ich mußte herausfinden, was er und ich gemeinsam hatten, ob etwas von ihr sich noch in seinem Wesen zeigte.

Ich ließ ihm praktisch keine Wahl. Entweder er redete informell mit mir, hier draußen im Park, oder ich würde ihn zum Verhör vorführen lassen. Jedenfalls müßten wir miteinander sprechen. Es gebe da einige Dinge, die ich vor Yolandas Prozeß noch klären müsse.

Es war ein milder Tag, aber doch eigentlich zu kalt, um im Freien zu sitzen, und er war nervös. Beim Sprechen schlug er die Hände um den Hals, als wollte er sich erwürgen.

«Ich konnte es gar nicht glauben. Als ich ihr Foto sah, da habe ich ausgerufen: ‹Nein, das kann nicht Yolanda sein!› Und dann war sie es doch.» Er zeigte mir ein Buch, dessen Schutzumschlag schon recht mitgenommen aussah. Ich nehme an, er hatte es mitgebracht, um mir seine Unschuld zu beweisen. «Es war, als hätte ich das Buch hier geöffnet und es wäre explodiert.»

Ich wollte mir das Buch ansehen. Es war *Wenn die Toten sprechen*, verfaßt von ihm selbst, Miguel Angel Torre. «Niemandem ist Dichtung wichtig», lautete das Motto der Anthologie.

«Es ist keine gute Zeit für die Poesie», sagte er.

Ich fand ein Gedicht, das Yolanda gewidmet war.

... unsichtbar die Welt,
das geschmeidige Gift
deiner unwandelbaren Pose ...

Mich durchzuckte der Neid. Dieser junge Mann mit dem roten Muttermal auf der Stirn hatte dasselbe empfunden wie ich, aber sein Verlangen hatte lange genug gewährt, um Erfüllung zu finden.

Sein Schatten fiel auf die Seite. «Dieses Gedicht hat sie einmal getanzt.»

Er begann, von ihr zu sprechen. Ihre erste Begegnung, auf der Geburtstagsparty eines Freundes an der Katholischen Universität. Ihr Musikgeschmack (sie stand auf die Doors, Pink Floyd, King Crimson). Ihre Vorliebe für Gebäck. (Am nächsten Tag stand ich auf einmal in der Schlange ihrer Lieblingskonditorei in San Isidro.) Die geborene Verführerin.

Sagte nie ein böses Wort über irgendwen. Hatte keine Feinde. Aber wenn Sie von A nach B wollte, dann ging sie diesen Weg eben. Koste es, was es wolle.

Eine Kraft, mit der man zu rechnen hatte.

Bald wohnten sie gemeinsam in dem blauen Haus in der Calle Tucumán. Er brachte im Schlafzimmer eine Ballettstange aus Caobaholz an, damit sie tanzen konnte. Es war eine schöne Zeit. Sie saßen am Strand, kochten zusammen, gingen miteinander ins Bett. Dann, als sie sich von einer Beinverletzung erholte, wurde sie auf ein Künstlertreffen nach Kuba eingeladen.

Zwei Wochen lang wollte sie fort sein. Als sie nach einem Monat noch nicht zurück war, machte er sich Sorgen. Vielleicht hatte sie einen anderen kennengelernt. Er war immer eifersüchtig, selbst wenn sie nur auf der Bühne mit einem Mann tanzte. Aber nein – ein Mann war es nicht. Sie hatte eine Gesellschaftsform gefunden, an die sie glauben konnte. Vier Monate nach ihrer Rückkehr aus Kuba ging sie vom Metropolitan weg.

Das klassische Ballett war ihr zu rigide. Es sei das Ballett der Bourgeoisie. Von nun an wolle sie alle ihre Energie dem modernen Ausdruckstanz widmen. Der Modern Dance verkörpere die Befreiung des Geistes von der Unterdrückung.

«Sie sprach immer nur vom Tanzen. Das glaubte ich jedenfalls. Dabei spielte sie die ganze Zeit eine Rolle. Sie sah die Welt mit anderen Augen.»

«Hatten Sie denn nie einen Verdacht?»

Seine Hand preßte sich ans Gesicht. Er hatte Angst. Er hatte selbst an viele der Dinge geglaubt, die sie getan hatte. Und er vermutete auch, daß er in Schwierigkeiten käme, wenn er dies vor mir zugab. Vielleicht befürchtete er, ich könnte seinen Status als «Untergrundpoet» aufdecken. Aber mir waren die Bars, in denen er verkehrte, aus meiner

Studienzeit noch gut vertraut. Wie er wußte ich, wie man handfeste Träume aus Zigarettenrauch flocht. Das Kloaka, das Dalmacia, das Café Quilca, das waren alles Orte, an denen von Revolution geredet wurde – man redete, aber man tat nichts. Wir waren einander ähnlicher, als er glaubte, er und ich. Yolanda hätte uns als Feiglinge beschimpft.

«Ich dachte, was sie empfand, war weniger politisch als religiös», sagte er vorsichtig. «Sie kannte da ein paar Nonnen, die sie gern mochte. Zweimal pro Woche lieh sie sich meinen Wagen und fuhr mit ihnen in die Barackenslums. Dort backte sie Kuchen für die Kinder und brachte ihnen das Tanzen bei. Jedenfalls nahm ich an, daß sie das tat. Aber sie war sehr zurückhaltend, sie sprach nie über Dinge, die sie ganz persönlich betrafen.

In unserer Beziehung begann es zu kriseln, als sie von mir verlangte, daß ich mit ihr kam. ‹Wie willst du für die Massen sprechen, wenn du nicht auch mit ihnen lebst?› hatte ich einmal gesagt. Allerdings hielt ich mich für einen Dichter, nicht für einen Revolutionär.

‹Dann leben wir eben mit ihnen›, sagte sie.

Früher einmal hätte ich das vielleicht auch versucht. Aber unser Verhältnis war nicht mehr so leidenschaftlich wie am Anfang. Es gab Reibereien. Ein Schriftsteller muß zuweilen in seiner ganz eigenen Welt leben und erst dann wieder mit seinem Publikum in Verbindung treten. Eine Tänzerin dagegen will ständig im Mittelpunkt stehen. Für Yolanda war ich ein Teil des Alltags geworden, während in ihr jeden Tag der Wunsch brannte, wieder eine neue Zuschauerschar zu beeindrucken.

Sie besuchte ein Modern-Dance-Studio in der Calle Mitre, wo sie mit Leuten zu tun hatte, die mir sehr mißfielen. Oft kam sie spät nach Hause, und sie redete viel über Wahrheit und Gerechtigkeit. Sie sprach von den alten Griechen, von

Platon und von Sophokles. Davor hatte sie nie irgend etwas gelesen – und dann gleich Sophokles!

Natürlich, Sie kennen sie ja nicht, da ist das schwer zu begreifen. Aber Yolanda bei der Lektüre von Sophokles ...

Eines Tages bekam sie einen Anruf von der jüngsten dieser Nonnen. Das Militär hatte das Zuchthaus von Lurichango gestürmt und dabei zweihundert von Ezequiels Leuten getötet. Ich bekam mit, daß die Nonne Yolanda aufforderte, Flugblätter über die Ermordeten zu verteilen.

Ich warnte sie: ‹Yolanda, die gehören zu Ezequiel!› Und ich verbot ihr den Kontakt. An diesem Abend kam sie spät zurück, in meinem Wagen.

Sie stritt gar nicht ab, was sie getan hatte. Sie hatte mir eine Topfpflanze mitgebracht. Ich schleuderte sie durch das Küchenfenster. Sie kehrte alles auf: die Glassplitter, die Erde, die Terrakottascherben. Als ich mich später für das kaputte Fenster entschuldigte, sagte sie: ‹Du hast nicht nur ein Fenster zerbrochen.›

Eine Woche lang sprachen wir kein Wort miteinander. Dann fand ich ein Flugblatt über eine Diskussion an der Katholischen Universität, bei der es um das Zuchthausmassaker gehen sollte. ‹Da will ich auch hin›, sagte ich.

Der Abend wurde von diesem bärtigen Kerl dominiert – Lorenzo hieß er. Er fuchtelte ständig mit den Armen und rief die Anwesenden auf, sich zu erheben und den Präsidenten zu ermorden. Danach kam er zu uns herüber und tat sehr freundlich mit ihr.

‹Yolanda›, sagte ich, ‹diesen Mann will ich nicht in unserem Haus sehen.›

Drei Tage später kam ich nach Hause, und er saß in der Küche. Ich warf ihn hinaus. Es war das zweite Mal, daß ich die Beherrschung verlor. Aber mit Yolanda konnte man nicht streiten. Sie begleitete Lorenzo zur Tür und sah ihm nach.

Sie brüllte nicht herum, sie sprach kein Wort. Aber an diesem Abend im Bett sagte sie, sie stelle langsam unsere Beziehung in Frage.

Sie wurde kalt und unnahbar. Ich machte mir Sorgen um ihre Gesundheit; sie hatte seit zwölf Monaten keine Menstruation mehr gehabt. Und sie aß nichts, bis auf Kuchen. Sie war so dünn geworden, daß sie sich manchmal Socken in den BH stopfte, um dort etwas fülliger auszusehen. Aber ihr Glaube war felsenfest. Ich denke, sie hatte schon damals ihre Entscheidung getroffen.

Zwei Tage später sagte sie mir beim Frühstück, sie wolle mit ein paar kanadischen Nonnen an Exerzitien im Dschungel teilnehmen.

Ich setzte mich hin und sagte: ‹Yolanda, du fährst gar nicht zu Exerzitien, stimmt's?›

Sie log mich nicht an. Sie konnte gar nicht lügen.

‹Du fährst zu deinen politischen Freunden.›

‹Ja.›

‹Dann können wir nicht mehr zusammen im selben Haus wohnen.›

Sie packte ihre Sachen und ging. Als sie nach einer Woche nicht zurückgekommen war, verließ auch ich das Haus.

Ungefähr ein halbes Jahr später sah ich sie wieder. Sie war herzlich und erzählte mir zwei Stunden lang vom Dschungel, was sie dort gesehen und getan hatte. Am Ende unserers Gesprächs bat sie mich um Geld. Sie sei wieder in die Calle Tucumán eingezogen und müsse diverse Rechnungen zahlen. Ich lehnte ab und sagte, ich wisse sehr wohl, wofür sie das Geld brauchte. Da verlor sie zum erstenmal die Fassung. Sie schrie mich an, dann machte sie auf dem Absatz kehrt und war weg.

Ich sah sie noch einmal, auf der Calle Sol. Zuerst erkannte ich sie gar nicht. Sie hatte zugenommen. Ich fand sie unglaublich attraktiv. Als sie auf mich zukam, rief ich ihren Namen. Sie ging einfach weiter.»

Ein Mann ließ sich auf die Nachbarbank fallen und schlug eine Zeitung auf.

Wir standen auf. Hinter uns stach ein Gärtner Grassoden. Nur hatte er keine Gärtnerhände.

Wir gingen unter afrikanischen Magnolienbäumen zum Tor am Ausgang des Parks.

«Glauben Sie, daß sie öffentlich widerrufen wird?»

Er schüttelte den Kopf. «Nein, sie wird dadurch eher noch härter werden und entschlossener. Sie wird niemals aufgeben. Diese Disziplin hat sie vom Ballett.»

«Was ist mit ihrem Bruder, war der auch beteiligt?»

«Was für ein Bruder? Sie hatte keinen Bruder.»

Wir blieben beim Tor stehen. Ich drückte ihm die Hand und dankte für seine Zeit. Mir war klar, daß ihm unsere Unterhaltung ziemlich zu schaffen machte. Ein Barmann im Café Quilca hatte mir erzählt, der Dichter habe einen Selbstmordversuch unternommen, nachdem Yolanda verschwunden war. Jetzt wollte er mich gar nicht mehr gehen lassen. Eine Frage quälte ihn noch.

«Sagen Sie, in welcher Beziehung stand sie zu Ezequiel? In den Zeitungen steht, er war mit all seinen Anhängerinnen im Bett. Aber *sie* hat doch nicht mit ihm geschlafen?»

Derselbe Gedanke hatte auch mich beschäftigt. So standen wir uns gegenüber, zwei Rivalen, die voneinander eine Gewißheit wollten, die wir uns nicht geben konnten.

«Weder das eine noch das andere läßt sich mit Sicherheit sagen.»

Er nickte ernsthaft, zog den Reißverschluß seiner Jacke zu, und ich sah ihm nach, wie er mit schiefgelegtem Kopf davonschlich, das Buch unter dem Arm, mit der anderen Hand über das Geländer streichend.

Viele der Antworten kenne auch ich nicht. Welche Stellung hatte Yolanda innegehabt? Wie stand sie zum Zentralkomitee? Zu Edith? Ich könnte wetten, daß Edith eifersüchtig auf sie war. Yolanda war privilegiert, gehörte zum Mittelstand, war kein dschungelerprobter Killer. Oder doch? Hatte sie Autobomben gelegt und Kehlen aufgeschlitzt? Als ich den Dichter verhörte, erinnerte er sich an ein gemeinsames Sonntagsessen und an ihr Getue um ein Hühnchen. Sie konnte ihm nicht den Kopf abtrennen, und das arme Vieh war herumgewuselt und hatte eine Riesenschweinerei angerichtet, bis er die Sache für sie erledigte.

All diese Fragen stelle ich mir, aber immer wieder kehre ich zu ihrer Beziehung zu Ezequiel zurück. Was geschah zwischen ihnen?

Yolandas Prozeß war eine Farce. Die wenigen Einzelheiten darüber weiß ich vom Verwalter des Gefängnisses, in dem sie jetzt sitzt.

Sie wurde nach Villaria gebracht und von dort in einem Lkw zu einem Militärstützpunkt am See transportiert. Der Prozeß war so knapp anberaumt, daß sie unmöglich eine ordentliche Verteidigung vorbereiten konnte. Ihre Richter sah sie überhaupt nicht. Sie saßen hinter Spiegelglasscheiben, zu denen sie sprach wie zu den verspiegelten Wänden ihres Studios.

Die körperlosen Stimmen warfen ihr vierundfünfzig Anklagepunkte vor. Die Behauptung ihres Anwalts, sie sei in der Calle Diderot 459 nur ein kleines Laufmädchen gewesen, wurde einfach übergangen. Auf einmal gehörte sie zur Gruppe der «aktiven Sympathisanten». Sie habe Unterschlupfadressen angemietet, Kontakte hergestellt, eine Zelle mit der anderen verknüpft. Ihr Beruf, ihre privilegierte Stellung hätten es ihr erlaubt, sich frei in der Gesellschaft zu bewegen, ohne Verdacht zu erregen. Das belastendste Beweisstück gegen sie war eine Eintragung in ihrem Notizbuch, die den Namen des Cafés erwähnte, vor dem die Bombe von Miraflores explodiert war.

Sie wurde zu lebenslänglicher Haft im Frauenzuchthaus von Villaria verurteilt. Der oberste Richter bestätigte die Härte dieser Strafe. Sie drückte, so sagte er, die Entschlossenheit des Staates aus, der damit verhindern wollte, daß die «oberflächliche Anziehungskraft der Angeklagten als Fanal für Nachahmer dient». Mit dem Urteil habe er der Forderung des Staatsanwalts nach exemplarischer Bestrafung entsprochen.

Sie würde zu einer Zelle ohne Licht verdammt werden.

Ich war nie im Zellentrakt von Villaria. Und ich nehme an, daß es dort noch schlimmer ist, als man mir erzählt hat. Eines aber weiß ich gewiß: wenn ihre Zelle so ähnlich ist wie die von Ezequiel, ist sie unerträglich.

Stellen Sie sich einen winzigen, fensterlosen Raum zehn Meter unter der Erde vor. Strecken Sie die Arme aus, berühren Ihre Finger zu beiden Seiten rohen Beton. Wenn Sie die Hand nach oben heben, ertasten Sie die Decke. Und wenn Sie drei Schritt weit gehen, rennen Sie mit der Nase an.

An der einen Wand befindet sich ein schmales Bett mit Matratze und einer Decke. Die Luft quält sich durch eine winzige Öffnung in der Mauer in den Raum. Bis auf das Bett gibt es in der Zelle nichts als ein Handtuch, eine Plastikflasche mit Wasser und ein Kunststoffbecken, das sich als Toilette verwenden läßt. Jedenfalls sähe man all das, wenn das Licht brennt. Wie es ohne Licht ist, kann ich mir nicht einmal ansatzweise vorstellen.

Begreifen Sie, wie entsetzlich das sein muß? Eine Frau, die viel Bewegung gewöhnt ist, die Angst vor der Dunkelheit hat, die hellerleuchtete Bühnen kennt und jetzt auf einmal in totaler Finsternis lebt – ohne irgendwen, der sie wahrnimmt, bis auf den Wärter, der das Essenstablett abholt? Spiegel gibt es keine. Sie kann sich nicht selbst betrachten. Vielleicht werden ihre Augen milchig, so wie bei diesen Tiefsee-Höhlenfischen, die man im Titicacasee fängt.

Sie kann nicht sehen, was sie ißt, was sie trinkt, wo sie sich entleert. Sie hat keine Ahnung, ob es Tag oder Nacht ist. Woher weiß sie, wann sie schlafen und wann sie wachen soll? Ihr einziges Licht werden die Träume sein, aber wovon kann sie träumen, und wie fühlt sie sich, wenn sie aus einem Traum erwacht und da ist nichts als Schwärze, und sie weiß, daß sie für den Rest ihres Lebens in diesem Raum wach werden, daß diese Umgebung sie bis ins Grab begleiten wird?

Sicher, man kann hoffen, daß es nicht bis an ihr Lebensende dauert, daß es eine Begnadigung, eine Vergebung der Sünden geben wird. Ich denke an Pater Ramóns letzte Botschaft an mich: «Gottes Güte ist stärker als Gottes Gerechtigkeit.» Trotzdem, es ist fast noch schlimmer, das ungewisse Hoffen. Wenn sie wüßte, daß sie den Rest ihres Lebens so verbringen würde, könnte sie einfach aufgeben. Und wenn sie wüßte, daß sie es nur eine begrenzte Zahl von Jahren würde ertragen müssen, könnte sie neuen Mut fassen. Aber eine so unklare Zukunft vor sich ...

Rejas hielt inne. Dann sprach er weiter, mit Pausen nach jedem Satz, jedes Wort abmessend, als hätte er nur noch wenige übrig.

Im ersten Jahr gestattete man ihr nur einen einzigen Besuch, durch einen Mitarbeiter vom Roten Kreuz. Inzwischen darf ihre Familie sie alle zwei Wochen besuchen. Aber sie weigert sich, sie zu empfangen. Sie hat seit fünfzehn Monaten niemanden mehr gesehen.

Es ist trotz dieses lichtlosen Raums ziemlich unvorstellbar, daß sie nicht irgendeine Art von Gymnastik macht. Aber wenn man nicht im Hochland geboren ist, riskiert man sehr leicht *soroche*, die Höhenkrankheit. Sie kennen ja Villaria – man kann keine fünfzig Meter weit laufen, ohne daß man es spürt. Deshalb vermute ich, daß sie Dehnübungen zum Warmhalten macht, das Bettgestell als Stütze gepackt. In den Nächten liegt die Temperatur oft unter dem Gefrierpunkt.

Sie hat immer noch den Tastsinn, denke ich. Aber das ist auch alles. Ihr letzter Anker in dieser Welt ist das Gefühl der nackten Füße auf dem Estrich, ihrer Nase an der Wand, ihrer Fingerspitzen an der Zellendecke.

Ich habe es geschafft, dem Gefängnisdirektor ein paar warme Decken zukommen zu lassen, die ich ihn an sie weiterzugeben bat. Doch die Decken kamen mit einer Nachricht an mich zurück: ‹Sagt ihm, ich bin tot und lebe nur für die Revolution.›

Ich weiß, was die Leute sagen. Sie sagen, sie ist völlig von dem erfaßt worden, wofür sie gekämpft hat, und deshalb sei das eine gerechte Strafe. Hat nicht Ezequiel dieses Land so lange zu einem Ort der relativen Finsternis gemacht? Warum also nicht ein Exempel an ihr statuieren, damit niemand in Versuchung gerät, ihr auf ihrem Weg zu folgen?

Aber ich sehe das anders. Ich denke an sie im Zuchthaus als eine Kerze, die allmählich niederbrennt, an ihre Muskeln, die langsam verkümmern. Bald wird sie zu alt zum Tanzen sein. Was für eine Verschwendung. Als würde man Ihnen plötzlich sagen, Sie dürften nie wieder lesen.

Sie könnten sagen, diese Gefühle kommen daher, daß ich sie liebe. Aber auch Sie würden zuerst die Ballerina und dann erst die Terroristin sehen, wenn Sie ihr begegnet wären. Keiner von uns hat doch nur eine Seite, oder? Ich bin Polizist, aber auch ein Vater, einstweilen auch noch Ehemann, ein

Krankenpfleger für meine Schwester, für deren Genesung ich bete. Sie sind Journalist, Schriftsteller und ich weiß nicht, was sonst noch alles. Einen Menschen nur aus einem einzigen Blickwinkel zu betrachten entstellt ihn. Selbst wenn Yolanda dadurch, daß sie Ezequiel versteckt hat, schuldig geworden ist, hat sie doch auch Angst im Dunkeln. Und ich kann nicht vergessen, daß ich sie dort hingebracht habe. Ins Gefängnis. In ein ewiges Dunkel.

Rejas hatte geendet.

Auf dem Pier verluden die Nachtmüllsammler Abfälle auf Containerschiffe. Schwarzgelbe Vögel huschten durch die Scheinwerferkegel, draußen im Fluß platschte etwas.

Astrud lag auf einem Friedhof oberhalb der Bucht von Botofogo begraben. Den schwarzen Holzsarg, der innen mit hellblauem Satin bezogen war, hatte damals Hugo ausgesucht. Sie war in ihrem Nachthemd beerdigt worden, und in ihren verschränkten Armen hatte man den faltigen Nacken der totgeborenen Tochter gesehen, die in ein Tuch gehüllt war.

Dyer sah auf. «Warum haben Sie mir das alles erzählt?»

17

IHRE KOFFER STANDEN noch am Fuß der Treppe. Dyer ging daran vorbei und folgte dem Klang ihres Lachens durch einen holzgetäfelten Gang, bis er das Gewächshaus erreichte.

Vivien saß am Frühstückstisch und hielt Hugos Hand, während sie mit dem anderen Arm heftig im morgendlichen Licht gestikulierte. Sie trug eine schwarze Samthose, grüne Ballettschuhe, ein Hemd aus weißem Organdy mit offenem Kragen und einem lose um den Hals geschlungenen Matrosentuch. Manschettenknöpfe aus Rubinen – bestimmt nicht Hugos – in den Stulpenärmeln.

«Sie hätten im ersten Akt viel, viel schneller spielen müssen, dafür haben sie im zweiten alles überstürzt.» Dann: «Johnny!»

Sie sprang auf und stellte sich auf die Zehenspitzen, um ihn zu küssen. «Ich erzähle Hugo gerade von unserer Vorstellung in Pará. Obwohl dich das nicht allzusehr interessieren wird, mein Bester.»

Hugo schenkte Dyer sein Diplomatenlächeln.

«Auf dem Sideboard steht noch Kaffee», sagte sie. «Aber jetzt mußt du nett sein und geduldig warten, bis ich fertig erzählt habe.»

Nachdem Hugo alles über das Ballett erfahren hatte – ein modernes Stück, eine Auftragsarbeit –, wollte er unbedingt wissen, wie der Amazonas aussah. «Kann man bis zum anderen Ufer sehen?»

Sie berührte ihn zärtlich an seinem Bäuchlein, das sich gegen das Seidenhemd drängte. «Es ist wirklich zum Lachen.

Zwei Wochen lang habe ich in diesem Opernhaus festgesteckt – und gestern abend hab ich ihn zum erstenmal gesehen. Liebster, er ist einfach wie alle anderen Flüsse.»

Dyer sagte nichts. Er schenkte sich Kaffee ein und hörte zu, während Vivien eine Party des Gouverneurs – «die Mädchen nannten ihn immer ‹Glupschauge›» – und die verschiedenen Fischspezialitäten beschrieb, die sie dort probiert hatte.

Endlich klatschte Vivien in die Hände. «Genug von mir.» Sie sah Dyer fest in die Augen. «Johnny, mein Bester, jetzt möchte ich aber wissen, was mit dir los war.»

Erst beim Mittagessen konnte Dyer es ihr erzählen.

Sie hatte in einem Restaurant am Malecón einen Tisch bestellt. «Nur wir zwei. Hugo hat leider eine andere Verabredung. Er hat erzählt, daß du schrecklich lieb zu ihm warst.»

«Ich bin nur einmal mit ihm im Costa Verde gewesen.»

«Er hat die ganze Zeit davon geredet. Wie kommt er dir vor?»

«Ganz gut in Form, fand ich.»

«Es macht ihm zu schaffen, daß ihm die Augenbrauen ausgefallen sind. Ansonsten ist er ziemlich munter.»

Sie bestellten. Vivien erzählte in ihrer enthusiastischen Art von dem Waisenhaus, den Kindern dort und einem separaten Schlafraum, den sie für die Mädchen hatte bauen lassen. «Die sind unter meinen Augen in die Pubertät gekommen. Auf einmal steckten die Jungen ständig unter ihren Decken.»

Alle Details – Schränke, Waschbecken, neue Kochtöpfe – hatte sie noch höchst lebhaft in Erinnerung.

«Dort also hast du die letzte Woche verbracht, Vivien?»

«Aber warum fragst du das denn, mein Bester?»

«Weil ich in Pará gewesen bin.»

Sie musterte ihn mit ihren hellblauen Augen. «Komisch,

irgendwie konnte ich nicht recht glauben, daß du bei den Ashaninkaindianern warst.»

«Ich hab dich nirgends gefunden.»

«Pará ist eine große Stadt.»

«Nicht so groß, wie man meinen könnte.»

Sie lachte und spielte mit einem Manschettenknopf.

«Als ich herausfand, daß es dort gar kein Ballett gab», sagte er, «da dachte ich, du wolltest vielleicht aus anderen Gründen nach Pará.»

«Mein Bester, wäre ich dort hingefahren, wenn ich vermutet hätte, daß du mir folgen würdest?»

«Wußtest du denn, daß ich das vorhatte?»

«Sagen wir, ich hatte eine leise Ahnung. Aber wie sollte ich dich denn sonst abschütteln? Außerdem hatte ich ein paar Dinge zu erledigen, die ich besser allein tun kann. Tut mir leid, daß ich dir mit Tristán nicht helfen konnte. Aber bitte versteh meine Gründe. Dein Instinkt, Menschen in hohen Machtpositionen grundsätzlich für moralisch fragwürdig zu halten, ist ja sehr lobenswert und auch verständlich, aber er kommt leider nicht besonders gut an bei meinen Freunden in der Politik – nicht immer jedenfalls.»

«Du könntest mir jetzt helfen», sagte Dyer.

«Johnny, ich seh's dir an den Augen an. Du hegst lauter hinterhältige Gedanken über deine Tante und ihre Kontakte. Aber es ist nicht so, wie du denkst. Ohne Tristáns Patenschaft gäbe es mein Waisenhaus nicht mehr. Und ich werde die Zukunft dieser Kinder nicht gefährden, nur damit du ein Interview für deine Zeitung bekommst. Punkt und Ende.»

«Ich habe Calderón etwas Wichtiges mitzuteilen», sagte Dyer.

«Liebster, jetzt wirst du kindisch. Er wird nicht mit dir reden. Mehr noch: er wird nicht nur nicht mit dir reden, er würde dich nicht mal ins Gebäude lassen.»

«Ich will ja gar nicht selbst mit ihm reden.»

«Gut.»

Dyer grinste. «Du hast einmal einen Ausspruch getan: ‹Mein Leben war eine Reihe von Begegnungen und verpaßten Begegnungen.›»

«Wie hochpoetisch.»

«Du hast davon gesprochen, wie du mit Hugo durchgebrannt bist.»

«Das war vor vierzig Jahren, mein Bester.»

«Mit Calderón habe ich kein Interview bekommen. Aber deinetwegen ist mir jemand über den Weg gelaufen, der noch viel interessanter ist.»

Ihr Blick forderte ihn heraus. «Interessanter als Tristán?»

«Agustín Rejas.»

Vivien legte die Speisekarte weg. «Unmöglich! Du hast Rejas getroffen? Wo?»

«In Pará. Als ich auf dich gewartet habe.»

«Mein Bester, *niemand* hat mit Rejas gesprochen. Ist dir klar, wie unglaublich das ist? In der Presse hier spekuliert man, daß er vielleicht im Ausland ist, um mit den Amerikanern zu reden ... Und jetzt erzählst du mir, daß er mit dir gesprochen hat. Was für ein Mensch ist er? Seine Frau habe ich einmal kennengelernt. Sie wollte mir Lipgloss verkaufen. Los, ich will alles erfahren!»

Dyers Zusammenfassung dauerte fast das ganze Essen lang. Vivien lauschte ihm, ohne zu unterbrechen. Am Ende bestellte sie eine zweite Flasche Wein.

«Ja, ja, gießen Sie schon ein», forderte sie die Kellnerin in grauenhaftem Spanisch auf. «Warum soll ich erst davon kosten? Wenn er uns nicht schmeckt, schicke ich ihn sowieso zurück. Sie haben ja auch nicht gewartet, ob uns der Fisch schmeckt, oder?»

Sie spielte mit dem Glas herum. Nach einer Weile sagte sie ganz nüchtern: «Also hat sich Rejas tatsächlich in Yolanda verliebt. So etwas hatte ich schon gehört. Es überrascht mich auch nicht. Sie war bezaubernd.»

«Warum hast du nie von ihr gesprochen?»

«Ich werde sie wohl vergessen haben. Es war immer so viel los. Ich hatte meine Proben. Hugo hatte den Schlaganfall. Wir alle – im ganzen Land – erholten uns langsam von Ezequiel. Denk dran, die große Mehrheit der Menschen ist so wie ich und interessiert sich nicht für Politik. Ich bin für ein ordentliches Leben. Leute, die mit Pistolen herumrennen, sind mir ein Greuel. Ich war einfach erleichtert, daß die Straßenlaternen wieder funktionierten. Nur du, mein Bester, bist immer so begeistert von schlechten Nachrichten.»

«Das stimmt doch gar nicht.»

«Ich habe deine Faszination für Ezequiel nie begriffen. Aber das werde ich ihm nie verzeihen: wie er dieses Mädchen benutzt hat. Ein Ballettstudio war ein geniales Versteck. Wer hätte ahnen können, daß der Choreograph der Gewalt sich über diesen blitzsauberen jungen Damen versteckt hielt?»

«Sie war also ... bezaubernd? Yolanda, meine ich?»

«Du bist ja ganz durcheinander, das sehe ich.»

«Alles, was mir Rejas erzählt hat ...»

«Mein Bester, du bist wirklich genauso verrückt wie er. Diese intensive Anziehungskraft, die kaum durch Berührung erlöst werden kann ... Es klingt, als hätte er sie gar nicht richtig gekannt – und das ist auch besser so. Halte immer schön Abstand zur Ballettbühne, Johnny.»

«Das Ballett ist sowieso nicht unbedingt mein Fall, wie du weißt, aber sie klang so attraktiv, so – betörend.»

«Sie war es, und sie war es nicht. Ich mochte sie einerseits, andererseits auch wieder nicht, oder jedenfalls nicht so sehr.»

«Erzähl mir von ihr.»

«Von Yolanda? Ich habe sie über Dmitri kennengelernt. Erinnerst du dich an Dmitri?»

«Der Weißrusse? Groß und mit Glatze?»

«Genau der. Er war etwas altmodisch, aber ein Prachtkerl. Jedenfalls leitete er damals das Ballett Miraflores, und er bestand darauf, daß ich mir die Kleine ansah. Sie war schon vierzehn, was etwas alt ist, aber weil es Dmitri war, gab ich ihr natürlich eine Chance. Sie kam also zum Vortanzen. Jeder zeigte einen kurzen Tanz, und sie wählte eine Jazznummer, mit ein bißchen Pantomime und einer Paganini-Passage mittendrin. Es sah großartig aus, und ich war am Ende in Tränen aufgelöst – Dmitri wußte schon, wie er mich herumkriegte. Sie war überhaupt nicht Wischiwaschi, und sie bewegte sich sehr gut. Ihre Mutter, eine kleine grauhaarige Miraflorina, saß ganz vorn und sah zu. Na ja, ich habe Yolanda dann aufgenommen, und sie war ungefähr – warte mal – neun oder zehn Jahre bei uns. Irgendwann glaubte ich sogar, sie hätte das Zeug zur Primaballerina. Aber dann habe ich wohl entschieden, daß sie sich zu leicht beeinflussen ließ. Außerdem hatte sie dieses Problem mit ihrem Bein.»

Vivien nahm ihr Glas und nippte daran, stellte es dann wieder auf den Tisch.

«Sie erzählte allen, sie habe sich beim Tanzen verletzt. Ich war nicht so leichtgläubig. Solche Narben kriegt man nicht vom Tanzen, mein Bester. Mir kam das verdächtig vor.

Eines Tages half sie dann im Waisenhaus etwas mit, und da kam es heraus: sie war auf einem Protestmarsch an der Katholischen Universität gewesen und in eine Tränengaswolke gekommen. In der Panik hatte die Menge sie niedergetrampelt.»

«War es nicht ziemlich gefährlich, dir das zu gestehen?»

«Überhaupt nicht. Sie wußte ja, daß ich sympathisierte.

Sie hatte oft im Waisenhaus mitgearbeitet, hatte beim Kochen, beim Wäschewaschen geholfen und den Kindern ein paar Pliés beigebracht. Anfangs wollte ich sie gar nicht unbedingt dabeihaben. Solche Weltverbesserer sind meist eher unnütz. Aber Yolanda, das muß ich sagen, die war anders. Sie hatte eine großartige Art, mit Kindern umzugehen, wirklich. Aber nach einigen Monaten kam sie dann nicht mehr.

Und mit dem Tanzen war es leider dasselbe. Auf einmal fand sie das klassische Ballett ‹zu einengend›. Ich dachte, sie würde in eine modernere, aggressivere Richtung gehen – so in der Art von Martha Graham –, aber nein, sie verlegte sich auf Folklore. Dann fuhr sie nach Kuba, und davon war sie enorm beeindruckt. Kam mit lauter krausen Ideen zurück. Statt zu proben sollten wir auf einmal moralische Diskussionen führen, du meine Güte. So gern ich sie mochte, ging sie mir einigermaßen auf die Nerven. Es war, als spräche man mit einer Handpuppe.

Viel schlimmer als ihre Diskutierfreude war allerdings, daß sie die Proben versäumte. Das ist schlecht – wenn man es ernst meint jedenfalls. Manchmal verschwand sie einen ganzen Monat lang, und niemand wußte, wo sie war.

Dann, eines Tages, mitten in einer Probe, warf sie alles hin – zack! Einfach so. Ich verstand sie sogar. Oder jedenfalls dachte ich das. Ich wußte nur nicht, ob es bei ihr Liebe war oder etwas anderes. Aber Politik? Nein, an Politik hätte ich nie gedacht. Dafür war sie viel zu naiv.

Wer konnte schon wissen, was in ihr vorging? Sie hatte noch nie etwas für andere Menschen getan, jedenfalls kam es ihr so vor. Und dann dürfte sie jemanden getroffen haben, der ihr von der Kreativität der Indios erzählt hat und daß die einzige Möglichkeit, ihnen bei der Wiedererlangung ihrer Identität zu helfen, in der Rettung durch die Revolution liege. Eine ziemlich romantische Verklärung der indianischen Gesellschaft, mein Bester. So etwas hätte vielen Frauen wie ihr passieren können – gebildet, hübsch, aus guter Familie, religiös. Mit einer humanitären Idee fängt es an, und ehe man sich's versieht, schneidet man Kehlen durch.

Bald verschwand sie von der Bildfläche. Dann, vor zwei Jahren, hörte ich, daß sie ihre eigene Schule eröffnet hatte. Ich hab sie ein-, zweimal besucht, um sie zu ermutigen; und ich ließ sie auch wissen, daß ich ihr eine Tür offenhalten würde, falls sie Probleme bekäme. Ich empfahl sie einigen Eltern. Soweit ich sah, war sie ganz zufrieden. Aber ich hatte andere Sorgen. Für mich war sie einfach eine gute Tänzerin, die auf einmal nicht mehr zu den Proben gekommen war.»

«Rejas ist überzeugt, daß sie etwas Besonderes war.»

«Einige meiner Lehrer haben tatsächlich ziemlich phantastische Dinge über sie gesagt. Aber wenn jemand ein bißchen berühmt ist, dann erzählen die Leute eben gern: ‹Und das war einmal eine ganz brillante Schülerin von mir.› Malst du zum Beispiel immer noch Aquarelle? Und falls du irgendwann mal mit einer Maschinenpistole Amok läufst, werden garantiert ein paar sagen: ‹Wie tragisch, dabei war er doch so ein guter Künstler.›»

Dyer konnte sich ein Grinsen nicht verkneifen. «Also sind Greuelmorde etwas für schlechte Aquarellisten?»

«Mein Bester, ich liebe deine Bilder. Wir haben eins im Gästezimmer hängen. Nein. Ich frage mich nur: wenn sie eine so gute Tänzerin war, wieso hat sie dann aufgehört?»

«Du hast das auch getan.»

«Ich hatte keine Illusionen. Die Welt konnte auch ohne mich leben. Aber ich glaubte nicht, daß ich ohne Hugo leben konnte. Das war alles.»

Vivien sah ihn an, eine gewisse Härte lag in ihrem Blick. «Das macht ihr Schicksal zwar nicht weniger grauenhaft – aber ist sie nicht zu dem geworden, was sie auf der Ballettbühne unbedingt verkörpern wollte? Ist sie nicht jetzt lebendig eingekerkert, wie Antigone? Ich bitte dich nur um eins: vermische nicht dein Leben mit ihrem, bitte! Ich meine es ernst, Johnny. Yolanda ist bezaubernd, ja, und ich kann mir gut vorstellen, was der arme Rejas empfunden hat. Stell dir diese attraktive junge Frau vor, die da durch die Trümmer seines Lebens auf ihn zugewandert kommt. Wer könnte ihr widerstehen? Dieser Körper! Dieses Aussehen! Diese Anmut! Wirklich, das muß so gewesen sein, als hätte sie sich ihm splitternackt auf den Schoß gesetzt.

Aber wenn ich streng wäre, dann könnte ich auch ein anderes Bild zeichnen. Ich könnte sagen, Yolanda hatte nichts als ihr Aussehen. Ich könnte behaupten, sie hatte nicht das Fleisch und Blut eines Charakters, und wenn sie alt wird, dann wird sich das an ihrem Gesicht zeigen. Wir alten Menschen werden unserem Charakter nicht untreu. Deine Tante hier – alles, was du in meinem Gesicht siehst, das ist der wahre Jakob. So einiges kann man lange Zeit verborgen halten; aber ab einem gewissen Alter kommt das wahre Ich heraus. Vielleicht werden ihre großen braunen Augen in zwanzig Jahren zusammenschrumpfen und zeigen, wie dünn die Suppe doch eigentlich war. Vielleicht wird ihre Haut stumpf werden, ihr schwarzes Haar seinen Glanz verlieren, die schlanken Finger sich in Hände verwandeln, wie unsere liebe Kellnerin hier sie hat. Vielleicht wird die Zuchthauszelle ihre innerste Anmut zum Erlöschen bringen, und dann wird sie nicht mehr bezaubernd sein.»

«Und ich würde dir das nicht glauben.»

«Das Problem ist, daß du recht hättest», sagte Vivien verärgert. «Aber es ist meine Pflicht, dich daran zu hindern, sentimentale Bindungen zu Menschen einzugehen, die du gar nicht kennst – und sei es nur deiner armen Mutter zuliebe.»

Sie rief nach der Kellnerin und verlangte einen Teller, um den Fisch vor den Fliegen zu schützen. «Nein, nehmen Sie ihn noch nicht weg. Ja, ich weiß, daß wir schon unseren Pudding hatten – aber vielleicht wollen wir noch mal von vorn anfangen.»

«Wie steht es mit ihrer Beziehung zu Ezequiel?»

«Was glaubt denn Rejas?»

«Er glaubt nicht, daß irgend etwas zwischen ihnen gelaufen ist. Aber er will es wohl auch nicht glauben.»

«Männer sind so dumm. Hör mal, hast du eine Vorstellung davon, wie Yolanda im Metropolitan-Ballett war? Sie war wild, mein Bester. Wild. Ungezügelte Vitalität. Niemand konnte sich ihrer Anziehungskraft entziehen – weshalb hätte Ezequiel da anders sein sollen? Monatelang in dieser Druckkabine von Versteck aneinander gefesselt ... vielleicht haben sie, vielleicht auch nicht. Aber ist das nicht auch egal? Nein, sieh mich nicht so entrüstet an – ich sehe Ezequiel im selben Licht wie den Teufel, aber trotzdem hat er ja vielleicht eine ganz amüsante Gesellschaft abgegeben. Möglicherweise war er sehr aufmerksam und zärtlich zu ihr. Frauen erzählen sich ja gerne jede Menge fromme Lügen und vergeben deshalb einem Mann fast alles, solange er sich nur genug Mühe gibt, sie zärtlich zu behandeln und zum Lachen zu bringen. Ein wenig Einsatz kann einen da weit bringen, mein Bester. Ich sage nicht, daß es wirklich so gewesen ist. Aber wer weiß schon, was zwischen zwei Menschen abläuft? Und wie sagte doch Rejas selbst? Daß wir über unsere Partner und Geliebten praktisch gar nichts wissen.»

Sie seufzte. «Das gilt auch für dich, Johnny. Manchmal betrachte ich dich als eines meiner Waisenkinder. Wenn sie weggehen, sage ich immer zu ihnen: ‹So, und auf geht's jetzt. Los, los, auf deinen eigenen zwei Beinen.› Und ich wünschte mir, du würdest es auch so machen. Als Hugo mir erzählt hat, daß er dich mit Mona verkuppeln wollte, da sagte ich: ‹So eine gertenschlanke Frau ist nichts für Johnny. Der braucht eine, die runder ist.›»

Vivien trank ihren Wein aus und sah ihn ernsthaft an. «Eine Ballettratte wäre bestimmt nicht das richtige für dich, mein Bester. Also: diese Nachricht für Calderón – geht es dabei um die Wahlen?»

«Ja und nein.»

«Wird Rejas kandidieren?»

«Was glaubt denn dein Tristán?»

«Treib keine Spielchen mit mir, Johnny.»

«Es ist wohl eher eine Frage von ‹Ich kandidiere nicht, wenn ...›.»

«Und wie lautet dieses Wenn?» Ihr Blick verengte sich. Dyer hatte jetzt ihre ganze Aufmerksamkeit. Aber er wußte, daß sie ihre Frage an jemand anders richtete.

Er sah diesen Menschen jetzt deutlich vor sich, von ihrer ersten Begegnung in der Cantina da Lua. Rejas, der ihn von Anfang an erkannt hatte, war das Risiko eingegangen, sich in dem Menschen Dyer zu täuschen – er hatte alles aufs Spiel gesetzt. Indem er freiheraus erzählte, hatte der Polizist die Gewohnheit seiner gesamten Laufbahn durchbrochen. Seine Lage war verzweifelt, aber Dyer hatte, durch seine Verwandtschaft mit Vivien, einen schwachen Hoffnungsschimmer geboten. Um das Vertrauen des Journalisten zu gewinnen, hatte Rejas ihm alles erzählt, jedes kleinste Detail, ohne etwas auszulassen. Zugleich hatte er wohl gehofft, daß Dyer, wenn er sein Motiv begriff, beschließen würde, nichts darüber zu veröffentlichen.

Sobald er seine Botschaft an Vivien weitergegeben hatte, würde Dyer die Story in die Schublade legen, das wußte er. Vergessen konnte er sie sicher nicht, aber sie war zu persönlich, zu ahistorisch, zu unpolitisch für einen journalistischen

Text. Es ließ sich höchstens etwas daraus machen, wenn er alle realen Elemente herauslöste.

Dennoch war die Geschichte nicht umsonst erzählt. Rejas hatte seine Beichte mit einer Absicht abgelegt – weil Dyer noch Dinge tun konnte, zu denen er selbst nicht mehr in der Lage war.

Mit Rejas' Geschichte hatte Dyer die Macht, Yolanda das Tageslicht zu schenken.

«Ich gebe dir eine Nachricht für Calderón mit. Rejas möchte sicher sein, daß Yolanda – ganz im Gegensatz zu Ezequiel – im Gefängnis anständig behandelt wird und daß Calderón seinen Einfluß auf den Präsidenten dazu benutzt, sie in zwei oder drei Jahren freikommen zu lassen. Wenn Rejas diese Zusicherung hat, wird er bei den Wahlen nicht antreten.»

«Und du glaubst ihm?»

«Ja, das tue ich. Erstens: Er ist ein ehrlicher Mann. Zweitens: Yolanda hat kein Blut an den Händen. Deshalb hat Ezequiel sie ja ausgesucht. Drittens – er liebt sie, zum Teufel!»

«Hast du sie denn nicht in den Nachrichten gesehen? Sie hat wildes Zeug über die Revolution herumkrakeelt.»

«Ja, aber sie ist noch jung. Rejas ist völlig sicher, daß sie noch nie im Leben eine Waffe in der Hand hatte. Du kennst sie, Vivien. War sie eine Revolutionärin? Er appelliert an dein Mitgefühl.»

«Hat er erwähnt, daß er seine Belohnung dem Waisenhaus gestiftet hat?»

«Nein. Aber ich wußte das ohnehin.»

«Also war seine Spende wirklich ein Akt ohne Gegenleistung», sagte sie nachdenklich.

«Du wirst doch nicht glauben, er hat dir dieses Geld geschenkt, um an Calderón heranzukommen? Seinen Entschluß hat er doch gleich auf den Stufen des Polizeigebäudes verkündet – am Tag nach Ezequiels Ergreifung.»

Vivien nickte. «Du kannst deinem Freund ausrichten, er hat eine großartige Leistung vollbracht, aber das Zeug zum Präsidenten hat er nicht.»

Dyer senkte den Blick und zog mit einer Gabel feine parallele Streifen in das Tischtisch. Dann sah er wieder zu seiner Tante auf. Er mußte sie unbedingt überzeugen.

«Er ist ein guter Mensch, Vivien. Ich traue ihm.»

Sie lehnte sich zurück und erwiderte seinen Blick. «Wenn also Rejas nicht in die Politik geht – und da bist du dir ja offenbar sicher –, tja, dann kann alles geschehen. Dann besteht Hoffnung. Diese haarsträubende Geschichte, die Rejas dir über die Ratte in der Wassertonne erzählt hat ... Er hat recht, weißt du. Aber wenn er beschließt, sich gegen die Regierung zu wenden oder auch nur irgend etwas öffentlich zu sagen, dann ist klar, was er riskiert: dann würde sie weiter im Gefängnis verrotten.»

«Also das ist die Antwort?»

Sie zwinkerte ob Dyers Anteilnahme. «Er wußte genau, was er tat, oder? Ganz abgesehen davon, daß du mein Neffe bist. Es muß eine schreckliche Last sein – eine Geschichte, die man nicht erzählen darf, die aber die Welt ganz falsch verstanden hat. Und welch bessere Möglichkeit gäbe es, sie unter Verschluß zu halten, als sie einem Journalisten zu erzählen, der mehr oder minder versteht, wovon man spricht, aber dessen Leser zu Hause sich für Südamerika überhaupt nicht interessieren? Du weißt genau, was sie in London gesagt hätten, nicht wahr? Bei der Zeitung, meine ich – ‹Nette Story, alter Junge, aber kannst du sie nicht in der Provence spielen lassen?› Indem er sie dir erzählt hat, hat er sie einem Stück Holz erzählt. Also mach dir keine Sorgen wegen Rejas, Johnny. Er hat dich gut ausgesucht.»

Sie spazierten auf dem Malecón heimwärts. Die Bäume standen in den letzten Tagen ihrer Blüte, und in einem kleinen offenen Park oben auf der Anhöhe war das trockene Gras mit den Blüten übersät.

«Ich möchte dich noch um einen zweiten Gefallen bitten», sagte Dyer. «Ich habe Rejas versprochen, wegen seiner Tochter Laura mit dir zu reden.»

«Wie alt ist sie jetzt?»

«Vierzehn.»

«Zu alt.»

«Ihr Traum ist es, beim Metropolitan zu tanzen.»

«Da bin ich sicher. Oder ist es der Traum ihres Vaters? Ist auch egal. Das ist ein sehr unsentimentaler Beruf.»

«Yolanda hast du auch in diesem Alter aufgenommen.»

«Yolanda hatte Talent.»

«Ich glaube, daß Laura gut ist. Wirklich.»

«Du meinst, Rejas glaubt das?» Vivien, die gerade den Kopf schütteln wollte, sah ihn belustigt an. «Und wenn Laura wirklich eine Tänzerin wird – eine gute –, dann lebt ein Stück von Yolanda weiter? So denkt ihr beide euch das doch? All diese Menschen, die du nie getroffen hast, Johnny ... Also gut, ich lasse sie vortanzen. So, und jetzt bremse dich bitte ein bißchen. Du gehst mir zu schnell. Ich möchte zwischendurch mal Luft holen.»

Sie sahen über das graue Meer hinaus, das mit dem noch graueren Horizont verschmolz. Ein Frachter verließ gerade die Docks. Durch die Kräne hindurch, wie von ihnen herunterhängend, erkannte Dyer die Umrisse einer Insel. Auf ihren Felsen, die mit ihrer Schicht von Guanodreck wie aus weißem Stuck wirkten, erstreckte sich das flache Dach von Ezequiels Gefängnis.

Er dachte an Ezequiels Jäger, der immer noch in einem anderen Land war. Er konnte das kummervolle Gesicht des

Polizisten nicht vergessen, als sie einander vor vierundzwanzig Stunden die Hände geschüttelt hatten. Dieser Mann hatte nicht gegen ein System, sondern gleich gegen zwei gekämpft. Was er verkörperte, war besser als jedes von beiden. Trotzdem war seine Rettungstat zugleich seine Vernichtung gewesen; und was er seinen «Wahnsinn» genannt hatte, war seine Erlösung.

Auf halbem Weg über den Platz hatte Dyer den Fensterladen gegen die Wand schlagen hören, und er hatte sich noch einmal umgedreht. Rejas stand auf dem Balkon, hielt sich an der eisernen Balustrade fest, und einen Augenblick lang dachte Dyer, er sei vom Stuhl aufgestanden, um ihm zu winken. Auch er hob die Hand zum Gruß, aber Rejas starrte auf den Fluß hinab. Zuerst begriff Dyer nicht recht, aber dann sah er es auch: ein starker Wind spielte auf der Strömung und wehte stromaufwärts, so daß der Fluß in die falsche Richtung zu fließen schien, landeinwärts, zu seiner Quelle zurück. So mit dem Blick über das Wasser schweifend, hatte Rejas ganz klein und einsam ausgesehen: ein Mann, dem ein Stück seiner Seele zerbrochen war.

«Denkst du an Rejas?» fragte Vivien.

«Ja.»

«Es ist wie das Ende eines Buches. Er wird weiterleben. Wir sind sehr zäh, wir Menschen. Vielleicht findet er eine andere Frau. Ich habe zehn Revolutionen und ebensoviel Herzeleid miterlebt. Es stimmt ja, was man so sagt: Die Liebe ist ewig, solange sie andauert.»

«Vivien ...»

«Ich bin sicher, Tristán wird sich deine Geschichte anhören», unterbrach sie ihn abrupt. «Aber du mußt mir unbedingt diesen Ballettschuh nachmachen lassen – das war ernst gemeint.»

Sie bogen in Viviens Straße ein, tiefrot gefärbt von den

Jacarandas und zwischen den Bäumen mit altmodischen Straßenlaternen aus der Zeit des Kautschukbooms gesäumt. Es war früher Nachmittag, aber die Gasflämmchen zuckten hinter den Glasfensterchen der Lampen.

In Pará würde Rejas jetzt zu Abend essen.

Dyer schickte sein Fax aus Viviens Büro ab.

> *Es ist doch nicht die Story geworden, die ich darin gesehen hatte. Was mir um so eher Grund gibt, Dir hiermit zu sagen, daß ich Dein Angebot, mich in den Nahen Osten zu schicken, nicht annehmen kann. Mein Leben ist hier, mit der Zeitung oder ohne. Jeremy in der Personalabteilung wird es wohl nicht mehr geben, aber könntest Du mich mit jemandem von dort zusammenbringen, damit wir meine Kündigung erledigen?*

Inzwischen hatte er ein Buch zu beenden. Er stürzte sich in das Projekt, sobald er sein Büro auf der Joaquim Nabuco geräumt hatte. Er stand um sechs Uhr auf und schrieb bis zum Essen. Nachmittags ging er gerne den Strand von Ipanema entlang, bis dorthin, wo die Dos Irmãos sich ins Meer senkten. Während er auf die Zwillingsberge zuging, fielen ihm oft bessere Formulierungen für das bisher Geschriebene ein; auf dem Rückweg plante er die nächsten Kapitel.

Die Arbeit begann ihm Freude zu bereiten. Das Buch würde einen begrenzten Markt haben, aber es war ein Thema, für das er sich einzigartig qualifiziert sah. Während die Wochen vergingen, vergaß er Viviens Versprechen, sich Laura einmal anzusehen. Es war die Art von Problem, die seine Tante typischerweise zu erwähnen vergaß, außerdem war sie eine hoffnungslos schlechte Briefschreiberin. Er hatte ohnehin damit gerechnet, daß die Sache schlecht ausging; bei derlei vagen Hilfsaktionen war das meistens so.

Er war bei Kapitel 17, als der Brief ankam. Der Umschlag war an Dyer, c/o Señora Vallejo, adressiert. Vivien hatte ihn weitergesandt und auf die Rückseite kurz geschrieben: *Schuhe perfekt, auch die Farbe. Danke. V.*

Im Umschlag steckte eine Postkarte.

Die Bildlegende lautete: «Pilger erklimmen den Ausangate in der letzten Nacht des Fronleichnam-Eisfests.» Das Farbfoto zeigte eine Zickzacklinie von Lichtern vor einem dunkelblauen Berghang und, als kleine Pünktchen auf dem verschneiten Gipfel, eine Reihe von seltsam gewandeten Gestalten.

Die Karte kam von Rejas.

Seine Schwester war gestorben. Emilio war noch in Pará und würde sich bestimmt freuen, Dyer wiederzusehen, falls dieser wieder einmal hinkäme.

Seine Frau lebte inzwischen in Miami.

Ezequiel hatte eine Erklärung unterzeichnet, in der er sich mit der jetzigen Politik der Regierung einverstanden erklärte.

Dyer würde bald davon lesen, daß Rejas zum Minister für Indio-Angelegenheiten ernannt worden war.

Wenn Dyer einmal in die Hauptstadt käme, hoffte Rejas sehr, daß er sich die Zeit nehmen würde, mit ihm zu essen.

Und: «Laura ist ins Metropolitan-Ballett aufgenommen worden. Vielen Dank.» Dann noch seine Initialen.

Das war alles.